WO ZAI SHOU XIAN
DENG NI

我在寿县等你

时代出版传媒股份有限公司
安徽文艺出版社

赵 阳◎著

赵阳，中国作协会员，淮南市作协副主席，寿县作协名誉主席，出版有《城墙根下》《寿州走笔》《寿州情缘》等作品。

WO ZAI SHOU XIAN
DENG NI

我在寿县等你

赵 阳 ◎ 著

时代出版传媒股份有限公司
安徽文艺出版社

图书在版编目（ＣＩＰ）数据

我在寿县等你/赵阳著.—合肥：安徽文艺出版社,2023.9
ISBN 978-7-5396-7773-6

Ⅰ．①我… Ⅱ．①赵… Ⅲ．①散文集－中国－当代
Ⅳ．①I267

中国国家版本馆CIP数据核字(2023)第094366号

出 版 人：姚　巍
责任编辑：张　磊　　　　　　　装帧设计：张诚鑫
....
出版发行：安徽文艺出版社　　www.awpub.com
地　　址：合肥市翡翠路1118号　　邮政编码：230071
营 销 部：(0551)63533889
印　　制：安徽新华印刷股份有限公司　　(0551)65859551
....
开本：710×1010　1/16　印张：23.25　字数：350千字
版次：2023年9月第1版
印次：2023年9月第1次印刷
定价：108.00元(精装)
....

目　录

第六辑　艺苑撷英

千年等一回　今生永无悔

金妤

"天下不可小寿州!"这句话不知道赵阳说过多少回了。虽然这句话不是他的原创,但是,他说这句话时的真诚、深情和自豪,我每次都能感受到。今天重新读了他《天下不可小寿州》这篇文章以及该文所在的文集《我在寿县等你》,颇为激动,作为寿县人的我,为赵阳致力于宣传家乡、赞美家乡的情怀和精神所感动,更为他全方位书写寿县文化的笔力所折服。

一

这是一本躬身欢迎您的书,天南地北的朋友。

"我在寿县等你。"书的作者赵阳对所有的文友和游客说。身为寿县融媒体中心主任的他,不但用文章说,而且动用报纸、电台、电视台,把这句话说得有声有色、有情有感。这里的"我",不仅指赵阳,还指寿县的文人墨客们,他们都在书中出现了,面貌各异、禀赋不同,但都用赤子之心、淳朴之情、高雅之趣、才情之手,传播着美好的历史文化。这里的"我"还包括了寿县宣传领域、文化领域的所有人,他们和赵阳一样,为了千年的文化而做代代相传的千秋伟业,让文脉永在,历久而弥新。

见字如面。看到这本书,犹如看到赵阳,只见他率领一众寿县文人墨客和文化工作者,躬身欢迎您来寿县,他们会领着您看寿州古城池,"走在护城河边,前面似乎总有李白、李绅、韩愈、苏轼身着白色长衫、玉树临风的影子。古人在这里留下了不朽诗篇,多少美丽的故事就从这河边荡漾开去"(《护城河边》)。然后登上千年的古城墙,"从城墙东门走到城墙南门,是 2246 步;从城墙南门再走到城墙东门,是 2248 步。多出的两步,用于转身"(《城墙根下》)。转身后,只听到赵阳真诚、深情、自豪地对大家说:"天下不可小寿州!"

二

这是一本俯身凝视您的书,传唱千年的文化。

"我在寿县等你。"书的作者赵阳对寿县的千年文化说。生命轮回,多少次的擦肩而过,赵阳才在 20 世纪下半叶的某年某月某日,降生在这块文化的沃土上,几十年来一直仰视着这片沃土上的星辰。它们是千百年文化的化身,照亮了赵阳的人生,也为他指明了方向。以文字为酒,敬天敬地敬先人;以文字为酒,壮行程添豪气创新篇。而此酒久矣,几千年寿地的文化酿造,几千年先人的接续传承,到赵阳手里,已经醇香无比,令人闻香便陶醉了。"赵阳者,寿州人也。其潇洒英俊,为寿州文人之所爱矣。每逢好友,大呼能与洒家同醉否?"(《谷朝光的画里人生》)美酒文章,诗情画意,赵阳呼之欲出,气如熏香。"这种香气是古城特有的,它来自路旁的草,来自河边的树,来自远山的果,来自水中的菱,来自炊烟,来自白云,来自擦肩而过的古城男女。正是因了这幽香,让我觉得身在古城三生有幸,古城位列'中国十座必须走过的小城'名不虚传。"(《护城河边》)

香,更以寿州香草味为代表。"寿州香草的神奇之处,在于唯郢都古城才能生长,易地种植则无香味,植茎也由空心变成实心。……当地老百姓称寿州香草为'离香(乡)草',说它离家乡这块产地越远,香味就会越浓,因为它是在楚国将士流血牺牲的地方长出的,是将士们的忠魂凝变的。"(《寿州端午》)此时的赵阳,双眼一定是在凝视天空,嘴里发出了穿透历史时空的声音:"天下不可小寿州!"

三

这是一本亲身感触您的书,生作在兹的家乡。

"我在寿县等你。"书的作者赵阳对生他养他的家乡说。人生的起承转合让他有多次机会离开故土,但他最终还是选择留在家乡,尽忠于兹。赵阳为何对家乡寿县如此钟情?因为他知道,家乡的山水养育了自己,家乡的文化则壮大了自己,可以说,没有寿县便没有今天的赵阳。赵阳这个实例再次证明了"典型环境中典型人物"的理论。

寿县的魅力和吸引力到底有多大?"两千多年来,寿春、寿阳和寿州,与寿县一脉相承。一个'寿'字,如同 DNA 序列中的最强基因,传承着历史,展现于今日,决定着未来。"(《申报千年古县纪事》)掷地有声的话,如九鼎般有分量,因为这种力量来自历史的天空。国家测绘地理信息局研究员牛汝辰先生专门就"寿星分野"进行了系统阐述。他说:"夏商周之时,华夏民族的分布,统称东夷、西羌、南蛮和北狄。淮夷部落是东夷集团的重要组成部分,以鸟为图腾,主要分布在淮河流域。古代天文学家将天上黄道带分为四象,即东方苍龙,北方玄武,西方白虎,南方朱雀,进一步对天上星辰进行细分,便有了寿星、星纪、大梁、实沈、鹑首等十二星官即十二星次。古人认为天地之间处于一种相互映射的状态,'在天成象,在地成形',便将地上的州、国划分为十二个区域,使其与十二星次相对应。东方苍龙与东夷相对应。东方苍龙的三个星次分别是寿星、大火和析木,其中寿星与东夷的淮夷部落相对应。《新唐书》记载:'郑、汴、陈、蔡、颍为寿星分。'五地恰为昔日淮夷活动区域。寿春的前身州来为古淮夷部落所建氏族方国,是其时淮河中游地区的政治、经济、文化中心。专家考证,古时'州''寿'音义相通,两者可假借,'州'即为'寿'。'寿地'为寿星分野之地,先民以'寿'名其国土,上承天命,下应民意,是以流传于后世。"

原来是上天在远古时选择了寿地,而寿地在今天选择了赵阳,赵阳则责无旁贷地选择了传承者的身份,时时把"天下不可小寿州"挂在嘴边,念兹在兹,没齿难忘。

《我在寿县等你》是赵阳传承寿地文化的又一本文集。传承者赵阳对于家乡文化的记录是真实的,"我一直告诫自己,写散文就要讲真话,忠实于生活,实实在在,真真切切。"(《我把青春献给你》)书中传达的是情深意切的感情:千年等一回,今生永无悔。

2023 年 2 月于淮南

金妤,安徽寿县人,专业作家,淮南市作家协会主席。

第一辑　淝水岸边

人间天堂

嫁星星,嫁月亮,不如嫁到安丰塘。

安丰塘,鱼米乡,白米干饭鲜鱼汤!

——寿县民谣

上篇:大德古塘

从济祁高速安丰塘收费站下来,顺连接线向西行驶约 5 分钟,下车踏上安丰塘大堤,风便直往脸上扑。虽是晚秋时节,却已有几分凛冽的意味。极目处,安丰塘水面浩渺寥廓,浩渺得亘古无边,寥廓得无涯无际,似乎要有意营造一种供人凭吊的氛围,让人心中一阵阵发颤、发紧。

春秋中期,大国拉开了争霸的历史帷幕。楚庄王踌躇满志,率领大军饮马黄河,观兵周疆,问鼎周使,伐陈灭陈,"并国二十六,益地三千里"。在占领广袤富饶的江淮一带后,"南参差而望越,北逦迤而怀燕",得天独厚的地理位置,四季分明的气候环境,更坚定了楚庄王立威谋霸的万丈雄心。他决定把淮南地区作为东进北上的战略枢纽,着力建设强兵足食的生产基地。放眼朝野,谁能堪此大任? 在时任令尹虞丘子的推举下,孙叔敖顺理成章地走上了历史舞台。

孙叔敖,姓蒍,名敖,字孙叔,期思(今河南固始)人。《史记·循吏列传》中,司马迁将他列为首篇:"孙叔敖者,楚之处士也。虞丘相进之于楚庄王,以自代也。三月为楚相,施教导民,上下和合,世俗盛美,政缓禁止,吏无奸邪,盗贼不起。秋冬则劝民山采,春夏以水,各得其所便,民皆乐其生。"因此,孙叔敖被世人称作"循吏第一人"。他的一生政绩颇多,而以治水最为人称道,汉王延寿在《孙叔敖庙碑记》中赞道:"宣导川谷,陂障源泉,溉灌沃泽,堤防湖浦,以为池沼。钟天地之美,收九泽之利,以殷润国家,家富人喜。"

孙叔敖出任令尹之前,不过是一位"楚之处士""期思之鄙人"。虞丘子为何单单选他荐而代之呢?

西汉刘向《新序·杂事》中记载了一段饶有风趣的故事。一天,楚庄王散朝回宫很晚,他的夫人樊姬问其缘故。庄王说:"只顾跟贤相聊天,不知不觉天就黑了。"樊姬问:"贤相是谁?"庄王答:"虞丘子。"樊姬掩嘴哧哧笑将起来。"你笑什么?"楚庄王问。樊姬答:"虞丘子也算贤相?"庄王惊诧:"你为什么这样说呢?"樊姬说:"我伺候大王十一年来,派人到各地寻求贤良的女子献给大王。我难道不想独占大王的爱宠?但我知道堂上的女子多,就可以让大王多见到一些人,用来观察了解她们的才能。我不能因为私情而蒙蔽了国事。而虞丘子,听说他担任令尹十多年,推荐的不是自己的子弟就是同族的兄弟,没有听说他推荐其他人。这样做,其实是堵塞了贤人晋升的路。知道贤人而不推荐,是不忠;不知道哪些人是贤人,是不智。大王却说虞丘子是贤相,不可笑吗?"楚庄王听了,沉思良久,莫以为辩。第二天,他把樊姬的话告诉了虞丘子。虞丘子一怔,离座稽首,心悦诚服地说:"樊姬的话,有道理啊!"不久,虞丘子就辞去令尹,推荐了孙叔敖。孙叔敖治楚三年,楚国成就了霸业。

对于推荐孙叔敖的过程,刘向在《说苑·至公》中也做了记载。虞丘子对楚庄王说:"我当令尹很长时间了,有用的人才没有得到及时选拔任用,社会治安、洪涝灾害等方面治理也不尽如人意,我应负主要责任。通过调查了解,平民中有个叫孙叔敖的,年轻而且非常有才干,没有贪欲,道德修养很好。如果让他来管理国家政务,他一定行,并且能够得到老百姓的拥戴。"庄王说:"在你的辅佐下,我的楚国逐步发展壮大,下一步还要扩大疆域,称霸诸侯,你不当令尹怎么行呢?"虞丘子说:"长期占据高位就会产生贪心，容忍不下贤良就会发生诬陷，不提拔任用贤良就没有公正廉明。认识不到这三点怎么能说自己是个忠臣？所以，我坚决辞去令尹。"庄王见他执意要去，便应允了他，授予他"国老"的荣誉，提拔孙叔敖当了令尹。过了不久，虞丘子家人做了违法的事，孙叔敖毫不留情，马上派人抓来杀掉。虞丘子一点也没怪罪他，见了庄王恭喜道："我说孙叔敖可以治理国政吧？他秉公执法不徇私情，打击犯罪绝不手软，是个一心为公的好官吧？"楚庄王十分欣慰，点点头说："这都是你推荐的功劳啊！"

关于举荐孙叔敖为相，《吕氏春秋·不苟》有不同说法，认为举荐人是其好友沈尹茎："荆王欲以为令尹，沈尹茎辞曰：'期思之鄙人有孙叔敖者，圣人也。王必用之，臣不若也。'荆王于是使人以王舆迎叔敖，以为令尹，十二年而庄王霸，此沈尹茎之力也。"

到底是谁推举了孙叔敖，其实并不重要。重要的是，孙叔敖是位贤德之人，在其出任令尹前，已有口皆碑。传闻他天性仁厚，又极谦逊谨慎。《新序·杂事》载，孙叔敖少时出游，看见一条两头蛇，就杀了它。回家后见到母亲，哭了。母亲问他哭的原因，孙叔敖答："我听说见到两头蛇的人会死，刚才我看见了它，恐怕要离开母亲了。"母亲问："那条蛇现在在哪？"孙叔敖说："我怕别人再见到它，就把它杀了埋了！"母亲说："你做了好事而不求回报，老天一定会保佑你的，你不用担心。"孙叔敖担任令尹后，也时刻保持头脑警醒，注重听取老百姓的意见。《说苑·敬慎》载，孙叔敖出任楚令尹时，"一国吏民毕来贺"。其中有位老人，却在贺喜时穿着丧服，戴着白帽。孙叔敖毕恭毕敬地问他："大王让我担任令尹，人们都来祝贺，只有您来吊丧，莫非有什么指教？"老人说："是有话要说。人一当了官，就容易骄傲，百姓就会离开他；职位高而大权独揽，国君就会厌恶他；俸禄优厚却不满足，祸患就会降临他。"孙叔敖向老人拜了两拜，说："我诚恳地接受您的指教，还想听听您其他的意见。"老人又说："地位越高，越要为人谦恭；官职越大，越要小心谨慎；俸禄已很丰厚，就不要再索取额外的财物了。您严格遵守以上三条，'足以治楚矣'。"

　　品德高尚，还得具备旷世之才，才能够堪以重任。孙叔敖的治理才能，在当时也是有目共睹的。明嘉靖《固始县志》载：县境内陂塘、湖港、沟堰凡九百三十二处，"盖肇自楚之孙公，汉之刘馥"。清乾隆《光州志·沟洫志》载："昔孙叔敖于邑之东南，如史河浚其渠，曰清、曰堪，清灌上闸，堪灌三汊口。西有曲河自西南来，亦筑坝拦水，灌石嘴头。南如急流、羊行、子安等河，宣导堤防，各有灌口。"《淮南子·人间训》载："孙叔敖决期思之水，而灌雩娄之野。庄王知其可为令尹也。"从这些文字中，我们可以得知，孙叔敖在出任令尹前，已在楚国大地修建了一批蓄水灌溉工程，从而形成"长藤结瓜"式的陂塘系统，既根治下游水害，又保证了上游灌溉。正是在兴建这些水利工程时，孙叔敖的才能得以充分彰显，从而进入楚庄王的视野并得到重用。

　　果不其然，孙叔敖当上令尹之后，继续推进楚国的水利建设，发动民众"于楚之境内，下膏泽，兴水利"。他带着随从，乘一叶扁舟，亲自深入江淮大地设计灌溉工程。这一带气候湿润，农耕发达，民众很早就掌握了水稻种植技术，正是兴田积粮的好地方。在江淮分水岭北侧，丘陵呈弧形分布于南、东两面，岭北"西至六安龙穴山，东自濠州（今凤阳）横石山，东南自龙池山"（《嘉靖重修一统志》）的地面径流汇聚一起，流经沘水（今淠河）而入淮。由于缺少灌排设施，每逢夏秋雨季，山洪暴发形成涝灾，雨少时又常出现旱灾，岭北的庄稼只能"靠天收"。"得想个好办法解决这个问题！"经过现场踏勘，孙叔敖在沘东平原发现一片长满荸荠、芡实和菖蒲的沼泽地。孙叔敖带领民众肩挑手挖，依托有利地形，在沼泽地的西、北两侧筑起一道弧形土坝拦蓄水源，同时修建五个水门，以石质闸门控制水量，"水涨则开门以疏之，水消则闭门以蓄之"，不仅天旱有水灌田，还能在水多时避免涝灾。陂塘修好后，"径百里，灌万顷"（宋代欧阳忞语），按现在的方式计算，周长两三百华里，蓄水量达 1.7 亿立方米。民众在进水口建造一座凉亭纪念这一壮举。因凉亭四周茂密地生长着一种名叫"白芍"的小草，民众触景生情，便把凉亭叫作"白芍亭"；因"白芍亭"的缘故，又把陂塘称作"芍陂"。

　　"孙叔敖治楚三年，而楚国遂霸。"芍陂的修建，大大改善了当地的农业生产条件,淝东平原成为"百里不求天"的灌区,庄稼每年旱涝保收,满足了楚庄王开拓疆土对军粮的需求。楚国更加强大起来,打败了当时实力雄厚的晋国军队,楚庄王一跃成为"春秋五霸"之一。在农业繁荣的条件下,春秋末出现了早期城市寿春,到了战国时期,发展成为全国四大都会之一。楚考烈王二十二年(前 241 年),楚国被秦国打败,考烈王便把都城迁到这里,并把寿春改名为"郢"。迁都固然是出于军事上的需要,另一方面也是因为拥有芍陂,奠定了寿春的重要经济地位,使之成为楚国新兴的中心地区。

芍陂建成后,泽及当时,功施后世,一直发挥着巨大效益。隋时,芍陂因侨置安丰县,又称安丰塘。从此,安丰塘与芍陂并用,当地群众多称安丰塘。

后人感戴孙叔敖的恩德,在安丰塘北堤建祠立碑,称颂和纪念他的历史功绩。其中有方《孙叔敖庙碑记》记载:"孙叔敖日夜不息,不得以便生为故,故使荆(楚)庄王功绩著乎竹帛,传乎后世。""其忧国忘私,乘马三年,不别牝牡。……专国权宠,而不荣华。一旦可得百金,至于没齿而无分铢之蓄。破玉玦,不以宝财遗子孙。"真是生前两袖清风,死后一贫如洗。他这种一心为民造福的高尚品德,值得人们永远敬仰和缅怀。

上善若水,大德古塘。

中篇:大智古塘

伫立在安丰塘进水口,两边岸上的意杨树、乌桕树色彩斑斓。老塘河(又称子午沟、淠源河,即淠东干渠)内波光潋滟,有人乘着小船在撒网捕鱼。抚今追昔,我的眼前泛化出一幅景象:一艘官船,顺着淝水逶迤而下,扬帆操棹,桨声欸乃。孙叔敖端立于船头,手捋长须,目视远方,不时让船工将船靠边,跳上河岸查看地形。就这样,关于安丰塘的设计,在他一步步的踏勘中,慢慢地于头脑中清晰起来。

从地理位置看,安丰塘位于淠河与瓦埠湖之间。史料记载,早期的芍陂,南起众兴镇贤姑墩,北至安丰塘镇戈家店和堰口镇老庙集。南端设五门亭作为进水口,北面并列设置芍陂渎和香门陂两座口门,作为灌溉输水口。同时,因东北、西北地势最低,便在东北设井字门,西北设羊溪门。五座口门配套作为控制性水闸,兼有灌溉和泄洪功能。古芍陂的水源,一是山溪来水,二是老塘河引水。山溪来水主要把东面积石山、东南面龙池山和西南面六安龙穴山流下的溪水汇集于此。由于溪水受降雨影响较大,加上上游拦蓄,远不能满足芍陂蓄水的需要。为此,从淠河开挖子午沟到芍陂引淠水,这应是孙叔敖的又一大贡献。从此,芍陂水源有了充分保证,达到"灌田万顷"的规模。

在古代缺乏里程、高程等测量工具的情况下,规模宏大的安丰塘规划如此科学,设计如此合理,孙叔敖是如何完成这一壮举的,至今是个谜。

作为中国最早的蓄水灌溉工程,安丰塘自然也成了北魏地理学家郦道元眼中关注、考察的重点。他在《水经注》中不仅详细记叙了芍陂的规模和位置,还对沿线的闸门、支流、沟渠等进行了深入的考察和研究。如今,我们依然能从这部地理巨著的多个章节中读到他关于芍陂及其灌区支流简练而又精彩的描述:

> 陂水上承沘水于五门亭南,别为断神水,又东北经五门亭东,亭为二水之会也。断神水又东北经神迹亭东,又北,谓之豪水,……又东北经白芍亭东,积而为湖,谓之芍陂。陂周百二十许里。在寿春县南八十里,……陂有五门,吐纳川流,西北为香门陂,陂水北经孙叔敖祠下,谓之芍陂渎,又北分为二水,一水东注黎浆水,黎浆水东经黎浆亭南,……东注肥水,谓之黎浆水口,……肥水又左纳芍陂渎,渎水自黎浆分水,引渎寿春城北,经芍陂门右,北入城。……渎水又北经相国城东,……又北出城注肥水,又西经金城北,又西,左合羊头溪水。……北经熨湖,左会烽水渎。……经寿春城北,又北历象门,自沙门北,出金城西门逍遥楼下,北注肥渎。

> ——《水经注·肥水》

古人把单独流入大海、能直通海洋之气的河流称为"渎"。郦道元将当时的芍陂称"渎",可见其在古老中国江川河流中的地位。

自安丰塘建成以后,2600多年来屡经兴废,跌宕起伏,但生生不息,一直都在造福于人类,史书做了详尽记载。

芍陂初建,利用河、陂、渠和地面高程落差选址取源,构成一个排灌自如的大型灌溉系统,水自贤姑墩入塘,堤厚且坚,塘口面积85平方公里,周长65公里。延至东汉,风浪冲刷,堤坝年久失修。建初八年(83年),著名治水专家、庐江太守王景到任后,知"郡界有楚相孙叔敖所起稻田,景乃承吏民修起荒废,教用犁耕"(《后汉书·王景传》)。一时间,芍陂灌区津渠交织,"垦辟倍多,境内丰给"。这是有史记载的第一次大规模修治芍陂。

曹魏时期,曹操实行"以农治国""兵农合一"的耕战政策,公元196年颁发"置屯田令"。扬州刺史刘馥积极响应,招抚流民组织生产,"广屯田,修治芍陂以溉稻田,官民有蓄"。魏正始四年(243年),为了解决南伐孙吴的军需供应,曹魏派大将邓艾到寿春一带"广田蓄谷"。邓艾认为芍陂周边"宜开河渠,可以引水灌溉,大积军粮,又通漕运之道"。他不仅新修了芍陂,还按照"长藤结瓜"模式,"旁为小陂五十余所",并"复于芍陂北堤凿大香水门,开渠引水,直达寿春城壕,以增灌溉,通漕运"。邓艾屯田后,芍陂成为全国最重要的粮食生产区。东晋伏滔在《正淮论》中记录:"龙泉之陂,良畴万顷。""自钟离(今凤阳东北)而南,横石以西,穿渠三百余里,溉田二万顷,淮南淮北皆相连接,自寿春到京师,农官兵田,鸡犬之声,阡陌相属。"明代顾祖禹也说,寿春一带,"资食有储,而无水害","沿淮诸镇并仰给于此"。

梁陈之年(6世纪),南北纷争,战乱不断,农事荒废。隋开皇十八年(598年),隋文帝杨坚派史官带水工巡视山川河源,调度吏民兴修水利,发展农业。在寿春,史官发现一例治水兴利的典型:"芍陂旧有五门堰,芜秽不修。轨于是劝课人吏,更开三十六门。"(《隋书·赵轨传》)史官激动万分,赶紧把赵轨的作为上报了朝廷。

赵轨其实是中国历史上一名堪与孙叔敖媲美的廉官。隋文帝时,赵轨任齐州别驾,连续四年"考绩连最",得到皇帝赏识,征其入朝任职。临行之际,百姓挥泪相送,特献清水一杯饯行,留下"公清若水"的千古佳话。数年后,赵轨调任寿州总管长史,效法先辈孙叔敖治水兴利,带领百姓重修芍陂,新开 36 座水门,"灌田五千顷,人赖其利"。接到史官的奏章,赵轨再次受到皇帝的褒奖。

北宋明道年间,淮南地区水旱灾害频繁,饥荒严重。安丰知县张旨爱民如子,挺身而出,"大募富民输粟以给饥者,既而浚渒河三十里,疏泄支流注芍陂,为斗门,溉田数万顷,外筑堤以备水患"。这次灾荒,张旨既治了标,又治了本。他见古塘泥沙淤积,蓄水渐枯,遂发动民众一方面疏通水源,另一方面又修建了灌溉渠道和水门,并修筑了防洪堤防。此次认真彻底的修治,使芍陂获得"灌田数万顷"的效益。

及至元代,安丰专设总管府,屯田万户。元末农民起义首领刘福通于颍州揭竿不久,就率部开驻安丰塘畔,得陂塘之利,据淮南之富,招募义兵,整训部伍,囤积粮秣,联络四方,势力迅速扩展到两淮以北、黄河以南的广大地区。公元 1357 年 6 月,刘福通不失时机地指挥红巾军分三路北伐,攻城略地,所向披靡,直趋元大都北京,吓得元顺帝连夜准备逃跑。他自率重兵从安丰出发,循淮颍北上,一举攻下汴梁,光复了赵宋旧都,洗雪了"靖康耻"。此后,他在汴梁被围,又孤军南进,长途历险,折回安丰。在退保安丰的五年中,他竭尽才智,重整旗鼓,力图恢复。可是刘福通万没料到,当他派兵援救身陷齐鲁的红巾军兄弟失败后,叛徒张士诚竟乘其不备,突袭安丰。在朱元璋闻讯亲自来救的途中,刘福通已喋血塘畔、壮烈牺牲了。朱元璋虽夺回了安丰塘,但始建于南朝萧梁时代的安丰古城却化为一片焦土。

明清两代,战乱相连,芍陂工程迭经兴废。明太祖废安丰县后,官无专司管理安丰塘,导致地方豪强占塘为田成风,并愈演愈烈,上自贤姑墩,下至双门铺的安丰塘上梢、西堤沙涧铺、东堤大林一带原有水面,先后遭窃占围塘成田,"以古制律今塘,则种而田者十七,塘而水者十三"(清光绪《寿州志·塘堰》)。明万历十年(1582年)是安丰塘命运的转折点。其时,黄克缵任寿州知州。他久慕孙叔敖"循吏"清名,赴任的途中,就赶到孙叔敖庙(今塘北孙公祠)拜谒,古塘的破败让他始料未及、触目惊心。深入走访后,黄克缵响应民众呼声,果断处置惩戒占塘者 40 余家,得田百余顷,复为水面,并立东、西界碑和"记事碑"警示后人。"以人为镜,可以明得失。"黄克缵此举,虽未能恢复"孙公当年之全塘",但其护塘的果断措施,却刹住了占塘之风,使"百里"之塘得留"半壁",清嘉庆年间夏尚忠在《芍陂纪事》中给予高度评价:"至今二百余年奸豪不得逞""仍守其规"。清康熙中期,寿州州佐颜伯珣主持重修安丰塘,培修老堤,建筑新堤,改 36 座口门为 28 座,在众兴集南老塘河左岸修建滚水坝,水大可溢流,水少可拦水入塘,并主持制定塘规民约:"禁侵垦官地,禁私启斗门,禁窃伐芦柳,禁止流筑坝,禁私宰耕牛,禁纵放猪羊,禁罾网捕鱼。"作为《分州宗示》,镌之于碑,立于塘侧。自此以后,安丰塘的水面再无大的侵占,芍陂规模延续至今。

民国时期,芍陂治理被纳入淮河流域水利建设系统,但因长期战乱,古塘修治举步维艰。经当时勘测,塘面 37.4 平方公里,环塘堤长 29 公里,库容 1000 万立方米,实际灌溉面积仅有 8 万亩,"水源淤阻,塘堤颓废,蓄水之效,几已全失"。

历史的书页翻到了 20 世纪 50 年代,人民政府十分重视这份珍贵的古代水利遗产。1950 年,灌区成立了安丰塘水利委员会,先就原貌整修加固,1954 年大水后培堤修闸,将环塘 28 座斗门合并为 24 座,加固众兴滚水坝,疏通老塘河。1958 年,安丰塘纳入淠史杭工程总体规划,沿袭孙叔敖治水发明的"长藤结瓜"模式,成为淠史杭灌区一座中型反调节水库。经过加固堤坝、疏浚河道,安丰塘蓄水面积虽为 34 平方公里,蓄水量则达到 1 亿立方米,灌溉面积 70 万亩,灌区粮食年产量 60 万吨,千年古塘真正成为寿县人民的"当家塘""幸福塘"。当代著名古建筑史学家罗哲文曾赋诗赞叹:"楚相千秋业,芍陂富万家。丰功同大禹,伟业冠中华!"

芍陂的历史,体现了人与自然和谐相处是一条亘古不变的规律。追溯历史,芍陂曾经无数次几近废弃,但冥冥中总有贵人出现,总会受到上天的眷顾。归结原因,还是因为当年孙叔敖动议兴建时,就成功地解决了人与自然的和谐问题。自此以后的2600多年,安丰塘虽历经沧桑,却能够稳稳当当、始终不怠地造福于人类,"先天而天弗违,后天而顺天时"。安丰塘,既充分证明了孙叔敖的雄才大略,全面体现了人类利用自然、改造自然的科学治水精神,又真实反映了历朝历代对芍陂进行修复和改造的辛劳与智慧,它展现的是一幅美丽的历史画卷。无论是历朝历代管理芍陂的官员,还是世代生活在安丰塘周边的百姓,他们都清楚地认识到,芍陂有着不可替代的价值。大家都把竭心尽力地管理和保护它,当作一种历史的责任。正是有了这样的人文环境,有了这样深厚而自然的情感基础,芍陂才得以经历千年风雨而不衰,并一直发挥着作用,显示出非凡的生命力,体现出人类与自然的和谐统一。

当代著名水利史专家姚汉源先生说:"芍陂的古老,在我国水利史上首屈一指,现在仍为亿万人所称颂。如果它是一个现代的平原水库,就不可能这样为中外人士所景仰。因为古老不是空洞的形容词,它蕴含着两千多年来无数创建者的智慧,无数劳动人民的血汗,是他们血肉精神的结晶,成为中国古老文化的千百见证之一。"

妙哉伟哉,大智古塘!

下篇:大美古塘

"走千走万,不如淮河两岸。"

跟在这句民谚后面还有一句话:"淮河两岸,美在寿县。"

《水经注·肥水》载,寿春城"北负八公山,山之北为淮水。芍陂在城南,淠泄在西,肥水在东,夹横塘西注,水分为二,洛涧出焉,闰浆水注之,水受芍陂"。由于芍陂蓄水丰盛,寿春城内外河渠纵横,湖塘罗列,气候宜人,林木茂盛,"三春九夏,红荷覆水""长林插天,高柯负日""泉源下注,漱石颓隍"。尤其是安丰塘,烟波渺渺,云雾茫茫,号称"天下第一塘",素有"芍陂归来不看塘"之誉。苍茫浩瀚的安丰塘与千峰竞秀的八公山毗连,湖光山色,名山胜水,吸引了古往今来无数文人墨客、志士仁人来此领略它的壮观和丰富,接受美的陶冶和哲理的启迪,留下脍炙人口的不朽诗篇。

最具代表性的佳作,当数宋代王安石的一首七律:

> 桐乡振廪得周旋,芍水修陂道路传。
> 日想偾功追往事,心知为政似当年。
> 鲂鱼鲅鲅归城市,粳稻纷纷载酒船。
> 楚相祠堂仍好在,胜游思为子留篇。

> ——《安丰张令修芍陂》

宋仁宗皇祐五年(1053年),王安石在舒州做通判,到桐乡赈廪途中,专程赶到安丰看望好友张公仪。此时的安丰,经过张公仪苦心经营,城乡面貌今非昔比,沿途一派兴旺发达景象。而他前去赈廪的地方,原本"土沃人良耕",却因天灾人祸,"市有弃饿婴""百室无一盈"!两地的巨大反差形成鲜明对比,使王安石感慨万千,唏嘘不已。安丰之行,更坚定了王安石的改革信心。宋神宗熙宁二年(1069年),当他出任参知政事(副宰相)后,立即大刀阔斧地推行富国强兵新法,出台《农田水利约束》,实行"理财以农事为先","僻废田,兴水利,建立堤防,修贴好堤"。这一法令深得人心,一时间,全国"四方多言农田水利,古陂废堰悉务兴复",农业生产水平实现质的飞跃。

王安石与张公仪曾经同窗,两人志趣相投,学子时代经常聚在一起吟诗作赋,指点江山。宋仁宗庆历二年(1042年),王安石考中进士,授淮南节度判官。张公仪受任安丰知县,王安石十分开心,即兴赋诗一首相送:

> 楚客来时雁为伴,归期只待春冰泮。
> 雁飞南北两三回,回首湖山空梦乱。
> 秘书一官聊自慰,安丰百里谁复叹?

扬鞭去去及芳时,寿酒千觞花烂漫。

——《送张公仪宰安丰》

因为安丰和芍陂,王安石与张公仪演绎出一曲新的"高山流水"。他们的友谊得到延伸,志向得到扩展,才情得到抒发,个性得到张扬。

何止是王安石,芍陂的美景不仅得到志同道合者充分肯定,就连政见相左者看在眼里,也不得不发出由衷赞叹:

零娄陂水旧风烟,可喜斯民得继传。

万顷稻粱追汉日,五门疏凿似齐年。

才高欲献营田策,公暇还来泛酒船。

称与淮南夸好事,耕歌渔唱已相连。

——陈舜俞《和王介甫寄安丰知县修芍陂》

陈舜俞是谁?他是北宋庆历六年(1046年)的进士,嘉祐四年(1059年)考取制科头名,授签书寿州判官一职。这是一位有着"清风"品格的传奇人物,起先因目睹百姓生活不堪重负,却又无力改变时局,一气之下弃官回乡隐居。临行时,王安石专门为他写下一首七律《送陈舜俞制科东归》。诗中将他比作汉武帝丞相公孙弘,殷殷期许,溢于言表。王安石当上参知政事后,安排陈舜俞复出,以屯田员外郎任山阴县令。对于王安石变法,陈舜俞本来持支持态度,但认为新法也有不妥之处,特别是"青苗法","别为一赋以蔽海内,非王道之举也",遂上书反对,遭遇被贬官的下场。陈舜俞再次回乡隐居,与苏东坡、欧阳修、司马光等人走动频繁,经常聚在一起饮酒赋诗,笑谈人生;与王安石分道扬镳,形同陌路,生命中再无交集。

现在来看,当年王安石为陈舜俞写诗,是惜才;而陈舜俞和王安石的诗,是因为芍陂的丰收之美,深深地打动了他。

及至当代,赞誉安丰塘的诗文更是汗牛充栋:

> 千年芍陂世间闻,汗简长留古策勋。
> 莲茵有声香坠米,稻花无际绿平云。
> 舟摇霞影归鱼唱,渚落秋光集雁群。
> 令尹祠堂明镜里,昭贵天地满斜熏。
>
> ——朱鸿震《芍陂安丰》

其中也有效法陈舜俞和王安石的诗篇:

> 望中鸥鹭几盘旋,似感先贤遗泽传。
> 稻蕊香飘时浸野,桃源梦入不知年。
> 菱歌漾水沉酣月,笑语随风装满船。
> 千顷波清堪蘸笔,思征云路再开篇。
>
> ——魏艳鸣《过安丰塘追和王荆公〈安丰张令修芍陂〉》

这些诗篇,既有描述风光、抒发情感、体现审美趣味的,也有颂扬先贤、凭吊古迹、讴歌仁人志士的。它们以文学的形式阐释着芍陂之美,体现着人们与水的精神碰撞和思想火花。

现在,安丰塘作为全国重点文物保护单位、中国重要农业文化遗产、世界灌溉工程遗产,在充分发挥蓄水、灌溉、航运、发电、调洪、水产等效益的同时,已成为安徽著名文化旅游目的地。当地政府因势利导,引导灌区群众大兴生态经济、观光农业,将田畴种成稻田画,小岛变成白鹭园,村庄扮成美丽乡村,捕捞转换成体验游,每天前来观瞻拜谒、寻幽探奇的国内外游客,络绎不绝。

孙公祠前,长堤逶迤,绿柳如带,碧波荡漾,鱼戏水中;芍陂堤下,稻菽万顷,水渠如网,林荫匝地,鹤舞翩翩。游客们畅游其中,凭栏登亭,水光接天,太朴太和,高古静谧,万化瞑合,心凝神释,流连忘返:人入画中欤? 画尽人意欤?

日影西斜,安丰塘畔炊烟袅袅,随便走进一家"农家乐",临塘醑酒,开怀畅饮,看塘面渔火忽明忽暗,听月下鳞浪摇曳呢喃,一时间竟恍如隔世,不知道今夕何年!

大美古塘,人间天堂!

2018. 12. 6

万古涌泉

山里的朋友打来电话——淮王丹井又冒水了!

这是件激动人心的大喜事。寻个空当,进山看水去!

出寿州古城靖淮门向北,跨过东淝河大桥,顺东台湖边行约千米,达八公山下。绕过珍珠泉向东,顺山坡崎岖小道进山。经过废弃的水泥厂门口,树木渐次稠密起来。越过一个高坡,眼前豁然开朗。原来半山是一片平地,平地东北尽头断崖峭壁,断崖后群山起伏,松涛阵阵。转身极目,东台湖、船官湖、寿州古城,尽收眼底,如烟似岚,宾阳楼、靖淮楼、古城墙,清晰可见。一湾淝水斗折蛇行隐于芦荻阡陌中,通过东淝闸连于淮河。低头,山坡下青树翠蔓,蒙络摇缀,一群喜鹊叽叽喳喳飞出飞进。细辨,林中杂树以槐树居多,一串串槐花缀满枝头,四周清香弥漫,耳畔一片蜜蜂飞舞的嗡嗡声,更增添了旷野的寂寥幽邃。平地过去是片广场,现在种满结荚的油菜,中间生长三五一簇的老树,有槐,有桐,有松,有柏。菜地与断崖间坐落两排东西走向的平房,过去是林场场部。穿过门楼进入院落,院内过膝的荆棘头上吊着去秋的花果,裹着脚步,令人难以成行。两株双人合抱的法国梧桐枝叶茂盛,形如华盖,树下衰草茎干上承积一层黑白相间的鸟粪。院落东侧地面,乱草丛中静卧石砌古建筑月牙池,顺月牙池暗沟上溯10来米有一古井,井口高出地面20厘米许,直径1米许,块石砌筑,石缝丛生着一种当地人称"皮树"的植物。迫不及待地走近,俯身拨开枝叶,井内果然汪满清泉!

淮王丹井重获新生,八公山幸甚!

一

最早知道淮王丹井,是通过品赏寿州耆老朱鸿震老先生的《寿州十景诗》:

> 白云深处采灵芝,行踏松花杖履迟。
> 声价不矜刘世胄,衣冠犹是汉风姿。
> 清泉汲水霜侵夜,宝鼎烧丹月上时。
> 仙寿修成人去也,独留姓字与高碑。

——《淮王丹井》

后来又读到清人黄景仁的《两当轩集》,里面也有关于淮王丹井的叙述:

> 花草何须怨楚宫,六朝残劫总成空。
> 地经白马青丝后,山在风声鹤唳中。
> 终古英灵走河胃,此间形势障江东。
> 我来祗访刘安宅,一片斜阳古庙红。

——《寿阳怀古》

《寿阳怀古》下方附有注释。编者考证诗人所说的"刘安宅",就是淮王丹井旁的淮南王宫。淮南王宫后改建为刘安庙,淮王丹井位于庙东侧,是目前仅存的遗迹。虽名"丹井",其实是一眼山泉,砌栏成井,井口南侧留有出水口,泉水曲曲折折流入院中月牙池内。池虽不大,而池水永远保持一定水位,不减不溢,缓缓流动,"原流泉浡,冲而徐盈""轮转而无废,水流而不止,与万物终始"(《淮南子·原道训》)。

相传淮王丹井为淮南王刘安炼丹取水之所。《太平寰宇记》记载:"昔淮南王与八公登山埋金于此,白日升天。余药在器,鸡犬舔之,皆仙。其处后皆现人马之迹,犹在,故山以八公为名。"这个记载与当地的传说不谋而合。传说西汉时,淮南王刘安一心想修道成仙。为了实现这个愿望,他带着数千方术之士及家人住到山上炼丹,以求长生不老之术。但是,炼了好久也没有炼成。一天,天上出现八朵白云,每朵云上站着一个鹤发童颜的老人,他们捋着胡须,笑盈盈地落在山上。八位神仙来到宫门前求见刘安,门吏见是八个白胡子老人,认为他们不会长生不老之术,不愿通报。八公大笑,顷刻变成八个童子。门吏大惊,赶忙禀报。刘安顾不上穿鞋,赤脚出迎。他知道这是神仙助他炼丹来了。八公帮刘安取山泉水炼丹修道,不久仙丹炼成,刘安吃了后,觉得身子渐轻,遂与八位神仙一道飘然上天。"余药在器,鸡犬舔之",尽得升天,出现了"鸡鸣天上,犬吠云中"的奇观。由此产生了"一人得道,鸡犬升天""鸡犬皆仙""淮南鸡犬"等典故,这座山从此也被称作"八公山"。

《太平寰宇记》和地方传说中所说的淮南王刘安是汉高祖刘邦的孙子,厉王刘长的儿子,汉武帝刘彻的皇叔,西汉时期著名的文学家、思想家。汉文帝十六年(前164年),16岁的刘安受封淮南王,在寿春度过42年的王侯生涯。刘安是一位开明的封国王侯,博雅好古,求贤若渴,他罗致各种人才在寿春城北的淝陵山谈经论道,门客最多时有数千人,其中最为赏识的苏飞、李尚、左吴、田由、雷被、毛被、伍被、晋昌八人被封为"八公"。在此期间,刘安与门客集体编写了《淮南子》一书,以道家思想为主,兼论儒、法、阴阳及诸子学说,描绘了宇宙万物的形态,保存了很多中国古代哲学和科学知识,在天文、地理、物理、化学、民俗和文学等领域都有着惊人贡献,堪称"百科全书",史家称其是"牢笼天地,博极古今"的巨著。直至今日,国内外许多权威研究机构还保留着《淮南子》研究会。因为刘安和《淮南子》,八公山从此成为天下闻名的人文之山、文化名山。

刘安修道成仙当然是传说。离淮王丹井约3里的八公山西南麓,淮南王刘安墓岿然犹存。墓前立有一块"豆腐发祥地"的石碑,这是因为刘安是豆腐的发明者。刘安欲求长生不老之术,在山上炼丹修道时把黄豆汁水作为培养丹苗的原料。有一次,所磨豆浆与石膏类物质接触,豆汁竟变成洁白细嫩的东西,尝起来还很鲜美,"无味而五味焉,正立而五色成矣"(《淮南子·原道训》)。于是人们给它起名叫"黎祁"(谐"离奇"音),五代时始称"豆腐"。刘安取八公山泉水炼丹,结果是有心栽花花不成,无意插柳柳成荫,仙丹未炼成,却制成了豆腐,使八公山成了中国豆腐的发祥地。

目前,刘安与八公山的故事以及八公山豆腐制作工艺,均被相关方面列入非物质文化遗产名录。

2009 年至 2012 年,我因故曾到八公山做"稻粱谋"。在此期间,有意察访过淮王丹井的位置。山民传说纷纭,有人说珍珠泉就是,有人说玛瑙泉就是,还有人说马跑泉就是,也有人说老林场场部这眼古井就是。为此,我专门查阅了一大堆相关资料。根据北魏郦道元《水经注》记载,八公山"山上有淮南王刘安庙……庙前有碑,齐永明十年(492 年)所建也。山有隐室石井"。《晋书·乐志》"古乐府·淮南王"篇中有诗咏道:"后园凿井银作床,金瓶素绠汲寒浆",写的就是文中所提"石井"。这个"石井",是不是传说中的淮王丹井呢?

这个疑问最终通过明嘉靖《寿州志·山川纪》对"八公山"的记载得到解答:"州治东北五里,淝水之北,淮水之南,汉淮南王安与其宾客八公俱登此山学仙,故名,今山有安故台,石上有人马迹……"从方向、距离推断,写的不正是这个地方?!文中所言"故台",应该就是《太平御览》卷一七七中"淮南王安立思仙台"的"思仙台"。清代学者李兆洛在《淮南旧垒辩铭》中也有记载:"城北五株山下,土人相传为古淮南王庙,有垒迹存焉。"五株山,古名,也就是石壁后面的雷窝山,现已不存。

二

有道是"一张一弛,文武之道",淮王丹井滋养着民族文化绵绵发展,同时作为中国历史车轮滚滚向前的见证者,被后人写进教科书中。

公元 383 年 8 月,前秦苻坚统一北方后,为了实现统一天下的大志,亲率 80 万大军浩浩荡荡水陆并进南下攻晋。队伍抵达淮河一线时,消息传至东晋都城建康(今南京),满朝震惊,晋帝任命宰相谢安为征讨大都督。谢安临危受命却"镇之以静"。白天,他来到东山游山玩水,吃酒赋诗,并与张玄"围棋赌墅"。其实,谢安"已别有旨",心中早有打算。他派谢石为都督、谢玄为前锋,领8万北府兵悄悄西进迎敌。驻守洛涧的秦军毫无防备,不堪一击,溃不成军。晋军乘胜追击,所向披靡,兵锋直指寿阳,在城外八公山隔淝水与敌军形成对峙之势。

谢玄踏勘前沿阵地,见八公山群山巍峨,与对面寿阳城遥相呼应,山水一色,山城一体,风景绝美。如果不是战争,八公山、寿阳城实在是吟诗唱和、逍遥自在的好去处。他信马由缰来到八公山东麓,见这里依山天然生出一片平地,泉流淙淙,鸟语花香,绿树丛中掩映着三五间房舍,簇拥着中间一处出檐砥柱的大殿,走近了看,见门额上有匾,题有"刘安庙"几个大字。谢玄翻身下马,一揖到地,说:"神仙在上,今要借贵方宝地运筹帷幄,还请原谅小将冒昧打扰!"

上述情节是我根据历史记载和电视画面还原的场景,不可当真。但能确定的是,当时谢玄的前线指挥部就设在刘安庙里。

庙里塑像、香案等设施依次排列,场地逼仄,谢玄索性把几案摆在院内,铺上地图,与随从商讨排兵布阵之策。旁边的淮王丹井无声地流淌着清泉,伴随着一道道指令传下山去。

符坚得知洛涧兵败、晋军进逼淝水,暗自吃惊,与其弟符融慌里慌张登上寿阳城头,见晋军布阵严整,"遥望八公山上草木,疑皆晋军",从而没了"投鞭断流"的自信,面有惧色,对符融说:"此亦劲敌,何谓弱也?!"要求符融"万不可轻敌",沿着淝水布阵,准备脚踏实地地打持久战,从容不迫地打消耗战。

如果秦军坚持按照既定方针用兵,淝水之战将是另一种结局。历史就是这样充满了变数。

谢玄知道己方兵力太弱,且远途奔袭,士气、给养都是问题,必须速战速决。怎么办? 还是要用计。怎么用? 示弱,要给对方造成不堪一击的错觉才好。于是,谢玄派人激将苻融："你们那么远到我们的疆土,却在淝水边上列阵,这是不想速战速决。其实长痛不如短痛,如果你们有胆稍微后退一点,让我们的人渡过河去拼上一拼,一决胜负,不也是一件很痛快的事吗?"

苻坚部下听了,纷纷建言："别听他们忽悠! 我们凭借淝水把晋军堵在河流对岸,以逸待劳,退什么退?!"鬼使神差,苻坚此时头脑一热,又犯了妄自尊大的毛病,自负地说："兵家最忌背水作战,只管让军队退后,让他们过河又能如何? 等到他们过来后,我们用铁骑把他们全赶进河去喂鱼!"苻融想了想,也觉得可行,于是指挥秦军后撤。不承想河岸空间十分狭窄,前军一退,后军退无可退,拥挤在一起,一下子阵脚大乱,难以控制。此时,混在队伍中的晋军奸细趁机大喊："秦军败了,快跑!"秦兵多由被迫出征的降卒组成,本无斗志,听了晋军奸细的呐喊,信以为真,争相逃命。谢玄宝剑一挥,跃马扬鞭,带领八千精兵乘势渡过淝水,声析江河,势崩雷电,展开猛烈攻击。

苻融急忙下令稳住阵脚,但号令还怎能传得下去? 后退的士兵排山倒海般涌来,他的坐骑一个趔趄倒在地上,迅速赶上的晋军手起刀落,苻融糊里糊涂被结果了性命。秦军全线崩溃,完全丧失了战斗力。晋军乘胜追击,秦军人马相踏,死者塞川蔽野,残兵败将"弃甲宵遁",苻坚本人也中箭负伤,惶惶如丧家之犬,听到"风声鹤唳"都以为晋军追来。

是役,秦军被歼十之八九。晋帝大喜过望,下诏加授谢玄前将军、假节。谢玄坚辞不受。朝廷转赐上百万钱、上千匹彩绸。

淝水之战后,淮王丹井增添了新的传说,留下了"草木皆兵"等掌故。岁月匆匆,及至唐建中三年(782年),大唐礼仪使颜真卿向唐德宗建议,追封古代名将六十四人,并为他们设庙享奠,"东晋车骑将军康乐公谢玄"位列其中。昔日香烟缭绕的淮南王刘安庙前,又矗立起一座红墙灰瓦的庙宇,庙内塑谢玄像,庙外竖功德碑。刘安与谢玄,本属两个时代风马牛不相及的弄潮儿,却因在八公山上各自奏出一段惊天地、泣鬼神的壮美乐章,从此在这方土地上比肩而立,共享烟火。千百年来,谢玄庙吸引了多少志士仁人、文人墨客前来祭拜凭吊,抒英雄之豪气,发思古之幽情。唐代大诗人李白诵吟——

> 寿阳信天险，天险横荆关。
>
> 苻坚百万众，遥阻八公山。
>
> 不假筑长城，大贤在其间。
>
> 战夫若熊虎，破敌有余闲。
>
> 张子勇且英，少轻卫霍俦。
>
> 投躯紫髯将，千里望风颜。
>
> 勖尔效才略，功成衣锦还。

——《送张遥之寿阳幕府》

宋代诗人徐钧咏叹——

> 战败苻坚百万兵，晋家宗社赖而存。
>
> 当时若使玄犹在，国祚桓玄未可吞。

——《谢玄》

也是宋代诗人的曾极则对淝水之战的结果做了反向设定，读来更添几分思索——

> 儿辈能军国未危，更令朱序助声威。
>
> 秦人若也全师集，云母车盛晋鼎归。

——《谢玄庙》

三

时光荏苒,历史的车轮隆隆转入明嘉靖十八年(1539年)。经过"靖难之役"后百余年的休养生息,江淮大地"萧瑟秋风今又是,换了人间",呈现出一片勃勃生机。这一天,巡按直隶监察御史杨瞻深入寿州办案,案牍劳累之余,由知州吕穆感陪同上山游览。走近淮王丹井时,但见峰峦叠翠,清泉畅流,祠亭台房参差排列掩映其间,游人香客络绎不绝。杨御史心旷神怡,脑海里蓦地迸出左思的诗句:"振衣千仞岗,濯足万里流。"这个打心底对"天下读书种子"方孝孺敬佩有加的读书人,身在官场却十分向往闲云野鹤的自由生活,虽难"被褐出阊阖,高步追许由",但能"偷得浮生半日闲",流连在这梵音缥缈、浓荫似洇的八公山上,也是人生一大快事哉!

掬丹井水,煮八公山茶,杨御史与吕知州在月牙池旁对饮唱和,乐而忘返,沉醉其中。呷了口茶,杨御史目光一扫,看见平地尽头半坡上的崖头空荡无物显得突兀,于是对吕知州说:"我们在那建个凉亭,如何?"吕知州放下茶杯,站起身来仔细看了看,右拳半握,朝左掌中一击,连声称"好"。转过脸来,问杨御史道:"依大人之见,凉亭起个什么名字?"杨御史脱口而出:"就叫'振衣亭'——在高高的山岗整饬衣服抖落灰尘,在漫漫的长河洗去足上污浊。这句诗写的不就是此山此水此情此景!"

杨御史、吕知州相视而笑。

当晚,两人没有下山,就在谢公祠内一间破旧的厢房里抵足而眠。

窗外万籁俱寂,杨御史、吕知州谈兴不减,两个读书人惺惺相惜,好像总有说不完的话,犹如山下淝河流水一般汩汩不断。聊着聊着,话题复转到读书上来。知识改变命运,读书求知永远是人间真理。八公山是座人文之山、文化之山,古有刘安招贤纳士"说林、说山、人闲诸篇多纪古事",从而成就"集古代思想之大成"的《淮南鸿烈》。我们能不能把坍塌颓败的谢公祠"广屋舍为山房",修缮改建为书院,"令乡士诵读其中","以补学校之阙而辅其不逮也"?

山上的黎明来得早。寅时刚过,画眉、云雀的鸣叫已响彻山林。杨御史、吕知州一夜未眠却毫无倦意,他们要早早下山,去安排涌泉书院建设事宜……

当年秋季,涌泉书院、振衣亭相继建成。一批学子在知州吕穆感直接资助下入院读书。至万历年间,涌泉书院声名远播,已成江淮一带屈指可数的大书院。

关于涌泉书院中走出的学子,有一人不可不提:方震孺,字孩未,万历四十一年(1613年)中进士,初任沙县知县,后为御史。其一生为官忠直,不畏权奸,国难当头时自请辅师,坚守辽东,虽屡遭奸党迫害,身陷囹圄,险些丧命,然忠心不泯。天启三年(1623年),方得以出狱归里。方震孺工诗文,擅书画。明代著名政治家、御史左光斗赞其"才子名家赋早工,西台一人想雄风",寿县碑廊藏其五尺立幅草书刻石一方——

长安道路奔驰日,故国楼台典卖时;
似此弟兄天下少,儿孙著眼断肠诗。

——《感调之》

赋闲在邑,方震孺多有义举,曾为州学宫(也就是今天寿县古城西街的孔庙)作《募种树文》。看到涌泉书院年久失修,又联络乡绅集资修复,并作文记趣:"因山为基,因泉凿地,又有茂林修竹,故习静者乐栖之,而耽情游览者亦往来不绝耳。"自此以往,淮王丹井被列为"寿阳八景"之一,享有"淮南第一胜迹"美誉。

十分可惜,明末江淮一带战祸频仍,涌泉书院毁于兵燹。

四

沧海桑田,否极泰来,历史时有惊人的相似。清顺治年间,就像当年八公山迎来御史杨瞻和知州吕穆感一样,冥冥中上天垂青,又为淮王丹井送来一位贵人。

阳春三月，天朗气清，莺飞草长。徐徐微风中，寿州隐吏孙绍先携儿带孙到郊外踏青。往诣涌泉书院旧址时，但见荆棘茂草中仅余佛殿三间，栋朽梁蠹，摇摇欲倾。孙绍先喟然长叹："未承想久享盛名的涌泉书院，居然衰败到如此田地！"

听见人声，从佛殿里转出位老僧，佝偻着腰，蹒跚着步，凑至来人身边问明身份，双手合十，颔首低眉念了声"阿弥陀佛"，说："原来是贵客光临，陋庵有幸！"

江淮一带"庵"有两种含义，一是遮风避雨的简易搭建，二是僧尼修行的住地。老僧口中的"庵"，两种含义应兼而有之。

老僧把孙绍先让到月牙池旁坐下，返身进殿取了茶盏，两人在淮王丹井旁煮茶对饮，三言两语之间，引为知己。

孙绍先说："我记得小时候，山上建有文昌阁、杨公祠、谢公祠，有亭，有台，有池，有渠水，远水环抱，乔苍梓翠，游者不绝，为州人游乐及士子静息之所。除殿宇僧舍外，还有百姓村庄四五处，房屋百余楹。怎么一转眼，这一切都荡然无存？"

老僧答："君不见历史上很多有名建筑都是以承平而盛，以乱世而废；以丰稔而盛，以荒歉而废；以创建得人而盛，以翊卫无人而废。八公山概莫能外。"

"可是，天下太平有年矣！年成也不错，庄稼连年丰收；山下所谓的社会贤达也层出不穷，可山上却破败如故，多年无人问津。"

"是啊！贫僧株守于此五年有余，一直未曾遇见有问庵祠兴废者。难道说这就是八公山的命运？难道只有古人兴耽于山水而忘却了自己？或者说今天的人们心思都在温饱上，只图混个肚子圆，因竭蹶以不遑，从而忽略了精神上的修为和追求？"

孙绍先不置可否，想了想说："估计还是社会动荡造成的缘故。这好比一个人的身体，元气充足，什么事情都能做。现在的人都经历过兵荒马乱、病患瘟疫的祸害，就像大病初愈尚在恢复中，还真不能苛责他们并寄予重望。我们现在要做的，并不是去评论盛衰，而是抓紧想办法把庵祠修复，不要让涌泉书院消亡了才好！"

老僧站起，一躬到地："施主说到我的心里去了！"

"我家也不宽裕，好在有些古人字画，你拿去换点银两，算我尽点微薄之力。"

拿着这些字画,老僧筹措到足够的资金,召集工匠不到十天便把佛殿修葺一新,正式更名为"涌泉庵",供观音于东殿,供华祖于西堂,另建山门一座、韦驮殿一间,将隔院旧房整理为书院,教授儒学,讲经史,诵诗书,学礼仪。工程竣工,老僧找到孙绍先,央他写个碑记。孙绍先欣然答应,于顺治十五年戊戌(1658年)初夏一日立《重修涌泉庵记》于涌泉庵山门内侧。

现在,这方石碑收藏于寿县楚文化博物馆内。

五

民国时期,涌泉庵时有小修,"铁笔"张树侯曾为此书丹立碑。八公山被设为安徽省立第五区林场后,涌泉庵改为林场场址。1949年初,寿县人民政府接管八公山林场,涌泉庵仍为场址。

"文化大革命"时期造反派盯上了淮王丹井后摩崖上的"万古涌泉"四字。"万古涌泉"表达的是淮南王刘安"轮转而不废,水流而不止,与万物终始"的期许。那么,砸烂"封、资、修"就从此开始吧!造反派从采石场调来五公斤炸药,在摩崖的四方下角各打眼放药,"轰隆"一声,乱石横飞,"丹井屏风"摩崖被夷为平地,千年景观灰飞烟灭,毁于一旦。

更悲催的毁灭还在后面。1958年初,根据八公山石灰岩分布广泛且离淮南煤矿、淮南电厂较近的实际情况,省、地决定成立寿县水泥厂,选址就在淮王丹井西约500米的珍珠泉边,1959年建成投产时年产水泥1235吨。由于其时大兴基建,水泥奇缺,寿县水泥厂自建成之日起便不断受到方方面面的重视,一度列入国家规划的100个水泥厂项目"笼子",不断加大投入,扩大生产规模。1987年水泥产量达到9万吨,1998年达到40万吨,成为地方最大的现代化中型企业。与此同时,国有企业寿西湖农场看到水泥生产的巨大潜力和利润空间,在淮王丹井旁建成了寿西湖水泥厂。两厂比赛似的开山取石。先是珍珠泉边的凤凰山被从大地上抹去了,然后是淮王丹井旁的雷窝山不见了踪影,接着是放牛山、里涧山、解郢山……

山体生长树木,树木涵养水源。山没了,树就没了;树没了,水就没了。

珍珠泉的水头越来越小,淮王丹井先是小了水头,后来断流。再后来,井底露了出来。当地百姓议论,这是因八公山"地气"漏了、"龙脉"断了、"风水"坏了。缺了水,山就没了灵气,不再是宜居宜游之地。先是林场场部搬迁,紧接着,附近山民也纷纷迁去。淮王丹井人去屋空,杂草丛生,各类建筑失修坍塌,断壁颓垣、残砖碎瓦疮痍一片。仙踪灵迹,荡然无存矣。

这一幕被著名文化学者余秋雨真实记录下来。2009 年 6 月 9 日,余先生和马兰到八公山公墓祭祖,正好从珍珠泉边经过,回去后在《解放日报》发表了一篇文章——

> 到了寿县还是遇到那个每年都遇到的大遗憾:一家水泥厂把八公山的山体挖得满目疮痍、狰狞可怕。水泥厂周边很大范围内都是一片灰蒙蒙,连一处历史文化遗迹珍珠泉也变成了"泥灰泉"。听说很多年前曾经有一个高龄的书画家跪在当地官员面前要求搬迁这家水泥厂,但看来没有产生效果。

> 对于这件事情,我想接着那位书画家再大声呼吁一下,我倒不仅仅是为了珍珠泉,也不仅仅是为了灰蒙蒙,而主要是为了八公山。我想告诉当地官员,这座被挖得满目疮痍的八公山,是中国历史上的一座名山。中国有一句成语叫"八公山下,草木皆兵",可见这座山已经进入"公共语汇系统"。中国历史那么长,能够进入"公共语汇系统"的山水很少,只有"泰山北斗""不识庐山真面目""上有天堂下有苏杭""桂林山水甲天下"等寥寥几处……依据《淮南子》,八公山又是中国豆腐的发明地,让人立即联想到这里应该有最佳的水质、最上等的豆蔬作物。直到今天,这里都有理由成为中国的"素食圣地"……因此,八公山必须受到保护。

> ——《八公山下》

不知是不是名人余秋雨的呼吁起了作用,反正文章发表不久,有关方面按照以人为本、全面协调可持续发展的要求,壮士断腕,果断做出全面关停八公山72家工矿企业的决定。仿佛在一夜之间,漫山遍野的机器轰鸣声、不绝于耳的开山爆炸声戛然而止。

山体修复,植树造林,划定历史遗存保护区,还八公山自然风貌。经过一年四季,人们惊喜地发现,八公山上的树木,枝叶上的浮灰冲刷殆尽,又焕发出新绿……

山顶烟雾弥漫的天,逐渐蓝了;山脚泡沫翻溅的水,逐渐清了。几年过后,干涸已久的淮王丹井,居然又冒水了!

井水清澈见底,水面熠熠生辉,倒映着井口摇曳的枝叶和造访者一张张欣喜的笑脸。久违了,看见你真好!

丹井的水源,还不足以涌出井口。但我想,不怕,只要我们真诚地对待她、保护她,要不了几年,水流一定可以恢复得像历史记载的那样,成为名副其实的万古涌泉!

淮王丹井,魂兮归来! 八公山,魂兮归来!

2017.5.27

淝水岸边

逶迤淝水,由东向西,缓缓流淌,在八公山脚下,向北一甩,汇入淮河。

淝水流经古城寿县城北,与护城河"T"形交接,紧紧包裹住"口"字形的古城墙。北城墙下的淝水,也就成了护城河的一部分。

仲春时节,阳光和煦,天朗气清。淝水岸边芦苇拔节,油菜花黄,垂柳把河水洇染得一片碧绿。几只水鹬巡游于水面,见有人来,急转身向水中央飞起,翅膀将水面扇起一道道波纹。老柳树下,有人手持鱼竿,临河垂钓。古城墙上,红男绿女,欢歌笑语。一行白鹭跃过城墙,依次落入芦苇丛中,悄然无声,了无踪迹。

站在对岸稍嫌简陋的河堤上,面对久负盛名的淝水之战古战场,我的脑海蹦出一声感叹:"逝者如斯夫,不舍昼夜!"

一

寿县博物馆"淝水之战"厅,并排塑有谢安、谢玄、苻坚、苻融四尊铜像。谢安气定神闲,风流倜傥;谢玄银甲披身,英气逼人;苻坚容颜瑰伟,自信满满;苻融姿貌俊雅,卓尔不群。

历史上,谢安、谢玄、苻坚、苻融其实都是十分可爱的人物。谢安就不消说了,这是一位中国古代史上绝无仅有的能把"风流"二字写到极致的人。家族里,他是所有人的精神依赖;社会中,他是一个时代的崇拜偶像;林泉间,他是名士们的核心领袖;朝堂上,他又是整个国家当之无愧的擎天支柱。他还是一位大书法家,一位操琴里手,一位诗人,倾倒了李白、王安石、苏轼、陆游、辛弃疾等无数文人雅士。谢玄,作为谢安的侄子,为人温存谦让,但有经国才略,治军打仗中智勇过人,被誉为"常胜将军"。作为北府兵统帅,在淝水之战晋兵大胜中发挥了决定性作用。而苻坚,年仅13岁就任龙骧将军,是十六国时期著名的政治家、改革家,前秦帝国第三位国君。在位时期,他励精图治,广施仁政,开凿泾渠,减刑免租,开创宣昭之治,史称"关陇清晏,百姓丰乐"。随着国力日渐强盛,苻坚胸怀"混一六合,以济苍生"的鸿鹄之志,开启了一统天下的漫漫征程,其终极目的是为了结束乱世。南征北战中,苻坚攻城拔寨,但从未有过一次屠城暴行。苻融,苻坚的弟弟,姿貌俊雅,聪慧过人,宗室名臣,在朝野中颇有声望。王猛去世后,用"萧规曹随"之法维持国家正常运转,屡次反对攻打东晋。我曾天真地想,这四个人,如果放在和平年代,也许可以成为刎颈之交,诗词唱和,把酒言欢,以心换心,惺惺相惜,成就新的一曲高山流水!

一场淝水之战,将谢安、谢玄、苻坚、苻融四人的名字紧紧联结在一起。今天,寿县人又将他们集于一室供人瞻仰。假若四人天上有知,不知会发出怎样的感慨?

二

谢安、谢玄、苻坚、苻融同处一室,也只有在寿县才能成为现实。

寿县古称寿春、寿阳、寿州。战国晚期,楚国以此为都,自秦汉以迄明清,本地迭为郡、县、州、军、道、路、府治所。有人说,古今和谐看寿县,文化包容在楚都。的确,3.65平方公里的一座弹丸小城,东城有唐代报恩寺、清代基督堂,西城区有元代孔庙、明代清真寺,城南有隐贤泰山庵、正阳关玄帝庙,城北有八公山帝母宫和白塔寺。可谓儒、道、佛三教齐全,古今中外宗教文化在这里共生共融,各色人等于小城和谐相处。

1977年2月,寿县报恩寺舍利塔因塔身破裂危及安全,文物部门决定拆除。当清理到基座时,人们发现一块石板明显有人工雕琢的痕迹。撬开后,一座不为人知的地宫映入眼帘。地宫内呈六角形,六面墙上除北壁镶嵌《寿州寿春县崇教禅院新建舍利砖塔地宫壁记》石碑外,余下五面皆为粉彩人物画,画中人物席毯而坐,慈眉善目,广袂长衫,华丽富美。其中一画,道、僧、儒同席,或拱手,或合掌,或抱拳,体态逼真,形体匀称,儒生温文尔雅,道士幽雅清癯,僧人静穆宁谧;再有一画,武将与信女同框,武将骁健刚猛,信女柔丽婀娜,形神兼备,惟妙惟肖。所有人物或呈交谈状,或呈倾听状,或顾盼,或沉思,寓动于静,不一而足。这是寿县首次也是唯一一次发现宋代壁画的实物遗存,其考古及艺术价值不言而喻。但普通民众茶余饭后引为谈资的,还是壁画所反映的场景,认为其正是寿州人文风情最真实的写照。

寿县地处淮河中游南岸,位属中国南北地理分界线,地理上平旷开阔,族群上夷夏交互。一方水土养一方人,水土不同,风俗、饮食、性情也就不同。北方人豪爽大方,南方人细腻精明,不南不北的寿县人则中和了南北特色,看起来粗犷豪放,实则粗中有细。受楚文化历史性影响和淮河文化地域性影响,寿县人的性格更呈现出一种推崇和合融通、顺应自然本性的精神特质,崇文尚礼,兼收并蓄,追求自由,守土慎迁,做人治世倡导道法自然,正所谓“走千走万,不如淮河两岸”。清代马注在《清真指南·请褒表》中记载:“宋熙宁时,臣祖所非尔为阿思不哈喇国王入贡京师,神宗大悦,留淮洒之间,封宁彝域朝奉王。”“淮洒之间”,即指淮河和洒水,实属皖隶。文献显示,自北宋中期回族先民迁入寿州古城,与当地民众和谐相处,世代友好,由当时不足百户、近千人,逐步发展到现在的 3000 余户、1.2 万人。

今天,寿县拥有 35 个民族,人口 139.9 万人,其中少数民族人口 4.65 万人。

三

一河定南北的分界线,历来都是兵家必争之地。古人向有“守江必守淮,夺淮必夺淝”之说。作为战略要冲,寿县“南人得之,则中原失其屏障;北人得之,则江南失其咽喉”(清代《寿州志》),任何一位兵家都不敢小觑。每有战事发生,必先以淝水为争,“备守战”贯穿于寿县历史,无论明代《寿州志》,还是清代《寿州志》,都专设

"武备"一章。战争频发、治乱交替的历史演变,又让淮河文化在融会东西南北中不断得到发展,人民尚武豪侠,机智勇敢,善于抗争。

公元 383 年 8 月,苻坚亲率百万大军南下,意欲一举灭除东晋,实现一统天下的梦想。面对众人劝阻,苻坚自信满满:"我有百万大军,一人扔根马鞭,就能把长江的流水堵住。消灭东晋,还不就像捏死只蚂蚁一样!"

大军所向披靡,摧枯拉朽,轻取寿阳后,在淝水岸边扎下阵营,等待决战。

面对强敌压境,敌我兵力悬殊,东晋朝野上下一片恐慌。这时候谢安站了出来,临危不乱,安排谢玄率领 8 万北府兵前往迎敌。敌众我寡,仗怎么打?将士们都心中无数。离建康前,谢玄想借辞行的机会讨问计策。谢安神色平和,不以为意地说:"我心里已有谋划。"然后就没了下文。谢玄无法,翌日遣部下张玄再去请教,赶上谢安正在召集好友们坐车去山间别墅游玩。张玄跟到山里,谢安要他陪他下棋,并说:"如果你赢,这所别墅就是你的了!"平时谢安棋艺不如张玄,但张玄心中有事,影响了发挥,这次只与谢安下了个平手。不能取胜,别墅自然未能易主。

谢安的气定神闲,从容不迫,为东晋稳定人心起到了决定性作用。后来,看似一边倒的形势,果然实现大逆转,就像"围棋赌墅"中棋艺不高的人反而赢了一样,前秦大军居然被东晋打败了。消息传到建康,谢安正在与客人下棋,看完信,就放在了一边,依然如旧,继续下棋。客人问他什么情况,谢安面不改色,缓缓答道:"没什么,小儿辈遂已破贼。"

后来,人们便用"围棋赌墅"这一典故,形容一个人的镇定沉着,举重若轻。

从谢安运筹帷幄之中,决胜千里之外的气度,我联想到 2020 年 7 月份网络平台圈粉无数的一则短视频:其时,江淮之间连降暴雨,寿县古城四周一片汪洋,洪水滔天,水位高过古城城门。寿县人把城门一关,城内十万居民生活如常,该上学的上学,该上班的上班。非但如此,利用古城墙御洪的独特功能,寿县人剑走偏锋,化危为机,加强宣传,增强古城旅游的知名度和美誉度。一时间,"到寿春来看水"上了热搜,成为网络热词。

四

战略上藐视敌人，战术上重视敌人。这才是克敌制胜的法宝。

谢玄知道，前秦兵多将广，硬拼不得，只能智取。第一个回合，实施"斩首术"，派出猛将刘牢之领兵5000人乘夜奔袭洛涧梁成大营，斩梁成、王泳。前秦5万人马群龙无首，溃不成军。北府兵牛刀小试，大获全胜，大大鼓舞了晋军士气，为后期淝水之战取胜创造了条件、奠定了基础。

淝水决战，更显谋略。先是在八公山布下"疑兵阵"。苻坚站在寿阳城头往北一望，大惊失色。时令已进隆冬，淝水上空灰暗空蒙。八公山下，晋军营帐排列整齐，手持刀枪的晋兵来往巡逻，阵容严整。再看山上，松涛呼啸，隐约藏有百万雄兵。"这分明是一支劲敌啊！"苻坚面如土色，回头怅怅地对苻融说，心头蒙上一层不祥的阴影。

两军隔河布阵，长此以往耗费极大。苻坚意图速战速决，派出降将朱序去晋军营中劝降。殊不料朱序"人在曹营心在汉"，带回一封谢玄的信件。信中请求秦军稍作后退，让出一点地方留出战场，以便晋军渡河决战。苻坚不知是计，决定依仗兵力上的绝对优势，在晋军渡河后再挥师掩杀："我军只要稍稍后退，等晋军一半过河、一半还在渡河时，用精锐的骑兵冲杀上去，焉有不胜的道理?!"

按照双方约定，晋军开始渡河，苻坚则安排秦军后撤。

千算万算，苻坚没有想到，秦军士兵多为胁迫入伍，训练较少，斗志不坚定，一接到后退命令，立刻乱了阵脚，造成队形混乱、指挥失控。而晋军的3000北府兵训练有素，久经沙场，战斗力极强，乘着敌军后退之际，风卷云涌般渡过淝水，一阵旋风似直扑前秦中军大帐，故伎重演实施"斩首"计划。苻坚根本没料到晋军如此神速强悍，待回过神来，晋兵已冲到眼前，身上连中数箭。慌乱之中，苻坚丢弃所乘车辆，狼狈逃窜。朱序见苻坚败逃，里应外合，煽风点火，趁机在敌营后高呼："秦军败了！秦军败了!"前秦士兵分不清真假,一时间心慌意乱,丢盔弃甲,潮水一般四处逃窜。符融见状,拼命组织抵抗,在乱军中被晋军斩杀。前秦两位主帅,死的死、逃的逃,士兵们群龙无首,互相践踏,尸横遍野。谢玄指挥晋军乘胜追击。一场战略决战戏剧性收场,东晋以寡敌众,大获全胜。

千百年来,淝水之战作为以少胜多、以弱胜强的战例,几乎被收入所有中外知名军事院校的教科书,成为古今无数兵家心向往之顶礼膜拜的经典。

记得1999年,刚刚退出领导岗位的张震将军专程来到寿县,登临古城墙,远眺八公山,凭吊淝水之战古战场,亲身感受风声鹤唳、草木皆兵的氛围与意境。将军说,他在当国防大学校长时,给学生们所上第一堂课,讲的就是"淝水之战"。实践证明,我们的军人不负厚望,已将先人的智慧转化为戍边报国的独门绝技、看家本领。

夜幕降临,华灯初上,寿县古城流光溢彩,空气中氤氲着浓浓的楝树花香,古城墙上的游客已转换为散步、跑步的居民。护城河里,蛙声一片。一列动车,呼啸着从河边的高架桥上穿过。远处隐隐传来机器的轰鸣,那是东津渡的工人在挑灯夜战。机器的轰鸣,呼啸的列车,闪烁的灯光,仿佛都在述说,历史的喧嚣已属过去。

东津渡为淝水入淮要津,古名长濑津。三国时期王粲曾在《浮淮赋》中写道:"迅风兴,涛波动,长濑潭渨,滂沛洶溶。"现在,作为引江济淮的沟通水道,东津渡正在搭建一条长约2000米的跨河大桥。东津渡大桥建成后,使引江济淮航道达到二级航道标准,可形成一条连接安徽南北的黄金水道,对于完善安徽乃至全国的水陆交通网络,都具有十分重要的意义。

"萧瑟秋风今又是,换了人间。"

2021. 4. 19

隐贤散记

沘水是淮河中游一大支流,发端大别山,自南向北一路汇流,滔滔不绝逶迤而下,经六安入隐贤古镇,过迎水寺,至正阳关携颍入淮。

隐贤古镇,钟灵毓秀,诗书隆昌。那里是我的故乡,曾留下多少美好记忆!

顺河集

当地老人说,隐贤开始不叫隐贤,叫顺河集。

顺河集,地处沘东平原上梢。沘东平原,自古便是"鱼米之乡"。春秋中期,群雄争霸,楚相孙叔敖在这里屯兵积粮,建成泽及当时、功施后世的芍陂蓄水灌溉工程,"径百里,灌万顷"(宋欧阳忞语),沘东平原"资食有储,而无水害","钟天地之美,收九泽之利,以殷润国家,家富人喜"(汉王延寿《孙叔敖庙碑记》),从此成为"天下粮仓","沿淮诸镇,并仰给于此"。

古时候,物资运输主要依靠水路交通。大别山的木材毛竹要运出来,城市集镇的油盐米面要运进去,都要通过沘河达到目的。行排坐船的人总要有地点吃饭休息,运进运出的货物总要找地方储存集散,沿河商埠集市应运而生。

沘水从海拔 1700 多米的崇山峻岭源源流出,顺着江淮分水岭北坡奔腾到达沘东平原时,地势倏地平坦起来,平均海拔只在 25 米左右。河面没了湍流激浪,河岸适宜放松歇息。同时,物品也需要找地方堆放、分流。南来北往的商贾和官民行舟至此,总要靠岸歇一歇脚,拜一拜菩萨,喝一喝小酒。这样,一座不大不小的商埠集市不知不觉间出现在人们生活中。

因集市南北走向顺河而建，人们习惯地将此称为"顺河集"。

百炉镇

曹魏时期，曹操实行"以农治国""兵农合一"的耕战政策，公元196年颁发"置屯田令"。魏正始四年（234年），为了解决南伐孙吴的军需供应，曹操派大将邓艾到寿春一带"广田蓄谷"、整饬军务。邓艾认为淠东平原"宜开河渠，可以引水灌溉，大积军粮，又通漕运之道"，于是"复于芍陂北堤凿大香水门，开渠引水，直达寿春城壕，以增灌溉，通漕运"。邓艾屯田后，淠东平原成为当时全国最重要的粮食生产区之一，"自钟离（今凤阳东北）而南，横石以西，穿渠三百余里，溉田二万顷，淮南淮北皆相连接，自寿春到京师，农官兵田，鸡犬之声，阡陌相属"。

古代打仗，"兵马未动，粮草先行"。粮食问题解决后，解决武备不足便成为当务之急。建立兵器制造基地的工作又被曹操赋命于邓艾。经踏勘，邓艾发现淠河砂滩的黄砂里蕴藏着丰富的矿砂资源，可以冶炼成铁。他让手下集聚工匠，在顺河集建立百余座冶铁炉，昼夜不停地打造兵器。伴随叮叮当当的敲击声，刀枪剑戟源源不断地运送到曹营。

寿县本土作家陈立松先生是位颇有造诣的文史专家。他曾对我说："《三国演义》第四十六回'用奇谋孔明借箭'一章，间接刻画了曹营在邓艾建炉后兵器充足的情状。"周瑜请孔明议事，瑜问孔明曰："即日将与曹军交战。水路交兵，当以何兵器为先？"孔明曰："大江之上，以弓箭为先。"就这样，孔明被周瑜一步步套牢，要孔明在十日内监造十万支箭。孔明曰："操军即日将至，若候十日，必误大事。"孔明答应三日之内可造十万支箭，并与周瑜立下军令状。第三天五更，孔明向鲁肃借船二十条，船上扎上草人，趁雾向江边曹营擂鼓行去。曹兵不知是计，频频向船射箭。不一会儿，十万支箭便交到周瑜手里。反过来想，曹营能够"箭如雨发""骤雨飞蝗"，不正说明曹营兵器储备丰富？

赤壁大战硝烟散尽,顺河集的百炉早已不复存在。但因为有了这段历史,顺河集易名百炉镇。

隐　贤

时光一逾数百年。百炉镇因为出了一个儒生董邵南,再次改名。

董邵南是谁?明嘉靖《寿州志》载:"董邵南,贞元间举进士不第,行义著闻于乡里,事父母致孝,备极甘旨。其孝慈及物,至有鸡犬相哺。韩文公尝作《董生行》颂之。"

韩文公是谁?乃位列唐宋八大家之首的一代文宗,世称"韩昌黎""昌黎先生"的韩愈。

唐贞元午间,淝水贤士董邵南科举屡试不第,遂隐居百炉镇读书耕田,奉养双亲。董邵南集诸般良好品行于一身,乡人称道;又因胸中丘壑,文章锦绣,深受士子们钦佩。韩愈在他的叙事长诗中写道:

> 淮水出桐柏,山东驰遥遥千里不能休;淝水出其侧,不能千里百里入淮流。寿州属县有安丰,唐贞元时,县人董生召(又作"邵")南隐居行义于其中。刺史不能荐,天子不闻名声。爵禄不及门,门外惟有吏,日来征租更索钱。
>
> 嗟哉董生朝出耕夜归读古人书,尽日不得息。或山而樵,或水而渔。入厨具甘旨,上堂问起居。父母不戚戚,妻子不咨咨。
>
> 嗟哉董生孝且慈,人不识,惟有天翁知,生祥下瑞无时期。家有狗乳出求食,鸡来哺其儿。啄啄庭中拾虫蚁,哺之不食鸣声悲。彷徨踯躅久不去,以翼来覆待狗归。
>
> 嗟哉董生,谁将与俦?时之人,夫妻相虐,兄弟为雠。食君之禄,而令父母愁。亦独何心,嗟哉董生无与俦。
>
> ——《嗟哉董生行》

韩愈与董邵南的交集,缘于科考。两人同样饱读诗书,同样胸怀"修身齐家治国平天下"的远大抱负。两人赴考长安,同样屡试不中,三次落第。所不同的是,第三次落第之后,董邵南因家境艰困而选择隐居,韩愈则在第四次得中进士,迈向人生辉煌的起点。因为患难中结下的深厚情谊,韩愈与董邵南一直保持书信往来。在博得功名之前,韩愈同样出身小户,穷困潦倒,生活全凭兄嫂接济,因此对董邵南的遭际感同身受。贞元十六年(800 年)春,韩愈在长安朝正后回到徐州,收到董邵南发自淠水之滨的来信,惺惺相惜,当即写下一步三叹的《嗟哉董生行》。诗文中,韩愈对董邵南的高尚品德推崇备至,赞赏有加,同时对他的落魄和困顿深为惋惜。

元和元年(806 年)六月,韩愈奉召回到长安,官授权知国子博士。时间不长,同僚自寿州公务归来,谈及好友董邵南因不得于朝廷录用,抱负难酬,正在考虑朋友的规劝,拟赴藩镇割据的燕赵谋求发展。韩愈久受儒家思想影响,"大一统"观念根深蒂固,反对地方分裂主义,对藩镇割据深恶痛绝。同僚带来的消息让他大惊失色,寝食难安。他当过监察御史,"这种官职的第一素质就是不怕得罪人,因提意见获死罪都在所不辞"(梁衡《读韩愈》)。在皇帝面前尚且如此,在自家兄弟面前更要提出诚实意见。

韩愈要给董邵南写一封信。

当然,韩愈是个大文学家,写信自然比一般人也要讲究些,规劝必须委婉,用词必须含蓄,于理于情都要特别动人,文字还要铿锵有力。伫立案头略一思忖,笔走龙蛇,一气呵成,一篇尽显胸中块垒、笔底波涛的千古名篇喷薄而出:

> 燕赵古称多感慨悲歌之士。董生举进士,连不得志于有司,怀抱利器,郁郁适兹土。吾知其必有合也。董生勉乎哉!
>
> 夫以子之不遇时,苟慕义彊仁者,皆爱惜焉。矧燕赵之士,出乎其性者哉!然吾尝闻风俗与化移易,吾恶知其今不异于古所云邪?聊以吾子之行卜之也。

董生勉乎哉！

　　吾因子有所感矣。为我吊望诸君之墓，而观于其市，复有昔时屠狗者乎？为我谢曰：明天子在上，可以出而仕矣。

——《送董生序》

　　这篇文章，感情充沛，措辞深婉，语调苍茫，明是送行，实为挽留。一口一声"勉乎哉"，实际是说，要考虑清楚！一点要慎重啊！话是这样，意思又是另一样，意在言外，又在言内，先似正实反，后似反实正。总之是要求好友不论艰难挫折，万不可丧失信心，一定要"忠"字第一。全文几乎一句一转，指东说西，言有尽而意无穷，意可会而言不可传，借古讽今，意蕴丰富，实在妙绝。古往今来，凡读书人无不为此至文所动容、所折服。清人吴楚材、吴调侯在《古文观止》中赞："文仅百十余字，而有无限开阖，无限变化，无限含蓄，短章圣手。"刘大櫆评论："深微屈曲，读之，觉高情远韵可望而不可即。"著名文学家、寿州人氏金克木专门撰文《与文对话：〈送董邵南序〉》，逐字逐句分析点评后喟叹："尊敬的韩文公老前辈，我对您磕头礼拜，真是佩服得五体投地！"

　　正是受了韩愈的规劝，董邵南坚守清志，隐于乡野。但他的道德品行，通过士子乡人口口相传，不胫而走，很快名扬天下。250多年后，宋代文豪苏东坡在《苏州姚氏三瑞堂》中盛赞："君不见董邵南，隐居行义孝且慈。天公亦恐无人知，故令鸡狗相哺儿，又令韩老为作诗。尔来三百年，名与淮水东南驰。"

　　渐渐地，人们淡忘了百炉镇原有地名，隐贤之名登堂入室，独享荣宠，沿用至今。

读书台与孝感泉

　　在隐贤，董邵南所留下的读书台遗址与另一名唐代孝子李兴事迹演绎而成的孝感泉，是当地著名的文化遗址。明代嘉靖《寿州志·山川纪》载："读书台，州西南一百二十里,唐董、李二贤所居之处,旧有楼,披废,台址犹存。"《乡贤祠》也有记载:"儒学戟门右祀……唐孝子李兴、董邵南。"

读书台和孝感泉地处隐贤古镇北端。淠堤在这里有个"Z"形大湾,读书台在外堤湾内,与内堤湾内的孝感泉互为犄角,遥相呼应。

我的童年时代就在读书台边度过。那时候,淠河的水,清澈见底;淠河湾的芦荻,青翠苍茫;淠堤脚下的垂柳,摇曳婆娑。一湾淠水,在夕阳下粼光闪烁,风情万种。汛期来临,大别山下来的滚滚浊流若万马奔腾,巨木、草堆沉浮其间,堤坡草丛里到处都是被水逼上岸来的刺猬、幼獾等小动物。年幼无知,不晓得害怕,洪水决堤"跑水反"的惊险,屋倒屋塌家园被毁的凄惶,好像都与我们无关。我们兴奋和在意的是每天能在大堤上看见与往常不同的风景,还有平时一本正经的大人们一改常态的惊慌失措。

坐落在"Z"形外堤湾内的读书台,当时我只知道那是舅姥爷的家居。高高依偎在堤坡上,略略低于坝顶,两排起脊草屋,坐北朝南,用院墙连接成一座江淮地区常见的农家院落,掩映在一片翠竹之中。院落中间,青砖墁地,堂屋大门两边有两株侧柏,枝繁叶茂。依稀记得舅姥说过,这两株侧柏讲究,为古人手植。可惜那时懵懂,没当回事。

我的舅姥爷世代为农,因为瘌痢,一直没有婚配。三年困难时期,街上一户家庭成分较高的人家,主动把女儿许配给他。他知道,这是看中了他的生产队长身份,且他是个"寡汉",只要他愿意,这个女子就能活命。舅姥嫁来后,舅姥爷事事依着她、顺着她。本来,舅姥爷生活邋遢,但舅姥天生爱洁,屋子里必须窗明几净,东西摆放必须有条有理;衣服可以破旧,但必须干干净净。几年下来,舅姥爷不光生活习惯随了舅姥,粗野的性子也温顺下来。舅姥爷目不识丁,舅姥却嗜书如命,南窗下的桌面上整整齐齐地码着马、恩、列、斯、毛著作,只要能找到的报纸、语录和《红旗》杂志,她都要有事没事地翻阅半天。舅姥还极爱树,有年春节,哥哥想从她家侧柏上折些树枝回家,一向慈眉善目、疼爱孩子的舅姥居然立马翻脸,将哥哥一把扯下树来,返身抓起门前的扫帚,将我们全部撵了出来。我们老家有个习俗,春节期间堂屋上方供放些松柏枝叶,有祈福祝寿、永葆安康的意思。这事后来让母亲知晓了,母亲不但没有责怪舅姥,反说我们不该去折柏枝。母亲说:"那是株神树,是你舅姥的宝贝呢!"怎么就是"神树"了,母亲语焉不详。我们觉得这是"迷信",只记得舅姥说过是古时一个姓董的人栽了此树。什么是"古时",我们也不懂。当时我们大队书记姓董,经常召开"四类分子"批斗会,小孩们都有些怕他,我们就以为这树是由他家先人栽植的,所以不敢动,否则舅姥就会被批斗。

知道舅姥爷家所居住的高台是久负盛名的董子读书台,已经是在 40 多年后,舅姥、舅姥爷均已去世多年。一次,我与淮南市志办的专家到隐贤进行田野调查,专家站在堤顶,面对高台毕恭毕敬地说:"这里应该抓紧竖碑,保护起来!"原来,因为淮河移民迁建,舅姥爷家的后人——我的表弟一家前些年迁进了堤内的移民新居。高台没了人气,颓废下来,坡塌角陷,明显缩小了许多。两株侧柏和周围的树木早不见踪影,竹子虬着头,只剩稀稀拉拉几蓬,形单影只地伫立在一片茅草中。

我赶紧联系表弟,想知道舅姥当年南窗下桌面上那些书刊还在吗?表弟说:"早已不存。只是奶奶曾给他写过两首诗,一直保存,留个念想。"我和专家乘车过去,表弟拿出两张泛黄的白纸。我慢慢展开,见是过去写大字报时所用的那种"7 分钱一张"的抛光白纸,上面用自来水钢笔工工整整抄写着两首古诗,字体隽秀,字迹已然模糊,但仍可辨出个大概。

其一:

灵鸡喔喔兮茅檐之下,揽衣裳兮薄言兴者。上堂问兮起居清暇,将黄犊兮适于中野。朝曦晃漾兮翻银波,催耕喈喈兮献新禾,慷慨扶犁兮发浩歌。豚肩属望兮成稼多,成稼不多兮供饘粥之如何。

媚夕照兮平沙,喧丛樾兮昏鸦。罢耕归去兮邀残霞,倚闾欢慰兮铺飱加。宴谈甫定兮珪月斜,篝灯到室兮慨其叹矣。璘璘缃帙兮惟经伊史,前谟示我兮孝慈而已。吁唔中夜兮彷徨起，思吊望诸兮观其市，天子圣明兮可以出而仕矣。

炊虏不可以为常，樵苏致足忧高堂。负薪之士能文章，啮指相呼来不遑。斧声啄啄兮崇冈，束担萧萧兮夕阳。鸡犬候兮门之傍，妻执爨兮儿牵裳。瓴岑楼兮烟翱翔，盘飧具兮将进忙。西山千载兮草木黄，歌《棫朴》兮怀盛王。

清淠兮浊淝，网有浦兮钓有矶。春烟兮秋雨，缨蒻台兮裹菽腐。浅渚兮深浔，鼍不鼓兮蛟不吟，鳣鲤争先兮投孝子。归来香秫新堪酾，两亲小醉兮私心喜，余鲜蓄以延甘旨。犬声如豹爨篱边，安丰县吏催租钱。

其二：

闻道城南云水隈，下帷旧径掩蒿莱。当年门有征租吏，此日楼余望古台。砌畔草披犹似带，案头简断已成灰。流风逸韵应长在，空外书声隐隐来。

悲歌慷慨纵多才，谁筑黄金买骏台。渔水樵山甘遁迹，燕南赵北等残灰。高踪久比鸿飞远，游屐间携鹤伴来。欲共望诸君墓吊，难舒怀抱自徘徊。

专家认得，这两首诗是清光绪《寿州志·艺文》中所收录的作品。其一为明代赵炯然的《董邵南读书台四歌》，其二是清代席芑的《读书台怀古》，均由韩愈诗文生发，或借古讽今，或哀叹时运不济。专家唏嘘，从唐代到明清再到现代，读书台不只是对矢志苦读、终生不遇的董邵南的一种民间肯定，更是一座令天下读书人引以为荣、无与伦比的历史纪念碑啊！韩愈的如椽大笔或许会使读书人受宠若惊，但来自民间自发的肯定，更是令读书人感铭五内、没齿难忘！

专家说："加强读书台遗址保护，刻不容缓。我辈应发挥所长，奔走呼号。"

内堤湾内的孝感泉，名气远远大于读书台，是因为一则传说的力量。相传唐代有一个叫李兴的人，幼年丧父，与瞎眼母亲相依为命。听说海水洗眼可以复明，李兴背着老母一路东行，跋山涉水，风餐露宿，沿路乞讨，寻访大海。这一天，娘儿俩来到淠水岸边,疲惫不堪,饥渴难耐,偎在一株老柳树下休憩。迷迷糊糊中,只听得身旁轰隆一响,现出一泉。原来,李兴的孝心感动了上天,玉帝命龙王敬献海水。李兴用海水为母洗眼,母亲顿时复明。后人称:"母病思海水,心诚可感天。日行千百里,地忽涌泉流。"便把这泉称作了"孝感泉"。

传说只能是传说。据清嘉庆《寿州志·孝节列传》载:"(唐)李兴,其父恶疾,兴自刃股肉假托以献父,父病亟不食而死。兴号呼口鼻流血,捧土就坟,庐于墓侧,昼夜哀号不辍。后庐上产紫、白芝二本,寿州刺史以闻于朝。"唐代大文学家柳宗元在《寿州安丰县孝门铭(并序)》中也写道:"寿州刺史臣承思言'九月丁亥,安丰县令臣某上所部编户氓李兴,父被恶疾,岁月就疾,兴自刃股肉,假托馈献,其父老病,已不能啖啜,宿而死。兴号呼扶臆,口鼻垂血,捧土就坟,沾渍涕洟。坟左作小庐,蒙以苦茨,伏匿其中,扶服顿踊,昼夜哭诉。孝诚幽达,神为见异,庐上产紫芝、白芝二本,各长一寸,庐中醴泉涌出,奇形异状,应验图记'。"

我们小时候对孝感泉是没有感情的。因为泉眼太深,大人们怕出事故,不给孩子们靠近:"孝感泉通海,里面有妖精,专门吃小孩!"过去孝感泉是有石条护栏和块石护坡的,旁边还有一座坍塌的庙宇。20世纪六七十年代整修街道,这些石条和块石都被扒去铺了老街街面。孝感泉水旺,一直作为附近蔬菜队的生产水源。随着城镇急剧扩张,蔬菜队消失,孝感泉功能逐渐丧失,直至被人填平,盖满了楼房。

现在凭吊孝感泉,遗址上只觅得一方古碑。

"编笆接枣,锯树留邻"

倘徉于隐贤古镇,你会发现,临街门面上的大红门联,有的写着"国居三晋,姓首百家",有的写着"三街桃花面,六巷酒飘香"……散发着浓郁的文墨之香,吸引着人们探究的目光。寿县是成语典故之城,隐贤作为寿县四座历史文化名镇之一,一街一巷皆藏典故,一砖一瓦都有故事。

"国居三晋,姓首百家",这是赵姓家族在叙说家史。

"三街桃花面,六巷酒飘香",是生意人家对古镇街巷的全面概括。"三街"指顺河街、榔头街和小街;"六巷"指水巷、日头巷、当铺巷、公平巷、鲍家巷、涂家巷。

涂家巷里曾发生过"编笆接枣,锯树留邻"的故事,至今仍被人们传为佳话。传说巷子里从前住着陈、王两户人家,院落仅一墙之隔。陈家的墙头左侧栽植一株枣树,几年后结实,枝头越过墙头伸向王家院内,熟透的红枣不时掉落。王家想,这是邻家枣树结的枣子,我家孩子不该享用。于是就编了竹笆,斜架在枣树枝下,使掉落的红枣自动滚回陈家院里。陈家发现后,悄悄把竹笆垫高,不让枣子滚过来。年年结枣,年年编笆。王家想,还是迁往别处吧,免得天长日久,影响邻居关系。陈家得知这一消息,深感不安,果断把枣树锯掉。王家见到倒地的枣树,深表惋惜,问道:"为何要把正在结实的枣树锯掉呢?"陈家说:"枣子虽好,也没有邻居好啊!"

老　街

站在高高的汜河大堤上,眼前是一片广袤的金色沙滩。汜河蜿蜒,缓缓流淌。汜堤下,由老柳树组成的防浪林,春风吹拂,柳枝飘荡,三五游人穿行其中。掩映在绿荫之中的泰山古庵,飞檐交角,梵音袅袅。汜堤背面,隐贤古镇似一个睡在母亲臂弯中的婴儿,静静地依偎在堤脚下。那种淡泊宁静的美,在依稀飘荡的唱经声中,更加显得妩媚、和谐,别有韵味。

我忽然似乎明白一个问题:汜河与隐贤什么关系? 汜河孕育了隐贤,汜河是隐贤的魂! 一条流光溢彩的汜河,成就了古镇的繁荣,没了汜河,也就没了隐贤。追溯隐贤的历史,几乎都与这条汜河相关。汜河长流,给这里的经济社会、特别是工商业发展,创造了得天独厚的条件。明代以降,这里便是江淮一带的重点商埠,不少具有"儒商"雅称的徽商来到这里经营置业,更加带动了古镇工商业的蓬勃发展。

现在,我们所看到的大片带有徽派建筑风格的白墙黛瓦马头墙的老房子便是明证。

隐贤老街呈扁"十"字形,开有四门,人称"栅栏门"("栅栏",当地人读"sālā")。从南栅栏门进去,街口迎面有两块石墩,这就是传说中曾经镶刻"二十四孝"图的隐贤牌坊遗址了。街心蜿蜒,中间一条泛着光亮的青石板路,两边青砖铺砌,苔痕斑斑,古韵浓郁。青石板上印有深深的车辙,那是旧时独轮车车轮留下的痕迹。两边的房屋,是清一色的明清建筑,前为商用门面,后为居家闺室,青砖墙,天井院,风火墙,铺板门,雕梁画栋,紫梁绕壁,木雕石刻,栩栩如生,虽经数百年风雨剥蚀,显得有些支离和朽败,然构架皇皇,仍能看出当年的雄姿。老街里,很难看见年轻人的身影,进出屋门的大多是老人和孩子。信步走进一户人家,室内杯盘洁净,布置清雅。甭论家富家贫,中堂都挂着字画,虽非古董,却仍能使人感受到文化余脉的延续。这使得经历风雨浸染的街巷,呈现出一种别样的古朴清雅。走在这样的街巷里,虽难遇见"一个丁香一样的结着愁怨的姑娘",却让人回忆,让人遐想,让人体味到一种朦胧而又幽深的美感。

离"十字街"不远,刚刚列为省级文物保护单位的赵氏老宅正在修葺。几位工匠立在脚手架上,正在将房脊上的老瓦揭下。空洞的天井里摆放着斧刨锯子等家什,两个木匠正在噼噼啪啪地拆解两边厢房腐朽的门窗。这让我想到进南栅栏门前时,在董子广场的巨幅广告牌前,看见当地政府公示的重修董子读书台、建设孝感泉大街、修复火神庙等项目的效果图。看来,有关方面正在隐贤旅游资源开发上下功夫、做文章,我不禁暗暗叫好。比如说,修复久已湮灭享有盛名的董子读书台,不仅可以唤回古镇原初的所"隐"之"贤",也能启迪更多的时代贤俊,将隐贤的贤良风尚永远绵延下去。同时,恢复这一独特的人文景观,也能为寻幽探奇者,特别是天下的读书人,提供一个游目骋怀、吊古抚今的登临之地。

这可是一劳永逸的大好事、大善事啊!

隐隐也有一丝担忧:历史街区旅游开发,专业性极强。修复老街,恢复遗址,都应经过专家充分论证,做好历史保护和文化承接,然后再动手不迟。决不能图省事、嫌麻烦,急功近利,扒掉真的盖假的。仿古再"古"也是假,看似好看,其实是一种破坏。

　　隐贤,勉乎哉!

2020. 2. 20

一座山，两座坟

一

远涧自倾曲，石溆复戋戋。

含珠岸恒翠，怀玉浪多圆。

竦峰时吐月，密树不开天。

瑶函尽玄秘，金检上奇篇。

是有琴高者，陵波去水仙。

——吴均《登寿阳八公山》

八公山，地处寿县古城北端，方圆 128 平方公里，由 47 座山峰叠嶂而成，清泉密布，景致绝美，南朝文学家吴均赞其是"峻极之山，蓄圣表仙"，诗人李白、韦应物、刘禹锡、欧阳修、苏轼等都曾留下脍炙人口的篇章。

站在主峰四顶山上远远望去，八公山含阳藏雾，逶迤错峙，就像一头匍匐于地面的健壮牡牛，那伸向淮河的两个大古堆，成为大牡牛的两只犄角。一湾淮水，似白练迎风飘摆，被犄角轻轻一挑，荡然开去。

两只犄角，两个大古堆，一北一南，分属赵大将军廉颇墓和汉淮南王刘安墓。

一文一武，两个不同时代不同类型的代表人物，殊途同归，最后都长眠于淮河岸边的八公山麓。

二

气吞六国扫群雄,能使相如拜下风。

百战边关摧劲敌,千秋日月照孤忠。

老成持重兵容肃,权佞交谗计划空。

今日荒坟凭吊处,摩挲青史蔚丰功。

——王佩兰《廉颇墓》

廉颇墓掩映在一片红白相间、生机无限的桃梨丛中,封土周长约 300 米,高 20 来米,依山势而建。墓前有碑,上题"赵大将军廉颇之墓",龙飞凤舞,气势磅礴,乃寿州狂草大师司徒越先生书。正是仲春时节,万亩果园梨花飘雪,树冠恰似朵朵蘑菇云,花浪相叠簇拥成海,澎湃汹涌。城里赶来赏花踏春的姑娘小伙成群结队,小鹿般穿行于墓前墓后,红的衣,绿的衫,飘逸的头发,跳动的身影,不觉中也成了花中的景。几位耄耋老人聚在廉颇墓前,效古人吟诗唱和:"寿域梨花香雪海,江南花早近淮开。墓前诗会群英集,座上村夫夸楚才。"(方均平《咏梨花诗会》)一代名将廉颇墓,因为桃梨的装扮,成了游客踏青游春的首选。

廉颇是战国时期赵国的上将军。太史公《廉颇蔺相如列传》载:"廉颇者,赵之良将也。赵惠文王十六年,廉颇为赵将,伐齐,大破之,取阳晋,拜为上卿,以勇气闻于诸侯。"他对蔺相如由不屑一顾到负荆请罪,两人结为刎颈之交。长平之役,廉颇率军固守三年,使秦兵师老无功。后秦用反间计,使赵国以赵括代替廉颇,赵军大败。赵孝成王十五年(前 251 年),廉颇再次领兵,大破燕军,受封"信平君"。赵悼襄王时,廉颇受奸臣谗言,获罪奔魏国。后赵国被秦兵围困,欲重新启用廉颇,派使者往魏国接请。廉颇也思念家乡,欲回国报效尽力。当着使者的面,廉颇吃掉一斗米的饭和十斤肉,披甲提刀,策马扬鞭,豪情满怀,壮怀激烈,英武之气不减当年。然使者为廉颇仇人所用,回来后在赵王面前讥谤说:"廉将军虽老,尚善饭,然与臣坐,顷之三遗矢矣。"导致廉颇成为弃子。此事被楚国知道了,楚考烈王暗地里派人将其接迎至楚,但仍没得到重用,郁郁寡欢,客死寿春。

寿州民间有谚:"从寿州,到河南,十八廉颇墓到凤台。"传说沿八公山临淮处有十八座廉颇墓,是他的十八位夫人堆筑的。在他出殡那一天,共有十八副棺木同时下葬,其中只有一个是真墓,其余都是衣冠冢。安排疑冢的目的,主要是防止后人盗墓。传说毕竟只是传说,无据可考,"廉颇流落到楚国,并未得到重用,出殡时哪会有那么大的排场?想必也没有那么多的金银财宝陪葬,何劳十八位夫人兴师动众?"(罗会祥《梨花丛中吊廉颇》)老百姓之所以如此传诵,无非是表达对英雄的追慕而已。《史记正义》明确记载:"廉颇墓在寿州寿春县北。"《太平寰宇记》引《古今冢墓记》更将具体方位标注明了:"廉颇葬于肥陵牛麓。""肥陵",八公山古名,也称淮山、北山、紫金山;"牛麓",即八公山中廉颇墓紧依的放牛山。

寿县是楚文化的故乡,盛传各类人文典故,也是众多传说的发源地。围绕廉颇墓,还衍生出一则关于盗墓贼的故事。传说民国时期,有一盗墓贼将墓挖开一个小洞,忽听墓内怒吼如雷,撼天动地,盗墓贼吓得拔腿就跑,只摸得墓里一枚锄头。这枚锄头,应是古时盗墓贼盗墓时留下,不想今日亦成为文物。附近村里还传说,每每月白风清之夜,古墓中总会传来缕缕古琴之声,悠扬婉转,如泣如诉,仿佛是老将军在借琴声抒发重上战场的渴望,表达对故国的深深思念。

"凭谁问:廉颇老矣,尚能饭否?"辛稼轩借《京口北固亭怀古》所发之悲叹,与乡野传说如出一辙,何其相似耳!

八公山"南参差而望越,北迤逦而怀燕",历来为兵家必争之地,"南人得之,则中原失其屏障;北人得之,则江南失其咽喉"。廉颇踌躇满志来到这里,"男儿要当死于边野,以马革裹尸还葬耳!"结果所有的希望变成失望,英雄难遇明君,将军难上战场,郁积在胸中的怨愤,更对何人说?

　　廉颇长眠于八公山麓，600年后终于等来一场好戏，东晋谢安对垒前秦苻坚，"风声鹤唳、草木皆兵"，成就史上以少胜多、以弱胜强的经典战例——"淝水之战"，南北统一由此推后200年。我曾做奇想，如果廉颇犹在，翻身跃起参战，他会加入南北哪支队伍？历史会不会因此改写？

　　历史从来没有假设，但总是充满戏剧性。时光一逾千年，廉颇墓深陷花海，成为闻名遐迩的旅游观光胜地。墓前广场被辟成"梨园大舞台"，一年一度的"梨花诗会"影响力逐年扩大，盛况空前，热闹非凡，已成为地方文化的一张亮丽名片。"天降云霞岭采芬，肥陵有幸恃将军。英灵长在山河壮，遥望古城夕照曛"（哈余庆《谒廉颇墓》），老先生在台上口吐莲花，抑扬顿挫，激情飞扬，赢得台下掌声雷动，叫好声一片。廉颇地下有知，会不会也心痒起身，和上一曲？

三

> 淮山但有八公名，鸿宝烧金竟不成。
> 身与仙人守都厕，可能鸡犬得长生。
>
> ——王安石《八公山》

　　诗篇说的是汉淮南王刘安修道成仙的故事：传说刘安受封淮南王后，为求长生不老，召集方士数千人，聚在八公山上谈仙论道、著书炼丹。一天，天上出现八朵祥云，每朵云上都站着一位鹤发眉须的老人，笑盈盈地落在山下，求见刘安。门吏见是八个白胡子老人，怠慢有加，不愿通报。八公大笑，顷刻变成童子，角髻青丝，面如桃花。门吏大惊，赶忙禀报。刘安顾不上穿鞋，赤脚出迎。八公留下后，与刘安登山修道炼丹。过了些日子，仙丹炼成了，八位神仙飘然上了天。刘安吃了仙丹，觉得身子轻松了许多，便也飘然成仙上天。余药在器，鸡犬舐食，尽得升天，出现了"鸡鸣天上,犬吠云中"的奇观,由此产生了"一人得道,鸡犬升天""鸡犬皆仙""淮南鸡犬"等成语典故。

刘安何许人也?他是汉高祖刘邦的孙子,厉王刘长的儿子,西汉时期著名的文学家、思想家。汉文帝十六年(前164年),刘安以厉王长子身份袭封为淮南王,在寿春度过了42年的王侯生涯。刘安是一位开明的封国王侯,他博雅好古,求贤若渴,收容门客有数千人,其中佼佼者有八人,号称"八公"。刘安都寿春期间,与门客集体编写了《淮南子》一书,全书以道家思想为主,兼论儒、法、阴阳及诸子学说,在天文、地理、物理、化学、民俗和文学等许多领域都做出惊人贡献。《淮南子》中第一次编订二十四节气,发明天干地支的纪年法,对后世影响极大,并一直沿用至今。在文学成就上,《淮南子》是我国神话故事之集大成者,如女娲补天、共工触山、后羿射日、嫦娥奔月等四大神话传说,均出自《淮南子》,史家称其是"牢笼天地,博极古今"的巨著。刘安的文学造诣很深,司马迁称其"才思敏捷,善为文辞"。据说,汉武帝即位后,一次命其仿离骚体作赋,他日出奉诏,早饭后即完稿复命。刘安还是为《楚辞·离骚》作注的第一人。他喜欢舞乐,尤爱欣赏富于节奏感的舞乐,依照王充《论衡》中描写的"淮南舞"姿韵,有人推论,如今流传于江淮之间的"花鼓灯"舞蹈,与刘安酷爱的淮南舞有一定联系。

刘安还是豆腐的发明者。五代谢绰《宋拾遗录》载:"豆腐之术,三代前后未闻。此物至汉淮南王安始传其术于世。"南宋大理学家朱熹在《素食诗》中写道:"种豆豆苗稀,力竭心已腐;早知淮南术,安坐获泉布。"诗末自注:"世传豆腐本为淮南王术。"明代著名医学家李时珍也在《本草纲目》中记载:"豆腐之法,始于汉淮南王刘安。"当地传说,刘安有八公相伴,登北山而造炉,炼仙丹以求寿。他们取山泉磨制豆汁,又以豆汁培育丹苗,不料炼丹不成,豆汁与石膏类物质接触,化合成芳香诱人、白白嫩嫩的东西,尝起来还很鲜美,于是人们给它起名"黎祁"(谐"离奇"音),后又改名"菽乳""来其",至五代时始称"豆腐"。现在,刘安墓前还立有一块"豆腐发祥地"的石碑。

且慢！刘安不是吃了仙丹羽化成仙了？怎么会有刘安墓？

真实情况是这样的：刘安是黄老无为而治的治国理念的拥戴者和实践者，为此他组织门客精心编著了《淮南子》，进献给汉武帝刘彻后，一度曾引起高度重视。但当董仲舒"罢黜百家，独尊儒术"的政治主张出现后，很快博取了锐意求新的年轻汉武帝的欢心。政治理念上的分歧，使得汉武帝疏远刘安成为必然。"屋漏偏逢连阴雨"，"八公"中有个叫雷被的剑客，在一次与淮南王太子刘迁的比剑中，失手击伤了刘迁，被免了职。雷被心怀怨恨，索性逃到长安状告刘安。正忙着"削藩"的汉武帝求之不得，顺水推舟剥夺了刘安的封地。祸不单行，刘安的大儿子刘不害，平时不为刘安所喜爱，太子刘迁也看不起他。刘不害的儿子刘建十分不满，遂赴长安检举刘迁恶行。汉武帝派人办案，祸起萧墙，款款罪证最终都安在刘安头上，认定其"阴结宾客，拊循百姓，为叛逆事"。公元前122年，汉武帝派兵围剿寿春，刘安自知罪不可赦，自刎而死，王后、王子、门客、亲属等尽被斩杀。这就是历史上有名的"淮南狱"，《史记》《汉书》均有记载。

刘安墓背依青山，南眺淝水，西望淮河，松柏环抱，玉兰飘香，呈现出一派王者气象。淝、淮两河在墓前西北角交汇，浩浩荡荡流向远方，阳光下波光粼粼，金光灿灿。东北面的四顶山峰峦多姿，林木葱郁，亭台楼阁隐现其间。细看，墓身呈覆斗形，周长约120米，上面长满刺槐、梧桐、乌桕等乡土树种，四周筑有高约1米的青石护土墙，墓前立有清代安徽布政使吴坤修书写的"汉淮南王墓"碑刻，为国家重点历史文物保护单位。据说，1938年李品仙奉命驻防寿县时，成功盗掘李三孤堆楚幽王墓后，目光又盯上刘安墓，组织工兵试挖，剖开地皮后发现，墓体均是由清一色巨石筑砌，石缝紧密，用糯米汁和石灰浇灌，厚不可测，无从下手。从墓体向周边扩展数十米，仍找不见墓门，盗掘行为只好草草收场，无功而返。

刘安墓旁边，就是久负盛名的豆腐村。每日里，前来体验豆腐制作和品尝豆腐宴的游客熙熙攘攘，摩肩接踵，络绎不绝。真是"无意插柳柳成荫"，任由刘安博学多能，恐怕也料不到当年他的无意之举，竟让八公山成为天下闻名的"素食圣地"，豆腐村家家户户依靠制作、烹饪豆腐菜肴发家致富。怪不得刘安墓香火如此旺盛,当地老百姓都把他作为神仙供奉!

四

　　染尽丹霞淝岸枫,探幽寻趣北山中。

　　书生潇洒吟吴韵,野老从容话楚风。

　　才向涌泉怀谢相,又登青冢吊廉公。

　　欲知故郢千年事,煮酒听君解昧蒙。

——孙世观《携友游八公山》

　　一座山,两座坟。

　　两个人,一个渴望披挂上阵,一身本领反屡遭冷落,有心杀敌却无力回天,于寂寥孤独中徒唤奈何,抱憾而终;一个向往清静,存志无为,致力于长生不老却祸事绵绵,不仅自己身首异处,还被株连。现实面前,无论将军还是王侯,其实都不过是一粒小小的草芥。

　　可也正是这两个人,这两座坟,使八公山骄傲地进入公共语汇系统,"漫山成语典故,遍地故事传说",从此成为一座人文之山。山因人而名,人因山更名。特别是近年来,当地巧借历史渊源做好文化和旅游文章,让沉睡千年的廉颇和刘安为地方经济社会发展出力,一个个如诗如画的景区景点被开发出来,一处处耐品耐读的古迹遗址被发掘出来,一段段有声有色的传说故事被整理出来,八公山成为游客们心驰神往的文化旅游最佳目的地,一文一武两位名流的高大形象,又在人们眼前鲜活起来。

　　廉颇和刘安幸甚! 八公山幸甚!

2018. 2. 2

"七十二水通正阳"

从寿县古城到正阳关,走的是一条叫牛尾岗堤的公路。原来,牛尾岗堤的西边是寿西湖,淮畔有名的行洪区;东边是瓦埠湖,名气也一点不比寿西湖小,淮河举足轻重的蓄洪区。牛尾岗堤就像自己的名字一样,牛尾巴般横亘其中,成为两湖的分界线。这些年淮河通过治理,行洪区、蓄洪区很少启用,湖区万亩田畴麦浪翻滚,路两边是清一色的刺槐树,槐叶碧绿,槐花正盛。车行路上,我们索性开着车窗,欣赏着沿途乡村美景,呼吸着阵阵沁人心脾的馨香,不知不觉,就到了目的地。

正阳关在牛尾岗堤南端与正南淮堤的连接处。站在高高的淮河大堤上,淮河如一条飘摆在绿野中的银练呈现在面前,由西向东,在这拐了一个九十度的弯,与淠、颍两河交汇在一起,然后向北,直达寿县古城。拐弯的地方,波光粼粼,河面呈扇形收拢在一起,怪不得正阳关被称为淮河上中游的"咽喉","七十二水通正阳"之说由此得来。不到实地,任人千般解说,也难理解这句话的形象,真是百闻不如一见。

"七十二水"呢? 集流面积9万多平方公里,当然不光淮、淠、颍来水的西边和南边。我们下车的地方叫幸福涵,节制着堤内肖严湖的水流外泄。肖严湖的北边是瓦埠湖,南边是梁家湖,东边是安丰塘。这就是寿县县情,寿县由"四湖一塘"组成,所以寿县又被人称为"水口袋"。正处春灌保水时节,幸福涵的闸门紧闭,关掩着湖里一泓春水供农民栽秧灌溉。湖边的柳树密密匝匝,树冠交织在一起,就像画家笔下一团团的山水洇晕。时不时地,有一两只白鹭飞出飞进。树下,散放着三三两两的水牛、黄牛,慢慢地移动着身子,低着头吃草。幸福涵外面,也就是淮堤外坡,是广袤的孟家湖湖面。说是湖面,也只有汛期才有水,平时长满了苇荻,下不去人,成了各种鸟类栖息繁衍的天堂。

现在到正阳关走的多是旱路。时光倒流40年,水路还是南来北往的主要通道。那时候我的家在隐贤集,那是一个小镇,跨淠河而建。"东隐贤,西隐贤,隐贤集街心能跑船。"记忆中,淠河中常见一艘穿行于芦花中的小火轮,停靠在坝街的码头上:"到正阳关的走了!"这是当时家乡通往外界的唯一交通工具。有一年,外出串联的一个红卫兵堂哥,趾高气扬地带回一个文静洋气的女青年,俩人自由恋爱结成"革命的婚姻"。听大人议论,姑娘是正阳关中学的一名学生。她的模样和举止,使我更坚定了正阳关是"大地方"的印象。不是大地方,为什么这里的小孩尿床,大人会说是"漂到正阳关了"?像堂哥那样把正阳关的姑娘领回小地方的很少,而把当地姑娘领出去更多。一男一女"对了眼"了,可两家老人不同意,小年轻一急私奔了,人们就会说"去了正阳关"。因而,我对正阳关充满向往。

钱穆先生曾说,所谓农耕文明,往往诞生于河谷地带或冲积平原。淮河、淠河和颍河,分别发源于桐柏山、大别山和伏牛山,浩浩荡荡曲曲弯弯奔流到此,孕育出肥沃富庶的淠东平原。公元前360年,魏国开凿鸿沟运河工程,下游连颍入淮。此处所说的"颍"即正阳关。那时候起,正阳关作为楚国水陆交通主要枢纽,已成为淠东平原上堪与寿春媲美的繁华都市。1957年寿县城南邱家花园出土战国中期鄂君启节,上书铭文可使后人对正阳关历史上无可取代的通衢地位窥斑见豹。其时,正阳关西达方城,南通居巢、长江,鄂君启经商范围北起河南,南至两湖、江西,每年水路至少150条船,淮汉长江及湘资沅澧都留下其商队的足迹。晋代伏滔在作《正淮论》时,也对寿阳、正阳关舟楫之利进行了详细记载:"寿阳东连三吴之富,南引荆汝之利,北接梁宋……西援陈许。"

我曾在安丰塘工作过10年,把那里当作第二故乡。鉴于正阳关及安丰塘在历史上的显著地位,在安丰塘工作时我就想,"七十二水通正阳",安丰塘的水是怎么通到正阳关的呢?不会就是排到肖严湖再流进淮河那么简单吧?一查资料,了不得,敢情安丰塘下的灌溉大动脉寿丰干渠,古时候称大香渠。《晋书》卷二十六《食货志》载:"帝因欲广田积谷,为兼并之计,乃使邓艾行陈、项以东,至寿春地。艾以为田良水少,不足以尽地利,宜开河渠,可以大积军粮,又通运漕之道。"邓艾"修广淮阳、百尺二渠,上引河流,下通淮颍,大治诸陂于颍南、颍北,穿渠三百余里,溉田二万顷,淮南、淮北皆相连接。……每东南有事,大军出征,泛舟而下,达于江淮,资食有储,而无水害"。三国魏芳正始年间(240—249 年),邓艾屯田安丰塘畔,凿大香门,开大香渠,引水直达寿春城壕,一方面扩大安丰塘的灌溉面积,做到"境内丰给";另一方面增加漕运效益,"每东南有事,大军兴众,泛舟而下,达于江、淮,资食有储而无水害,艾所建也"(《三国志》卷二十八《邓艾传》)。为减少运输时间,降低漕运成本,邓艾在大香渠中段一个今名老龙窝的地方,又开了一段直通正阳关船塘的河渠,也就是今天的正南分干渠。除需运到寿春城的少许粮食,淠东平原绝大多数的屯田收获,通过正阳关源源不断地运往南北、运往用兵之地。安丰塘与正阳关因水联姻,从那时就牢牢连接在一起。

安丰塘属全国灌溉保证率最高的自流灌区,而灌区保证率最高的农田,也正是寿丰干渠下的这片土地。我一直惊异于这套灌溉系统的巧妙与简单,支渠、斗渠、农渠和毛渠,层次分明,网格化分布,不用人力和电力——上游闸门一拉,引水入田;下游闸门一拉,排涝到沟。省工省时,旱涝保收。"嫁星星,嫁月亮,不如嫁到安丰塘。安丰塘,鱼米乡,大米干饭鲜鱼汤。"正阳关、古寿州人杰地灵,商贩辐辏,市场繁荣,难道与安丰塘得天独厚、风调雨顺、物华天宝没有关系?

说正阳关人杰地灵并非虚言,从正阳关人的举止做派就能看出端倪。只要是正阳关街上的人,不管从事什么行业,主人早晨起床眼皮一睁,先要做的不是烧锅吃饭,而是捅开炉子烧开水,泡上一壶好茶,慢条斯理喝上一气。喝茶的当口,住在一起的邻居常常串到一起,互相夸赞一番对方的茶叶,说说国际、国内的大事及方圆左右的传闻逸事。头壶茶喝完,续上水,然后才精神抖擞地下铺板,打开店门做生意。正阳关街面上有不少铁匠铺,这与当年造船业兴旺有关。铁匠铺烧开水当然不会再另开炉灶,在捅开烧火炉子的同时,一天的营生也就开始了。现在造船已不再需要铆钉之类,铁匠锤下锻造的对象换成了锄、锹等物,都是当地农民日常生产生活所用的工具。锄呈半圆状，俗称"月牙锄"；锹四方四正，俗称"湾锹"。原来，淠东冲积平原积累的沙土松软稀碎，农民锄地无须像其他地方用锛锄敲碎田间的坷垃。月牙锄的两角便于锄地时挑削去禾边的杂草；湾锹相对岗锹而言，块头较大，方便农民挖地、起土。每天一早，正阳关就会响起一片叮叮当当的锻造敲击声，此起彼伏，不绝于耳，街人习以为常。正阳关的店临街为门面，门面后为天井，天井里都是青砖墁地，筑有花坛，栽种了栀子、月季、石榴类的花草。连着天井的后面为店家的厅房。邻居间无论穷富，家家厅堂都悬挂着名人字画。外人到了正阳关，你纵然富可敌国，却不一定受本地人待见；但当知道你是位文人，立时就能赢来一脸的敬畏，马上就有人手捧宣纸，请你留下"墨宝"。正因为文风昌盛，不管是古代，还是近现代，正阳关出了不少人物，如新文化运动的倡导者、被誉为"黄埔四杰"之一的高语罕，狂草大师司徒越，革命活动家、文物收藏家孙大光等。司徒越在正阳中学当过校长，孙大光在正阳中学当过学生，正阳关人把他们都视为乡人，引为骄傲。

正阳关人尊崇文化，还体现在人们津津乐道的传说故事里。有则故事说，民国十七年（1928年）秋，国民革命军总司令蒋介石来到正阳关考察。陪同考察的当地人有寿县县长、县保安大队长、正阳商会会长及社会名流代表等。蒋介石在众人簇拥下登上大堤远眺淮水，目视良久忽然扭头，问身边的县长曹运鹏："都说七十二水通正阳，是哪七十二水？"曹支吾半天说不清楚。蒋面有愠色，转过头又问身边的社会名流皮寿山老先生："你知道是哪七十二水吗？"皮先生不慌不忙，从淮河源头桐柏山说起，历数了大中小共七十二条流经正阳关的河流名称。蒋听了十分高兴，含笑道："正阳关藏龙卧虎，皮老先生很有学问啊！"后来蒋介石回到南京，对幕僚们说："寿县县长不知辖区地理概貌，此等庸人怎能当一县之长？"遂电令安徽省主席管鹏撤去了曹运鹏的职务。此段传闻虽为野史，却反映出正阳关的风尚和民意。

正阳关人崇文，比起寿州古城有过之而无不及。以古城门额为例，寿州古城四门题字分别为"通淝""宾阳""靖淮""定湖"，偏重写实；正阳关现存南、北、东三座城门，分别题字"解阜""拱辰""朝阳"，引经据典，品上一品，就觉得更加富有诗意，含义隽永。"解阜"出于舜帝《南风歌》:"南风之薰兮,可以解吾民之愠兮;南风之时兮,可以阜吾民之财兮",意思是,为官者要为百姓排忧解难,减轻百姓负担,增加百姓收入,使百姓过上安居乐业的美好生活;"拱辰"出自《论语·为政》:"为政以德,譬如北辰,居其所而众星拱之",说的是做官从政要以德服人,这样百姓就会像众星环绕北斗那样团结在你的周围,从而获得百姓的信任和拥护。三座城门的上方,不知什么年代生出的桑榆,早已长成参天大树,树蓬硕大,掩映着城头,为进出城门涵洞的人遮风挡雨。

走进老街,小巷深深。坎坎凹凹的石板路上,不时迎面过来一两位少女,有的穿着高跟鞋,鞋底敲击着石板,橐橐有声;有的骑着电动车,柔发纷披,衣裙飘拂。人说正阳关出美女,孩提时就有所闻,今日更是一饱眼福。偶有妇人挎着衣篮,到河边浣衣。曾几何时,正阳关"文光射斗,殷繁市廛,绕户列屋而居者,绮分而绣栉毗,市舶出入洪涛颓浪、烟云杳霞之中"。漫步在古巷里,时不时会产生一种时光穿越的感觉,"市声噪耳,通宵达旦";俄尔回到现实情景中,又想遇见一个"丁香一样的结着愁怨的姑娘"。

从街巷重新转出来的时候,我们已站在正阳关西面的淮堤上。一边,千年古镇尽收眼底,三条主街贯穿南北,五十六条长短街巷穿插其间,通向河边的十三条大街人头攒动;另一边,依托着淮堤坡脚建立的码头泊岸一侧,正阳关造船厂马达轰鸣,电弧闪烁,一艘艘巨轮在工人们的手下已显雏形。据说从这里开出的万吨轮船,现已漂洋过海走遍五大洲、四大洋。看来,古镇昨天的辉煌,并没因时间的流逝而成为云烟。

2014.7.23

廖家湾的魅力

再访廖家湾,正值春光灿烂。

在廖家湾革命纪念馆参观结束,大伙意犹未尽,分头钻进了村落的街拐巷角。

顺着馆旁塘埂往北一拐,有条游龙般的大堤横亘面前,堤脚的桃李组成一条粉色彩带,堤坡上种满油菜,色彩绚烂。正在纳闷,一列火车由远而近,鸣着汽笛呼啸而过,方明白过来原来堤上铺着铁轨。穿过堤下的涵洞,眼前豁然开朗,沙土地上塘塘垄垄种着葱、蒜、莴笋等菜蔬,沟渠和塘堰边间或依偎着一株株遒劲的老柳树,鹅黄的枝条在微风中飘拂摆动,树下是一片枯败的蒲、苇,顶着去冬残存的蒲棒和芦花。极目处,一排钢铁大桥横跨东西,桥上车流滚滚,桥下的河水泛着银光,蜿蜒着,与车流交成"十"字。

廖家湾,淮河岸边十分常见的一个普通村落。但当了解她的历史后,人们都会喟叹,廖家湾不简单,她是淮河岸边极不平凡的一个村落。

纪念馆里讲解员的讲述,一幕幕在我眼前活了起来——

这块湾地,曾经是一望无际的西瓜地。靠近淮河的地边,搭建着一架瓜棚。忽一日,下河捞鱼、上田打猪草的村民发现,瓜棚里新来了位看瓜人,英俊儒雅,和蔼可亲,双眼炯炯有神,操着浓重的湖南口音。问他的名字,小伙子彬彬有礼地答:"姓许,名德礼。"村里人很快都喜欢上了他,见他只身一人,衣着简朴,常与他调侃,称其为"光蛋"。"光蛋"在江淮一带就是"寡汉"的意思。看瓜人不但不生气,反十分高兴,索性根据谐音,把名字更名为"光达",从此不再用原名。

这是村民们看得见的景状。白天,许光达窝在瓜棚看瓜;夜晚,便回到村里从事农运发动、党组织建设工作。有时,顶着月光,一条木筏从上游顺流而下,停靠在离瓜棚不远的岸边,接了许光达上船,又快速地划进夜幕中……

八一南昌起义后,为了保存革命武装,起义部队实行战略转移。南下过程中,孙一中、廖运周、廖浩然、许光达等所在的二十五师七十五团担任后卫,遭遇敌军万余人围追堵截,激战中廖浩然、许光达均负伤。许光达忍着疼痛,把不能动弹的廖浩然背下火线,几经辗转来到上海,与廖运泽、廖运周、孙一中、孙天放等相聚。接受中央军委指示后,几人一同回到廖家湾,创办寿县学兵团并成立中共寿县县委,发展临时工会、学生会和农民协会,组织开展廖家湾"六六罢工",一时间淮南地区革命活动风起云涌,一浪高过一浪。

后来,由于许光达、廖运周等同志身份暴露,组织上安排他们离开了廖家湾。廖家湾从此成了许光达魂牵梦绕的"第二故乡",生前不时与家人提及,希望能够"回乡走一走,看一看"。可命运多舛,他至终未能如愿。其子许延滨牢记父亲遗愿,终在 2005 年夏季的一天,携妻来到廖家湾,替父重游,了却夙愿,以慰将军的在天之灵。

一位外乡人,在廖家湾生活尚不足一年,居然对廖家湾如此挂念、难以忘怀。廖家湾到底有什么魅力,吸引了像许光达这样的仁人志士纷至沓来?

去年麦收时节,我曾与友人匆匆拜访过廖家湾。离开的时候,这个问题一直萦绕在脑海中。

廖家湾从古至今,群星璀璨,独领风骚。沿淮一带有一首民谣——"廖家湾,廖家湾,大官小官一百三"——生动地反映了廖家湾在当地百姓中的口碑及社会影响力。史料记载,明清两代,廖氏家族"有功名者近百人,进士、举人、贡生、太学生 36人,行载邑志者达 114 人"。就是在现当代,廖氏家族也是人才济济,英才俊杰不断涌现,或科学巨擘,或工商大鳄,或文艺翘楚,或杏坛明星,品学兼优,德艺双馨,各在政治、经济、文化等领域搏击大潮,成就辉煌,被有关部门称为"廖家湾现象"。

这就是廖家湾引人注目的原因?

这样认为,未免有失表面与肤浅。廖家湾英杰辈出,究其根源,在于廖氏家族家风家训中世代相传的爱国精神、家国情怀成为一种家族文化。明朝正德年间,廖氏先人由凤阳迁居本地后,五百年来一直秉承祖训"武威世泽,培德家声""绳其祖武唯耕读,贻厥孙谋在俭勤",坚持诗书传家,明礼重诺,克勤克俭,乐善好施,从文从武,为国为民,迅速成为当地享有盛誉的名门望族。与其他名门望族不同的是,廖氏家族注重耕读为本,子弟从小接受文化教育,大都眼界开阔,顺应潮流,堪称社会精英。在历史发展关键节点,廖氏家族能够与时俱进,义无反顾,前赴后继,把家族荣耀、个人进退与民族大义、国家命运融为一体,在抵御外侮、强国富民、推进文明进步中留下灿烂的一页。

这里有一组数字:从 1911 年辛亥革命起,到 1951 年抗美援朝,40 年间,廖氏家族为国捐躯者达 40 人。

廖家湾,就像当时许多红色革命根据地一样,一直是沿淮 带的革命活动中心,成为时代英雄向往、会集的地方。

这里还有一组数字:清朝末年,廖家湾廖氏家族有 9 人加入同盟会,8 人参加安庆马炮营起义,2 人参与广州黄花岗起义,百人参加寿州起义,10 多人成为淮上军将领或重要骨干。淮上军军统廖海粟被捕后,在绝命诗中写道:"我是淮干一病人,情因家国走风尘。献他田父躬南亩,恨彼江云暗北津。莫畏群凶劳望眼,或将身世感浮萍。临风几许伤时泪,洒向龙盘古帝城!"献身革命,视死如归,凛然正气,溢于言表。廖氏家族有 37 人成为黄埔军校学员,11 人参加了北伐战争,23 人成为中共党员,4 人曾任地下党区委书记,3 人参加过南昌起义。1928 年 5 月,廖家湾成立中共党支部。1929 年春,廖家湾成立中共区委。抗战爆发后,廖氏家族有百余人参军抗日,25 人成为中、高级将领。解放战争中,作为国民党军将领的廖运周、廖宜民、廖运升、廖运泽、廖传枢等先后率部或策动部队起义,投入人民怀抱,廖梓英、廖传检则精心谋划实现合肥和平解放。

革命先辈中,最具传奇色彩且最能代表淮南人性格特点的,当属"双料将军"廖运周。看过电视剧《敌营十八年》的人,估计都会对剧中主人公江波凭着坚定信念、过人智慧和超凡胆识,长期潜伏敌营,在不同历史时期与各方巧妙周旋的故事啧啧称奇。殊不知廖运周的人生经历比江波更加波澜壮阔、更加悬念迭生。

廖运周,1903年生于廖家湾,黄埔军校第五期炮科毕业,1927年春加入中国共产党,参加过北伐战争、南昌起义。1928年,经周恩来安排,廖运周秘密潜入国民党三十三军从事兵运工作,长期忍辱负重,战斗在敌人内部。1933年,廖运周与党组织失去联系。1938年,廖运周恢复组织关系,后在其任师长的一一〇师建立中共地下师党委,1946年任一一〇师中共地下党委书记。1948年淮海战役期间,廖运周率一一〇师起义,被誉为"共产党最著名16位卧底"之一。1955年,廖运周被授予少将军衔,1996年病逝。因他曾被国民党军授予"少将师长",故被战友和乡人戏称为"双料将军"。

廖运周最重要的传奇经历有两段,一段发生在抗战时期。1938年10月,武汉会战正酣。侵华日军淞浦师团被中国军队重重包围,处于包围圈之外的日军一部受命向东进攻救援。当这股日军援兵直扑德安时,第九战区第一兵团总司令薛岳为确保全歼淞浦所部,除令五个师南下堵口子外,还令防御面过大的守军适当收缩集中。廖运周创造奇迹的故事就发生在这样的背景下。当时他在隶属于汤恩伯军团的第一一〇师六五六团当团长,刚刚于茶芭山成功地袭击了日军的辎重部队,官兵们正沉浸在胜利的喜悦中,廖运周却忽然发现四周友军已悄然撤走,自己的部队有孤军落入敌后的危险。为迅速脱离险境,廖运周当即决定六五六团火速西撤,追赶主力。一阵超强度的急行军,六五六团赶到了箬溪以西的小坳口。小山坳地处湖北、江西两省交界,公路在这里呈S形拐了两个急弯,中间是一座十几米高的小高地。廖运周一眼就看出这儿是一块绝佳的天然预备阵地。踏勘现场,廖运周又意外地发现小高地后有一座弹药库,里面储存上万发完好无损的炮弹。廖运周迅速思考一番,果断做出决定:"我要把这些炮弹,都丢在日本人的头上!"他把部队和仅有的12门迫击炮布置在山坳两边,静静地等待敌军进入伏击圈。随着夜幕降临,远方渐渐传来沉闷的轰鸣声。不一会儿,几辆日军坦克气势汹汹地出现在山坳的第一个转弯处,后面紧跟着连绵不断的车队。待首辆坦克邻近第二个转弯处，廖运周一声令下："打！"同时打响了第一枪。山上的迫击炮立即发出震耳欲聋的怒吼。走在前面的几辆日军坦克很快冒出黑烟，燃起火苗，瘫在山口，把路口给彻底堵死了，后面的军车和日军顿时乱成一锅粥。廖团的迫击炮弹药充足，居高临下，一颗颗炮弹准确地砸在敌人堆里。敌人血肉横飞，鬼哭狼嚎，被炸得摸不着头脑。两里多长的公路变成一条烈焰翻腾的火龙，山坳里被照得通亮。午夜来临，公路上已是死一般的沉寂，官兵们这才歇了口气。下半夜，他们居然就地美美地睡了一觉！

翌日，廖运周从容不迫地撤出了战斗。他们留在小山坳的，是被击毁的20多辆坦克，近百辆载重汽车，600多具日军尸体。自己这边却无一人伤亡。这一仗实在打得漂亮，一时间轰动了武汉外围各个战场。国民政府军事委员会通电嘉奖，称赞廖团"战果辉煌"。日本的Malu杂志也专门做了介绍，称其伤亡"超过当初攻占东北三省的全部损失"。

另一段传奇经历发生在淮海战役中。1948年7月，人民解放军已经实现从战略防御到战略反攻的历史性转折，刘伯承、邓小平指示廖运周尽早做好起义准备。为了关键时刻顺利实现率众起义，廖运周对无法争取的军官想方设法向上"推荐"，使其擢升离开所在师。淮海战役打响后，国民党军事当局决定一一〇师所在的八十五军增援徐州的第十二兵团（黄维兵团）。二野领导与廖运周不谋而合，一致认为这是一个战场起义的大好时机。11月26日，十二兵团司令黄维决定次日集中四个师齐头并进，向双堆集东南方向突围。廖运周立即派人潜往中原野战军六纵报告情况，请求乘突围之机举行战场起义。刘伯承、陈毅、邓小平批准了廖运周的起义计划，指示六纵做好接应廖运周师的准备。考虑到国民党四个师齐头并进，第一一〇师被夹在中间，两翼都是敌人，廖运周思谋怎样"调整"一下黄维的部署才好。此时，解放军在浍河北岸已布下一个口袋形的包围圈，静待国民党八十五军及黄维兵团上钩。不久，黄维兵团如期进入"口袋"。黄维绞尽脑汁想法突围。廖运周认为，一一〇师举行起义时机已经到来。是夜，廖运周来到黄维驻地，谦恭地向他请示作战命令。

廖运周归属黄维兵团管辖以来,给黄维留下的印象极佳,认定廖是一位经过抗日战火考验的英勇善战的优秀将领,关键时刻能够站得出、打得响,接到命令总是尽其所能,不像有些军官那样畏缩不前。果然,前来领受任务的廖运周听说黄维计划突围,当即爽快地表示愿打头阵。廖运周说:"这次突围非同小可,如果长官相信我廖运周,我们一一〇师的官兵愿以死效忠,请把最困难的任务交给我们。""四个师齐头并进不如我师先进,如果我师进展得手,其他师可迅速跟进。如果不成,其他师还可就地据守。"危难当头之时,黄维听到廖运周这样一番慷慨激昂的话语,一时间,对这位忠心耿耿的将领感激涕零。在他看来,这是一场悲壮的诀别。陷入重围近于绝望的黄维明白,此次突围凶多吉少,"风萧萧兮易水寒,壮士一去兮不复还!"黄维恳切地说:"不愧是黄埔的老同学!你要什么武器装备,都给你。事成之后,我向南京方面为你请功。"一脸凄楚与悲壮的黄维拿出一瓶珍藏的白兰地酒,对廖运周说:"老同学,这瓶酒藏之久矣,多年没舍得喝,现在我敬你一杯,祝你胜利!"精明一世、满腹韬略的黄维哪里知道,这一安排使第十二兵团最终失去突围机会,陷入了绝境。显然,他无论如何也想不到,眼里的这位忠勇的国民党少将师长,竟是一个隐藏极深的共产党员,并最终会将他送进解放军的俘虏营!廖运周一脸肃穆,向黄维回敬一杯,双脚并立,一个标准的军礼后,转身而去,再没回头。

人生充满了戏剧性。廖运周和黄维可能自己也不会想到,几十年后,两人能够再次见面。不过,两人身份已大不相同。黄维是已经完成改造的前国民党战犯,廖运周则由黄维的部属变成了民革中央和台办领导。两人握手,几多感慨,几多兴奋!回想起淮海战场敬酒壮别的一幕,五味杂陈,不胜唏嘘。

掐指算来,廖运周厕身敌营二十载,那是怎样的心理煎熬和人生磨砺,需要付出怎样的心智与毅力?!

是信仰一直给予他力量,使他身处黑暗却能在内心拥有一轮火红的太阳,寂寞无助时不至于孤立无援,百折不挠,一直坚持到成功的彼岸。

信仰的力量是强大的。人生需要信仰,生活中不能没有信仰。有了信仰,才会有崇高而伟大的牺牲奉献精神。

从廖运周的传奇故事,我们可对他的为人哲学、处世风格和性格特点有个大致了解:聪明机智,感觉敏锐,忠诚担当,刚直率真,生性慷慨,为人侠义。一方水土养一方人,廖家湾不远处的淮南古城寿县,古代时曾为楚国国都,楚人豪放、粗犷的"筚路蓝缕,以启山林"精神,给了当地人文状态以潜移默化的深刻影响。此地又位处淮河中游南岸,属于南北文化交汇的重要地带,几千年来受到楚文化、吴越文化乃至中原文化不同程度的影响。因而,这里的文化传统具有多元融合的特点,在融合中蕴含变化,在变化中彰显自立,人文精神状态呈现出刚中有柔、柔而不阿的特质。一般来看,淮南人都是深情且多情的,表面上温文儒雅,内心却是波涛汹涌。他们对朋友宽厚体贴,两肋插刀,乐于奉献,在决定行动时往往会表现得大胆积极,理智果决,重视公理与正义的伸张。古人云:"胸有惊雷而面如平湖者,可拜上将军。"廖运周的人生华彩,正所谓"偶然中的必然",与地方文化的濡养浸润密不可分。

物以类聚,人以群分。许光达冒着生命危险,不顾一切地把廖氏战友从死人堆里扒出,千里护送回乡,并将廖家湾当成第二故乡,似也可从此切入觅到答案。

漫步在鲜花盛开的廖家湾村头,我对同伴说:"你们发现没有,廖家湾家家户户门前屋后栽花种草。"大伙细一打量,连呼:"还真是!"门前的花,有杏花、梨花、桃花和月季;屋后的树,有桂树、柿树、银杏和石榴。村前塘口中间有座小岛,岛上翠竹婆娑,古树高耸,枝丫间鸟巢杂陈,一群喜鹊欢唱其间。走进村内,各家各户小院整洁,窗明几净,已近中午,不少人家正在烧火做饭,见有人来,忙停了手上活计,把客往厅里迎。廖家湾真的与众不同,别的地方村里多是留守老人和留守儿童,有的甚至成了"空心村",这里却很少有人外出务工,人来人往,鸡鸣狗叫,一派兴旺景象。进了一家,问主人:"几口人?"答:"四口。俩大人带俩孩子。""四口之家住三层小楼?!"主人矜持地一笑:"俺们这里不像城里地皮紧张,自己盖房,图个宽敞。"原来,廖家湾旁有个廖家湾人开办的玻璃厂,男主人跟村里很多青壮年一样,都在那里当工人,女主人在家种田并操持家务。家里的两个孩子,一个在外地上大学,一个在市里上中学。三层小楼一层是客厅、仓房,二层是卧房、客房,三层居然布置为书房,四壁墨宝飘香,书案文房四宝俱全,书橱里中外名著琳琅满目。主人说:"廖家湾书风昌盛,孩子自小热爱书法,这些藏书都是孩子的至爱,别人触碰不得。"主人还说:"孩子假期经常邀同学过来,开展社会实践,交流学习心得,没有这么幢小楼,还真不够住!"

　　眼看到了中午,婉言谢绝了主人的热情留饭,踏上归途。阳光正艳,田野里绿油油的麦苗正在拔节,油菜地里一片金黄,蜂飞蝶舞,香气馥郁。春天真好,秀色可餐,怎么看都是一派生机。可同伴却不这么看,他说:"廖家湾就像一株秋天的老树,挂满了甜美的果子,每次来都收获满满。"

2017.3.21

天下不可小寿州

上海旅游专门开设"寻根之旅"热线，组织在沪旅客到寿县古城旅游观光、寻根问祖，盖因 2600 年前寿县就与上海结缘。其时，楚考烈王都寿春(今寿县)，拜"战国四君子"之一的春申君黄歇为令尹。公元前 248 年，黄歇受封江东，辖境包括今上海以西各地区。春申君在封地修筑城池，发展农业，疏浚河流，其中以开凿黄浦江最为著名，黄浦江因此又称黄歇浦、歇浦、春申江、申江。为了纪念春申君开埠之功绩，今天在上海、寿县两地，都辟有春申文化广场，供游客发思古之幽情，游玩、凭吊、休憩。

其实，在上海络绎不绝到寿县古城的"寻根"客中，有很大一部分是奔着"孙半城"而来。

"孙半城"

寿县古城不大，四周有古城墙包围，至今保存完好。从十字街口往北走约百米，临东街面有道小巷，宽不过两三米，光线昏暗，两边墙体斑驳，绿苔护基，走进去约 20 米，往南有个九十度的大弯，巷道变宽，旁边墙上钉有一块铜牌，上书"县级文物保护单位——高大门建筑群"，房屋陡然变成清一色的青砖小瓦，瓦面上零星长着马齿苋类耐旱植物；有爬墙虎、蔷薇攀墙而上，半掩在窗前檐下。一道窄巷串起数户人家，家家门楼高隆。有一户朱门半掩，推门而入，是处小院，别有洞天，迎面是个碎砖砌就的花台，里面菊花拥着月季，满庭幽香。再里即是正屋，一厅两厢房，厅上有阁楼，整屋坐北朝南，外廊立柱撑地，龙拱托檐，虽经百年风蚀，仍显皇皇名门气象。厨房位于小院南侧，两位老妪坐在里面一边择菜，一边聊天。走过去搭讪，问："这屋是老屋?"老人抬眼看了来人一眼,骄傲地:"状元府,这都没听说过?"复又低头择菜,继续家长里短。

老妪所称的"状元府",是指清代咸丰年间状元、武英殿大学士、光绪皇帝的老师孙家鼐的故居。孙家鼐出生在寿州城一个世代书香之家,曾祖孙士谦曾任乾隆年间的刑部郎中,祖父孙克伟是贡生,父亲孙崇祖是池州府的教谕。长于这么一个世代书香之家,排行最小的孙家鼐理应最受宠爱,但他父亲治家极严,要五个儿子都走读书入仕的道路。老太爷去世后,寡母则挑起全力培养儿子进学应举的重担。她常说:"朝内无人莫做官,家门无官莫经商。"皇天不负苦心人,她的五个儿子后来都成为朝廷所倚重的能吏。这就是寿州城内太傅第门上的对子"一门三进士、五子四登科"的出处。

古城寿州,至今流传着一段关于孙家鼐当状元的有趣传说。咸丰十一年(1861年),孙家鼐在考场过五关斩六将通过三艺九制考试,最后到殿廷由皇帝亲自面试。咸丰皇帝命他以大清王朝的兴盛写一副对联。孙家鼐稍加思索,挥笔而就:

> 亿万年济济绳绳,顺天心,康民意,雍和其体,乾见其行,嘉气遍九州,道统维羲皇尧舜;
>
> 二百载绵绵奕奕,治绩昭,熙功茂,正直在朝,隆平在野,庆云飞五色,光华照日月星辰。

这副对联,既歌颂了清王朝的丰功伟业,又巧妙地把咸丰以前清朝皇帝的年号"顺治""康熙""雍正""乾隆""嘉庆""道光"嵌于其中,气势宏伟又浑然天成。咸丰皇帝拍案称妙,当场点了孙家鼐头名状元。

我与老人说起这段故事,立时唤起她俩的响应,话匣子就此打开。两人你一言、我一语,争先恐后地叙说孙状元的一些逸闻趣事。当年,孙家鼐在京为官,谨小慎微,劳心劳力,偶尔回寿州省亲,就住在高大门里,时常青衣小帽,背着手就上了街,四处走走看看,感受一下故土的地气烟火。有一年孙家鼐乘船回到家乡,按常规应从北门码头入城。寿州知州等地方官员早就备齐鼓乐在北门等候。孙家鼐觉得太张扬,就吩咐家人备了车马,改道从小路绕至东门悄悄进了城。她们还说,那一次孙家鼐回乡省亲,独自微服出城时,迎面碰上一个挑粪担的汉子。那汉子走得急,把粪溅在了孙家鼐的衣服上。孙状元并未出声,只是看了他一眼,汉子却大声吆喝道:"我是状元家种田的,你敢把我怎么样?"孙家鼐一字一板地说:"状元家种田的也要讲道理,不能仗势欺人呀!"旁边有认识的人告诉汉子,你溅到的人正是孙状元,汉子愣了,懊悔不迭。这件事引起孙家鼐的深思:家里一个种田的就敢在大街上任意撒泼,其他各房子弟还了得!于是修订家规仪礼,严禁偷、抢、奸、懒、赖、奢行为,不许后代奢侈胡来,否则族长将给予严惩等等。

孙家鼐一生在京为官,从不经商,怎么寿州就有"孙半城"之说?老人正说得起劲,听见询问,随手递过一条小凳,请来人坐将下来,话题往深里谈去——"孙半城",不光是指孙家通过经商兴业,在寿州逐步建起没有第二家能比的家族庄园,还指孙姓是寿州古城没有第二家能比的大姓。

孙家鼐不经商,但他的后代却依靠经商发了大财,这主要是凭借了豪门联姻的力量。孙家鼐是光绪帝的老师,又与李鸿章是安徽同乡,官场上的亲近很自然衍续成子孙辈的联姻。他的侄子孙传樾娶了李鸿章的大哥李瀚章家的二小姐;李瀚章的长孙李国成则娶了孙传樾的二女儿;李瀚章的孙女李国琼又嫁给了孙家鼐的孙子孙多钰;李鸿章四弟李蕴章的孙女李国熹则嫁给了孙家鼐的孙子、时任直隶海关道的孙多鑫。

孙多鑫,孙氏家族实业集团的领袖级人物,中国近代民族工业和金融业的开创者和奠基者。当年李瀚章任两广总督时,特别喜欢他的外孙孙多鑫,曾把他带到衙门里生活。广州光怪陆离的商业社会生活给年轻的孙多鑫带来了活跃的商业细胞,以至于他成年后涉足实业界、银行界,高瞻远瞩,意气风发,带出了一个孙氏家族实业集团,使孙家完成了从一个官宦家族到一个实业家族的转变。孙多鑫与其胞弟孙多森一起,在大江南北先后投资兴建了几十家企业,涉及面粉、水泥、纺织、金融等多种门类,其中 1898 年创办的上海阜丰面粉厂,是中国第一家华商面粉厂;1916 年开办了中孚银行。

阜丰面粉厂诞生后,孙多森任经理。该厂生产的面粉由于质量、色泽都与洋面粉不相上下,价格却比洋面粉便宜,十分畅销。当初投资时面粉厂仅集资 30 万元,到 1920 年资本升值为 100 万元,1936 年升值到 300 万元,日产面粉能力达 2.6 万包。老人说,当初"阜丰"面粉上市时,为给产品定一个商标,孙氏兄弟颇费一番脑筋。想来想去,就定了一个"老车牌"。原来孙家人祖上是从山东济宁推着小车来到安徽的,在寿州孙厂的孙家祠堂大门上,过去就画着一辆小车,以示后代不可忘本。"老车牌"由此成为"阜丰"产品的商标,行销全国。后来时间长了,上海城市现代化步伐加快,"阜丰"就把"老车牌"改成了"自行车牌",以示与时俱进,但仍保留一个"车"字,警醒不忘传统。现在在日新月异的上海大都市,"阜丰"厂房依然挺立在苏州河畔。中孚银行自运营后,经营业务非常广泛,其中通过美国花旗银行、运通银行和日本帝国银行代办国外汇兑业务,属于国内首创,是中国第一家特许经营外汇的商业银行。新中国成立初期,实行公私合营后,"中孚"逐步归入国家工商银行。

这边说着话,那边两位老人手头已收拾干净。我随她们走出房门,穿过院子,上了一家楼房的房顶,放眼打量周边建筑。高大门建筑群西抵北街,北至大寺巷,南达过驿巷,占地约有 2500 平方米,虽然建筑结构已被破坏殆尽,但仍能隐隐想见当年屋檐相连、层层叠叠、错落有致之规模。我问:"为什么叫高大门?"老人说:"最初,孙家鼐的房子位置靠东,只有眼前的一半大,大门开在北过驿巷上;西边的高大门,是邻居家的宅子。等到孙家鼐进京做了官,他的家人便将这边房屋也买了下来,略加修缮,将院墙开了相通的门,两户连成了一体。"高大门因气势雄伟,反而成了孙家大院的正门。久而久之,孙家大院这一带都被称作了"高大门"。在老人的回忆中,高大门是一座砖木结构的门楼,有一丈多高。大门两侧立有石鼓,顶上两边垂檐,门宽近两米,两边立条石,石上有竖槽用来上下木门槛。门楼两边是高大的灰砖院墙,上铺小瓦,围着大院包抄过去,进门处,迎面一扇灰墙照壁,拐过照壁后,一条方石铺就的通道一直通向大屋小门相连的厢房别院。到了 20 世纪 70 年代,北街需要扩建,高大门正好处在规划待建的街面上。那时候谁懂这是不可再生的文物?高大门不可避免地给拆了。

老人说:"高大门建筑群走向衰败是从 20 世纪三四十年代起。抗战时期,日军占领了寿县城,这里改成洋行仓库。日本人走后,这里又临时用作寿县中学的学生宿舍。新中国成立后,大院厢房成了县供销社的办公地点,楼下是办公室,楼上是职工宿舍,一住就是 30 年。随着人口增多,特别是房改以后,大院迎来建房潮,见缝插针雨后春笋般生长出许多高高低低、歪歪扭扭的民房,潮水一样很快淹没了老宅身影。亏了这些年一些文物保护者奔走呼吁,孙家故宅被列为保护对象,终止了日渐湮灭的命运。"

我问:"你们住在这里,老屋是祖传的吗?"老人答:"不是,我们是供销社的退休职工,房子是分配来的。"我又问:"老屋住人,可影响保护?"老人手一摆,很肯定地回答:"不会!房子住人才有人气,通风透气才不至于蠹蚀腐败呢!"

确实,周边但凡住了人的老屋,窗明瓦全,历久弥新;空置的宅子反而房梁歪斜,椽头朽烂。使用是最好的保护,这话没错。

"寿半城"

19 世纪中叶,上海开埠后逐步成为"冒险家"乐园。一些外国移民常由上海乘船溯吴淞江到苏州,顺口将此段河流称作"苏州河"。1848 年,上海道台麟桂与英国驻沪领事签订扩大英租界协议,正式把吴淞江写作"苏州河"。由于当时陆路运输远不及水路发达,苏州河成为上海通往临近城乡的主航道,大量消费品、燃料和工厂原料、成品依靠水运输进输出,上海近代最早的造船、面粉、棉纺织、丝织、化工、冶金机械,陆续出现在苏州河两岸。仅今天上海普陀、闸北两区范围内的苏州河岸线,就集中了数以千计的工厂,其中纺织、面粉、火柴、印刷、化工、钢铁、造币、啤酒、制药、无线电等等,都曾在上海乃至全国工业史上创下过纪录。

当年孙多鑫创办的阜丰面粉厂,就坐落在这里。

乘坐一辆的士,穿过上海新客站商业区林立的摩天大厦,很容易就找到恒丰路桥附近的上海面粉公司。正值中午,白炽的阳光洒满大地。苏州河水缓慢地流动,两边的梧桐枝干嶙峋,浓荫匝地。路上行人熙攘,车流快速地流动,与河水形成反衬。河东岸一片乳白色的建筑群耸立在绿树中,鳞次栉比。工厂里机声隆隆,门前停放着数辆装卸的车辆。从阜丰面粉厂创办之日起,虽然几经改制、换名,公司经济效益一直可观,工人换了一拨又一拨,厂房更新一次又一次,但这几幢洋房因外形美观,布局合理,一直作为工厂的办公用房,十分幸运地保留了下来,成为上海市第三批不可移动文物。

厂区"闲人免进,谢绝参观",我们回转身,漫步走进一墙之隔的阜丰里。这里是面粉公司的职工住宅区,耸立着阜丰厂当年建造的三组不同规格的职工住宅。眼前这组是一片老式的石库门房子,还有一组是一大片平房宿舍,另一组是沿莫干山路的一幢四层楼宿舍。一个小区的气质品格,往往与居民生活情趣和习惯互为表里。看阜丰里的布置,让人产生一种时光倒流之感,怀疑走进寿县古城的一条小巷。倚墙而砌的小花坛里,种着的小树攀沿着墙面往上生长;树下大多都种了鸡毛菜、韭菜、辣椒之类的蔬菜,蔬菜丛里又套种着鸡冠花、茑萝等花草。花坛边摆放着些塑料或陶瓦的花盆,盆里有的栽花,有的却种着蔬菜。正是饭点,空气中弥漫着饭菜的香味。这种味道,不正是"家的味道"?在上海经典的石库门建筑中,阜丰里算不上重量级别,也无所谓高档,但这里住着寿州老乡,从里往外渗透着亲切。

在一户人家的披厦子前,有位老人正在逗孙子,见我们溜达过来,笑问要找哪个?一声乡音,勾出彼此故人情。老人急里忙慌把我们往屋里让,我们执意在门口跟他聊会天。交谈中,得知他姓孙,故乡在寿州南乡孙厂,今年已经76岁,10多岁就随大人来到上海,在这里娶妻生子,而今当了爷爷。老人说:"孙家当年在上海办厂,把寿州老乡一拨一拨地带出来,最多时达1000人,占全厂职工半数以上。老子退休儿子顶,儿子退了孙子顶。"100多年来,不少寿州职工家庭几代人都在"阜丰"工作。所以,直到现在,这片阜丰老区仍旧乡音缭绕。而今,年轻人大都"飞"了出去,他们喜欢住"高楼大厦",阜丰里只有这些老人还守着老屋,缓慢恬淡地生活着。老人说:"自己干了一辈子力气活,平时闲不住,高兴了就把孙子接过来带几天,再就是没事到附近马路上走走、逛逛,与街坊邻居们说说闲话。"孙老汉说:"这阜丰里,除了住着老人,就是很多从家乡来上海务工经商的租住在这里。弄堂口开着小饭店、杂货店的,都是俺们寿县人,进进出出,都操着家乡口音,听着亲近。"

大上海,十里洋场,人来人往,五方杂处。在人口流动比车流还快的21世纪,在苏州河畔却还能保留一支寿州"部落",堪为上海一奇!

我们唏嘘,孙老汉却不以为然,说:"这算什么?别说在阜丰里,就是整个上海滩,现在哪儿没有寿县人?!"自从改革开放后,"俺是看着老乡队伍一天天壮大的!"一开始,是寿县在上海的老乡回家招工,就跟阜丰厂当年一样,带人出来。再后来,到上海务工经商的大门就打开了,一批接一批寿县老乡拖家带眷到上海"淘金"。老人扳着手指说:"先是三五成群地到建筑工地打工,很快,建筑工地就被寿县人承包了;再后来发展到饮食业,很快,大街小巷的饭店排档也被寿县人占领了;紧接着,菜园里、商场里、工厂、车间、码头、车行、学校、幼儿园,到处都是寿县人。"现在,很多老乡在上海混出息了,有的成了市、区的人大代表、政协委员,甚至有的成了全国劳模。

"我敢说,现在在上海滩,寿县人至少占半城!"孙老汉信誓旦旦。

与老乡孙老汉依依惜别后,坐在车里,我掏出手机,搜索了下寿县人在沪情况。网上一份资料显示,以上海为中心,寿县常年在江浙沪一带务工经商人数约有40万人,占全县总劳力的50%。孙老汉说寿县人在沪占半城,虽不无夸张,但有一定道理。

"沪半城"

有个段子,说的是寿县人对上海人吹牛。寿县人说:"你们上海有什么好? 楚国时,不过是俺们大寿州的一个县!"

吹牛毕竟就是吹牛。不可否认,沧海桑田,现在寿县真的落后了,工业"短腿",商业"短路",是不争的事实。

但话又说回来,风水轮流转,三十年河东,三十年河西,谁能断言寿县不会出现新的辉煌?

那天接到一位上海商界朋友电话,让我去接机。见了面,我开玩笑问:"不是来投资的吧?"朋友正色道:"还真是。""你不在上海闵行开发区发展得很好吗? 到我们这个穷地方,发得了财?"朋友依然是一本正经:"你是不识庐山真面目,天下不可小寿州!"

听了朋友的分析,我醍醐灌顶,如梦初醒。

忽如一夜春风来。随着新桥机场投入使用,合淮阜、合六叶、济祁高速纵横全县,商杭高铁即将在寿县建站,引江济淮项目通过评审,过去交通落后转变成交通发达。特别是淮河得到根治后,"水口袋"问题迎刃而解。寿县发展瓶颈得到突破,后发优势凸显。近年来寿县实施"工业核心化"战略,筑巢引凤,相继建立了寿县工业园、新桥产业园、蜀山现代产业园及乡镇产业集群,承接长三角产业升级转移。过去无人问津的穷乡僻壤,一下子变成香饽饽。一些都市人纷至沓来,寿县成为投资创业的热土。

真是山中一日,世上一年! 两天时间,陪同朋友把位于空港新城核心位置的新桥、蜀山两座园区跑了个遍。道路如砥,绿树成荫,车来人往,到处是现代化的厂房,产城一体的框架气势如虹。这是在寿县吗? 怎么总觉得在什么地方见过? 是的,这与江浙沪开发区的设施没有两样。蓝博旺车辆制造、海宇电气、娃哈哈饮品、瑞博电子、创凯电子……无论是已投产的，还是建设中的，一派繁忙景象。经济下行，投资低迷，好像压根与这里无关！

经了解，目前新桥入园项目已有50多家，总投资额400亿元；蜀山入园项目已有20多家，总投资额60亿元。而且，"韩国、日本等国家，上海、浙江、福建、广东、北京等省市，有300多家企业都派人来考察洽谈"。蜀山园区的管理者告诉我们。在他们会议室，正巧碰见上海产业合作促进中心组织的客商考察团在与园区进行合作对接，几位商界大鳄与朋友是老相识，其中一位还是他的合作伙伴。老朋友他乡相遇，分外亲热，拉着手在一起谈着下一步打算。看俩人春风得意踌躇满志，我搭话："你们这是要把半个上海搬到寿县的节奏啊！"朋友转过脸来，得意地笑："你们寿县不是有句话——谁下雨不往稀处跑！"

"下雨往稀处跑"是寿州俗语，说的是普天之下芸芸众生均具趋利本能，与司马迁所言"天下熙熙皆为利来，天下攘攘皆为利往"（《史记·货殖列传》）是一样的意思。我感佩朋友对寿县风俗文化了如指掌，他却谦虚地说："九牛一毛，不值一提。"接着又说，寿县还有一句话，"老母猪拴到衙门口，三年都能开口说话"，处了这么多的寿县朋友，现在应算半个寿县人了！我大笑，告诉他这句话稍嫌贬义，不可轻易使用。

到寿县投资兴业的不光是外地客商，更多的还是"凤还巢"的本地人。他们当中，既有事业有成的老板富豪，也有四处奔波的打工一族。炎刘镇朱店村村民王传香，以前一直在上海务工，2012年春节回乡，看到家乡发生的变化，再也不愿外出打工了，留在园区厂子里当了一名保安，收入一点不比外面差。与王传香同样经历的徐艳，回乡后成为海宇电气装备车间的技术工人，"现在俺们车间30多人，都是炎刘本地人，一个月有两三千块的工资，与在外打工差不多。但现在就在家门口上班，一家老小都能照顾到，生活有了归宿感，也有了幸福感。"

产业园区，寄托着投资者的希望和梦想，同时也让数以万计的王传香、徐艳们实现华丽转身，由农民工变成产业工人，享受到与都市人一样的现代生活。

上海到寿县的"寻根"客来了走,走了来。古城墙、护城河和春申文化广场,每天依旧人头攒动、摩肩接踵,青春靓丽的导游们举着彩旗,口若悬河地向大伙介绍着寿州的昨天、今天和明天。我站在一旁,默默地听了,心中在想,从"孙半城"到"寿半城",再到"沪半城",寿州历史看似画了个圆,却并非只走个圈。

2015.11.19

苏东坡的寿州情缘

　　公元 1071 年(宋神宗熙宁四年)旧历六月,苏东坡因谏神宗改革不可"求治太急",遭到改革派疯狂围攻,卷入政治斗争旋涡难以自拔。为求清净,他以太常博士直史馆一职自求外补。朝廷批准了他的请求,让他出任杭州通判。七月里,苏东坡乘船离开汴京,沿蔡河、颍河一路南行,先到颍州拜会了恩师欧阳修。欧阳修因同样原因,以太子少师身份辞职居在颍州。在颍州,苏东坡还结识了他的同宗好友苏颂的一些老朋旧友。苏颂曾任颍州知州,因拒绝草诏任命李定为太子中允、权监察御史里行,此时正被解职赋闲在家。听说苏东坡从汴京过来,大家纷纷过来探问消息。当时的颍州知州吕公著,也是因反对新法而遭外放的京官,竭力挽留苏东坡多住些时日。几位文豪惺惺相惜,过了段纵酒欢歌、诗词唱和的神仙日子。眼看进入十月,天气转凉,树叶发黄,苏东坡辞别恩师和诗友,顺颍水一路向南,沿途村庄寥寥,河道狭窄,平原景色单一乏味,令苏东坡昏昏欲睡。船过颍口,折而东行,苏东坡眼前倏地一亮,迎面而来的淮河一反常态,水天相接,气象万千。极目处,巍巍淮山浮现在地平线上,与行船起伏上下,波光潋滟。苏东坡精神为之一振,翻身跃起,端立船头,随兴吟出一曲千古绝唱:

　　　　我行日夜向江海,枫叶芦花秋兴长。

　　　　平淮忽迷天远近,青山久与船低昂。

　　　　寿州已见白石塔,短棹未转黄茅冈。

　　　　波平风软望不到,故人久立烟苍茫。

　　　　　　　　　　　　——苏轼《出颍口初见淮山,是日至寿州》

寿州,这是上任途中又一处要做停留的重要一站,很多见过的、没见过的朋友都集聚在这里恭候着先生呢!

寿州,历史上曾用名寿春、寿阳。北宋时,宋仁宗赵祯于大中祥符八年(1008年)被封为寿春郡王,寿春府一直作为淮南路治所,统辖"东至于海,西抵濉涣,南滨大江,北界清淮"(《宋史·地理志》)的大片地区,拥有扬、亳、宿、楚、海、泰、泗、滁、真、通、寿、庐、蕲、和、舒、濠、光、黄等十八个府州,地跨今天江苏、安徽长江以北地区和湖北东北部。宋祁《寿州风俗记》载:"真宗泊上之在藩也,又启封焉。美名华区,故为淮南第一。"这一地区,"土壤膏沃,有茶、盐、丝、帛之利。人性轻扬,善商贾,廛里饶富,多高赀之家。扬、寿皆为巨镇"(《宋史·地理志》)。战国末期辞赋家宋玉在《登徒子好色赋》中写道:"惑阳城,迷下蔡。"苏子美曾赋诗:"维舟亭下偶登临,下蔡风流古至今。"苏东坡早有夙愿畅游寿州,但一直机缘不巧。这次离京时,他的好友李定专门登门相邀,说好在寿州恭候。

李定是谁?宋史记载,李定,"扬州人也,少受学于王安石",进士及第后,任秀州判官。熙宁三年(1070年),李定在寿州做定远尉,王安石的亲信、知审官院孙觉到淮南路考察人才,李定得到消息,曲意逢迎。孙觉回朝后,"极口荐定,因召至京师"。极会做人、左右逢源的李定做梦也没想到,在他的任命问题上,却遭到保守派阻击。虽然最后以苏颂、李大临被免职而告终,但保守派也认定了李定是王安石的拥趸,"梁子"算从此结下。心怀善良的苏东坡却认为,政见不合应商榷磨合,朋友依然可以是朋友,这让初到京城谋求作为的李定很是感动。苏东坡20出头首次参加科举考试就声名大噪,欧阳修曾预见他的未来:"此人可谓善读书,善用书,他日文章必独步天下。"果不其然,在四年后的"三年京察"中,苏东坡入第三等,为"百年第一",名冠京师。苏东坡不但文章好而且人品正,朋友遍天下。李定与他也多有酬酢,并一直以与苏东坡为友为荣。在保守派的一片反对声中,苏东坡的友谊弥足珍贵。在颍州期间,吕公著语重心长地提醒苏东坡,李定是一名"谄谀之人",心术不正,嫉才妒

能,苏东坡都是一笑置之。对人不设防,君子坦荡荡,这可能是苏东坡性格上的一大
特点。"波平风软望不到,故人久立烟苍茫。"苏东坡盼望着与老友在寿州见面。他
哪里会想到,这个"故人"会在七年后成为"乌台诗案"的主凶,说他"起于草野垢贱
之余","初无学术,滥得时名",极力罗织罪名,欲置苏东坡于死地。

苏东坡晚年曾深有感触地说:"古之成大事者,不惟有超世之才,亦必有坚韧不
拔之志。"现在想来,苏东坡的千古奇才,是不是更多地源于后天的劫难与磨炼?

记不得在哪本书上看过一句话:"你只管善良,上天自有安排。"

淮山,也称楚山、北山、泚陵山、八公山,由大小四十余座山峰叠嶂而成。山南有
泚水依偎,山西有淮水环绕,泚水与淮水于山西南交汇。苏东坡的小船从泚口进入
泚水,停在船官湖。船官湖南侧紧依着久负盛名的寿州城。苏东坡走上岸来,放眼
环视,但见古城四周"长林插天,高柯负口……道俗嬉游……精庐临侧川溪,大不为
广,小足闲居,亦胜境也"(郦道元《水经注·肥水》)。他就近从北门进城,走走停
停,饶有兴趣地看着街景,最后,经乡人指点,到驿站安歇下来。

> 街东街西翠幄成,池南池北绿钱生。
>
> 幽人独来带残酒,偶听黄鹂第一声。
>
> ——苏轼《寿阳岸下》

翌日一早,苏东坡起个大早,赶到吕府看望好友吕希道。吕希道是吕夷简的孙
子、吕公著的侄子,仁宗庆历六年(1046年)进士,因为赞同诗词一体的词学观念和
"自成一家"的创作主张,与苏东坡引为知己,交情深厚,离京后也是鸿雁不断,互通
讯息。北宋时期,寿州吕氏是全国少有的名门望族。宋太宗太平兴国二年(977
年),京东路莱州(今属山东)人吕龟祥"登进士及第,为殿中丞知寿州。有惠政及
民,民爱留之,不忍舍去,遂家焉"。从此,这一支吕氏家族便在寿州生息繁衍开来。
吕龟祥的孙子吕夷简(978—1040年),仁宗在位时三次拜相,为政颇有建树,为"昭

勋阁二十四功臣"之一,被史学家评为"屈伸舒卷,动有操术,为一代名相"。吕夷简的四个儿子吕公绰、吕公弼、吕公著、吕公孺,均系朝廷重臣,地位显赫。吕希道是吕公绰的儿子,历官河南监牧使、开封府推官等,此次经朝廷调整,由"知汝州"改任"知和州"。得到苏东坡途经寿州去杭州的讯息,吕希道专门推迟上任时间,在家等待贵客光临。好友相见,少不得觥筹交错,对酒当歌,说不尽的快意失意,道不完的离愁别绪。苏东坡在吕府盘桓多日,方与吕希道依依惜别。

> 去年送君守解梁,今年送君守历阳。
> 年年送人作太守,坐受尘土堆胸肠。
> 君家联翩三将相,富贵未已今方将。
> 凤雏骥子生有种,毛骨往往传诸郎。
> 观君崛郁负奇表,便合剑佩趋明光。
> 胡为小郡屡奔走,征马未解风帆张。
> 我生本自便江海,忍耻未去犹彷徨。
> 无言赠君有长叹,美哉河水空洋洋。
>
> ——苏轼《送吕希道知和州》

吕希道与苏东坡的寿州雅聚,扬州李定有没有参加,史书上没有记载。但据后人推断,李定参加的可能性不大。其时,以王安石为首的变法派(新党)和以司马光为首的保守派(旧党)已分为两大阵营,泾渭分明。司马光 5 岁时(1024 年),他的父亲司马池奉命调到安丰(今安徽寿县西南)任职,"举家迁到淮南西路寿州",司马光砸缸救人的故事即发生在这里:"群儿戏于庭,一儿登瓮,足跌没水中,众皆弃去,光持石击瓮破之,水迸,儿得活。"司马光成长于斯,在本地盘根错节的影响力可想而知。同时,这里还有坚决反对变法的吕氏家族。李定是个投机分子,初至京城根基不稳,企望两边讨好。但经过舍人院"封还词头"事件,他心里的小算盘已是"司马昭之心,路人皆知"。寿州人向来崇尚侠义,眼睛里不揉沙子,血管里流淌着疾恶如仇的血液,像李定这样的人一贯不受人待见。即便当时由于通讯不畅,人们不了解京城里发生的事情,李定参加了吕希道与苏东坡的聚会,后人为了扬善弃恶,故意遗漏李定的名字也未可知。但不管怎么说,当时李定确实候在寿州,并在苏东坡离开时,以主人身份设宴饯行:

> 山鸦噪处古灵湫,乱沫浮涎绕客舟。
>
> 未暇燃犀照奇鬼,欲将烧燕出潜虬。
>
> 使君惜别催歌管,村巷惊呼聚玃猴。
>
> 此地他年颂遗爱,观鱼并记老庄周。
>
> ——苏轼《寿春李定少卿出饯城东龙潭上》

尽管后来李定与苏东坡因政见不同,反目为仇,但两人曾是好友,是不争的事实。谁又敢说,不是因为有与李定等人的人生交集,命运才赋予了苏东坡强大的生命力量,从而催生了他那些淋漓酣畅、直击心灵的诗篇?

此次苏东坡在寿州逗留半月之久。在地方官员和诗友陪同下,他先后游览了八公山、留犊祠、东津渡、蔚升湖等风景名胜。在峡山寺,苏东坡触景生情,感慨万千,让随从找来笔墨,笔走龙蛇,挥墨成诗:

> 天开清远峡,地转凝碧湾。
>
> 我行无迟速,摄衣步屏颜。
>
> 山僧本幽独,乞食况未还。
>
> 云碓水自春,松门风为关。
>
> 石泉解娱客,琴筑鸣空山。
>
> 佳人剑翁孙,游戏暂人间。

忽忆啸云侣,赋诗留玉环。

林空不可见,雾雨霾髻鬟。

——苏轼《峡山寺》

梁园虽好,然属他人;友情虽浓,终将离别。天下没有不散的宴席。寿州城的宦朋诗友们,纷纷走出北门,赶到船官湖送别。他们知道苏东坡才高八斗,但不知道他是中国文学史上"唐宋八大家"之一,将会受誉"千古第一文人";他们更不知道,若干年后,寿州会因拥有苏东坡的这些诗词,增辉添色,大放异彩!

寿州友人的热情好客,寿州景致的丰富美妙,给苏东坡留下美好印象。后来,他在熙宁七年(1074年)由杭州赴密州;元丰二年(1079年)四月赴湖州,八月赴御史台;元丰七年(1084年)由常州至南都;元丰八年(1085年)回常州,九月赴登州;元祐四年(1089年)赴杭州;元祐六年(1091年)回京;元祐七年(1092年)由颍州至扬州,多次经寿州,留下了脍炙人口的诗篇。

澹月倾云晓角哀,小风吹水碧鳞开。

此生定向江湖老,默数淮中十往来。

——苏轼《淮上早发》

苏东坡一生写诗作词4300多首,很多作品估计他自己早已忘记。但对于这些饱含寿州情缘的诗篇,他情有独钟。其在晚年曾重抄《出颍口初见淮山,是日至寿州》,颇为动情地追忆道:"予年三十六,赴杭倅,过寿作此诗。今五十九,南迁至虔,烟雨凄然,颇有当年气象也。"后人把此诗列为苏东坡代表作之一,位于《前赤壁赋》《后赤壁赋》《东栏梨花》之后,名列第四。

2018.12.27

留犊祠记

从无人机上看,寿县古城呈矩形,东南西北四条大街,把城内建筑分成四块,紧紧地拥在古城墙怀里。经通淝门进入南大街,两边商铺鳞次栉比,行人摩肩接踵。行不到百米,就来到享有盛名的留犊祠巷。

外观打量,留犊祠巷与其他街巷并无二致。街口没有明显标志,若不留心,走到近前很容易错过。一条宽约4米的东西长巷,与南大街T形交接,巷内青石铺地,两边有茶庄,有牛肉汤馆,店主见有人来,热情地迎到门前。沿着幽幽的小巷行至中段,出现一排古建筑群,坐北朝南,灰砖青瓦,雕梁画栋,构架皇皇,壁上镶嵌一方石碑,标明是省级保护文物"孙蟠大夫第"。走到尽头,巷南拐角有座院落,主房为三间起脊平房,砖瓦结构,用一圈青砖院墙箍成独立单元,西北角留有一处八角院门,门上有块匾额,题"时公祠"。

时公祠又称"留犊祠",留犊祠巷即由此衍生。

时公祠对面是家商铺,沐浴在斜照的暖阳下,门前聚拢一群蹬车候客的居民。知道我们是来采访的记者后,便围过来为我们义务讲解。你一言、我一语,七嘴八舌,"时苗留犊"的脉络逐渐清晰起来。

东汉建安十八年(213年),时苗任寿春县令。为官上任时,驾着一辆牛车而来,车上仅拉着一箱书籍和衣被等简单生活用品。在任一年多,个人生活没有发生变化,只有当初随他而来的那头黄牛生下了一头小牛犊。离任时,依然是那辆牛车,车上依然放着那几样简单的书籍和行李。在寿春出生的那条牛犊,被他拴在县衙门前,留在了寿春。百姓们对此不解,拦住他进言:"六畜不识父,自当随母。"劝他将牛犊带走。时苗对百姓们解释:"这个牛犊是黄牛来寿春后生的,吃的是寿春草,喝的是淮河水,理应留给寿春。"他执意留下牛犊,驾着旧牛车离去了。

时苗,字德胄,东汉末年钜鹿(今河北省平乡县)人。时苗事迹,最早出于曹魏时期鱼豢编撰的《魏略·清介传》:"乘薄軬车,黄牸牛,布被囊。居官岁余,牛生一犊。及其去,留其犊。""时苗留犊"作为典故,始于南朝宋史学家裴松之注《三国志·魏志二十三》:"又其始之官,乘薄軬车,黄牸牛,布被囊。居官岁余,牛生一犊。及其去,留其犊,谓主簿曰:'令来时本无此犊,犊是淮南所生有也。'群吏曰:'六畜不识父,自当随母。'苗不听,时人皆以为激,然由此名闻天下。"

在热心居民引导下,我们推开八角院门,进入留犊祠小院。院内空间比较局促,仅40来平米,院中间种有一株桂树,约碗口粗,枝繁叶茂,应有些年头。三间平房现在作为时公祠重建项目的办公用房,墙上挂满施工图纸。我们从头至尾看了一遍,建设内容除了恢复时公祠、留犊池等景观外,还规划有廉政研学讲堂、廉政文化展示厅、寿州廉吏展馆、茶馆与戏楼等。简介上说,全面建成后,留犊祠巷将成为一处以廉政文化为主题的综合旅游目的地。

怎么?留犊祠准备重建?

是啊,这三间房,是留犊祠巷改造时的临时办公地。

顺着居民的手势,我们看见小院南侧的老旧小区刚刚拆迁完毕,腾出一大片空地,有工人在搭建工棚,两台推土机正轰轰隆隆地清理施工现场。

居民说,历史上,巷内住户并不像现在这样稠密,留犊祠与留犊池隔巷而建,掩映在一片参天大树中。明朝末年,沿淮两岸战争频仍,留犊祠毁于战火。前些年,政府改造留犊祠巷,当地居民强烈要求复建留犊祠。为了给寻幽探古、拜谒祭祀者暂时提供一处地方,便在这里将就着修建了这所小院。

查阅史料,留犊祠始建于明代。当年时苗离任后,地方百姓为了纪念他为官清廉,便把小牛饮水之池取名为"留犊池",又在牛犊栖身地建起"留犊坊"。明成化年间,寿州知州赵宗顺从民意,又在留犊池北端建祠奉祀,人称"时公祠"或"留犊祠",池、祠之间的街巷便被称作"留犊祠巷"。

自汉以降，历代文人墨客经过此地多有诗作，苏轼、张轼、汤鼐、王九思等都留下过赞美诗篇。元代监察御史王恽写有一首《题时苗留犊》，诗中有"清白居官志不贪，故教留犊在淮南"之句。明代寿州主事董豫的《留犊池》赞道：

> 去任无惭到任时，独有一犊留斯祠。
> 廉名不持当时重，遗爱能令去后思。
> 千载清风垂古史，半池明月映荒祠。
> 停留几度池边立，漫剔苍苔诵勤诗。

关于留犊祠，寿县地方志也有明确记载。明嘉靖《寿州志》专门刊有"留犊池"词条："州西南隅汉时苗留犊于此，今池尚存，池之北有时公祠。"清光绪《寿州志·营建志·坛庙》栏收录知州金宏勋所撰碑文，记载留犊祠"为堂三间，南向，堂南门三间，门南为街，街南为池，池旁置守祠屋，祠四周砌墙三十余丈"。按此记述，现在当地政府所规划的留犊祠综合项目区，应是历史上留犊池的位置。而当年留犊祠的位置，由于墙塌屋颓后，清末有人在残垣断壁上建起了"赵家香店"，现在是一片前店后坊的古建筑群，属于省级重点保护文物。

在古城寿县，"时苗留犊"是家喻户晓的历史掌故。但其能够成为千古美谈，还应归功于古代多部蒙学读本的收入。唐人李翰所编《蒙求》载："时苗留犊，羊续悬鱼。"明人萧良有《龙文鞭影》中有"悬鱼羊续，留犊时苗。贵妃捧砚，弄玉吹箫"之句，抑扬顿挫，朗朗上口。自此以后，程登吉《幼学琼林》等蒙学读本均将"时苗留犊"列为重要内容。

听居民们滔滔不绝地讲述"时苗留犊"的故事，一些细节和史实，明显带有演义色彩，增添了神话成分。他们之间也有争论，甚至吵得面红耳赤，但都是想力证时苗高风亮节、两袖清风。我们饶有兴趣地听，心中充满了感动。这就是古城寿县的民意民情表达！时苗无愧为寿春的地方官，有情有义的寿春百姓也永远忘不了他。居民所说的故事,虽然带有演义化和神话性,但作为一种传闻,却最真实地反映了他们爱憎分明、扬善弃恶的思想、愿望和理想,揭示了他们辨别真善美与假恶丑的道德标准。民间传说与史志留痕方法不同,但起到殊途同归的效果。

一种人格,一种品德,一种精神,不仅在史志上载记,蒙学中传述,而且还能在群众中得到演义性颂扬,还有比这更高的褒奖、更好的纪念吗?

2022.1.26

寿州八记

城墙根下

傍晚，我喜欢行走在城墙根下。

穿线衫，着布鞋，独自徒步于城墙根下的青石小道上，这是我从去冬开始的健身行动。体检时医生告诉我，人过四十，该锻炼了。锻炼的最好方式就是行走。我走不出家门，我就走在城墙根下。冬季时行走，我穿的是棉衣棉鞋。从冬走到春，衣衫单了，精力精神却真的充沛了。

从城墙东门走到城墙南门，是2246步；从城墙南门再走到城墙东门，是2248步。多出的两步，用于转身。

刚开始行走的时候，城墙上下少有人迹。那时候天冷，大人小孩都懒于出门。还有个原因，就是小城的人习惯于晨练，傍晚出门的不多。随着天气转暖，城墙上下人多了起来。大伙好像突然都一下子发现了这个好去处，从博物馆前的广场嗡地一下子全转到了这里。但这一点也不影响我独自行走的心情和质量。他们喜欢走在城墙顶上，大概图个登高好望远吧。我依然独自走在城墙根下。我喜欢仰望城墙，也喜欢仰望城墙上的芸芸众生。

极目处，护城河水平静如镜，倒映出两岸的老柳、楼群、路灯和灿烂的油菜花。老柳垂下的枝条正在泛绿，行人走近，一群小鸟从枝条中穿出，扑棱着翅膀，擦着水面飞远了去。惊起一阵早春的风，吹面不寒，过滤得呼吸格外顺畅。停下脚步，看见城墙根下斑驳的石板及城砖上，已经长出淡淡的青苔。城墙缝里，偶有一株株荠菜、野蒜什么的,叶尖顶着露滴,晶光闪亮。"离离原上草,一岁一枯荣",唯有这砖石,千年以来历经风蚀雨啄,依然故我。外来的游人,对这些久远之物总抱着浓厚的兴趣,好似抚摩着它们,就可以回顾千年,触及那些久远的人、久远的事,就可以看见战马嘶嘶、霓裳飘飘,就可以嗅到古城沧桑的味道。但小城的人,对这座建于千年之前、至今依然完整屹立的古城墙,好像没有认真留意过,总觉得这就是自家的一道院墙,古时防敌防贼,后又用于防水,大水来了,小城人都是把城门一关,便保得人民安然无恙。正因为有用,所以一直留着,损了破了就修修补补,跟家庭过日子需要给破旧衣衫钉块补丁一样。现在淮河修好了,不再需要城墙防水,但小城不会让城墙闲着,"十万人家共起居",随着小城人口的增多,小城需要提供更大更多的休闲锻炼场所。没有比城墙更合适的地方了。历史这一翻云覆雨的手,虽已翻过了几千年,可是,始终让古城墙与这里的人民息息相关,同呼吸、共命运。

古城墙每个时代都有它的用处,所以,古城墙保留了下来。这与大脑不用就会愚钝、刀剑不用就会生锈是一个道理,只有使用,才具存在的合理性。对于古城墙,小城人一贯只看作朋友。对于朋友,无须景仰,只消和谐相处。不知道是不是这个缘故,小城人喜欢把古城墙踩在脚下。踩在脚下就是最好的利用,利用就是最好的保护。

当然,现在的小城人也不会把利用只停留在低层次上。古城墙毕竟是文物,得使它物有所值才好。于是,城墙根下出现城墙有史记载的一次最大的拆迁行动;于是,城墙顶上有了路,城墙外环有了路,城墙内环马上也将有了路;于是,随着城墙外环、内环的打通,时间和空间相通了,这古老的城引来海内海外的人,看城堞,走瓮城,读"人心不足蛇吞象"的传奇,听"淝水之战"时战马的嘶鸣……这些陌生却常在历史中触及的事物,让所来的人满怀新鲜,却又似故友重逢。

但城墙上下走动最多的,还是城内城外的小城人。对于古城墙的历史和辉煌,他们习以为常,觉得这一切都是自然,该发生的就让它发生,该发展的就让它发展。剩下的事情,就是过好自己的日子。早晨和傍晚,走上城墙遛一遛弯,很好很好!

　　我不上城墙,我爱走城墙根下。走在城墙根下,更能感受古城墙的巍峨博大,更能享受古城墙的静谧安宁。从我的角度看过去,墙上的行人,墙上的路灯,在高大的城墙上,都只留下半截剪影,或匆匆,或缓缓,但都揣着积极的心态,奔着健康的目标,朝着不同的方向,遥遥而去。唯有一个老者,泥塑般坐在宾阳楼的城堞上,持笛作歌。这笛声飘荡在暮色下沉的古城墙上下,幽咽凄凉,但透出一种力量。

2009. 3. 18

护城河边

　　如果说,寿县有座古城墙是件很幸运的事情;那么,古城墙下再有道护城河,那就不光幸运,还很幸福了。我很寡闻,除了寿县,至今再没听说、更没见过还有哪座城市,能如寿县古城这么幸运、幸福。

　　若御风俯瞰,寿县古城应是淮河岸边一个小巧精致的"田"字,城墙正是小城一个方正的"口"字。"口"外边,镶着一道银色,波光粼粼,这就是护城河。古城人说城有五环,是指城墙内环、城墙、城墙外环、护城河及护城河亲水平台。奥运五环象征着全世界的运动员走到一起,古城五环则体现了楚风淮韵的独特魅力。是水孕育了这座城市。而护城河萦绕着古城、怀抱着古城,正是对古城历史和古城文化的最直接诠释和最权威注解。

　　记忆中,护城河是条浪漫的河。古老的寿县城因为有了这条浪漫河流的点缀,焕发着少女般迷人的魅力。那时候我刚从乡下进到城里,一时还不能适应钢筋水泥间的压抑和灰暗,傍晚总爱一个人到护城河边走一走、坐一坐,看河面上的芡实、菱角、水葫芦,看河岸上的垂柳、油菜和各种小草。春天、夏天或是秋天,河面河岸郁郁葱葱,各种植物开满白色、红色或黄色的花。偶有一头或几头水牛黄牛散放在河边悠闲地吃草,一只白鹭调皮地立在弯弯的牛角尖上,一两对情侣,躲在垂柳长长的枝条下面喁喁私语……

古城护城河与其他城市的护城河一样,刚开始兴建时,都是因为战争的需要。只不过北方干旱缺水,护城河修好后,只能被叫作"壕沟"。南方多雨,水量充足,护城河就是护城河。古城护城河干脆就直接沟通淝水,成了淝水的一个枝杈。随着火药兵器的普及,沧海桑田,不管是护城河抑或"壕沟",都逐渐退出历史舞台。但古城护城河由于其得天独厚的自然条件和辉煌历史,被保留了下来。

绿树郁郁,绿草茵茵,清凌凌的护城河上,一个渔民驾着一叶小舟正在捕捉鱼虾。岸边,几位老者持竿掌钓,趁着余晖等待最后一甩的快乐。三三两两晚饭后出门散步的居民,有的驻足观望,有的结伴闲聊,有的做每天必修的疾走运动。极目,连绵的八公山在晚霞的映照下,如美丽的画卷迤逦而过;山脚下如烟的林木中掩映着村庄,村庄上方间或飘出袅袅炊烟,如道道丝线,拴住天上滚动的白云……

我爱在护城河边漫步。和煦的微风吹拂在脸上,带来若有若无的香气。这种香气是古城特有的,它来自路旁的草,来自河边的树,来自远山的果,来自水中的菱,来自炊烟,来自白云,来自擦肩而过的古城男女。正是因了这幽香,让我觉得身在古城三生有幸,古城位列"中国十座必须走过的小城"名不虚传。

走在护城河边,前面似乎总有李白、李绅、韩愈、苏轼身着白色长衫、玉树临风的影子。古人在这里留下了不朽诗篇,多少美丽的故事就从这河边荡漾开去。现在,护城河依旧,我们能不能续写古城新的传说?

2009.9.14

春申广场

寿县城区 3.65 平方公里,居然居住 12 万人,有人做过比较,这里的人口密度超过香港和东京。住在这样的城里,能不压抑和憋闷? 小城人答非所问——俺们有春申广场呢!

小城人引以为自豪的春申广场,坐落在气势恢宏的南门城楼外,依托护城河而展开。护城河环绕的，就是闻名遐迩的寿县古城墙。古城墙以石作基，用土夯筑，外侧贴砌砖壁，是世界现存最完整的宋代古城墙。古城墙、护城河，自古有之，闻名遐迩；春申广场，知名度就小得多了，因为广场在去年"十一"才正式建成。即便如此，无论外来的游客，还是本地的居民，都给广场以最好的评价。好像小城现在最吸引眼球、最让人津津乐道的，春申广场与古城墙，已难分上下、难辨伯仲了。

春申广场的建设，偶然中隐现着必然。随着小城旅游业的勃兴，同时满足建设现代城市的需要，当地政府为了更好地凸显古城墙这一主题，经过充分论证，建造了这座广场，为小城增添了一道亮丽的风景。整个广场舒阔而大气，正面耸立春申君黄歇驷驾铜铸，护城河一侧镶嵌石雕护栏，南侧用仿古长廊与外侧建筑相隔。广场尽头为记载春申君丰功伟绩的文化墙，呈弧形，由四幅大型浮雕组成，平时供游人瞻仰，有演出活动时作为演艺背景和后幕。被人形象地称作"月田"的广场正中，则是一幅青石拼就的纹饰图案。这图案可不简单，线条飞动，风格古朴，复制于寿春城遗址出土的三角云纹瓦当。"内行看门道，外行看热闹"，就这一个纹饰图案就让北京来的建筑学大家看了半天，称它"有力地突出了寿县古城的韵味"，为广场添加了楚文化氛围，呼应了寿县古城的庄严与凝重，使春申广场显现了寿春城千年古都的气魄，延续了地方文脉。从彼角度看，寿县的文化不仅在于其"古"，还在于其发展、创新和利用。寿县的古街、古巷、古城、古城墙是文化，新建设的楚文化博物馆、春申广场等又何尝不是呢？

但是，身处小城的居民，平时却很少从"文化"的角度看广场。拿破仑曾将广场称作"城市的客厅"，客厅是人交往的地方。春申广场的首要任务是作为一个重大庆典的礼仪公共活动场所。不说别的，就是其在"十一"举办的落成典礼，规模之宏大，气魄之宏伟，规格之隆重，使广场功能得到充分体验和发挥。此活动使该广场大放异彩，从此成为展示寿县作为一个开放旅游城市的重要窗口。随后，广场又举办了"万人走城墙"等活动，均大获成功。有了春申广场，小城结束了没有举办大型露天集会活动场地的尴尬历史。

前不久,一位作家到小城采风,回去立马为春申广场写就一篇《寿州大院子》,令我眼睛一亮茅塞顿开:无论是从文化的体现,还是从功能的角度看,春申广场不就是小城的一个"大院子"吗? 广场建设伊始,当地政府就充分考虑了居民活动的需要。小城人多,广大居民生活在钢筋混凝土的"森林"中,大部分时间关在狭小的"火柴盒"里,人们需要呼吸、需要交流,而广场就是这样一个"大院子"。清晨,人们三三两两地来到这里晨练,打太极,跳秧歌,发个"小城新闻";傍晚,人们又成群结队赶到这里散步,观文艺演出,看集体舞蹈,叙说家长里短……乐此不疲,风雨无阻。西街、东街的两个好友在广场相遇,相互递烟后,屁股一歪就坐在草坪边的石凳上,笑语喧哗,就像坐在自家院子里的板椅上聊天喝茶一样,随意而自然,充满了小城特有的人情味。很难想象,如果没了春申广场,小城居民该如何生活。虽然我也知道,小城拥有广场的历史尚不足一年。

2010.1.18

豆腐街

这是一年一度的端午节。但在豆腐街,却看不见一丝节日的迹象。一大早,人们如往常一样蹬上自行车,车的后座两边分别挎着一筐豆腐,晃晃悠悠地驶往古城的大街小巷。与往常不同的是,今天自行车的后座上,卖豆腐的人还捆上了一大把艾草。走街串巷高声吆喝"豆腐——豆腐——"的同时,他们把这些艾草分发给了顾客。这些艾草是八公山的特产,插在门楣上能够驱蚊避虫。当然,外地也有艾草,但都没有这里的香味十足。到了中午,筐里的豆腐卖完了,人们又陆续回到了家。吃了中饭碗一丢,立马开始泡豆子、开磨子、揉浆子、点石膏、压豆腐。

年复一年,日复一日,岁月更迭,周而复始。豆腐街的磨子一天不响,千家万户的厨房一天不香。

走近打量,豆腐街不过如此。通往外面的路,正在进行修缮拓宽。骑着自行车来还好,感觉不到道路的颠簸;换了开车来,沿途会拉起一道白色的尘雾。车一停,人得停一会下,否则包裹上来的灰尘会弄得你没鼻子没眼。街道也没什么特色,刚修的水泥路,两边装上了仿古太阳能路灯。新栽的香樟,因为今年天旱,死掉不少,有几个绿化工人正在浇水。鸡是散放的,悠闲地踩在水泥地上,发现找不到可吃的东西,三三两两地转到街后的绿地上去,又有绿地上的鸡转将过来。狗也是散养的,坐在自家门口,见有人来,爬起来刚吠两声,正在屋子里忙碌的主人听了,探出头来喊道:"去!"狗听了,快快地走下台阶,跷起腿倚在新栽的香樟树下撒了泡尿,颠颠地跑到后面的绿地上撵鸡玩儿去了。

这就是举世闻名的豆腐街?

进屋,女主人对着客人腼腆一笑,算是打了招呼,继续侍弄着嗡嗡作响的电磨。男主人一边找凳子请人坐下,一边慌忙舀水冲了下手,从腰里掏出香烟敬客。豆腐坊很小,一头挨着堂屋,另一头紧贴着厨房,放满了制作豆腐的一应家什,拐角里叠放着几只凳子,看得出平时还兼着餐厅的功能。客人不坐,只对豆腐的制作感兴趣,看见旁边闲置着石磨,饶有兴致地问:"这磨,怎么不用?"主人说:"石磨累人呢。"客人看见主人把电磨闸刀一推,豆子很快呼噜呼噜变成了豆浆,纷纷感叹现代化的设备效率就是不一样。客人又问:"那你还留着石磨?"主人答:"得留着,留着拍电视用呢。"

原来,近些年随着豆腐街声名鹊起,采访的各路记者明显增多,国内的还好打发,国外的就难对付点,比如韩国的、日本的等,来了就要拍传统的豆腐制作工艺,拍不了还不走。为了满足这些记者和游客参与豆腐制作体验的要求,当地群众在政府的引导下,把丢在一边的石磨重又搬进了豆腐坊。在需要进行传统工艺展示时,群众就关了电磨,用石磨完成豆腐制作的一整套工序。当然,户主也不白干,总能得到一定报酬,双方皆大欢喜。

石磨和电磨,做出的豆腐质量一样吗?

"怎不一样? 不管什么磨,用的都是八公山的大泉水。做豆腐,不就靠有个好水嘛!"主人骄傲之情,溢于言表。

确实,自从汉淮南王刘安在八公山下发明豆腐以来,豆腐连同制作工艺已走遍世界各地,但只有八公山豆腐街制作的豆腐洁白细腻,晶莹剔透,汁厚味醇,鲜嫩可口。豆腐街的旁边有眼山泉,当地人亲切地唤作"大泉",清凌照人,四季恒温,旱涝常态,豆腐街因此泉而被外人称作"大泉豆腐街"。从古到今,豆腐街人都是用这泉的水泡豆子、磨豆子。换了其他地方的水,豆腐还是那个豆腐,但立马失去了只有在八公山才特有的清爽细腻。

橘生淮北则为枳。这是科学,不服不行。豆腐街洞天福地,得天独厚。到了今日,当地群众仍享其利。制作工艺可以传出去,但泉水没人能够搬得走。地灵人杰,说的就是这个道理。也许正因为此,八公山才能诞生出"一人得道,鸡犬升天"的千年神话,才能滋养出"牢笼天地,博极古今"的文化传承来。

顺着街道,先后进了六七户人家,发现家家摆设类似,所做的活路也都与豆腐制作有关,好像在豆腐街,做豆腐的手艺人人会,豆腐街家家做豆腐。主人说:"上午出门卖豆腐,下午在家做豆腐,豆腐街的人已经形成生活规律了。"几十年,他们都是这么过来的。

"能不能由经纪人负责销售豆腐,你们专门做豆腐?"

"有啊,现今个卖到南京的、合肥的、上海的,都有人专门开车送过去。俺们与他们签合同,他们只管卖,俺们只管做。"主人答。

如此看来,豆腐街的人面对新事物,也已勇敢地与外界接起轨来。

豆腐街后面就是八公山,八公山上林木葱郁。今天,八公山已经成为国家森林公园、国际知名旅游度假区。豆腐街的人和豆腐,也被越来越多的人所关注、所熟悉。这种关注的背后,是豆腐文化的魅力,是豆腐街人在面临全新变革之时展现出的应变能力。

豆腐街原来叫豆腐村。豆腐街是近几年顺应发展旅游业需要,才叫响的名字。既然是街,就得有街的样子,各种基础设施必须配套,各类建筑必须按街道的形式布置。可是，望着一幢幢雨后春笋般破土而出的仿古庭院，我从内心深处深深怀念那些被替代了的农家小屋。我也明白，这种替代是一种进步，豆腐街还将继续变化。所以我也只能盼望，豆腐街只要能够保持着自己的特色，这种变化还是来得更猛烈些吧！

2011. 6. 10

天上的街市

到瓦埠镇需乘轮渡。站在瓦埠湖西岸看对岸，瓦埠镇荡漾在波光激滟的湖水之中，似无还有，虚无缥缈。我的脑中立即蹦出个词汇：海市蜃楼！对了，瓦埠镇就像海市蜃楼，离我们很近，却又很远。

过了湖，进了街，双手推开宓子祠朱红色的大门，大门发出一阵浑厚的隆隆声响。听着这声音，一种庄严感不由得涌上心头。宓夫子，2600 年过去，你在瓦埠还好吗？

宓子贱，名不齐，字子贱，春秋时鲁国人，孔子弟子。当年跟随孔子从鲁国往吴国游学，客死在瓦埠镇。从鲁国往吴国，怎么就走到了瓦埠镇？历史学家说，古时候瓦埠湖上通长江，下连淮河，是沟通南北的黄金水道。瓦埠镇"瓦"即瓦砾，"埠"即商埠，因水兴市，盛极一时。孔子从北往南落脚瓦埠镇，顺理成章。

瓦埠镇的历史确够久远。

瓦埠镇到底始建于什么时候？历史学家们一直众说纷纭，莫衷一是。前不久，有人提出瓦埠镇应是下蔡的都城。公元前 505 年，秦楚联军大败吴，楚昭王得胜回国后先灭唐，又连续攻蔡。蔡为躲避楚的攻击，于公元前 493 年迁都州来，也就是现在的寿县，时称下蔡。公元前 447 年，蔡被楚所灭，都城留下一片"瓦砾"。

现在，瓦埠镇有个村子，就叫"蔡城"。

瓦埠镇的小街古色古香。街道青砖墁地，街心铺着长长的石条。石条光亮如砥,青砖爬满青苔。石条光亮可见当年之繁华,青砖生苔显现今日之幽静。街两边的房子一律青砖小瓦木铺板,房里坐着的大多是老人和孩子。见人到了门前,站起身微笑着把人往房里让。瓦埠镇号称"君子镇",这里的每个人都热情好客,温良恭谦。走进门,发现房为两进,前面临街房用作店面,后进多为住宅。两进房屋中间的院子不大,摆满了花花草草,院墙上盘着凌霄或葡萄。也有院子里栽了樱桃树、杏子树的,樱桃已经红了,挂满了枝头,看上一眼,嘴里就馋满了口水。主人伸手采了一枝,放在压水井口冲洗干净,塞到客人手中,不吃不行。

十分庆幸的是,同行中有一位文物专家,这使我们的游览还变成了一次文物知识普及活动。在专家眼里,瓦埠镇遍地是宝,每块砖、每片瓦都是记载历史的书页。他的话犹如醍醐灌顶,使我一下子明白了瓦埠镇的魅力所在。有宝便有淘宝人。同行的人还真在街拐巷角寻得不少有字的砖、有釉的陶。听人说,1978年大旱,瓦埠湖水干涸,临街的湖底出土的"鬼脸钱",多得人们用麻袋装。"鬼脸钱"是春秋战国时楚国制造和使用的仿贝货币,我在寿州楚文化博物馆里见过,据说是有文字记载的最早金属货币。还有人说,前几天镇东头的自来水厂开工,掘土机一铲下去,竟挖出了一大批陶制文物。看同行的人寻得起劲,我也动了心,也想寻个"鬼脸钱"什么的留作纪念。一来二去,我们寻到了一个方姓老汉的院内。小院从外看去稀松平常,与小镇其他建筑没有不同,但院内的坛坛罐罐却琳琅满目,都是老汉平时在街上搜拾来的宝贝。我们的文物专家上前与老汉攀谈起来。这一谈,立时使我们对老汉肃然起敬起来。《儒林外史》说明代金陵文雅之地,挑贩走卒都有六朝烟霞气。今天的瓦埠也算这样的地方吧,连一个街头老叟张口闭口说的都是学问。他与我们的文物专家口若悬河,直听得我们张大了嘴巴,云里雾中地分不出东西来了。

瓦埠镇,莫测高深!

想不到的是,临告别时,老汉看我们喜欢他这个小院,还送了我们一只官窑的瓷碗、一盏汉朝的油灯、几方五代的墓砖……我们满载而归。

只有天上的神仙才会有这样的豁达、淡然和大度,也只有传说中的世外桃源才会有这样的民风了吧?!

2008.4.15

贤良街考证

从寿县东淝闸乘船沿淮河溯源而上,途经鲁口孜、黑泥沟、老龙窝、沫河口,到了迎水寺,老远就看见轮船码头门额上"正阳港"几个大字,三五个女人在码头台阶上淘米洗衣,水花飞溅,笑语不绝。

正阳关古称"羊石",坐落在淮、颍、淠三河汇合处,西通关陕,东接寿春,东拥"天下第一塘"安丰塘,历史上具有"寿阳信天险,天险横荆关"的战略地位。正阳关享舟楫之便、鱼盐之利,商旅往来,四方辐辏,便逐渐发展成为商船云集的一大码头,是淮河中游一个重要的物资集散地。远在东汉末年,正阳就开始筑城,明成化元年(1465 年)设关,岁征税银 62400 多两,素有"淮南第一镇"之称,又有"银正阳"之誉。随着淮河水路交通萎缩,今日正阳关已失去往日的熙攘,但交通优势仍不可小觑,在寿县乡镇经济发展中一直稳占老大位置,无其他乡镇可出其右。但我们来此目的并非为了凭吊古镇昔日的繁华,而是为了寻访俞化鹏故里。

俞化鹏,字扶九,清朝顺治末年生于正阳关南大街,幼读私塾,就读于安丰书院(今正阳中学所在地),康熙三十年(1691 年)中进士,先后任宁海县知县、贵州道御史、奉天府府丞、大理寺常卿、顺天府府尹,雍正元年(1723 年)归里病卒。俞化鹏进京做官后,这一年他家与对街周铁匠家都要盖房子。双方按照原订计划施工,但因街巷太窄影响到"滴水",双方都不相让地皮。俞化鹏的家人认为自家有权有势,派人进京陈述情况,要求压制周家。俞化鹏问明来意,向来人申明大义,并修书一封,叫家人以大局为重,友善邻里。书信中有诗一首:

　　　　千里捎书只为墙,让他三尺又何妨?

万里长城今犹在，不见当年秦始皇。

俞姓家人见到这封信，便主动后退三尺建墙，留出面积给对面邻居。周铁匠知道原委后，十分敬佩俞化鹏的宽厚为人，他不甘落后，也把自家的房屋后退三尺建墙。这事传开后，南大街的居民纷纷效仿，都把自家房屋后退了三尺。人心宽促成街心宽，市民们深受感动，便把这条街命名为"贤良街"。

贤良街其实就在淮河大堤的背面，两百米长，东西走向，青石铺地，两边房屋多为砖瓦结构起脊民房。穿过镶嵌"凤城首镇"匾额的北城门，从北大街行至三元街再往南一拐，顺着南大街走到离南城门约百米的地方，一条小街明显比其他同一走向的街巷宽敞许多。巷内阳光鎏金，狗和鸡悠闲地溜达着，老人坐在门口晒着太阳。街尽头传来嘶哑且激越的《纤夫的爱》，一户人家正在办"老喜丧"，也算是淮畔民俗文化的一景吧，让老人走得欢喜热闹。我们从街尾走到街头，又从街头走到街尾，一条纯黑的小狗紧跟着我们，嗅了嗅裤脚，再跑开到一家门前，跷起一条后腿做个"记号"，又跑过来跟在我们旁边。

放眼四望，贤良街再平常不过，甚至不如周边街巷古朴沧桑，实在找不到能与"俞府"挂边的迹象。向坐在门口的老人打探，老半天他才想起正阳关北淮河大坝东边的五里铺，有一座俞化鹏家的祖坟。俞幼时家贫，父亲早逝，坟地与普通人家没有两样，直到俞化鹏做官，当地人认为他的父亲睡上了风水宝地，再有人去世，都想葬在周围。时间一久，俞老家的人不忿，瞒着俞化鹏，串通地方官府出动官兵，平掉祖坟周围的其他坟地，闹得民怨沸腾。这事被人密奏朝廷，康熙帝十分恼火，认为俞化鹏晚节不保，便把他由府尹调职为佐僚，虽仍属清正一品，却是个闲职。往日门庭若市车水马龙，如今人客稀少门可罗雀。至此后俞化鹏官运欠佳，三年后告老返乡，雍正元年（1723年）忧郁成疾病逝于家中。

"是不是俞化鹏死后，俞家境地从此走向了衰落？"

老人摇了摇头，说："不知道，这都是传说，具体怎么样了，没人说得清。"

"他没有后人了？"

"没听说。"老人唏嘘道，"反正，正阳关没听说谁是。"

"那么，俞化鹏死后，葬到什么地方了呢？"

"应该葬到自家祖坟了吧？也说不定。"

五里铺我们去过，历史上曾是片乱葬岗，经过 20 世纪 70 年代、80 年代两次"平坟运动"，现在已是一片广袤的田野。仅有的几座坟茔，高高的坟头，坟前堆放着供品，一看就是新葬的。俞化鹏是否葬在这里，待考。

这次寻访俞化鹏故里，缘于看到互联网上流传着关于"三尺巷"（也称六尺巷、贤良街）的七个版本，故事情节基本相同，主人公都是历史上有头有脸、有据可考的人物。安徽桐城的"六尺巷"、山东聊城的"六尺巷"、河南安阳的"仁义巷"，还有正阳关的"贤良街"，当地政府都把这些故事列进了廉政教育教材，给予了应有重视。但到底其中谁是确有其事，谁是以讹传讹？通过寻访考证贤良街，我觉得不外乎两种情况：一是书信中这首小诗朗朗上口通俗易懂，使其在历史长河中流传流行，经久不衰，故事的主人公有的可能是原创，有的可能遇到类似情况，想起这首小诗，信手拈来，借用了一把；二是反映了广大人民一种美好的意愿，树立榜样，期盼为官者能浩然正气，清风惠政，廉洁为人。"先天而天弗违，后天而顺天时"，否则就可能"官运欠佳"，甚至死无葬身之地。从彼角度看，非要弄清七个版本的真假伯仲子丑寅卯来，并无多大的意义。

夕阳西下，大堤下的淮河波光粼粼，融化在一片暖暖的金色之中。坐在归途的汽艇上，看天上云卷云舒，一阵大雁排着"人"字形，相互呼唤着，由北向南从头顶飞过；几只水鸟追逐着小艇犁开的浪花，船头船尾转个不停。偶尔会有一条货船从一侧穿过，荡起一阵颠簸。上游刚下过一场大雨，河水浑浊而湍急，打着漩涡，泥沙俱下。此情此景，让我不由得想起《三国演义》卷首那阕著名的《临江仙》来。

2015.1.21

古城五环

古城五环是最近两年才有的称呼:从城内侧算起,内环路算一环,城墙顶算一环,城墙下的外环路当然算一环。还有两环,一是指围城环绕的护城河,再就是指护城河外围的循环小道了。古城五环将古城紧紧拥抱在怀里,从建成那日起,就无可避免地成为古城人的呼吸空间。

古城五环其实出现在一闪念。以前,古城墙没有贯通,上下长满了密密麻麻的芦苇杂树。外地人看古城,一般就是到四条大街通往的四个城门走一走。其他地方,上不了的。待砍了杂草修了路,疏通了护城河,古城五环一下从乌黑脏损的泥瓦盆变成了光彩亮丽的青花瓷。只要到古城旅游的,都要到五环走一走;在古城居家过日子的,早起晚归,也要到五环遛遛弯;甚至于搬到城外新城区生活的古城人,隔三天岔五日的,还要到五环转一转,虽然城外的路比城内要宽,商场比城内还繁华,景致比城内更养眼。乡情就是这样,老城圈里住习惯了的人,走走五环,嗅嗅古城的味道,就好像吃饭喝水一样,成了生活的需要。

五环唯一允许行车的是紧依城墙内坡脚下的内环。内环真正出彩的地方,在于四角的拐角塘。最好是夏季,拐角塘里荷叶田田,莲花飘香,成群的野鸭游弋其间。秋冬时节,芦花飘雪,拐角塘又成了刺猬、白鹭的栖息地。春天来了,塘四周烂漫的油菜花,让人恍如置身于田园。古城人不出门,就能在这里领略到乡风野趣。傍晚,顺着塘边林荫小道信步走去,迎面不时会遇见遛狗的人,有的是一家几口,那狗或赶或牵,或大或小,或胖或瘦,或纯白或金黄。突然就有一团绒球滚到了你的脚下,定睛一看,原来是一只"小狮毛",伸着湿漉漉的鼻子在你腿上嗅了嗅,摇了摇尾巴,调皮地跑开。

紧连着拐角塘,有一排错落有致的店铺,或清新,或典雅,风格不一,但门额上都有一块牌匾,书写着店铺的名字:廿四书店、紫金石坊、玫瑰圣典、月光咖啡……字体或遒劲，或秀气，彰显着"中国书法之乡"的底气。有人说过，一座城市的文化指标，一看公园等公共设施，二看书店等文化场所。城内的楚文化博物馆且不去说它，那是古城的文化名片，号称"中国最大的县级博物馆"。就看这路上的店铺吧，随便走进一家，如果是书店，里面肯定有关于古城文化方面的专著。古城是"诗书之乡"，无论古代还是现代涌现的诗人学者，浩若繁星，灿如云霞，所留下的著作汗牛充栋。躲在书店角落里看上半天，你会想起一个"人杰地灵"的词语。也许还会感叹，不知不觉中，时间都哪里去了？如果是走进了奇石坊，店内的紫金奇石一定让你目不暇接。大自然对古城偏爱有加，赐予了这里一座八公山，八公山又赐予了人们紫金石。紫金石自然天成，形态各异，栩栩如生，历来是奇石界争相收藏的珍品。游览其中，能不叹服大自然的鬼斧神工？

城墙顶是古城真正的"面子工程"。烟褐色的青石板路，古色古香的路灯，参差错落的城垛，蜿蜒在一片绿色之中。人行其上，城内城外山川景物尽收眼底：脚下，古城墙逶迤巍巍；身边，护城河蒹葭苍苍；极目处，"蓄圣表仙"八公山烟波苍茫，"淝水之战"古战场空旷辽阔。如果是晚上，城楼城墙流光溢彩金碧辉煌，城内城外万家灯火繁星闪烁。作为古城人，内心不由得油然生出一种自豪感来，心胸也不自觉地舒展开来。累了，就近在画凉亭或文峰塔前坐一坐，想一想心思，看一看迎面走来的帅哥美女。同时，你也成了别人镜头里的风景。

依我看，城墙下的外环路和护城河外的循环路，就是护城河的两个卫兵，一左一右，把护城河紧紧环绕在怀里。相对于古城内，护城河边空间大了许多，环境也好了许多。一段一段空旷的地方，有的成了老师傅带徒弟的拳场，刀枪剑戟，闪转腾挪。古城文化底蕴深厚，不光体现在读书上，武术也早走出国门、冲向亚洲，多次代表省、市参赛夺冠呢！还有的地方，成了中老年人跳广场舞的场所。大家排着队，伴着音乐翩翩起舞，沉浸在美的享受之中，成为五环一道亮丽的风景线。

但我最喜欢的，还是依着护城河边的老垂柳，看枝条由鹅黄慢慢变深绿，枝间百灵鸣啭，麻雀叽喳，从一个丫杈跳到另一个丫杈；一队蚂蚁从这株树下向另一株树下搬家,密密麻麻歪歪扭扭摆了十来米长的运输大队;河里漂着几只野鸭,见下网的小船经过,机警地从苇丛间躲过。渔民划着桨,目不斜视,视若无睹。野鸭见来人无意惊扰它们,放下心游将出来,悠闲地觅食、玩耍。我还喜欢看夕阳隐下城楼,晚霞染红护城河水。再晚一点,月上柳梢头,古城墙上下灯火生辉,喧嚣一天的城门楼安静下来,五色缠裹着飞檐翘角,俨如蓬莱仙境。灯光倒映在水里,那水波也被染成五颜六色,风姿绰约,摇曳生姿,恬静而柔美。

　　古城是座休闲城市,是淮河岸边最宜居的地方。张爱玲说:"公寓是最理想的逃世的地方,厌倦了大都会的人们往往记挂着和平幽静的乡村……殊不知在乡下多买半斤腊肉便要引起许多闲言碎语,而在公寓房子的最上层,你就是站在窗前换衣服也不碍事。"古城五环旁边,近几年新矗立起一座汉式新城,青砖灰瓦,斜格方窗,掩映在一片绿色之中。住在这里的人,既可以在楼上换汉服,看书写文,喝酒吃肉,闲了累了,也可以到五环看人来人往,看云卷云舒。

　　我忽然明白了,原来有了新城的古城,就有了古城人新的自由。

2014.3.23

在报恩寺听经

　　寒尽雪消,冬去春来,微风染绿杨柳梢,城墙边的油菜花一地锦绣,城门洞上的野枸杞绿帘般,舞动在行人的额上眉头。寿州香草可了劲地生长,簇拥在报恩寺的皂瓦黄墙下,香气馥郁,包裹着高墙内弥漫而出的钟声梵音,飘荡在古城暖洋洋的空气中。

　　这是一个周末的下午,报恩寺正在举办水陆法会。

　　到报恩寺听经去!

　　史书记载,报恩寺建于唐朝贞观年间。从那时算,到现在已有1300多年,应算名副其实的千年古刹吧!古城真是一处说不透的地方,它占地面积为3.65平方公里,实在是局促,里面却儒道佛并存:西街有孔庙,北街有东岳庙,东街有报恩寺。门前都有千年银杏驻守,浓荫匝地。人说寿州历史厚重,千言万语难尽其意,很简单,看一眼这些古树,你一下子就能明白。古城里观也是庙,庙也是观,自古寺观杂陈,有时候竟分不清彼此,庙里奉老君,观里供观音,佛道合一,香火共享。这就是氛围,氛围能够影响很多人、很多事,后来伊斯兰教、基督教也都能立马在这里生根、开花、结果,成为古城一道独特的风景。

地面的风景可观,地下也有叹为观止的大风景。就是我们的眼前,就在我们的脚下,报恩寺门前的花坛下面。20世纪70年代,人们在拆除残存宋塔时,发现了塔下地宫里装满舍利的金棺和银棺。与金棺、银棺同时出土的,还有地宫内的壁画。这组壁画,宗教题材,为人物彩绘,以衣冠区分人物身份,儒生温文尔雅,武将骁健刚猛,道士幽雅清癯,僧侣静穆宁谧,信女柔丽婀娜。画面反映的是古城信仰故事,人物或交谈,或倾听,或顾盼,或沉思,情态各具,形神兼备,惟妙惟肖。但这还不是我要说的大风景。大风景在于壁画所描摹的场景,主角主场反复交替,但不管谁是主角、谁的主场,主角都能侃侃而谈,体现出足够的自信;听者都能虔诚虚心,表露出由衷的尊重。通过讲者和听者位置的不断变换,壁画表现了一方水土难以想象的开放与包容,增强了作品的思想美。

都说古城是"地下博物馆",现在,都明白是怎么回事了吧?

有人说:"古城的包容不可理喻无法解释难以想象。"其实,凡事皆有缘。从地宫壁画的出土,相信一些有识之士能够觅到一些端倪。千百年来,善男信女、各色教众,就在这屏山傍水地通南北的弹丸城池内,各自善身修为悟道,共生共存。这种和谐和文明积淀长久,就化为芸芸众生的习俗行为和伦理希望,成为根深蒂固的文化意识和日常生活。

时间还早,早到的居士们换上偏衫,随几个和尚在大雄宝殿前绕佛。所谓绕佛,就是双手合十,缓慢地散步。有些人念佛念了一会就打瞌睡,还有人念佛时心不静,通过绕佛可以定心聚神,这是用功的一种方法。围着殿前两株参天银杏,绕佛的人从东往南至西到北不断运动,周而复始。一开始,是穿着黄衫敲着木鱼的三五和尚;不一时,加入十多位灰衫居士;再后来,一些参观的游客也跟了进去,形成一个首尾相接的大圆圈。绕佛是身动心不动,心口如一,只有一句"南无阿弥陀佛"。殿前炉内香雾缭绕,和尚手上木鱼咚咚,居士的偏衫衣袂飘飘,在遮天蔽日的银杏树下面,在气势恢宏的宝殿前面,成为古城春天的又一道亮丽风景。

偶一抬头无意发现,大雄宝殿的脊瓦上,不知道什么时候伫立了一排鸽子,齐刷刷地伸着脖子观望着殿下。它们也是赶来听经的?

15时许,人们纷纷向大殿后面的毗卢殿走去。水陆法会期间,这里会被布置成大坛,九华山、大华山的僧侣被请到这里,与当地的和尚、居士济济一堂,诵经拜忏,普度功德,超度众生,七个昼夜才能功德圆满。大坛主要是与四圣六凡交流,气氛肃穆。我不敢造次,在殿外选了个能看清里面活动的位置,静静地打量。内坛正中供奉佛像,下置供桌。供桌前有几个盘腿而坐的和尚,面前摆放着磬、铃、鼓、钹等,根据诵经的快慢,敲、摇、击、打着不同的旋律与节奏。供桌下方,教室一般摆放了一排排经桌,上面放着经书,和尚和居士们整齐地跪在桌前,一只手翻抚书页,一只手拈支细香,画着书本上的竖排字,口吐莲花,跟领读的和尚诵经。刚开始,诵经者跟随磬鼓的节奏,一字一顿,声音低沉缓慢;慢慢地,节奏越来越快,经文越来越顺,逐字逐句转换为高低起落抑扬顿挫的吟咏,读经演变成了诵经,"大弦嘈嘈如急雨,小弦切切如私语。嘈嘈切切错杂弹,大珠小珠落玉盘"。更有意思的是,等到疾风骤雨般的吟诵达到一定高度,铃声一响,经风突变,吟诵又变成了歌唱,唱词当然是经文,而曲调却是通俗歌曲。这就是和尚们的大智慧了,通俗歌曲耳熟能详,居士们学唱起来事半功倍。这个细节的发现,令我不得不更加佩服古城宗教活动的与时俱进。"海纳百川,有容乃大",开放与融入,善于吸纳和学习,永远跟上时代的步伐,这可能是古城宗教、古城文化得以不断发展、历久弥新的奥秘所在吧!

殿内经声阵阵,氛围所形成的静谧,使我内心纯净,充盈虔诚。对于经文,我一句也没听懂,但仍能感受到一种超越感觉、超越理解的神圣力量,升华着我的灵魂,净化着我的心灵。我在想,在这个疯狂浮躁的世界,有古城一角净土,能让我们的灵魂安歇,是一件多么值得庆幸的事情。报恩寺,早已超越了信仰的范畴和意义。

　　从寺里走出来,夕阳已把古城涂抹得一片金黄。寺门口的苦楝树花似彩霞,蜜蜂们飞舞上下,不绝于耳的嗡嗡声又让我想起殿里的诵经声。这两者有什么关联?我不知道。苦楝树下有个少年,伏在一条石凳上做着作业;脚下趴了条黄狗,伸着舌头,慵懒地看着行人;他的奶奶坐在旁边择菜,准备着晚饭。这就是古城的生活,日子一天天就这么过去了。古城人会诵经也会生活,能出世也能入世,一切归于平静与自然。

2014. 5. 29

八公山上

庙　会

千里淮河,从桐柏山流出,穿峡谷,过丘陵,至正阳关,接淠纳颍。三水归一,滔滔滚滚,一路浩荡,到古城寿州,携淝水,环八公山,绵绵不绝,向东而去。

八公山风景秀丽,林木繁茂,小草妖翠,四时山花不断,璀璨成丛。"山不在高,有仙则名。"传说远在西汉时期,淮南王刘安与八公登山炼丹,"一人得道,鸡犬升天",八公山因此得名。

八公山山势奇绝,当面主峰突起,名"四顶山"。山顶建有帝母宫,昼夜倾听着山下淮水的涛声,占尽了八公山风水。帝母宫为二进山门,四合院落,庙台高筑,后院殿堂供奉"泰山奶奶"雕像一座,足踏莲花,面目慈祥。"泰山奶奶"为当地俗称,实为道界的碧霞元君。相传当年碧霞元君云游至此,见这里层峦叠翠,古木参天,远山透紫,岸柳披红,涟漪千层,霞光万道,心中不禁叫好,决意在此建庙修道。当她来到山顶之后,却发现山石丛中插有太上老君的雕绫剑。原来在她之前,太上老君已看中这块宝地。碧霞元君眉头一皱,计上心来,脱下绣花鞋埋入一块石头下,随即将剑原封不动插在这块石头上。数月之后,二仙再度来到八公山,一山难容二主,双方争执都有物品为证。待取物证,发现绣花鞋在雕绫剑下。老君只得将山让给元君。史书记载,元君前身为玉女,雕像出现于汉宫,为金童玉女雕像之一。到五代时,大殿倾塌,金童化为清风而去,玉女则隐入池中。宋真宗到泰山封禅时至池边洗手,池中突然冒出一尊石人,真宗叫人捞起,在泰山建寺供奉,册封为"天仙玉女碧霞元君",

专管人间生男育女之事,并能保护孩童健康成长。

八公山自有帝母宫后,但凡想生男育女的青年男女和盼人丁兴旺的妇妪耆老,纷纷前来烧香求福,且时常应验。一传十、十传百,帝母宫香火日渐兴旺。"文革"期间,庙墙坍塌,泥塑被毁,这座"淮上第一庙观"只剩得残垣断壁。即便如此,仍有善男信女偷偷焚香祭供,从未断过香火。20世纪90年代末,当地政府应发展旅游业之需,集资重建了帝母宫,八公山香火再度旺盛起来。

民间传说,每年农历三月十五,"泰山奶奶"将从泰山君临受香。因此,三月十五前后几天,方圆近百里数以十万计的香客游人纷纷赶来上香朝拜。久而久之,便演绎成盛况空前的庙会活动。庙会期间,山脚下周长7100多米的寿州城里,商场内外,城墙上下,摩肩接踵,人声鼎沸,机动车辆只能无可奈何地停驶。街的两侧,路的两边,见缝插针地摆满了各色摊点,平安香、土产山货、水果饮料,堆砌成两道长长的屏障,迤迤逦逦包裹着人流,缓缓蠕动在巷中,流淌于山间。那些想升官发财的,想求嗣觅偶的,想跳出红尘的,想觅幽探古的,想寻找刺激的,熙熙攘攘,人若蚁行,漫野而至。更有各色杂耍、手艺人前来助兴,歌舞笙管不绝于耳,锣鼓弹唱声传数里,令人不得不联想起一千多年前八公山下"淝水之战"那恢宏壮观的场景。

进香朝奉的人,有本地的,也有外地专门赶来的。无论远近,大伙都将八公山视为心中的圣地。今年庙会期间,曾有河南固始的一对青年夫妇,抱着小孩,雇了二十多人的鼓乐班子,抬着三百六十六把高香和三百六十六挂鞭炮,一路吹吹打打,从三百里外赶来还愿。按照风俗,还愿的人,需蒸十二生肖面食或做泥塑娃娃藏于山间;许愿的人,在"泰山奶奶"像前焚香祈子后,可到石缝之中寻食找娃。还愿的人,都满面的喜庆;许愿的人,皆一脸的虔诚。传说三月十五零时至拂晓是元君驾临之时,此时祈福最为灵验,故此夜山上山下灯光辉煌,庙会进香形成高潮。今年从三月十四傍晚开始下雨,有从霍邱县洪集乡赶来的几位老妪,在下午5时许就上了山,但一直在雨中挨到零时以后,方才来到神像前跪拜献香。

八公山是国家级森林公园,为了防止庙会期间烧香燃炮引发火灾,每年政府都要组织人力加强防火管理。神奇的是,差不多每年庙会期间,八公山必有一场透雨。当地百姓称之为"洗山雨",说是"泰山奶奶"为洗去人们朝拜所带来的凡尘而特意安排。这场雨使我们这些防火的人顿时松了口气,便有心情站在高高的帝母宫前,看万树葱茏绿波汹涌;看苍茫林海云卷云舒;看赶会的人穿行于林间,犹如进入一幅绿色的风景画;看披绿叠翠的山脉牵扯着淮河,恰似一个充满生命活力的梦……

啊,八公山确是一块风水宝地,可这身边的美景,这些年竟被自己白白错过。望着这一拨又一拨拥上山来的人流,我随着人群走进庙观,带着一种庄严的感觉,虔诚地在元君像前敬上了一炷香。

2005. 12. 11

秋 游

越是身边的风景,越是容易被忽视。来到八公山下的古城里生活十多年,竟然从没涉足过八公山深处,不能不算是一个遗憾。这个星期六,友人约我去爬山,好不高兴。

下午2时许,我们一行五人从文化馆前乘坐上一辆"面的",出西门,经东淝河大桥,过珍珠泉,来到殡仪馆后面的龟山脚下。龟山是八公山近三百座山峰中的一座,因形似大龟而得名。虽说是在中秋时节,头上还是艳阳高照,眼前却是满目葱绿,心情十分愉快。穿过山脚下的桃树林后,来到由各色杂树组成的原始森林前,我们突然发现脚下竟没了路。但见数不尽的树干、树枝交融在一起,林子里面深不可测,令人顿生怯意。我问老孟:"你真进去过吗?别进去出不来了。"老孟说:"我一个朋友进去过,没事的。"说着他带头钻了进去。我们也不愿半途而废,纷纷跟了进去。

原始森林其实是个"天然氧吧",别看密不透风,里面并不显热,只是行走实在困难,时而需要弯腰,时而又需要跳跃,并有不少各种带刺的藤蔓时不时钩挂住造访者的衣衫。脚下,秋天的落叶铺盖了地面,走在上面发出"噗噗"的声音,很是松软。身边的树木也很有特色，有两株靠在一起的枫树，各有各的树干，树枝却鬼斧神工地长在了一起，却并不是人为的嫁接。这是不是就是传说中的"连理枝"？但这样的探险总让人放不下心来，没到老孟停步的时候，我们都一迭声地问他："什么时候才能走得出去？"慢慢地，老孟也有些慌了。在原始森林里，人确实很难辨清东南西北。

这个时候，我们眼前一亮。原来前面山坡上突兀出一块巨石，巨石上端坐着一位老汉，正悠闲地抽着旱烟。见我们几个从林子里钻过来，老汉露出了疑惑的眼神。我们走过去问老汉："你怎么会在这里？"老汉说："俺是庙山林场的护林员，是来这里清除杂草的。"这时我们才知道，原来我们已经出了县境，来到了淮南市的庙山林场境内。老汉说："巨石四周是坟地，没有长树，但茅草很厚，容易引发火灾，他来这里是除草消灭隐患。"老汉见了我们，也很高兴，问："你们来这里看什么？"我们说："听说这里有遗址，我们不知道可是真的，来找找看。"老汉说："有！有！我带你们看去！"我们求之不得，连声称谢。

我们继续向森林深处摸去。老汉对这里了如指掌，扛着护林刀在前面健步如飞，一会便没了踪影。我们在后面跌跌撞撞，全靠他在前面喊话指引着方向。行了大约一千多米，听到老汉在喊："这里有马槽，快过来看！"我们走了过去，发现是在一块比较平坦的山石上，错落地开凿了两处长方形的盛器，一大一小，大的约有一米二长、六十厘米宽、五十厘米高，小的约有八十厘米长、四十厘米宽、四十厘米高。我们好奇，说："有马槽就应该有马，这深山老林里，怎么会有马呢？"老汉说："我听老人说，以前这里有雷龙、雷虎、雷秀娥兄妹三人在这里占山为王，是不是他们留下的？"我一听来了精神，要老汉说细点。老汉挠了挠头，笑着说："我也就知道这些了，说的还不都是强人剪径的事，跟《水浒传》差不多吧。"我们就好像看见了古时候，雷氏三兄妹从林里冲下山来横刀立马的雄姿。

老汉见我们对古迹有兴趣，就说："还有呢，跟俺来。"我们就生怕丢了似的紧跟着他，来到半山坡两块高高的大石头前。就着山坡，我们踏了上去。老汉说："看，这就是神仙床。"但见相挨一起的两块巨石上面，都有两米多长的地方平坦如砥，明显有被人工修整过的痕迹,的确跟过去的老式双人床差不多。在神仙床的四周,凿有不少小洞,估计是树立篱笆之类的东西用的。我们与老汉开玩笑:"这神仙床只两个,可雷氏兄妹三个人呀?快告诉我们雷秀娥的闺房在哪里?"老汉很憨厚,说:"俺不知道。"正在这时,转到巨石下面的老孟喊道:"这里有字!"我们忙下了来,看见巨石上面原来有处摩崖石刻,但因年代久远,风侵雨蚀,我们努力辨认,仍没看出个所以然来。

从神仙床往西一拐就是山谷,里面芳草萋萋,偶有裸露的石块,由于山上雨水的冲刷,显得十分光滑。经老汉指点,在一面缓缓的坡上,我们竟看到了擂捣稻谷的碓。碓的内壁也十分光滑,看来曾被长期使用。实在想不出,谁会在这样的地方长期生活?

眼看天色不早,老汉说:"我该回家了。"我们问:"龟山山顶还远吗?我们想上去看看。"老汉说:"不远,翻过这座山梁,就能看见了。"我们谢过老汉,又钻进了山林。

果然,行不到千米,我们钻出了山林,眼前呈现一座小山,像极了伸在龟背外的头颅。小山的另一边,却是凹洼的盆地。小山呈青灰色,只在半山腰长了三两株大树,与"龟背"及远近其他山峰的葱绿形成强烈的反差,景致绝美。走到跟前一看,发现这青灰色原来都是些被风化的石渣。这些石渣从上到下厚厚地包裹了小山,使我们的攀登极为艰难。爬到半山腰,我们认出这几株充满生命活力的大树,一株是榆树,另两株是棠梨树,上面挂满了褐色的果子。我们上去摘了几颗,嚼碎后涩涩的、酸酸的、甜甜的,令人口舌生津,忍不住眯了眼睛。上到山顶,发现却是一片平地,长满了各色花草。站在山顶上四边望去,但见重峦叠嶂,群峰绕云,晚霞紫落,岚气生辉,一派深邃清幽的仙台气象。同游的几位好友都是小有名气的摄影家,这时候都顾不得说话,抱着相机噼噼啪啪地拍个不停。我是个马大哈,临来的时候相机忘了充电,这时候只能让它躺在口袋里睡觉。但我的眼睛没有闲着,他们拍摄,我就在山顶上溜达。我敢打包票,我所捕捉的美景,我所获得的愉悦,一点也不比他们少。

太阳慢慢地向西山下飘去。我们不敢久留,决定下山。我们不敢再从原路返回,就从山的另一边下到了盆地里,准备取道四顶山回去。四顶山现在开发成了道教群,从龟山山顶上望去,两座山峰近在咫尺。在盆地里,几位摄影家又对遍地红黄绿紫的地丁、山菊花发生了兴趣。我知道"看山跑死马",便催促大家抓紧赶路,到四顶山还要翻过一座密密的松林。别忘了时间,闹到天黑后进到林子里出不来。谁料走到松林里后,却出奇地顺利,很容易就找到了通往四顶山的路口。等我们出了四顶山大门,还没有到吃晚饭的时间呢!

回家后想弄清此行所见遗址到底为何物,便查阅了《寿县志》,发现在657页"名胜古迹·龟山"栏下赫然写着:"山上有吕公墓及石屋、石床、石台等胜迹,俗传此即'吕蒙正寒窑'。"吕蒙正,北宋时期名臣,以敢言著称,曾三任宰相。估计那就是吕蒙正当年所用的石床、石台了吧? 那马槽,可能就是留作盛水的水缸了。方知道八公山确实藏龙卧虎。

八公山,实在是寻幽探古的好去处。如果有机会,我希望能够踏遍这里所有的山头。

2006.10.18

吕蒙正寒窑

从八公山的龟山西边爬上山顶,再从东坡下来后,我们顺道拜谒了吕蒙正寒窑。

几年前,我组织拍摄《中国历史文化名城——寿县》风光片时,曾经拜谒过吕蒙正寒窑。当时因为寒窑比较破败,没有拍摄。这次来到跟前,却突然发现没了过去的路。山脚下新建的采石场机声隆隆,几台大型碎石机的皮带盘从山上接了块石吞进机器肚里,再从另一边吐出来,通过皮带盘运到山脚。山脚下的运石车来来往往,一派繁忙景象。吕蒙正寒窑被采石场"吃了"? 我不无担心地问采石场的工人。一个工人面无表情地顺手向旁边的小树林指了指,我一下就看到了那突起的熟悉的巨石。

小树林由当地山民近两年新植的桃树组成。桃树较矮,但紧挨桃树的杂树很高。这些杂树影响了我们寻找寒窑的视线。穿过树林来到寒窑跟前,可以发现窑的正前方约三米处,左右栽植有四株古柏。不知什么原因,古柏都枯了叶。枯了的叶并没有落下,灰灰地挂在枝上。不知在什么时候,石窑的东侧坍塌了一半下去。是雷击的原因,还是人为的缘故? 上次我们来访时,就询问了很多附近的人,也请教过有关文物专家,但都没有得到答案。好在石窑里面,人工开凿的痕迹仍然清晰,有人在这里生活过的迹象依稀可辨。坍塌了的四块巨石静卧其中,并不影响造访者观瞻。

与我同游的是一家报社的记者。她问我:"吕蒙正真的在这里居住过?"

这真的把我问住了。

1988 年,黄山书社曾经出版一套"安徽风光丛书",其中一本册子《神秀八公山》,由程新国、袁维胜编著,上面便有一篇介绍寒窑的文章《蒙正寒窑与吕氏面筋》:"在孙家花园西侧的老君山上,有吕蒙正在八公山中苦读所筑的石屋,被当地称作吕蒙正寒窑","吕蒙正,别名夷简,字坦夫,生于宋太宗太平兴国四年(979 年),卒于仁宗庆历四年(1044 年)"。

吕蒙正就是吕夷简?

稍懂宋史的都知道,吕蒙正是北宋时期的名臣,字圣功,河南洛阳人,生于 944 年,卒于 1011 年。宋太宗太平兴国二年(977 年),吕蒙正已是丁丑科状元了。端拱元年(988 年),吕蒙正为相。淳化四年(993 年),二度入相。咸平四年(1001 年),第三次登上相位。咸平六年(1003 年),封莱国公,授太子太师。不久因病辞官,回归故里。真宗朝拜永熙陵,封禅泰山,过洛阳两次看望吕蒙正,曾问其子中谁可为官。蒙正道:"诸子皆不足用,有侄吕夷简,真乃宰相器也!"

按照宋史的记载,《神秀八公山》肯定弄错了,吕蒙正与吕夷简不是一个人,吕蒙正应该是吕夷简的叔叔!

宋史也有关于吕夷简的记载。吕夷简,字坦夫,先祖莱州人,生于 978 年,卒于 1043 年。其祖父龟祥知寿州,子孙遂为寿州人。举进士。宋真宗时,屡次奏事,取消农具征税,减轻伐木民工劳役。后以刑部郎中权知开封府。宋仁宗初年,刘太后临朝时任宰相,阻止浮费。仁宗亲政后,仍任宰相。庆历三年(1043 年)授司徒,以太尉致仕,封申国公,徙许国公。是年卒,谥文靖。

吕夷简不是吕蒙正。那么,八公山为什么竟会有吕蒙正寒窑呢?

原来,吕蒙正本是官宦人家,祖父梦奇是户部侍郎,父亲龟图是起居郎。由于父亲听信小老婆谗言,把结发妻子和儿子蒙正赶逼出府。母子无奈沦为乞丐,其凄凉悲惨有至人间极限。有一年过年,吕蒙正见家中空无一物,悲伤之余,写下一副春联:上联是“二三四五”,下联是“六七八九”,横批为“南北”,暗喻“缺衣(一)少食(十)”“没有东西”,一时间传为奇谈。吕蒙正年老了的时候,也曾写过一篇《破窑赋》,里面也有这方面的记述:“昔时也,余在洛阳。日投僧院,夜宿寒窑,布衣不能遮其体,淡粥不能充其饥;上人憎,下人厌,皆言余之贱也! 余曰:非吾贱也,乃时也运也命也。”

吕蒙正沦为乞丐的时候,吕夷简的祖父龟祥知寿州,龟祥作为龟图的兄弟,吕蒙正会不会要饭要到同族叔父的门下呢? 即使叔父没有收纳,吕蒙正会不会就此落脚发愤苦读、借以赢取功名呢? 有个传统小戏《吕蒙正孝母》,故事情节说的就是吕蒙正未出仕时在“蒙养洞”里居住,一边勤学,一边孝养年老的母亲。蒙养洞前边有条小河,每天天刚亮,吕蒙正就爬出山洞,坐在一块岩石上读书。这个小戏里描写的情景,正似老君山上的吕蒙正寒窑。也许,吕蒙正真的在这里苦读过? 否则,“吕蒙正寒窑”的名字从何得来,后人又怎么会一代一代地传说这段故事呢?

当然,我这个疑问只是臆测。但我愿意相信吕蒙正在落难的时候,肯定来过寿州,甚至受过他的这个“知寿州”的叔父较深的恩泽。也许正因为此,“方夷简在下僚,诸父蒙正以宰相期之”,在同辈的诸兄弟中,吕夷简最受他倚重。虽然吕蒙正生前未能亲见吕夷简入相,但早年对这位侄儿的推介,却非无用之功。

我不知道吕蒙正是不是真的在寒窑居住过,所以不敢妄下定论。但寒窑是一处重要的名胜遗址,却是不争的事实。记得上次我们拜访的时候,这里四周一片寂静,寒窑虽然顶塌,可面对的山谷,流水潺潺,芳草萋萋;背靠的大山,峦叠林茂,小鸟啾啾。当时我想,吕蒙正寒窑真是一方净土,稍作整理开发,就能成为旅游者的洞天福地。可是短短几年过去,周边却变成如此景象,令人徒唤奈何!

2006.12.23

雪 景

八公山是历史名山,游客多为其"名"而来。作为"土著",享地利之便,我更为其独特的景致所迷醉。四季风光,尤以冬季最具魅力。今年入冬早,雪下得也不一般,踏山赏雪就成了我闲暇休闲的首选。

当然,赏雪不能去森林公园,那里人迹太重,林子也深,雪成不了主角。赏雪得往野山里走,还不能人多,二三好友足矣,最好就一个人。顺着八公山最西面的山脉,一边是淮河蜿蜒,一边是群山环抱。因为山上的松树三三两两,并不遮人视线。金黄的芳草散立在雪地里,算是山上最绚烂的色彩。除了行走时会发出的噗噗声,山里万籁俱寂。就连山脚下公路上行驶的车辆,看起来很近,但绝传不过来任何的动静。我就喜欢这样走在山上,有时候也停下感受一会。这时候,我才感觉自己文辞的苍白,实在想不到恰当的赞誉词语来叙说雪山的美。不过,我觉得也没有必要,就这样走在山里感受着,挺好。

如果是晴天去,一定要站到山的最高峰。说是峰,其实不陡不险,山脉连绵,这峰看着那峰高,所谓的最高峰,也就是自己感觉极目最爽的峰。站在这里,放眼望去,八公山在阳光的照射下闪耀着奇异的光芒,夺人眼目。那熠熠生辉的,是山上特有的一种宝石,叫紫金石。冰封雪冻的山顶、很少的白色覆盖,彰显着文化名山的挺拔与孤傲。雪掩宝石,石拱雪面,相互辉映,流光溢彩,让人惊叹不已。

　　没有太阳的时候,八公山的雪景就成了一幅浓墨重彩的水墨画。万千林木蛰伏,逶迤的山脉,蜿蜒的公路,曲折的河流,与山脚下的村庄遥相呼应,形成造物主慷慨赐予的大写意。这种壮美,唯有天工。

　　发现八公山雪后的美是在看了一位摄影家的作品后。听他说,每年八公山下雪期间,他们都要相约进山,用相机摄下这永恒的绝美。当时就盼着下雪,好进山里感受一番。等到第一场雪下来,迫不及待走上山头,当即目眩,就好像叫谁猛地击打了后脑勺,又被从前面重重地推了一把,双腿一软,几乎坐在了雪地上。真的,八公山太美了! 这个美就在我们身边,我们却总是错过。我看过很多有名的雪山,大多都是以"神山"来称呼的。这些"神山"高大、挺拔、神秘,世代受人敬仰、崇拜、守护。但我不知道八公山雪后一样具有如此的魅力,能够给人视觉上这么大的冲击力。八公山并不陡峭,也不神秘,它就是我们每天生活的地方,爬山就像回家一样简单。但雪后八公山的美,实在不亚于我所瞻仰过的任何一座"神山",所有"神山"含义里面昭示的它们自古以来与人类生存、信仰构成的和谐关系,在此都有很好的诠释。那种超凡脱俗,那种玄妙且充满灵性,只能意会,很难言传。越是深入体会,她的吸引力越大。直至从简单的惊叹,到膜拜在雪地上,哭泣着回到冥冥中的精神家园。

　　就这样,我沉迷于八公山雪后的美。如果你在山上看见一个人喝醉般漫无目的地行走,这个人可能还时不时地老泪纵横,那就是我。你也别笑话,等你被八公山的美吸了魂收了魄,可能你也会为之癫为之狂。

　　雪后八公山,横看成岭侧成峰,不断的意外之美被我发现,心脏总是被狂喜敲击而骤停。慌乱地捧起相机,很想真真切切原原本本地留下这一幕又一幕。但我的双手颤抖着不听使唤。是不是此景只应天上有,不容相机复原到凡间? 那就让我一饱眼福吧,别再刻意把这份洁白、清晰和神圣带到俗世中。在这里,寻得心境的安静干净,不是人生最美妙的享受? 想一想山下的繁挣琐扰,真是可怜得很呢,当不得真。

2009.11.20

八公山的文化传承

　　清明又至,八公山下桃红梨白,游人如织。这番热闹景象,自然少不了不甘寂寞的诗人们。在一个梨花簇拥、桃花盖顶的土冢前,一年一度的"梨花诗会"摆开了擂台。"缀满枝头点额妆,沁人阵阵袭幽香。眼前疑见天山雪,身畔如临玉海洋。"诗坛耆旧如是咏歌。青年诗人怎么颂说呢?"微软的春风打在满树洁白的梨花上,蜂蝶翩翩。大将军安眠的福地,渐渐生出嫩绿的春天。"诗人这里所说的大将军,就是长眠于斯的廉颇。

　　细一打量,廉颇墓就是一个高高的土丘,与近景和远山融为一体。大确够大,即使与旁边的连绵群山比,气势似也不相让。有趣的是墓地通往外面的小径,原汁原味的山间小道,甚至没有进行必要的碎石铺墁或修整。小道两边石榴作篱,春叶夏花秋果,都是红红的颜色。如果没有公路边的标牌,游人肯定找不到这里。它最醒目的标志就是高高耸立的墓碑。墓碑也没雕琢,上面只有"赵大将军廉颇墓"七个大字,著名书法家司徒越的草书,狂野而坚韧,挺拔在桃梨弥漫的荒野里。一切都是原生态的,衬托出大将军老而弥坚的形象,透露着一种沧桑感。

　　在廉颇墓前举办诗会,诗人们可谓慧心独具。八公山是文化名山,承载着寿县丰厚的文化积淀。通过诗会的形式,诗人们为这座名山又捧出了一场文化盛宴,同时完成了传统文化与现代文化的一次传承和对接。负荆请罪,演绎千古绝唱"将相和","廉颇老矣,尚能饭否"。大将军风流一世,天地动容。今天诗人们追慕而来,伴其左右,评古论今,廉颇在天有知,能不称幸?!

　　八公山,延续着寿县文化的血脉。在这里,我看到了寿县2000多年的历史文化渊源。我是土生土长的寿县人,但在接触八公山之前,请原谅我的孤陋寡闻,我不明白为什么几乎寿县古城所有的文化人都热衷于往八公山里跑。直到有一天我也来到这里,深深为八公山的文化魅力所折服。有位诗人曾说:"不懂八公山,愧为寿州人。"我在这里借用了。

　　这边廉颇墓"梨花诗会"佳作迭现,那边刘安墓前"八公山笔会"又出现高潮。这就是八公山,三轮车夫家庭主妇都是作家书画家。一百米的长卷一字儿排开,一百名书画家现场吟诗作画,场景颇似当年淮南王刘安召集门客编撰《淮南子》。当天北京、南京和合肥来了很多文艺评论家,看了完成后的长卷,无不喟叹八公山竟然孕育出这么多艺术家,现场完成的作品又是这么令人刮目相看!

　　当年,刘安集中了大批一流知识分子,在这里编撰了博大精深的《淮南子》,被称为中国历史上第一部百科全书,天文、地理、哲学、伦理包罗万象,"女娲补天""后羿射日""嫦娥奔月"等成语典故脍炙人口,为中国思想文化发展做出了杰出贡献。著名学者余秋雨说:"至少在汉代,八公山是创建文化的重要基地之一。"中国有一句成语叫"八公山下,草本皆兵",八公山有一个故事叫"一人得道,鸡犬升天",可见这座山早已进入"公共语汇系统",必须受到重点保护。

　　保护的最好方式,就是传承和发展。

　　今天,八公山有保存完好的赵大将军廉颇墓,汉淮南王刘安墓,"淝水之战"古战场,淮河名观碧霞祠。每一处古迹遗址,都是八公山的一段历史,而层出不穷的文化活动,不正是八公山一脉传承的文化积淀?

　　晚上与几位诗人朋友在八公山脚下的山庄品食豆腐宴。"淮南王,自言尊,百尺高楼与天连,后园凿井银作床,金瓶银绠汲寒浆。"诗人说:"汉代乐府诗里的这个寒浆,指的就是豆浆,因为豆腐的发源地就是八公山。"现在,八公山豆腐已走出国门扬名世界,但只有八公山豆腐村里用泉水制作的豆腐,"薄如纸,细如脂",天下一绝。八公山豆腐村作为"素食圣地",也已发展成名闻遐迩的旅游胜地。没有谁会怀疑,历史在这里播下的文化种子,今天已经长成漫山遍野的参天大树。

　　夜里做了个奇怪的梦,八公山的每一朵桃红梨白竟都绽放了精彩的诗句。我采摘了一兜,兴奋得不行。醒后想来,可能是"诗会""笔会"熏染了我,我的血脉中也流淌了浪漫的诗情吧!

2010.4.19

第二辑 典故寿春

典故寿春

寿春是寿县古名,历史上也曾用名寿阳、寿州。寿春的前身是下蔡,宋玉《登徒子好色赋》中说:"惑阳城,迷下蔡。"这句话后来成为文学作品刻画古代都市社会繁荣、美女如云的特征性名句。北宋苏子美游历到此,也曾赋诗盛赞:"维舟亭下偶登临,下蔡风流古至今。"

专家考证,寿春之名形成于楚国晚期。其时,楚国出现了一位著名政治家——春申君黄歇。楚考烈王时,黄歇受封包括下蔡在内的"淮北十二县地"。下蔡即为寿星分野之地,先民取"为春申君寿"意,将其更名为寿春,上承天命,下应民意。从此,寿春这个名字进入公共语汇系统,并成为中国成语典故的重要发源地,不断唤起人们的记忆。

寿春人杰地灵。早在春秋中期,楚相孙叔敖给这里留下中国古代四大水利工程之一的芍陂,"周百二十里,纳川吐流,灌田万顷"。芍陂被称作"中国灌溉工程鼻祖",现为淠史杭灌区的一座中型反调节水库。2015 年,国际灌排委员会授予芍陂"世界灌溉工程遗产"称号。后人缅怀孙叔敖和他留下的芍陂,赞颂的诗篇不可枚举。北宋王安石写道:"桐乡振廪得周旋,芍水修陂道路传。日想僝功追往事,心知为政似当年。鲂鱼鲅鲅归城市,粳稻纷纷载酒船。楚相祠堂仍好在,胜游思为子留篇。"孙叔敖还是司马迁《史记·循吏列传》所写的第一个人物,生前两袖清风,死后一贫如洗,妻与子过着"披褐负薪"的生活。楚国艺人优孟同情孙叔敖家人的处境,便在庄王寿诞之日穿戴上孙叔敖的衣冠,把孙叔敖廉洁奉公、其子贫困的故事编成《慷慨歌》,在堂前泣诉。庄王得知真相后,十分感动。"于是庄王谢优孟,乃召孙叔敖子,封之寝丘四百户,以奉其祀。"这就是成语"优孟衣冠"的出处。

西汉年间,寿春又出了一位廉官召信臣,举国知名。汉宣帝时,召信臣出任南阳郡太守,勤政廉洁,生活俭朴,经常深入田间地头,巡视在阡陌之间,累了就在村舍里休息,很少能在太守府安歇,后迁河南太守。后来南阳郡百姓又幸遇太守杜诗。杜诗爱民如子,百姓拿他与召信臣相比,说:"前有召父,后有杜母。"自此,"父母官"便广传于后世。

位于寿春古城北端的八公山,原名淝陵山,峰峦叠翠,景致绝美。传说西汉时,淮南王刘安在山上与八位神仙修道炼丹。仙丹炼成后,刘安吃了仙丹,与八位神仙飘然上天。余药在器,鸡犬舔食,尽得升天,出现了"鸡鸣天上,犬吠云中"的奇观。由此产生了"一人得道,鸡犬升天""鸡犬皆仙""淮南鸡犬"等成语典故。

刘安是汉高祖刘邦的孙子、厉王刘长的儿子、汉武帝刘彻的皇叔。汉文帝十六年(前164年),汉文帝把江淮流域大片土地封给刘安。因都城建在淮河以南的寿春,故封其为淮南王。刘安博雅好古,在八公山上招贤纳士,组织门客编著完成"牢笼天地,博极古今"的《淮南子》,在天文、地理、物理、仪学等自然科学,以及哲学、文学诸领域都做出了重大贡献。"二十八宿""干支纪年""二十四节气"和"阳燧取火"等,最早见于书中《天文训》;许多历史故事、神话传说和成语典故等,都出自它或经由它而广为流传,对后世文学产生了重大影响。据统计,《淮南子》中使用的成语达570条,其中《淮南子》中首次使用的原创型成语达310条。其中收录的历史故事和神话传说,有的被改编成戏剧、小说、电影、动漫,如《嫦娥奔月》《女娲补天》《后羿射日》《共工触山》《伯乐相马》《西门豹治邺》《卧薪尝胆》等。它不仅思想内容博大精深,丰富多彩,而且在行文语言上直接秉承先秦散文的文学手法,具有浓厚的地方和时代文学特色。

现在,淮南王刘安的墓完好地保存在八公山南麓,墓前立有一块"豆腐发祥地"石碑。明代著名医学家李时珍《本草纲目》记载:"豆腐之法,始于汉淮南王刘安。"传说刘安在山上炼丹时,把黄豆汁作为培养丹苗的原料。一次,所磨豆浆与石膏类物质接触,豆汁竟变成洁白细嫩的东西,尝起来还很鲜美,于是起名叫"黎祁"(谐音

"离奇"),后来称为豆腐。

东汉末年,河北钜鹿人时苗任寿春令,他是寿春历史上又一位堪与孙叔敖、召信臣相媲美的廉官。上任时,时苗乘坐一辆牛车来到寿春。一年过后,母牛生下一头小犊。卸任时,群吏说:"六畜不识父,自当随母。"但时苗说:"令来时本无此犊,犊为淮南所生有也。"虽父老"攀辕卧辙",时苗不肯,执意将犊留下。千百年来,"时苗留犊"一直作为为官清廉的代名词,在中国历史上产生了深远影响,《太平广记》《寿州志》均有记载。唐代李翰在他所著的《蒙求》一书中,把"时苗留犊"列为少儿启蒙教育的内容。元代赵子昂以此创作了传世之作《时苗留犊》,墨迹藏于台北"故宫博物院"。

寿春地处南北冲要,自古为兵家必争之地,"南人得之,则中原失其屏障;北人得之,则江南失其咽喉"。战争频发、治乱交替的历史演变,每每为这一地区的繁荣画上休止符。1600年前,寿春发生了以少胜多、以弱胜强的著名战役"淝水之战"。秦王苻坚心浮气躁,刚愎自用,狂言"投鞭断流";晋相谢安临危不乱,气定神闲,悠然"围棋赌墅"。今天,凭吊淝水古战场已成为寿县热门旅游项目。游客们登临宾阳门,远眺八公山万顷松涛,仍能领略到"风声鹤唳,草木皆兵"的情状。

五代后期,爆发后周南唐寿州之战,它是中国从唐末五代乱世走向周宋统一治世的一次重要战役。南唐将领刘仁赡在此镇守,他以那个时代罕见的特立独行,极致地张扬了自己的生命存在。清人萧景云在《刘公祠》诗中不无夸张地吟道:"壁间碑字风云护,胜似荒残谢庙文。"后世由这次战役衍生出"赵匡胤困南唐""大救驾"等传说,至今仍传为美谈。

今天,当我们漫步于寿春古城时,身边一处处保存商号的古迹遗址,仿佛都在述说动人的故事。楚人怀故称郢、孙状元低调返乡、陈玉成喋血寿州、赵达源为国捐躯……这些故事妇孺皆知,成为地方弘扬传统文化、讲好中国故事的生动教材。在古城东、南、西三座城门内壁上,分别嵌有依据这些故事创作的石刻。东门石刻为"人心不足蛇吞象",告诫人们做人做事要保持平常心;南门瓮城内壁的石刻为"门里人",取《史记·春申君列传》所载李园于寿春棘门伏刺春申君黄歇的故事,以警后人"谨防小人";西门内的石刻一面刻鼓,一面刻锣,名为"当面鼓,对面锣",说的是明代一起修城墙的故事,提醒官员要秉公办事、严肃认真,同时反映了寿春人言而有信、直来直去的性格特征。古城北门内门题额为"壵门",乍一看"壵"像"北"字,但实际没有"北"字的义项。《康熙字典》引《海篇》说:"壵,音荡,高田,与南、北字不同。"或曰:"以土壅之谓壵。"原来,古城北门面对淮河,历史上多次"因水坏城"。俗话说,"兵来将挡,水来土屯","以土壅之"可阻其流。"壵"与"北"字形相类,不识者把它读成"北"字,也顺乎其情;识者则觉匠心独具,妙趣横生。北门地势最低,却把它视为"高田",一个"壵"字的妙用,折射出寿春人多少诙谐和乐观、多少浪漫与豪情!

　　真乃:"一城人文典故,千年魅力楚都!"

2018.9.14

"当面鼓,对面锣"

在寿县古城西门瓮城迎门处的石壁上,南北对称镶嵌着两方石刻,一面是鼓,一面是锣,这就是寿州"内八景"之一的"当面鼓,对面锣"。

传说明朝时寿州来了一位新知县,上任不久,看到古城墙年久失修,多处倒塌,下决心重修。于是他通告全县百姓,有钱出钱,有力出力,同心协力,修复城墙。不料告示贴出一个多月,却不见一点动静,这是为何? 他哪里知道,"捐款捐粮修城墙"已经有三任知县这么叫喊了,然而他们装满了腰包,却没有修补城墙一寸。你想,老百姓还相信这位新大人吗?

开工的日子到了,新知县并不因为寿州百姓不热心而泄气,一大早他便带领衙役们扛着工具,来到城墙脚下,与民工一道挖土抬石,一直干到天黑收工。看到这一幕,人们议论纷纷。有的说:"县官大人都来修城墙了,人家千里迢迢来这里抬土,还不是为的寿州? 我们明天也去干吧!"也有人说:"还不是做做样子? 一任比一任奸猾!"可是一连过了十来天,新知县还在工地上劳动。又过了十来天,还能见到他与民工们一起运石块。城内城外的百姓们被感动了,都自发赶来参加劳动。一些商会的老板也主动捐款捐物,支援修城。

常话说:"木秀于林,风必摧之;行高于人,众必非之。"新知县身体力行修城墙的事传到都城,受到同僚忌妒,有人弹劾他贪污渎职。后经钦差查实,事属子虚乌有。新知县站在城墙下向大伙声明:"修城大事,非同一般。今天我们'当面鼓,对面锣'搞清楚了,以后不许再节外生枝,齐心协力修成城墙才是正事。"

工程竣工后,州人感念新知县清风惠政,于西门瓮城内设龛刻石,锣鼓相对,赞其清廉自守,行事公开,并借以劝诫后任官员。久而久之,"当面鼓,对面锣"衍生成寿县谚语,传遍淮河两岸、大江南北。兰陵笑笑生在《金瓶梅词话》第五十一回引用了这个典故:"他听见俺娘说不拘几时要对这活,他如何就慌了。要着我,你两个当面鼓、对面锣的对不是!"

　　这段故事在明嘉靖《寿州志》等史料上均有记载。明朝正统二年(1437年),暴雨自五月初起,历经三旬而不止。寿州城"西门之外,淮淝合流,洪水滔天,雉堞不没者仅三尺许,举城骚然。六月初一日,西北风大作,巨浪冲击,城垣坍塌七百九十八丈,楼橹木石,一时荡尽,惨状空前"。正统四年(1439年),寿州卫指挥使刘通奉命修筑城池。他"亲董其事,召集阖城士绅募捐资金,调集屯守将士轮番出力,经六个月而竣工"。

2018.9.14

寿州端午

公元前 241 年,楚考烈王迁都寿春,史称寿郢,即今天的寿县,历史上也称寿阳、寿州。

当然,这都是长大后才了解的知识。同时明白了,为什么别的地方都称村、庄、屯、坝,而我们这里却是张郢、李郢什么的,原来这是先民对故土的一种永久怀念。公元前 223 年,秦将王翦率 60 万秦兵展开灭楚之战,数万楚军寡不敌众,血流成河。亡国的痛彻之情,让楚民纷纷将自己所在的村落改为郢:王家庄改为王家郢,九里村改为九里郢……

越千年岁月,经沧海桑田,作为楚国最后一座都城,寿县是全国 35 个端午习俗集中分布区之一,安徽省仅此一处。寿州端午,有什么与众不同的地方?

端午,也称端五、端阳,指的是农历五月初五。过端午节,是中国人 2000 多年来的传统。由于地域广大,民族众多,加上许多故事传说,关于端午节的由来,各地也就有了不尽相同的版本,诸如纪念屈原说、纪念伍子胥说、纪念曹娥说、起于三代夏至节说、恶月恶日驱避说等等,各本其源,莫衷一是。但千百年来屈原的爱国精神和感人诗词,已深入人心,"节分端午自谁言,万古传闻为屈原。堪笑楚江空渺渺,不能洗得直臣冤"(文秀《端午》),故人们"惜而哀之,世论其辞,以相传焉"。传说屈原五月初五投江后,楚国百姓哀痛异常,纷纷来到江边寻找。渔夫们划起船只,在江上来回打捞。有人拿出粽子、鸡蛋等食物丢进江里,说是让鱼虾蟹吃饱了,就不会去咬屈大夫的身体了。人们见状纷纷仿效。一位老医师则拿来一坛雄黄酒倒进江里,说是要药晕蛟龙水兽,以免伤害屈大夫。以后,每年的五月初五,楚国后裔就有了龙舟竞渡、吃粽子、喝雄黄酒的风俗,以此来纪念爱国诗人屈原。久而久之,纪念屈原、过端午节就成了中华民族共同的传统节日。

与江淮大多数地区一样,寿州端午主要有包粽子、吃咸蛋、炸鬼腿、挂艾草、赛龙舟、饮酒吟诗、佩戴香囊等习俗。

包粽子是端午节的"重头戏"。粽叶一般都就地取材:有竹林的地方,春笋出土的时候捡来笋衣;靠近河边的人家,打来新鲜的苇叶。端午节来临时,提前浸上粽叶、泡上糯米、磨上豆沙、煮上咸肉……到了端午前一天,男人们照例还在农田里忙碌,妇人们不再下田,端着盛满糯米和粽叶的水盆,纷纷来到郢子前的大树下,一边包着粽子,一边闲话家长里短。这一家的粽子包完了,妇人也不急着回去,板凳头一转,又替邻人包了起来。过去物资匮乏,包粽子的原料主要是糯米,有时候糯米不足就掺上籼米、粳米;现在不同了,粽子的原料除糯米外,还掺上了咸肉、蜜枣、板栗、豆沙等,品种丰富多彩。到了晚上,家家户户煮粽子,郢子里弥漫着粽叶特有的清香。刚出锅的粽子最好吃,放学的孩子上手抓几个,就此进了晚餐。粽子锅里同时煮了咸鸭蛋、咸鸡蛋,浸了粽子的香气,有了别样的味道,堪称美食一绝。

端午节还有道家家户户要做的美食,叫炸鬼腿,其实就是炸油条。传说南宋年间的秦桧与他的老婆王氏东窗定计害死岳飞,消息传开,老百姓街谈巷议,个个义愤填膺。那时候寿县一带被金兵控制,岳飞一死,大好山河收复无望,老百姓恨死了秦桧和王氏。一天,有个卖炸糕的摊主突发奇想,捏了两个面人压在一起,丢进油锅炸将起来,称之为"炸鬼腿"。过往行人觉得新鲜,围拢来,见两个面人被炸得吱吱作响,明白了怎么回事,心里痛快,纷纷购买。一开始,老百姓吃炸鬼腿是为了消怨解恨,但一吃觉得味道不错,吃的人越来越多。由于把两个面人捏在一起,费工费时,摊主索性把面团揉匀摊开切成条条,拿起两根,一个算是秦桧,一个算是王氏,用棒儿一压,扭到一起,丢到锅里去炸。一时间,远远近近的糕点摊都学着做了起来,再后来就传遍了全国。因为炸鬼腿是长条条,所以也被叫作"油条"。

民谚道:"清明插柳,端午插艾。"插艾草也是寿州端午的主要习俗之一。寿县古城北端有座八公山,八公山盛产的艾草又名家艾、艾蒿,茎、叶都含有挥发性芳香油,所产生的奇特芳香,能驱蚊蝇、避虫蚁、净化空气。端午这天一早,八公山的农民早早地上山采了艾草,拉到古城街头。上街买菜的市民走到跟前,买上一把带回家插在门楣,又跟好奇的孩子话说典故。原来寿县一带是中国南北地理分界线,古时候经常打仗。相传公元956年,周世宗征讨南唐(今安徽寿县),大将赵匡胤攻了九个多月无法破城,急火攻心,病了,茶饭不进。有个巧手妇人用白面、白糖、香油等精心制作了一种点心,香味扑鼻,外形诱人。赵匡胤一见,食欲大增,连吃几顿,病体大愈。这糕点就是现在寿县的传统名点"大救驾"。赵匡胤病好后,十分高兴,得知妇人是南唐城里人,便说:"这几天城门将破,你在家门上挂艾为记,我不杀你。"妇人为了城里百姓都能安全,便在每家大门上都插了艾草。待周兵攻进城来,果然秋毫无犯。

传说毕竟是传说,悬挂艾草可以驱蚊避虫倒是真的。端午节也是自古相传的"卫生节",人们在这一天洒扫庭院,挂艾枝,悬菖蒲,洒雄黄水,饮雄黄酒,有激浊除腐、杀菌防病之效。这些活动也反映了中华民族的优良传统。端午节上山采药,则是我国各民族共同的习俗。八公山四季分明,温度适宜,山林茂密,极利于各种药材生长。端午这一天,寿县的药农也要上山。据他们介绍,八公山中有药材220余科,800余种,1500余味,像灵芝、丹参、苦参、柴胡、益母草等,都是药用价值很高的药材。只不过,近些年八公山为了发展旅游业,在山脚又开辟了一些药材园,一年四季,芳草萋萋,野薇吐艳,芝兰清幽,金菊飘香,吸引一些游客慕名观光游玩。除了一些老药农还钻林子采药,其他药农都是到自家园地里忙乎。

"芍陂龙,八公诗,寿州香草天下知。"寿州端午习俗中最具楚文化烙印的,还要数舞龙、吟诗和制作佩戴香荷包。

舞龙是与赛龙舟连在一起的。赛龙舟是为纪念屈原,舞龙则是为纪念孙叔敖。春秋楚庄王时,楚令尹孙叔敖在寿县城南30公里处修建了一座蓄水工程,古名芍陂,今名安丰塘,"周百二十里,纳川吐流,灌田万顷",号称"天下第一塘"。史书载,孙叔敖辅佐楚王成就了霸业,名重诸侯,但从不居功自傲,恪守清廉做人本色。寿州民间一直流传他"临终教子"的故事。孙叔敖弥留之际,把儿子孙安招到床前再三叮嘱:"我死后,倘若楚王封你做官,你千万莫要,因你没有做官的才能;倘若楚王封你都市,你也千万莫要,因你对国家无功;倘若楚王一定要赐你食邑,你就要求到荒瘠地方去,你可用双手谋生……"一代国相,临终之言,真可谓感天地、泣鬼神! 这样的官,老百姓怎么能忘记? 传说孙叔敖小时候救过一条小蛇,小蛇长大成龙后帮他开拓了安丰塘水源,于是,这里的百姓从此有了舞龙的习俗。端午节这一天,水面上龙舟竞渡,鼓声震天;堤岸上巨龙翻滚,喝彩声一片。水上岸上,场面十分壮观。郢都人以此缅先贤、庆丰收,祈求风调雨顺,情景动人,情趣盎然。

八公山是一座文化名山,承载着寿州丰厚的文化积淀。当年,汉淮南王刘安集中了一大批文人,在这里编撰了博大精深的《淮南子》,为中国思想文化发展做出了杰出贡献。古往今来,李白、李绅、韩愈、苏轼等文人墨客也都在这里留下不朽诗篇。历史在这里播下的文化种子,如今已长成漫山遍野的参天大树。每逢端午,诗人雅士赶到这里吟诗唱和、饮酒集会,已经成为多年来的惯例。现在,"寿州诗群"已经成为江淮之间的重要文化符号,"八公山诗会"也已成为当地旅游的一个特色品牌。

端午节小孩佩香囊,传说有避邪驱瘟之意,实际是用于祛臭、驱虫、避汗气和点缀装饰。香囊以五色丝线弦扣成索,形形色色,玲珑可爱,清香四溢。这里要说的是香囊芯材质——寿州香草。寿州香草是两年生草本植物,茎圆中空,高一米左右,叶对生,花柄长,形似芝麻秸,每年 9 月下种,次年 4 月收割。用寿州香草制作的香囊,已远销到江苏、浙江、上海、河南、湖南、湖北等地。寿州香草的神奇之处,在于唯郢都古城才能生长,易地种植则无香味,植茎也由空心变成实心。还有就是,很远就能嗅到香气,近距离却没了一丝香味。当地老百姓称寿州香草为"离香(乡)草",说它离家乡这块产地越远,香味就会越浓,因为它是在楚国将士流血牺牲的地方长出的,是将士们的忠魂凝变的。楚国虽然灭亡,但楚人永远不会忘记先人的在天之灵。巧的是,寿州香草恰在每年端午时节香味最浓。浓郁的草香弥漫在古城上空,仿佛楚国将士的忠魂齐约郢都,举行神秘而隆重的祭典……

寿州,一方楚文化滋育的沃土。千百年来,寿州百姓就像守护他们的姓氏族谱、子孙后代一样守护着郢文化,传承呵护着博大精深并具有独特地域标志的端午文化。因为他们知道,守住这些,就是守住我们的命脉,守住我们的气息,守住附着在命脉与气息之上的那份鲜活。

2014.6.18

美食寿县

江淮大地流传一句民谚:"走千走万,不如淮河两岸。"这句民谚后面还有一句话:"淮河两岸,食在寿县。"寿县古称寿春、寿阳、寿州,是国家历史文化名城。寿县物产丰饶,是全国粮食、畜禽、水产生产百强县,盛产水稻、小麦、猪、羊、鸡、鹅、鱼、虾和蔬菜,为寿县美食在全国占有一席之地奠定了坚实的物质基础。

淮南牛肉汤

报载,2019年2月1日,习近平总书记结束在北京市前门东区的视察活动后,返回途中特意下车走进前门石头胡同一家淮南牛肉汤小吃店,向店主询问经营情况,了解食材采购渠道等,向顾客致以春节问候,祝福店主生意兴隆。临行前,总书记对店主说:"等什么时候来这里吃一顿。"

消息传出后,淮南牛肉汤一夜之间红遍全国。

淮南牛肉汤,也称寿州牛肉汤,是苏皖沪一带家喻户晓的名小吃。淮南牛肉汤,只能诞生于淮南。淮南,位于安徽省中部,淮河中游南岸,素有"中州咽喉,江南屏障"之称。淮南历史悠久,文化底蕴深厚。夏商时期,这里属淮夷之地。楚考烈王二十二年(前241年),"楚东徙,都寿春,命曰郢"。西汉时置淮南国,刘安在八公山招贤纳士,著书立说,编撰了被称为"中国古代百科全书"的《淮南子》。一方水土养一方人,在楚文化历史性影响和淮河文化地域性影响的共同作用下,淮南人的性格呈现出一种和合融通、顺应自然的本性,追求自由、重视养生,具有生命忧患意识,同时崇尚忠孝节义、爱憎分明、不畏强悍、敢于拼搏的精神特质。当地人既重人文修养,又胸襟广阔、质朴真诚;既守土慎迁,又尚武豪侠、粗犷彪悍、敢于抗争。有人将此文化现象归纳为四种精神个性,即筚路蓝缕的进取精神、追新逐奇的创新精神、兼收并蓄的开放精神、天人合一的自然精神。

反映在饮食中,淮南人的口味也是兼容并蓄、顺应自然、注重融通。据考证,淮南牛肉汤的发明者是淮南的回族先民。"唐开元年间(713—741 年),即有'胡人'经商来淮上,遇战乱而不得返……明初,以江淮地广人稀,兼处要冲,乃移民垦荒,调卫屯田,充实中都临壕。寿州为中都屏障,移民、调卫甚多,鲁豫均有回民徙此。清顺治六年(1649 年),徙晋、冀等地部分回民以实江淮,落籍寿州者居多。"(《寿县志》第三章第二节"人口构成"篇,黄山书社,1996 年 9 月版)"生活在淮南的回族人民,天生有着经商的头脑,他们中的一些人渐渐在家附近的集镇上、道路旁,支起了大锅、架起了案板。遵照教规屠宰的牛,肉质呈现好看的颜色,经过精细的烹饪,牛肉汤香气四溢。"(金妤《淮南牛肉汤为淮南人民所创》,《淮南日报》2019 年 2 月 18 日第 3版)于是很多汉人纷纷效仿,并不断优化配料,制作淮南牛肉汤的队伍不断壮大,淮南牛肉汤很快发展成一种地方名小吃,远销大江南北、长城内外。

淮南地处黄淮平原南部,属于南北气候过渡地带。优良的地理和气候条件,使淮南自古就物产丰富,"江淮熟,天下足",是当地富足和兴旺的真实写照。以寿州为例,伏滔在《正淮论》里记述:"龙泉之陂,良畴万顷,舒六之贡,利尽蛮越。金石皮革之具萃焉,苞木箭竹之族生焉。山湖薮泽之隅,水旱之所不害;土产草滋之实,荒年之所取给。"《汉书·地理志》也记载:"寿春、合肥受南北湖,皮革鲍木之输,亦一都会也。"《唐书·地理志》"土贡"曰:"(寿春)丝布、绝、茶、生石斛。"从以上记载可见,寿春当时可谓"鱼米之乡,米粮之川,畜牧之地",物产极其丰饶!难怪宏徇在《谢公祠》中赞叹:"(寿春)其财力雄壮,独甲诸州而翼蔽长淮,固守国之奥区也。"更为重要的是,寿春受益于芍陂(今安丰塘),周边区域农业经济发达,这在当时以农耕经济作为社会命脉的条件下尤为重要。芍陂已有 2600 多年的历史,为春秋时期楚令尹孙叔敖所建,是我国古代四大水利工程(安丰塘、漳河渠、都江堰、郑国渠)之一,千百年来,在灌溉、航运、屯田、济军等方面发挥着重要作用。古人在《芍陂》一诗中描绘:"因川成利费经营,遥望江南尽稻粳。支渠派引千畦润,陇亩村连百宝盈。流泽于今不未艾,试听放闸鼓歌声。"得益于淠、淮、颍等多条河流交汇的便捷水路,淮南、寿州商贸发达,各路客商及雅士纷至沓来,其中就有一些"美食家"寻新猎奇,形成一种有别于徽、鲁、川、粤、浙、苏、闽、湘等各色菜系的沿淮菜。沿淮菜讲究咸中带辣,汤汁味重色浓,并习惯用香菜佐味和配色。淮南牛肉汤因其特殊的食材和配料,逐渐在沿淮菜中异军突起。

牛肉汤,顾名思义,食材以牛肉为主。淮南牛肉汤所用的牛肉、牛骨十分讲究,必须取江淮一带黄牛肉、黄牛骨为原料。淮河两岸沟渠纵横,水足草肥。在这里生长的黄牛,骨细皮薄,肌肉发达,体健肉鲜。淮南牛肉汤的做法看似十分简单:把煮得烂熟的牛肉冷凉后切成小薄片,将红辣椒末、香葱末、姜末、胡椒粉及食盐等作料一起放入大锅中,与牛骨头一起烧开,熬制成汤料。食用时,把牛肉、粉丝和千张等一起放在滚开的汤料里涮透,取出放入碗中,再浇上汤料、撒上香菜末即可。其实,简单的烹饪中蕴藏了很多不太为人注意的细节。比如,煮牛肉前,须将牛肉内的血污浸泡清洗干净,然后方能下锅,与牛骨同煮。淮南牛肉汤的配料也十分讲究,所用红油系用新鲜牛油与干淮椒炸制而成。淮椒是沿淮地区露地栽培的一种地方特产,在当地也称"羊角尖椒",青熟果色深绿,老熟果色艳红,辣劲超过四川朝天椒。清末时,州城居民汪明海家传独家生产的"寿州辣椒丝"就是用淮椒泡制而成。文史记载,"寿州辣椒丝"一度成为大学士孙家鼐每天餐桌必备小菜。一日有客来访,客人对"寿州辣椒丝"情有独钟,越吃越香,欲罢不能。辣力深入其脏腑,导致昏迷,最后由家人抬回了家。除淮椒外,淮南牛肉汤还选用了几十种滋补药材及卤料,均按传统工艺炮制。随着淮南牛肉汤走进千家万户,为了适应各地人群口味,牛肉汤也与时俱进,花样不断翻新,不知从何时起,汤料有了咸、甜之分。咸牛肉汤肉肥汤鲜,喝过后口不干、舌不苦,回味无穷;甜牛肉汤是指没加盐的牛肉汤,其味清爽,汤汁醇厚,高营养、高蛋白、高热能,能够滋补养生。

现在,淮南牛肉汤已在全国各地生根开花。据有关部门统计,全国淮南牛肉汤年产值200亿元以上,从业人员在20万人以上。从天山脚下到香江两岸,从东海之滨到雪域高原,食客都能觅得淮南牛肉汤的美味。但要吃上正宗淮南牛肉汤,还是要在淮南当地。每天清晨,淮南市的大街小巷都飘荡着牛肉汤的香味。每家牛肉汤店的生意都十分红火,人头攒动,都有自己固定的主顾。淮南人把每天早上吃上一碗清香扑鼻的牛肉汤,当成了日常生活的一部分。而在江淮游子的心中,淮南牛肉汤已不再是一种地方小吃,它代表着思乡情结,是一种挥之不去的记忆,是一种日夜思念的味道,是一道写满乡愁的亮丽风景,是一张引以为傲的文化名片。

八公山豆腐

寿县美食,由来已久。被誉为"东方龙脑"的豆腐,诞生在寿县古城北侧的八公山。五代谢绰《宋拾遗录》记载:"豆腐之术,三代前后未闻。此物至汉淮南王安始传其术于世。"南宋大理学家朱熹也曾在《素食诗》中写道:"种豆豆苗稀,力竭心已腐。早知淮南术,安坐获泉布。"诗末自注:"世传豆腐本为淮南王术。"淮南王刘安是汉高祖刘邦的孙子,公元前164年被封为淮南王,都邑设于寿春(今寿县)。刘安雅好道学,欲求长生不老之术,广招方术之士在八公山造炉炼丹求寿。他们取山中珍珠泉、大泉、玛瑙泉的泉水磨制豆汁,又以豆汁培育丹苗,不料炼丹不成,豆汁与盐卤化合成一种芳香诱人、白白嫩嫩的东西。当地农夫取食,甚觉美味可口,取名"黎祁",后改称为"豆腐"。刘安无意中成了发明豆腐的老祖宗。

这件事,在明代医学家李时珍的《本草纲目》中也有记载:"豆腐之法,始于汉淮南王刘安。"文化学者余秋雨在散文《八公山下》中也说:"依据《淮南子》,八公山又是中国豆腐的发明地,让人立即联想到这里有最佳的水质、最上等的豆蔬作物。直到今天,这里都有理由成为中国的'素食圣地'。"

自从刘安发明豆腐后,八公山下就成了名副其实的"豆腐之乡"。这里的山民凭借得天独厚的自然条件,自古以来就以制作豆腐为生,代代相传,豆腐生产技艺得到传承和不断完善,达到炉火纯青的地步。到明清时期,八公山下已有陆家班、来家班、黄家班等多个豆腐生产世家。改革开放后,八公山下的大泉村有700余户,家家会做豆腐,其中450户为经营专业户,日产销量5万余斤。夜间磨轮辘辘,豆香四溢,大泉村成为远近闻名的豆腐村。自20世纪80年代始,淮南每年都要举办"中国豆腐文化节"。文化节期间,国内外专家、学者都会来到大泉村,寻豆腐之根,研讨八公山豆腐的制作技艺。大泉村声名远播,从此成为旅游热地。

八公山豆腐晶莹剔透,白似玉板,嫩若凝脂,质地细腻,无黄浆水味。在寿县古城,甭说一般家庭主妇,就是十四五岁的少年,也能做出几样风味各异的豆腐菜,比如香椿拌豆腐、豆腐鸡蛋、辣酱拌豆腐、炒豆腐等等。一顿豆腐宴,让游客真正领略到八公山豆腐久负盛名的风采。随着旅游业渐成气候,一些居民看准商机,古城沿街雨后春笋般涌现出众多豆腐馆。他们或煨、或煮、或煎、或炸、或熘,或拔丝、或雕刻,或"荤",或素,或冷盘、或火锅,"螃蟹抱蛋""金玉其外""仙人指路""虎皮扣肉",豆腐汤浓得像牛奶,呈乳白色,鲜如鱼汁……豆腐块漂浮汤上,似块块琼脂,不仅引得本地人常来过过嘴瘾、享享口福,合肥、南京、上海等地的游客也隔三天岔五日地光顾,就连德国、英国、日本、荷兰等国家和中国香港、中国台湾等地区的宾客也常云集古城,品尝"寿桃豆腐""琵琶豆腐""葡萄豆腐""金钱豆腐"等400余款造型逼真、色彩纷呈、鲜美异常、风味独具的豆腐宴。为了满足日益增多的游客就餐需求,近年来寿县在八公山下建成豆腐文化一条街,按照寻根、参观、体验、休闲的脉络,力图通过深入挖掘豆腐文化内涵,打造中国最具特色的豆腐文化主题公园。这里的宾馆、饭店在豆腐制作、加工、烹饪上都各有绝招,不仅制作精美、赏心悦目,吃起来味美溢香,而且说起来各有典故。

现在,八公山豆腐制作工艺和烹饪技艺,已被列入中国非物质文化遗产名录。

寿春"大救驾"

寿县被列入非物质文化遗产名录的美食,还有寿春"大救驾"。

"大救驾"是一种极富传奇色彩的糕点,驰名淮河南北。寿县城里的人家在婚宴结束时,东家往往会为客人奉上一份"大救驾",当作馈赠礼品带走。寿县导游在向外地游客介绍寿县特色传统小吃时,也喜欢说"来到八公山下,不可不吃'大救驾'"这样一句口头禅,意思是说,大救驾味道很美,不品尝会有遗珠之憾。

那么,"大救驾"这个名字是怎么来的呢?

古时候寿县一带经常打仗。五代十国时期,后周世宗柴荣征伐南唐,命大将赵匡胤率兵攻打南唐重镇寿春。寿春守将刘仁赡坚守城池,赵匡胤攻了九个多月无法破城,急火攻心,病了,茶饭不进。有个巧手妇人用白面、白糖、香油等精心制作了一种点心,香味扑鼻,外形诱人。赵匡胤一见,食欲大增,连吃几顿,病体大愈。病好后,赵匡胤十分高兴,得知妇人是南唐城里人,便说:"这几天城门将破,你在家门上挂艾为记,我不杀你。"随后,赵匡胤亲冒矢石,终于攻破城池。这就是历时三年之久的寿春之战。制饼妇人回城后,为了城里百姓都能安全,便在每家大门上都插了艾草。待周兵攻进城来,果然秋毫无犯。

后来赵匡胤黄袍加身,做了宋朝的开国皇帝,与大臣们谈及寿春之战时,感叹说:"亏了寿春好饼,真是救了朕的驾也!"他当即安排将这种糕点列为贡品,赐名"大救驾",着地方上贡献纳。自此以后,"大救驾"的名称和制作方法便流传下来。

如今,寿县城里的糕点师傅依据当年妇人的制作方法,用面粉、白糖、猪油再加以桂花、青红丝等几十种辅料,制作出的"大救驾"呈扁圆状,经素油酥炸,形成内外几十层的酥脆薄皮,内馅中有冰糖、菊脯、核桃仁等辅料,吃起来脆而不硬,油而不腻,清香爽口。"大救驾"不但有优良的品质和独特的风味,而且还具有保质期长、便于携带、食用方便的优点,既可以摆上高档餐桌,又可以作为日常食用的早点或夜宵,还可以作为旅行途中的便餐。

南唐瓜子

寿春之战衍生出的另一道美食,便是南唐瓜子。

公元 955 年,后周世宗柴荣兵临八公山下,把寿春城团团围住。镇守寿州的南唐清淮军节度使刘仁瞻治军有方,英勇奋战,周军久攻不下。冬去春来,寒来暑往,两军对垒长达三年。

寿春城被困日久,粮草断绝,军心浮动,而南唐派来救援的人马又因寿州城被周兵包围得如铁桶一般,从外面打不进去,只好退驻八公山上,每天早晚以烽火与城内联系。眼看城中粮食已尽,甭说平民百姓无米下锅,就是戍守城头的将士也是以稀粥野菜,勉强充饥。刘仁瞻无计可施,积劳成疾,病倒在床。寿春城内军民没了主张。刘仁瞻的幼子刘从谏竟生投降之意,趁着月黑风高,从城墙上放下绳索,想渡过护城河投奔周兵大营,不料被守城南唐兵捉回,押到衙门的辕门之外,演绎出"刘仁瞻辕门斩子"的故事。

刘仁瞻不徇私情、坚守大义的行为深深感动了寿春城内广大军民,他们纷纷表示愿与城共存亡。有个从北方到寿春做生意的契丹人来到衙门,对刘仁瞻说:"将军义举感天动地,我也愿为守城出力。"原来,寿春一带土地肥沃,盛产瓜类作物,契丹人常年到此收购瓜子,不料此次遇到战事无法出城。契丹人说:"我有家传秘方,就是把瓜子炒熟后食用,味鲜甘香,生津解馋,可解军民一时之饥。"刘仁瞻听后,让契丹人炒制,果然香脆可口。刘仁瞻马上把城内所有的南瓜子、西瓜子、葵花子等都收集到一处,请契丹人炒制后分发给守城官兵,以解燃眉之急。

但是,解得一时之需,终非长久之计。后来,寿春城陷,刘仁瞻气绝身亡。但寿春人没有忘记忠烈刚正的刘仁瞻,在城内修建了刘公祠,每年供奉香火,以表崇敬。同时,南唐瓜子也发展成寿春独树一帜的地方美食,成为古城人馈赠亲友、休闲消费的佳品。特别是近年来,随着旅游业的蓬勃兴起,南唐瓜子食品企业把各家炒货所长有机结合,炒制过程中对不同需求的人群进行合理配料,使产品具备了选料精细、个均肉厚、工艺考究、配方独特的特点,入口后一嗑三开,满口喷香,回味悠长,被中国绿色食品发展中心认定为绿色 A 级产品,畅销大江南北。

"芍陂三宝"

"嫁星星,嫁月亮,不如嫁到安丰塘。安丰塘,鱼米乡,椿芽蒿蕈银鱼汤……"

安丰塘古名芍陂,位于寿县古城南 30 公里处,是中国历史上最古老的大型蓄水灌溉工程,2015 年被国际灌排委员会授予"世界灌溉工程遗产"称号。安丰塘被誉为"天下第一塘",素有"芍陂归来不看塘"之誉。自古享有盛名的美景,自然也滋生出独具风味的烹饪文化。歌谣中所说的椿芽、蒿蕈和银鱼,当地人称"芍陂三宝"。

椿芽,即香椿的嫩芽,清香味美,尤以盛产于安丰塘畔的"雨前椿芽"最为有名。椿芽可炒、可炸、可蒸,而与八公山豆腐同拌则为最佳。清朝薛宝辰《素食说略》记载:"香椿以开水焯过,与豆腐同拌,用麻油、盐佐调而食,清香而馥。"椿芽营养丰富,含有人体所必需的蛋白质、维生素、胡萝卜素、钙、磷、铁等,并具有祛风除湿、清热解毒、健胃理气、杀虫固精等药用功能,堪称菜蔬类中的佼佼者。当地文献记载,椿芽入馔始于汉代。至唐代时,"雨前椿芽"被列为贡品。清明后谷雨前这段时间采摘的椿芽,绿黄带紫,质地脆嫩,香气袭人,鲜美可口。为了满足愈来愈多的旅游者品尝美食的需求,近年来安丰塘畔的张李、迎河等乡镇进行大规模香椿大棚培育,喜获成功。如今,莅临寿县古城的美食家从 3 月份至 5 月份,都能吃到新鲜的椿芽。与此同时,当地农民还独出心裁地将椿芽加工腌制成罐装,既可作为自家的日常小菜,又能当作馈赠亲友的调味佳佐。

蒿蕈是自然生长于安丰塘、正阳关一带的稀有蔬菜,俗称蒿子,学名香陈蒿,是一种多年生草本植物,茎若条形,叶呈羽毛分裂状,密生白毛。蒿蕈从根至蕈皆可食用,凉拌、热炒俱佳,吃起来鲜嫩爽口,其香味沁人心脾。蒿蕾还具有发汗、利尿、清痰、去热、解毒等多种药用功效。说来也奇怪,蒿蕾在其他地方也可生长,但再没有浓郁的香味,口感也大相径庭。因此,外地人到寿县购蒿蕾只认这里所产的。仲春时节,正是蒿蕾嫩绿时,每天从四面八方蜂拥而来的采蒿人,或带筐携篮,或拿袋提兜,聚集在茫无边际的正阳关孟家湖一带,经过一天的剪撷刀采,到傍晚大都满载而归。

银鱼,古称脍残、白小,体长约70毫米,呈半透明状。杜甫诗中"白小群分命,天然二寸鱼",对其规格进行过准确描绘。清人王鸿结的"吴侬只惯忆尊鲈,岂晓甘珍满帝都。入馔辽鱼飞雪后,盈尊羔酒滴红酥",给银鱼以很高的评价。现在,寿县安丰塘、大井水库及瓦埠湖年产银鱼仅百余吨。银鱼无骨、无刺、无腥味,鲜美无比,营养丰富,食法很多,煎炒羹汤皆成佳肴,清代曾被列为贡品。

安丰塘畔,和风习习,垂柳依依。游客们坐在游船上、亭榭旁,一边尽兴饱览着蓬莱仙境般的古塘风光,一边品酽茶、吃"芍陂三宝","儿童摘椿来上茶,嚼之竟曰香齿牙"(明代《野茶笺》),心旷神怡,飘飘欲仙,真是别有一番情趣呢!

三清豆腐

淮河岸边流传一句谚语:"青菜豆腐保平安。"这里所说的"青菜豆腐",其实是一道菜肴,又名"三清豆腐",是淮上名人孙家鼐家传的一道私房菜。

孙家鼐,字燮臣,号蛰生、容卿、澹静老人,安徽寿州(今淮南寿县)人。清咸丰九年(1859年)中状元,与翁同龢同为光绪帝师,累迁内阁学士,历任工部侍郎,礼部、户部、吏部、刑部尚书。1898年7月3日,孙家鼐以吏部尚书、协办大学士受命为京师大学堂(今北京大学的前身)首任管理学务大臣,1900年后任文渊阁大学士、学务大臣等。光绪三十二年(1906年)清政府宣布立宪,设立资政院,孙家鼐出任总裁;光绪三十四年(1908年)二月,赏太子太傅,在寿县古城北街建太傅第。

史料记载,孙家鼐祖籍山东济宁,明朝初年孙氏先祖移民寿州,祖上靠开豆腐坊糊口。到清乾隆年间,孙氏子孙已遍布寿县城乡。道光年间,寿州孙氏已成名门望族,享誉江淮大地。孙家鼐到京城为官后,为了不忘根本,要求每年除夕桌上都要有一道豆腐菜,以纪念始祖开豆腐坊起家的历史。现在,孙家鼐已去世100多年,但寿州孙氏后人家家户户除夕要上豆腐菜的习俗仍在传承。

寿州孙氏的豆腐菜,白绿相间,色泽鲜艳,豆腐软嫩,汤味鲜美,清爽宜人。其烹饪方法十分简单:取寿州黄心乌菜心或小白菜少许,八公山豆腐一份,虾皮适量,姜一块,蒜一瓣。将姜、蒜切片,虾皮洗净沥干水分,白菜切段,豆腐切片。砂锅置火上,倒适量油,烧热后放姜片、蒜片爆香,再放虾皮炒出香味;放入豆腐,同时加入高汤淹没食材,大火煮沸后转小火慢炖五分钟;加入白菜,大火一分钟后加盐,关火出锅,淋少许麻油即可食用。

据寿州孙氏后人介绍,寿州孙氏豆腐菜之所以称作"三清豆腐",是因为孙家鼐曾指着这道豆腐菜告诫家人:"为人处世要学习青菜豆腐,做官清清白白,做事清清爽爽,做学问清清楚楚。"

寿县历史悠久,文化源远流长,几乎每道美食都有一段动人的故事。由于地处江淮之间,寿县美食得以集南北之长,菜肴烹饪注重色泽和搭配,讲究刀功和火候,形成风味独特的地方菜系。目前,寿县古城较著名的老字号饭店有聚红盛、小嘴、寿西湖等。古城街区的早点也很有名,有淮南牛肉汤、寿州豆腐脑、油茶油馍、小刀面、辣糊汤等。徜徉在寿县古城街巷,聆听着寿州传说故事,品尝着地方美食,实乃人生一大快事!

2019.2.28

二十四节气

有的事物"当局者迷"。比如寿州历史文化,研究成果丰硕的基本上都是域外人士。是不是保持一定距离更容易看清?再比如二十四节气,被联合国教科文组织列入世界非物质文化遗产代表作名录,但又有几人知其发祥地就在寿县?

记得小学四年级时,我曾学过一篇"小明爸爸"教"小明"农事与节气的课文,上面有首歌谣,至今我仍能倒背如流——

> 立春天气暖,雨水粪送完;
>
> 惊蛰多栽树,春分犁不闲;
>
> 清明点瓜豆,谷雨要种棉;
>
> 立夏栽山芋,小满不种田;
>
> 芒种收新麦,夏至管好田;
>
> 小暑不算热,大暑是伏天;
>
> 立秋种白菜,处暑摘新棉;
>
> 白露可打枣,秋分人不闲;
>
> 寒露收割罢,霜降把地翻;
>
> 立冬菜起完,小雪快积肥;
>
> 大雪天气冷,冬至换长天;
>
> 小寒修水利,大寒过新年。

老师告诉我们,就像"四大发明"一样,二十四节气是中国古代天文历法的主要组成部分,是老祖宗留给我们的宝贵遗产。不管科学如何昌明,节气永远是掌握农事季节的可靠依据,种田必须懂得节气。

　　长大后,我逐渐懂得所说的二十四节气,就是把一年中太阳在黄道上的位置变化和引起地面的演变次序分为二十四段,每段相隔约半个月,分在一年四季十二个月里。月首的叫"节气",月中的叫"中气",统称"节气"。所谓"气",就是气象、气候的意思。立春是四季中的第一个节气,"立"是开始的意思,农谚说"立春一日,水暖三分""雷打立春节,惊蛰雨不歇";雨水意思是霜雪天气过去,雨量逐渐增多;惊蛰指天气回暖,"草色遥看近却无",伴着春雷各种昆虫开始活动;春分也被称为"日夜分",处在春季的中间,昼夜平分,越冬作物进入春季生长阶段;清明时节天气温暖、晴朗,自然界的生物发芽、泛青,清朗明净的风光代替草木枯黄的环境,"烟花三月下扬州",农家开始春种;进入谷雨,降雨增加,"雨生百谷",作物生长发育加快,农谚有"谷雨前后,种瓜种豆"之说;立夏指春季结束,夏季到来,作物生长进入旺季;随后,午季作物籽粒饱满起来,但尚未成熟,故称"小满";到了芒种,小麦、大麦等有芒作物颗粒成熟,此时既要忙收割,又要忙夏播作物的播种,故又称"忙种";夏至是指一年中真正的夏天到来,此时白天时间最长,夜晚最短,各种作物生长达到最旺盛的时期;到了小暑,"暑"是炎热的意思,即指从此天起,"小暑南风十八朝,吹得南山竹叶焦";大暑是一年中最炎热的时候,也是一年中雨水最多的时候,沿淮大汛一般都发生在这一时段;立秋一到,夏天结束了,气温逐渐下降,各种大秋作物接近成熟;处暑,"处"是终止、结束的意思,表示炎热的夏天即将结束;处暑后气温降低,夜间温度已能将雾气凝结成露水,呈现白露景象,故称"白露","白露秋风夜,一夜凉一夜""白露身勿露,露了冻泻肚";秋分处于立秋与立冬中间,这一天昼夜时间相等,与春分一样,也被称为"日夜分",农谚说"白露过去是秋分,忙过秋收忙秋耕";寒露在公历10月8日前后开始,气温更低,露水更多,夜晚冷凉;霜降时寒风骤起,树叶飘零,白霜挂梢;立冬这天起,到次年立春,通称冬季;小雪从公历11月22日前后开始,意思是说天气渐冷,开始下雪;大雪指地面已可积雪;冬至一般在12月22日前后,从这天起开始进入数九寒天,白天渐长,"吃了冬至面,一天长一线";小寒和大寒,看着字面也就知道,指一年中最寒冷的时候到了,雨雪天气接连不断,人们常说的"瑞雪兆丰年"就是指这时。农谚也有"麦盖三床被,头枕馍馍睡"的说法。"三床被",意思就是大雪纷飞,一场接着一场,越冬作物病虫害减少,丰收有了保证,来年肯定是个好年景。

类似小学课文中关于二十四节气的民谣,我的家乡流传着很多,其中传诵最广的一首简明扼要,朗朗上口,一听就懂,过目能诵:

春雨惊春清谷天,夏满芒夏暑相连;

秋处露秋寒霜降,冬雪雪冬寒更寒。

每月两节日期定,最多相差一两天;

上半年来六廿一,下半年是八廿三。

还是在刚到报社履新的 2012 年,金秋时节,县气象局局长李扬云找到我说,六安市气象专家、文化学者张中平先生通过多年研究,完成了《〈淮南子〉气象观的现代解读》书稿,提出了"寿县是二十四节气发祥地"的论断,想找寿县文化学者进行交流研讨。求索书稿拜读后,我对二十四节气的渊源有了大致的了解。

我国先秦时已倡导以农为本。秦汉以降,重农思想得到进一步加强,农为国本论、重农贵粟论、农为衣食之源论等成为经世致用的主流观念。《淮南子》继承了这一思想,认为"食者民之本也,民者国之本也,国者君之本也",将关乎国计民生的农业放在治国的首要位置,用了大量篇幅,论述了如何用天文气象知识来为农业生产服务,其中突出的贡献就是治历明时,订立了今天仍在使用的二十四节气。

我国古代农业受气候影响大,表现出很强的季节性。因此,先民们很早就有了"农时"意识,认为从事农业生产首先要知天顺时,做到"以事适时"(《吕氏春秋·恃君览第八》),否则将"举事而不时,力虽尽而功不成"(《管子·禁藏》)。在长期的生产实践中,逐渐建立起以指时技术为核心的农时系统。最初是以物候指时,即根据草木的荣枯、鸟兽的出没、冰霜的消凝等自然界生物和非生物对气候的反应来捕捉气候变化的信息。温克刚主编的《中国气象史》指出,我国的物候指时最早出现在一万多年前的渔猎社会盛期,传说中的"太昊伏羲氏以龙纪",是以蛇的入蛰和出蛰把一年分为冬、夏两季,因此启蛰也就成为我国的第一个节气;少昊时代也是利用物候来订立节气,全年节气由候鸟活动来确定。把物候作为从事农事活动的依据,是人类掌握农时的初始手段。物候指时虽能比较准确地反映气候的变化,但往往年无定时,同一物候现象在不同地区、不同年份出现得早晚不一,不够稳定。于是人们继而求助于天象观察,又发明了天象指时,即依据天象推算历法。在此基础上,再逐渐形成回归年与朔望月相结合的阴阳合历指时。为了更加具体地指导农业生产,先民又尝试把一个太阳年划分为若干较小的时段。这种探索的结果,最终促使二十四节气的产生。

考古学家认为,天象指时用来指导农业生产,起源于上古。我国在一万多年前就出现了农业,这种早熟的农耕文明无疑是决定早期我国天文学形态的根本原因。就像古代埃及人根据尼罗河水的涨落来决定历法一样,我国原发形态的农耕文明决定了我们的先人必然由"观象授时"来制定历法。而我国的历法一开始就不是单纯地纪日、纪月、纪年,每一天、每一月都有具体的农事。这种历法,也是"农时"的代名词,可以说是后来农学思想的肇始。夏代时用"立竿测影法"来计量年月日,昼夜变化成日,寒暑变化成年,冬至后两月为孟春,作为一年之始,干支纪日一轮正好两个月。《尚书·尧典》载:"日中星鸟,以殷仲春;日永星火,以正仲夏;宵中星虚,以殷仲秋;日短星昂,以正仲冬。"这里的仲春、仲夏、仲秋、仲冬,即是春分、夏至、秋分、冬至。用四组恒星黄昏时在正南方天空的出现情况来规定季节,这些知识在商代末期已经形成,是古人关于春、夏、秋、冬四季星象的最早思想。到西周时,不仅对年、月、日已有明确区分,还用十二地支来计时,把一天划分为十二个时辰。春秋时期,人们发现木星约十二年绕天空一周,便以木星每年所在的位置纪年,称岁星纪年。后来又用太岁纪年,即假想一个与木星运行速度相等、方向相反的行星"太岁",以它每年所在的位置纪年。《左传》记载,鲁僖公五年(前655年)冬至登台观看云色,"凡分、至、启、闭,必书云物,为备故也"。分是春分、秋分,至是夏至、冬至,启是立春、立夏,闭是立秋、立冬,说明当时已经有了这八个节气。《吕氏春秋·十二纪》在孟春、仲春、孟夏、仲夏、孟秋、仲秋、孟冬、仲冬八个月中,分别安插立春、日夜分、立夏、日长至、立秋、日夜分、立冬、日短至等八个节气,这是每年二十四节气中最重要的八个节气。春秋后期出现了四分历,回归年的长度为三百六十五点二五天,并用十九年七闰为闰年周期,这是当时世界上最为精确的历法。至此,二十四节气的诞生已水到渠成。

汉朝建立后,天下安定,经济恢复,文化繁荣,学术发展。在这样的政治、经济、科研条件之下,淮南王刘安"招致宾客方术之士数千人",集体编写了《淮南鸿烈》(也称《淮南子》),第一次把二十四节气科学、完整地记载并流传至今:

> 两维之间,九十一度十六分度之五而升,日行一度,十五日为一节,以生二十四时之变。
>
> 斗指子则冬至,音比黄钟;
>
> 加十五日指癸,则小寒,音比应钟;
>
> ……大寒……立春……雨水……惊蛰……春分……清明……谷雨……立夏……小满……芒种……夏至……小暑……大暑……立秋……处暑……白露……秋分……寒露……霜降……立冬……;
>
> 加十五日指亥,则小雪,音比无射;
>
> 加十五日指壬,则大雪,音比应钟;
>
> 加十五日指子。故曰:阳生于子,阴生于午。
>
> ——《淮南子·天文训》

　　《淮南子》中关于二十四节气的阐述,从冬至日开始,将一回归年等分为二十四段,以反映太阳在黄道上视运动的 24 个特定位置,用来反映不同阶段的气候变化。这种特殊的历法,不仅表明古人天文气象知识的进一步丰富,更重要的是反映了农业生产在古人心目中的优先位置。因为二十四节气最根本的用处和意义,就是指导农业生产。比之以前的指时系统,《淮南子》对二十四节气的论述有了多方面的进步,其所记载的节气名称和顺序,与后世完全相同,并历两千多年没有改变;同时,其以阴阳二气的消长为理论依据,把冬至、夏至分别看作是阴阳二气盛衰转换的枢纽,是对二十四节气气候学意义上的揭示;而其将农事和天文、气候等联系在一起,则是将节气这一指时工具,整合成了一个更加完善的农时系统。

　　关于"寿县是二十四节气发祥地"的论断,在随后召开的"《淮南子》气象观的现代解说软课题研讨"专题讨论会上,张中平先生与寿县历史文化研究会专家、学者胡安品、黄远山、方敦寿、苏希圣、林伟等人展开热烈讨论。大家一致认为,《淮南子》极力描绘宇宙万物的形态,写下了许多对宇宙、事物的认识,其有关"二十八宿""干支纪年""二十四节气"和"阳燧取火"的记载,保存了很多中国古代哲学和科学的知识,对自然科学、哲学和文学诸领域都做出了重大贡献。二十四节气是中国独有的,虽然它综合了天文学和气象学以及农作物生长特点等多方面知识,比较准确地反映了一年中的自然特征,但只有在中国才被广泛承认和应用。在中国辽阔疆域中,农作物生长真正与二十四节气结合得比较密切的只有黄河以南的部分地区,特别是江淮地区结合得更加紧密。许多关于农作物和节气之间的农谚,基本上都流行于江淮地区。因此可以断定,总结出二十四节气的祖先肯定是生活在江淮地区的古代先民,这从《淮南子》一书中可以得到印证。因为《淮南子》是由刘安组织门客在寿春,也就是今天的寿县历时不到一年时间编纂而成的,而寿县是标准的江淮气候,当年刘安在把二十四节气收入该书时,肯定经过了认真考察。说"寿县是二十四节气的发祥地",令人信服,理由充分。

　　光阴荏苒,岁月如梭。2016 年新春伊始,寿县正式划归淮南市管辖,对于淮南市和寿县来说,都算得上好事多磨、美梦成真。寿县与淮南"山水相连,文化一脉,人相亲,习相投",行政区划调整使过去寿县文化研究被忽视、被怠慢的窘境得到根本性改变。2016 年 11 月 30 日,从联合国教科文组织保护非物质文化遗产政府间委员会在埃塞俄比亚举行的第十一届常委会上传来喜讯,我国申报的"二十四节气"被正式列入联合国教科文组织人类非物质文化遗产代表作名录。但细心的文化专家也发现,官方报道的消息中只字未提淮南市、寿县及《淮南子》,申遗专家组的理论依据将二十四节气体系的创立起源与依据归因于黄河流域,存在着严重的表述漏洞和论证缺失。为此,专门从事《淮南子》研究的陈广忠、李春鸣等学者,专门撰写学术论文《〈淮南子〉二十四节气的创立和依据》(《人民日报·海外版》2017 年 1 月 24 日)、《为什么说寿县是二十四节气的发祥地?》(载《寿州千古之谜》,安徽文艺出版社,2017 年版),洋洋万言,对其不足和漏洞进行澄清和纠正,读之令人醍醐灌顶,如饮甘饴。联想到几年前参加的专题讨论会,我又从书橱里请出张中平先生的《〈淮南子〉气象观的现代解读》(气象出版社,2014 年版),重温研习,感受颇深,受益匪浅。

按照"斗转星移"原则,《淮南子》对太阳在黄道视运动的 24 个特定位置逐一命名,以反映当时我国黄河中下游广大地区气候、物候和农事特征,从而形成一个完整的综合农时系统。至此,二十四节气才臻于完善。如果从第一个节气启蛰出现算起,已经过去了 4000 多年。刘安因"谋反"之名被诛后,所进献的《淮南子》一度遭"秘之"。约 30 年后,西汉邓平等编制并由汉武帝颁布《太初历》,将《淮南子》里的二十四节气纳入其中,后来各朝沿袭使用,成为我国古代官方订立的一种用来指导农事活动的补充历法,也就是我们现在所说的农历。《淮南子》记载的二十四节气运行体系,会不会只是对寿春一带气候、物候和农事的总结?张中平先生从气象学上解释说,二十四节气的排序,《淮南子》与《太初历》略有不同,《太初历》将"惊蛰""谷雨"分别排在"雨水""清明"后面。惊蛰、雨水、谷雨和清明,本来表示的都是自然物候现象,"惊蛰"表示这个时期天空打雷,蛰虫出土,土壤温度已高;"雨水"是说原来下的是雪,现在变成了雨水,说明低空气温已高。这两种物候现象都是由于季风气候所致。冬春交季,南方暖湿气流北上,地面气温渐高,大气层结变得越来越不稳定,导致打雷、惊蛰、雨水等现象出现。正因暖湿气流自南向北推移所起的主导作用,越往北方,出现先打雷后雨水的概率就越大。也就是说,在同一年,雨水排在惊蛰前的地方,可能纬度更低。清明排在谷雨前面,也可做类似推论。这说明《淮南子》所描述的候应,其对应的地理纬度要低于《太初历》所描述的候应。这正好与寿春低于长安大约 1.7 个纬度相印证。

结合《淮南子》写作时代背景加以分析,《淮南子》中的二十四节气,应有更为广泛的来源。古人认为天象神圣,敬授人时、制定历法是统治者的权利,特别是直接用来指导农业生产的二十四节气。因为我国古代没有公元纪年(公历),二十四节气的具体时间需要推算,既要考虑大小月,还要考虑闰年闰月,而节气对应的阴历时间每年都有不同。由于推算过程复杂,历朝都设有历官,专管推算节气,推算结果用来编制"历书",作为政令予以颁布,天下百姓只需照此实行。而在大一统的汉武帝统治时期,作为国家法令之一的历法,所涉内容首先应该符合国家政治中心所能代表的区域。刘安编纂《淮南子》,一方面是为了进献登基不久的汉武帝用来治国安邦,从这个角度来说,其中记载的二十四节气所对应的候应,首先要能代表西安或汉中平原地区的候应。而另一方面,若将来作为国家历法,颁行天下,指导具体的农业生产,则需要更广泛的代表性,不太可能只取寿春一隅,这也不符合他在《要略》中"置之寻常而不塞,布之天下而不窕"的写作要求。因此,二十四节气中的候应,最大的可能是取自黄河中下游地区。

那么,黄河中下游地区包不包括寿春?《〈淮南子〉气象观的现代解读》一书也做了科学解答。

我国南北地理分界线在淮河与秦岭一线,寿县和西安差不多都处于这条线的附近。1979 年国家气象局绘制的中国气候区划,寿县和西安同处Ⅲ区南部(南温带)。《中国农业自然资源和农业区划》(农业出版社,1991 年版)绘制的耕作图,寿春和西安同属于Ⅵ区(黄淮海平原丘陵水浇地二熟旱地二熟一熟区)。竺可桢、宛敏渭在其《物候学》(科学出版社,1973年版)中绘制的中国东部刺槐年平均始花期,寿春和西安也同处在4月20日至30日期间,即处于谷雨、立夏之间。从不同时期的气候、物候、农事看,现在的寿县和西安,有着极大的相似性。如果2000多年来,地球大气环流和东亚季风格局没有大的变化,可以推论,西汉初期的寿春和长安在二十四节气的候应上同样有着极大的相似性。据此推论,二十四节气产生于黄河中下游的广大地区,并符合古寿春的地理环境特征。

我们说"寿县是二十四节气的发祥地",还因为二十四节气建立在《淮南子》的道论、宇宙论和无为论基础上,是《淮南子》为其存在提供了天文、气候、物候、农事甚至政治活动相联系的理论依据。

《淮南子》的道论指的是全书从"天地未形"开始,首先探讨了宇宙本原、演化和形成的问题,清晰地阐述了其宇宙观,明确描绘出"虚霩(道)—宇宙—气—天地—阴阳—四时—万物"的天地万物形成过程,其中对"天有九野"的阐述,将五星、二十八宿进行定位,对其运行周期、对应季节做了研究。在确立宇宙星象结构之后,这才根据北斗星斗柄的指向,订下了二十四节气。

《淮南子》的宇宙论,建立在其道论的基础上,认为道是万物发生的总根源,是天地万物之前的原初状态,世界上有形的物体都由道化育而成。天地之所以能有秩序地运行,万物之所以能有秩序地变化,都是因为道的有规律的支配。既然这样,原本奉为至高无上的宇宙星空及其日月星辰的运行就可以被认识、可以被利用。在《天文训》里,编纂者运用了当时先进的几何学原理,对正朝夕、大地东西南北的长度、日高等进行了观测,得到的测量数据直接为二十四节气提供了可靠的实证依据。

《淮南子》的无为论,是其道家哲学的方法论,主要体现在"所谓无为者,不先物为也;所谓无不为者,因物之所为。所谓无治者,不易自然也;所谓无不治者,因物之相然也"(《原道训》),一言以蔽之,就是在尊重客观规律前提下,充分发挥人的主观能动性,趋利避害。在《天文训》及其后一篇《时则训》里,编纂者以适应自然变化、利用自然规律为人类服务为准则,对农事、政事、祭祀等人类活动如何与节气、气候、物候相适应给出具体做法,意欲作为治理国家、布施天下的依据。其关于东、南、中、西、北等五方定位的"五位说",关于孟春与孟秋为合、仲春与仲秋为合、季春与季秋为合、孟夏与孟冬为合、仲夏与仲冬为合、季夏与季冬为合的"六合说",关于天为绳、地为准、春为规、夏为衡、秋为矩、冬为权的"六度说",都是其对自然天道观的进一步概括,并在二十四节气中得到延伸和应用。

无论从资料记载看,还是从自然气候讲,抑或从历史事件、地域文化分析,寿县是二十四节气的发祥地,都是不争的事实。当然,作为中国传统非物质文化遗产,二十四节气不仅只属于寿县,也不仅只属于淮南市,而应属于整个中华民族,属于全人类。虽然说,"你见或不见,我就在那里,不悲不喜;你念或不念,我就在那里,不来不去",但加强寿县历史文化和节气文化的研究、传承、发展和宣传,把优秀民族文化遗产发扬光大,应是每个寿县文化人义不容辞的历史责任和使命担当。

2017. 2. 24

回乡过年

对于中华民族来说，每年最看重的就是过年。过年时，天南海北的人都要回家。特别是父母还健在的人，年龄再大，工作再忙，春节都要赶回老家，一家老小其乐融融地聚在一起，吃上一顿除夕晚上的团圆饭。

今年赶在"祭灶"前，我就拖家带口回到了乡下。大哥接到电话，带着孙女迎候在村口。"祭灶祭灶年来到，丫头要花小子要炮，老马子要衣裳，老头子急得打饥荒……"这是我们小时候吟过的歌谣，没想到，大哥的孙女也会唱。我故意问大哥，现在还有"打饥荒"的？大哥一愣，马上明白我是在开玩笑，弯腰抱起我的小孙，兴高采烈地前面走了。

祭灶一过，年就到了。

年到了，不但在孩子们的脸上可以看到，从大人忙里忙外的脚步声里也能够听到。看着这种景象，母亲挂在嘴边的话是："年烘烘的了！"

祭灶这天是腊月二十三，也叫"过小年"，是我们这里非常重视的一个习俗。传说灶王奶奶是玉帝派往人间监督善恶的神仙，每年腊月二十四都要去西天朝奏玉帝，报告所住之户的善恶言行。所以二十三晚上给她送行时，各家都希望"灶王奶奶上西天——好话多说，坏话少讲""上天言好事，下界保平安"。为了堵住她的嘴，这晚家家户户都要用山芋汁熬些黏黏的"祭灶糖"。

祭灶过后，各家就要开始筹办年货了。请"中堂"，买香蜡，选年画，购鞭炮……所有的事情，都在围绕着"年"进行。

"二十七，洗金蹄。"这一天，村里的公共浴池人声喧哗，大人孩子都要下水涮上一涮。记得我们小时，柴火金贵，物资匮乏，村里根本没有浴池。这一天家家烟囱冒烟,大锅烧水,我们这些从进入冬季就没有洗过澡的孩子,美美地洗了个干净。一般来说,经过一个秋冬,我们的脚上、膝盖上都结了厚厚一层灰垢。等哥几个洗好后,盆里的水早已稠乎乎的了。

腊月二十九是筹办年货的最后一天。对于有钱的人家,年货早已准备齐了。所以在我们家乡,称这一天上街为"赶光蛋集"。现在经过扶贫攻坚,村里没了"穷光蛋",但这一天赶集的人依然很多,摩肩接踵,熙熙攘攘。我留意观察了一下,明白了因由:敢情逛街的大多是像我这样回家过节的人!

腊月三十为除夕,俗称大年三十。这一天终于被孩子们盼到了。两个小孙本来赖床,听见隔壁大哥孙女的吆喝声,一反常态地早早起床,不约而同地都换上了新衣裳、新鞋子。大人们开始蒸"花馍馍",炸腊鸡、腊鹅和腊肉,准备晚上的除夕大餐。中午喝"鲜咪汤"。"鲜咪汤"由鲜鸡杂、豆粉等构成,鲜美无双。下午,一家一家贴上了春联,门前挂起了灯笼,眼前一片红彤彤的景象。为了讨个好口彩,有的人家贴春联时故意将"福"字倒过来贴,表示"福到了"的意思。现在都在年三十这天贴春联,但在我们小时候,也有在年三十前就贴春联的。"年关"其实也是个讨账还账的大关,对于还不起账的人家,差不多都在年三十前早早贴了春联。贴了春联,就是说这户人家已经在过年了,讨账的人应该让人家过个愉快顺心的年,一般都不再上门打扰人家。

下午四五点钟,有性急的人家开始燃放起鞭炮,先是一户、两户,然后鞭炮声便连成了线、结成了片。鞭炮一般都由孩子用竹竿挑着,也有挂在门前树枝上的。现在孩子们不用去抢炮仗了,而在我们那时,这时候应是伙伴们最疯狂的时刻。谁家鞭炮响了,我们就一阵风似的卷进他家的院子,抢捡地上没炸响但仍有引信的炮仗。有的炮仗落在地上还滋滋地冒烟,我们就一脚踏上去踩灭了它,然后一把抓在手中。有时候与伙伴争抢过程中,顾不得引信仍在燃烧就抢抓在手,每每炮仗在手里突然炸响,将小手震得麻麻的,一时失去了知觉,但我们不怕,依然乐此不疲。

除夕晚上举行家宴。看着满桌丰盛的菜肴,我与母亲、大哥唏嘘不已,喟叹现在的孩子生活在蜜罐里,已不能理解我们当初对这顿饭的期盼程度了。那时候,我们经常是上顿不接下顿,但这顿年夜饭是一定要让全家老小吃饱了的。母亲说,她的公公,也就是我的祖父,一辈子忠厚老实,为人处世宁愿委屈自己,不愿有负别人,就连在家里也是这样。我们一家人口众多,做饭时经常不是做多了,就是做少了。饭多时,祖父就说:"今天胃口好,再来一碗!"可在饭少时,祖父就会说:"今天不饿,早打饱嗝啦!"年三十晚上也是这样,总是等孩子们都放下碗筷,祖父再把自己的肚皮撑饱。这些年,我们延续着传统,每年春节都回家过年,母亲总会眼噙着泪,笑眯眯地跟我们说起这样的往事。我们一边听着,一边打趣母亲,再也不用学着祖父那样,变着法儿省饭省菜让孩子们撑爆了。桌上的菜肴,一年比一年增多,但传统的几道菜一直不少。比如说要有马齿苋,这种菜也叫"长命菜",预示着家人长命百岁;再比如说要有鱼,鱼谐音"余",预示着家里年年有余。记得小时候好像看见邻居家有一只木刻的鱼,在年三十晚上的饭桌上,邻居常常把它盛在碟里端在桌面。不管怎么说,每家每户这一晚的饭菜都要变着花样尽可能地丰富些,预示着来年的丰衣足食。席间,一家人彼此说着一些祝愿的话,充满了欢乐祥和的气氛。

吃了晚饭,母亲张罗着让大哥孙女领上我的小孙,提着灯笼,拖着"小兔车",挨家挨户去给邻居长辈"辞岁"。邻居家的孩子也纷纷来到我家,给我父母"辞岁"。有的孩子一进门就磕头,"太爷""太奶"嘴巴甜得不行;有的不磕头,腼腆着只行躬身礼。母亲高兴得合不拢嘴巴,捧出早已准备好的炒花生或糖果往他们衣袋里装。孩子们很懂礼貌,躲避着推辞不要。我想到了自己,那时候给长辈"辞岁",一晚上下来,往往能收获七八斤花生、糖果,衣袋装不下,常常需要一趟一趟地跑回家,将这些"战利品"卸下。有时候,碰到长辈家正在吃饭,长辈也会邀请我们"坐上来再吃点",我们一般都会客气地摇头,回答说"吃过了吃过了"。但也有例外,记得有一年我与小叔去给堂伯父"辞岁",堂伯父招呼我们"再吃点",我与小叔也都客气地摇头了。但就在转身出门的一刹那,小叔实在受不了堂伯父家桌上干鱼(咸鱼)的诱惑,突然蹿到堂伯父身边,一把抓住他的筷子——大哥,我斗块干鱼!话音一落,一块干鱼已飞进了小叔嘴里。从此,小叔也就落了一个"干鱼"的绰号。

现在,吃不愁,穿不愁,曾经的口腹之欲,早已让位于精神之乐。

我们老家的除夕,至今保持着"守岁"习俗,表示年老的人舍不得时光逝去,年轻的人希望老人延年益寿。过去,夜里很冷又不能睡觉,家家户户便在堂屋里放个"火盆",一家人围成一圈烤火取暖。现在,家家户户都安装了空调,室内温暖如春,我们弟兄几人陪着父母一边聊天,一边看电视。荧屏里花团锦簇,闪烁着天南海北闹新春的喜庆场景。上午才从上海赶回老家的弟弟说:"外面的世界很精彩,老爸老妈喜欢旅游,趁着走得动,应多出去走走才好。"母亲动了心,说:"隔壁五叔家今年就是把老人接去城里过节,说是体验一下城市里完全不同的节日氛围。"我们赶着话,询问父母愿不愿意也去外面看一看? 当即达成共识,由休假的弟弟在节后先接父母到沪,然后"南下避寒",过一把春节期间"候鸟"的瘾!

"一夜连双岁,五更分两天。"就这样到夜里零时后,家里开始"接神"。随后,长辈给祖宗牌位上香,晚辈给长辈磕头。磕头时,长辈照例要给未成年晚辈一些"压岁钱"。

大年初一早晨,村里家家吃饺子。饺子形似元宝,带有"招财进宝"的吉祥含义。每家下了锅的饺子里,有两个包有硬币,这两枚硬币被称作"元宝"。谁如果有幸吃到了"元宝",预示着一年都会大吉大顺。孩子们睡得晚,但经不住"元宝"的诱惑,听说饺子出了锅,都起了床。谁吃到"元宝",比得到"压岁"红包还开心。往往大人吃到了"元宝",就悄悄地放回饺子里去,夹给孩子,让孩子欢心。

从大年初一到正月十五,正是一年农事最闲的时节,村里人的主要活动就是拜年走亲戚。平时里,大伙都铆足了劲发家致富,整天忙成了连轴转,难得这段时间可以好好玩玩,有人组织了舞龙队、庐剧团等民间娱乐组织,村头农民文化乐园里天天锣鼓喧天,惹得我的两个小孙恋恋不舍,回城后多次提起,还要回"太奶"家里"看大戏"。

曾几何时,我们曾担心年味会越来越淡。这次回乡过年,让我彻底改变了看法:

随着我们的国家发展越来越快,我们的生活越来越好,年俗得到不断丰富,既有记忆的传承,也有时代的体现。传统节日被赋予了新生命,我们的生活更加美好,年味只会越来越浓。

2019. 2. 11

第三辑　今日寿县

瓦埠湖，天鹅湖

家住瓦埠湖畔的朋友发来短信:今年湖里飞来一千多只天鹅过冬,有机会来看看。什么是"有机会"? 没有机会创造机会也要去的呀!

从寿县城南新区出发,顺着九里联圩南拐,在圩堤上行驶十来分钟,眼前便呈现一大片荻苇丛,有阵阵水鸟飞起飞落,发出种种鸣叫声。凭感觉,我们知道瓦埠湖湿地到了。下车后,沿着羊肠小道走向湖区深处。天是蓝的,水是清的,河柳枝干嶙峋,路间枯衰的荒草拥着脚踝,踩上去软软的,好像走在厚厚的地毯上。穿过一片绿油油的麦田,地势陡然凹了下去,荆柳绵延,荻苇连天,头上顶着尚未飘落的芦花。一群当地人称作"章鸡"的水鸟,见我们到来,贴着水面哗啦啦向远处飞去。水面辽阔,粼粼波光里布满密密麻麻的水鸟,时不时就有天鹅嘎嘎地鸣叫着,战斗机群一般从天上俯冲下来,落在极目处的水面上。我们把相机的长焦镜头当成望远镜,远远地打量,不忍心惊扰了这些远来的贵宾。同为水鸟,天鹅的仪态总带着高贵,沐浴在金色的阳光里,舞姿曼妙,芳华绝代。它们或振翅起舞,或引吭长鸣,或扎猛觅食,或颔首沉思……虽然相隔数百米远,但让人一眼就能将其与其他鸟类区别开来。天鹅,犹如精灵,雍容华贵,美若天仙!

瓦埠湖地处候鸟南北迁徙的过渡地带,是淮河中游最大的淡水湖泊,蓄水面积达 340 平方公里,也是野生水禽栖息场所,常见的有大雁、野鸭、鹭鸶、鸳鸯、天鹅等,甚至还有濒危的红隼、四声杜鹃、金腰燕等国家一级保护鸟类。曾几何时,瓦埠湖因围垦造田和污染,湖面水草、湖岸植被遭到破坏,鱼类资源和野禽数量减少。近年来通过开展环境综合治理,退耕还湖还林,设立珍稀野生动物栖息地与集中分布区,湿地面积大幅增加,生态面貌明显改善,各种水鸟一天比一天多了起来,瓦埠湖再度成为鸟的天堂。

　　驻足观望的当口,远远的村庄里隐隐走来一个人。到近前,见他手里拿着望远镜,臂上戴着红袖章——原来是附近村里的义务护鸟员。我们问他,这些天鹅来多少天了? 在这里依靠什么生存? 护鸟员见我们手里只有相机,对湖鸟并无恶意,很高兴地与我们聊了起来。原来,入冬后,这些天鹅从遥远的西伯利亚、贝加尔湖等地成群结队地飞来,要到开春回暖后再陆续飞回故乡繁衍生息。每天,天鹅们日出而戏,日落而栖。食,湖里种植的莲藕、芡实等水生植物,落下了大量果实,足够天鹅淘用;息,无边无际的芦苇丛,有多少鸟都藏得住。护鸟员说:"瓦埠湖食物充足,天鹅、大雁、野鸭这些野生水禽又没有什么天敌,在这里生存应该没有问题,怕就怕心怀不轨的人过来撒药。过去有过这种事,一毒死一片。这两年好了,通过广泛宣传有关法规,逮鸟的人没了。即便这样,当地政府也不敢掉以轻心,公安、环保、林业等部门都确定了专门人员加强管理,乡村也安排了相对固定的义务护鸟员。"

　　"来看天鹅的人多吗?"

　　"不少,但瓦埠湖区域广大,天鹅们不在一个地方栖息。不是提前知道地点,还真不容易找到。"

　　护鸟员告诉我们,据他观察,天鹅灵敏度和警觉性极高,总是与人保持着安全距离。观赏天鹅芳姿只能用望远镜,采取"偷窥"的方式。护鸟员一边把望远镜递给我们,一边说:"你看它们多么聪明,不光远远躲着我们,还有鸟在侦察我们的动向,防止侵犯它们。"

　　经他这么一说,我才发现,果然有几只天鹅不时起飞到空中盘旋,边飞边叫,落下后也是在伸长脖子四处张望。

　　天鹅这么惧怕人类,应该是"进化"的结果吧?

　　护鸟员却信心满满:"只要我们坚持让它们安宁,它们迟早会相信我们的。"

　　是啊,鸟是人类的朋友,只要我们久久为功,为它们提供和谐共生的惬意环境,瓦埠湖肯定会变成真正的天鹅湖。

　　　　　　　　　　　　　　　　　　　　　　　　　　2015.2.10

坐拥书香

　　我出生在淠河湾里一个叫宋台的村庄,受家庭影响,从小爱书。但是,穷乡僻壤,想找本"杂书",难上加难。好在村里有个名叫陈继勋的"故事篓子",肚子里藏满了"水浒"和"红楼"。陈继勋是个单身汉,上过私塾,经常在夏夜里的生产队稻场上,偷偷地跟我们讲《智取生辰纲》和《千里走单骑》。冬日里稻场寒冷,陈继勋睡在牛棚里,我们索性把被子一卷,也跟了过去。一盏如豆的煤油灯下,几个脸上挂满鼻涕、写满稚气的孩童,伴在不断迎面扑来的热臊牛尿气味中,脑袋凑在一起,看着陈继勋抑扬顿挫地念他的《三国演义》。那书早没了前页后页,破损成一卷儿。当时,经常萦绕在脑海里的问题是,关云长"万军之中取上将首级",对方怎么不用枪? 张翼德"喝断长坂桥,独退曹家百万兵",那声音是怎么练成轰雷的? 现在想来,儿时的稻场,就是我的"书场";儿时的牛棚,就是我的"书房"。正是那些"闲扯"和"破书",完成了我的传统文化启蒙。

　　上学后,"小人书"盛行。"小人书"也称"画书",一段时间内,是我的最爱。先是《小英雄雨来》《黄继光》《董存瑞》等英雄故事读本占据主流,接着《杜十娘》《贵妃醉酒》《杨门女将》等各种古装"才子佳人"闪亮登场。学校旁边就有家租书摊,一本一天租金一分钱。我把能够搜到的所有零花钱,几乎全用在了看"画书"上。先是在父亲探亲回家时从他的提包内找,后来干脆从家里鸡窝里搜寻——一个鸡蛋六分钱,在租书摊旁边的代销店里就能兑换。有时候看到特别喜欢的,爱不释手,干脆对摊主说"弄丢了",赔钱了事。"小人书"薄的六七分钱,厚的需要一两角,往往需要我攒几个鸡蛋才能应付过去。有段时间弟弟生病,需要我每天带着他到卫生所打针。由于乡村物资匮乏,所用的针水紧俏,是托外地亲戚买到的。弟弟打针打痛了,与我商议"把针水卖了吧",打针的赤脚医生听了,很高兴,就由我们每天把针水带去,给我们六分钱。我们拿着这钱,立即跑到租书摊,看个尽兴。这事后来被母亲知晓,告诉了父亲,父亲到医院咨询医生,得知弟弟病愈后针水就应及时停止。我们因无意中中止了滥用药物对身体造成的伤害,母亲高兴,也就没有追究我们犯下的错。

后来,"画书"集了一两百本。我把它们编上了号,央求当木匠的叔叔帮我打了个书箱,整整齐齐地放在我的床下,谁都不借,只可交换着看,为此得罪了不少伙伴。从一定意义上讲,这个书箱是我人生中第一个"书房"。只可惜长大后外出谋生,母亲在家"盘伏",不小心摔破了书箱,这些"画书"被邻居的小孩搜刮一空。

上中学时,我的阅读兴趣已转到中长篇小说上。学校里有个图书馆,里面有《李自成》《欧阳海之歌》《小灵通漫游未来》等。按照规定,图书馆只在周六下午开放,且图书不准带出,这怎么能满足我连续阅读的欲望? 趁管理员不注意,就把看准的图书先放在书包里,然后再假装着看另一本书。等到开放时间到,把手里的图书交掉完事。偷出的书待看完后,再悄悄还到原来的书架上。这样带书出来阅读的办法,有效地锻炼了我的阅读速度,我曾在一夜之间打着手电筒躲在被窝里看完了一部长篇小说。这样的阅读,肯定囫囵吞枣、一目十行,带来的弊端就是读不精、看不深。还有,为了赶时间,经常课堂上开小差,把书压在课本下偷看。很快,我的数理化成绩一落千丈,初二由班干降为一般学生,初三由一般学生成为老师眼里的"老油条"。既然是"老油条"了,索性逃课,到操场旁的榆树林里,躺在树下安心惬意地看。时间长了,别的同学想找我,都知道我一定在这里。上次同学们发起毕业二十周年聚会,我专门去看了那片树林,树还在。但物是人非,树林里安静得只剩树叶的簌簌声。孩子们都在教室里做着作业,桌子上的课本堆成了"小山"。那么多的学生,教室里居然没有一点儿响声。

看小说的唯一好处,就是使我迷上了写作,作文课成为我唯一喜欢的课。别的同学说:"作文作文,做得头痛。"我却能几篇作文就用光一本作业簿。课堂上,我经常按照语文老师的要求,摇头晃脑地朗读自己的"文章",老师说:"读给他们做范文!"

20世纪80年代，改革开放东风劲吹，万类霜天竞自由，各种文化思潮此起彼伏，文学社团多如牛毛。年轻人都有一颗躁动的心，我与几位志同道合者在古塘畔成立了安丰塘文学社，自掏腰包手刻刊物《古塘情》，开展"安丰塘笔会"，举办"希望杯"征文比赛，指点江山，激扬文字，意气风发，不可一世。"天下奇才尽此州，此州奇才唯独我"成了我们狂妄至极的真实写照。我们昼夜写诗填赋，所写的诗句比安丰塘岸的柳枝还要多，所发的感慨比安丰塘内的水波还要丰富。人在膨胀时是看不清自我的，我甚至认为"文学就是人学，人学必须融入社会"，凭着一支秃笔妄想"包打天下"，做起"土记者"是"无冕之王"的美梦，即使在现实中碰得头破血流，也不愿回头。

但知识改变命运，奋斗成就人生，多年打拼至少让我"吃一堑，长一智"，逐步懂得万事并非只有一个目标、一个结果或一个答案。人要生存，更多的时候需要学会转圜和让步，做到宽容和坦荡。一个偶然的机会，得到贵人相助，我来到历史文化名城寿县。"楚山重叠矗淮渍，堪与王维立画勋。"原来外面的世界这么大、这么美、这么精彩！我徜徉在博物馆的奇珍异宝旁，徘徊于古城墙的青石板上，流连于大街小巷的书店书摊前，沉浸在"一城人文典故，千年魅力楚都"的文化氛围中，感觉到寿州就是个大书房！我像一块海绵扔进水中一样，贪婪地学习，吸收来自方方面面的知识和营养。在这里，我有了工作、事业和名誉，也有了爱情、家庭和更多的朋友——居然还真就成了一名文化宣传工作者，一本本书刊上赫然印上了我的名字！著书立说，这可是我家祖祖辈辈都没人想过的事！

读书的人，总会把对书的拥有看成是一种期待和幸福。无论出差到什么城市，闲暇时我最爱逛的就是书城、书店。别人回家大多是带大包小包的土特产，我却总是带回一本两本的书。1996年抽调在北京工作的那一年，隔三天岔五日的，我就会往家里寄一个包裹。那里面，一部分是我从书市淘出的新旧文史哲书籍，还有一部分是各地寄到单位进行交流的各类期刊。这些期刊有几人看？我却奉若至宝，别人不要,正好让我捡了便宜。后来随着工作调动,这些书籍随我几经辗转,有的已经泛黄发霉,有的已经卷页变脆,但我一直舍不得丢弃。母亲是个爱整洁爱干净的人,唯独对我的书房放任自流。她知道他的儿子嗜书成命,生怕翻动了书架书桌扰乱了秩序。尽管书房稍显凌乱,但在空闲时能够置身其中,静静地独处一隅,那是一种怎样的心灵安慰?聚沙成塔到现在,书房藏书该有三四万册了吧?新书摞旧书,层层叠叠,散落于书架上、书柜中、抽屉里。放不下后,就把平时不大用得着的打捆装箱,高置在柜顶。有时需要查阅一份资料,翻弄一两个钟头,还不一定能够找得到。

我的书房需要扩充。

住宅的首要功能是满足家人生活需求,能够腾出一间作为书房,肯定已没再开发的空间。怎么办?活人总不会被尿憋死,只要精神不滑坡,办法总比困难多。既然我的工作与爱好比较贴近,办公室当书房也未尝不可。于是,办公桌对面就多了一排书柜。如此一来,无论是在家里还是在单位,我都能信手翻检喜爱的书籍,培养自己的书卷气了。

一年、两年下去,办公桌对面的书柜也装满了。适逢有关方面倡导开展"书香中国"全民阅读活动,我从构建"书香寿州"中得到启发:考虑到号召全民阅读的需要,我们能不能在古城建一处书屋,专门用作集中收藏介绍本地的书籍,传播展示寿州文化,带动广大市民阅读经典、关注家乡文化发展?

名正才能言顺,书屋起什么名字呢?"寿州作家书屋",想也没想,这个名字就在头脑里蹦了出来:"寿州",蕴含着书屋的地方元素,寿县古称寿春、寿阳、寿州;"作家书屋",是因为寿县作家服务于文化旅游特色化,编辑出版了一套"文化寿州"丛书,社会反响强烈,被有关专家评介为在"地方文化根据地上打了一眼深井",成为地方文化的一张亮丽名片。目前,该套丛书仍在不断充实、拓展中。建立"寿州作家书屋",正好可以为"文化寿州"丛书提供收藏展示平台,让作品说话,打造属于寿县的文化品牌;同时,书屋也是一个交流、合作平台,有利于将本土作家团结起来,抱团烤火,互相温暖,共同进步。

这个想法很快得到县里文化部门的响应。他们专门在文风昌盛的孔庙大殿后面辟出两间古色古香的房屋为我们所用,并在项目资金上给予大力支持。2016 年 1 月 1 日,"寿州作家书屋"正式建成揭牌,四壁书橱,窗明几净,书法家陈浩金先生题写的牌匾金光闪闪,古朴雅致,来自全县 25 个乡镇的 80 多名作家、艺术家济济一堂,共叙友情,展望未来。随后,依托"寿州作家书屋",我们积极走出去、请进来,邀请刘醒龙、舟扬帆、赵宏兴、苏北等文坛巨擘深入古城,召开文学座谈会,开展讲座与研讨,为我们指点迷津,解疑释惑。同时,大力开展文化采风活动,引导广大文艺工作者开阔视野,提升境界,多出作品,多出精品,先后推出《巨变寿县》《寿县廉政文化》等图书。

现在,"寿州作家书屋"声名远扬,著名文学期刊《清明》等均伸出友谊之手,向我们无偿捐赠多年的期刊;寿县知名作家李恒瑞、李思法、金好等纷纷慷慨相助,丰富我们的收藏。现在,"寿州作家书屋"各类藏书已有 6 万余册,以"寿州作家书屋"为载体的各类读书活动应接不暇,省文联、省作协专门将之列为"全省文艺工作者深入生活、扎根人民创研基地"。"寿州作家书屋"已真正成为引领古城文化风尚的主阵地。

从在家建书房,到单位立书橱,再到"寿州作家书屋"形成地方文化建设品牌,不仅是藏书的增多,也不光是读书场地的拓展。我感觉,通过建设"寿州作家书屋",读书和写作由"独乐乐"变成"众乐乐",更多的人能够坐拥书香,以书润心,以文养性,这也应算是一种文化传承!

2021.8.31

又见炊烟

中秋假期，堂弟邀我回乡看看。车子顺着济祁高速风驰电掣，道路两边的田野里一片金黄，到处洋溢着丰收的喜悦。从安丰道口下来后再走"村村通"，很快驶进绿树成荫的隐北村。祖国发展如江河奔流，故乡变化似万树春风，一幢幢洋楼别墅掩映在绿色海洋中，令人打心眼里感叹改革开放和经济发展的突飞猛进。小时候经常听到在城里工作的父亲念叨"要缩小城乡差别"。现在，这里还有城乡差别吗？

我在一片唏嘘中下了车，堂弟已笑嘻嘻地站在跟前。他的身后是一座青砖小瓦的仿古院落，大门楼的匾额上龙飞凤舞地题写着"农家大院"四个大字。进院，四周院墙是一圈回廊，挂满灯笼，廊下栽植着各色花木，丹桂飘香，石榴坠枝。进了一间厅屋，室内布置居然跟小时候的堂屋一样：迎面墙上挂着中堂，下面摆放着条几，几上摆着香炉、烛台；厅堂中间，摆放一张八仙桌，四周围着长板凳；两侧靠墙，摆有茶几和座椅。坐定，堂弟开始介绍当天的活动安排。说到午餐，随手一指院外："知道哥哥喜欢吃红烧肉，中午就在这里吃大锅饭。"

顺着手势，我看见院子一侧有一排起脊厢房，房顶耸立几柱烟囱，正袅袅飘荡着炊烟，就像画家在蓝天上描绘的缕缕祥云，在院落上空织成一张薄薄的纱幔。

我一个激灵跳将起来，顾不上答话，径直跑出门来，向厢房奔去。

厢房原来是"农家大院"的厨房。几口大铁锅一溜摆开，有的正在煮饭，有的正在炒肉。锅灶内架着劈柴，火焰咆哮。紧跟我后面跑来的堂弟说："不骗你吧，我们这里的饭菜，都是劈柴火烧制的！"

我点了点头，思绪随着袅袅炊烟荡漾开来。

在我小时候，印象最深的就是家家户户升腾起的炊烟。放学归来，看见家里的烟囱冒了烟,就知道母亲收工回家了。不用进门,就能知道锅底下正燃烧着柴火,母亲正在操持一家老小的饭菜,火光映红她淌着汗水的脸庞。灶膛的灰烬,随着缕缕青烟,或黑或白,或多或少,顺着烟囱飘向空中。

我们的村庄是淠河湾里最大的一个,住有近百户人家。中午时分,家家户户烟囱冒烟,算得上是别致一景:先是一家一户缕缕升起,紧接着三股五股萦绕开来,很快就家家户户都升起炊烟,缭绕在房顶、树梢,你拥着我,我挽着你,交织成一幅轻盈的帷幕,散发着淡淡的饭香和缕缕烟火味。等到烟囱炊烟停了,大人开始拖着长音吆唤孩子:"孩蛋子!吃饭啰——"我们这些正在稻场玩耍的家伙,一个一个地离了队,回家端起饭碗风卷残云、狼吞虎咽,嘴巴一抹,饭碗一丢,立马又跑出了门,回到稻场疯玩了去。

中学以后,我外出上学,进城工作了,但每年还都要回乡几趟。老远老远,就期待着看见村庄飘荡的炊烟。看见了炊烟,一种绵绵亲情、醇醇乡情就扑面而来,内心就会充满温暖,无限甜蜜。

改革开放后,随着农村人居环境逐步改善,农民生活越来越好,先是茅草屋不见了,紧接着瓦屋、平房也消失了,取而代之的是一幢幢高大气派的别墅和洋楼。厨房实现现代化,主妇们做饭再也不需烟熏火燎,大铁锅被煤气灶、电饭煲、微波炉、电磁炉所代替。曾经的炊烟景象越来越少,由原先的"面"到后来的"点",一点一点熄灭,在人们心中渐行渐远,慢慢成为模糊记忆,隐遁在文学作品和影视作品中。

每每回乡,我为家乡发展进步开心不已,同时,也总是感觉好像遗失了什么。今天,突然看见堂弟的"农家大院",突然看见灶膛里熊熊燃烧的柴火,以及从烟囱中升起的炊烟,我蓦地明白了,炊烟,早已盘扎在我们这代人的心田,成为闪亮的情结,潜藏在我们梦中,刻上了缠绵的深情。它就像一则久远的神话,一曲古老的歌谣,伴随着我们长大,承载着我们的记忆,定格于我们的脑海中。真得感谢新时代,适时地提出"望得见山、看得见水、记得住乡愁"的口号。乡村振兴,让炊烟又成为故乡一道亮丽的风景。我们这些人,情感终于有了依附和寄托。

听堂弟介绍,自从"农家大院"建成后,闻讯赶来寻幽探古的人络绎不绝,生意爆棚。宾客们都是高兴而来、满意而归。

我开玩笑说:"你也挣得盆满钵满吧?"

堂弟大笑。

中午吃了红烧肉。因为要开车,没有喝酒,但我觉得已经大醉,醉在故乡袅袅的炊烟里,醉在故乡撩人的乡愁中。

2019.9.24

千里江陵一日还

　　星期六加了一天的班。晚上回家吃罢饭,与孙子视频。孙子发嗲说:"爷爷,我想您了!"我欢喜得不行,忙不迭地说:"爷爷也想你啊!"站在孙子旁的儿子见我俩腻歪,插话道:"上海又不远,想了就过来,正好一道过端午节!"

　　我委屈道:"上海还不远? 一千多里呢!"

　　儿子说:"现在有高铁,有高速,有飞机,一千多里还算距离!"

　　"现在? 现在天都快黑了,你给我派直升机?"

　　"您可以叫顺风车啊!"

　　……

　　按照儿子指点,我打开手机"滴滴"软件,输入目的地"上海"。两三分钟,一个电话打进来——

　　"先生,是您要车?"

　　"是! 我想去上海。"

　　"好的,车价260块。您要觉得合适,我就去接您。"

　　260块,就连高速过路费也不够啊! 还有什么不合适的? 我的心头一阵窃喜。

　　刚收拾好行李,一辆本田就停在了楼下。上车,出老州署,过通淝楼,拐进寿蔡路,驰过东津渡大桥,经八公山驶上合淮阜高速。刚过晚6时,天还大亮着,蓝蓝的天上飘浮着朵朵白云,一架飞机在云絮里嗡嗡穿行。这是刚起飞的,还是即将降落的? 这些年,寿县逐步圆了高速梦、高铁梦、空港梦和通江达海梦,不仅人们出行方便了,还为全面实现小康梦打下了扎实的基础。

　　晚风轻拂,空气清新,我的心情好极了,索性让司机关了空调,摇下车窗,尽情享受这初夏傍晚的美好时刻。司机从接我那一刻起,说话已由电话里的普通话,变回了寿县腔。原来司机是土生土长的寿县人,姓徐,技校毕业后原本在家乡街头修电动车,因为家属在沪上一家商场当店长,小伙子受不了相思之苦,便跑到上海跑起了"滴滴"。今天正巧送一位上海客商到寿县,回头就接了我的单。

"260 块,也太便宜啦!"

"顺风车嘛!放空也是放空,也就赚个油钱!"

我感叹手机功能的无限延伸和扩大,实现了交通资源的优化组合和合理配置。小徐见我对这个话题感兴趣,眼睛盯着前方,打开了话匣子,说:"现在俺们接活,全是依靠手机;现在俺们导航,也是依靠手机;现在俺们吃饭叫餐,还是依靠手机……"

怪不得现在有那么多手机控,现代人离开手机,还真是寸步难行。

天色渐渐暗将下来。行驶的汽车打开了车灯,高速公路变成一条斑斓的彩带。现在,城市里动不动就堵车,私家车就像过去我们家庭拥有手电筒一样,几乎家家必备。我在刚参加工作时,梦想就是拥有一辆自己的自行车。现在在我们县城,随处可见扫码就骑的共享单车"小蜜蜂"。晚上开车到饭店应酬,每家门口都可见"代驾",喝酒后可以直接送回家门口;没有带车的,随手就可叫到出租车。这才几年时间?从改革开放算起,不过区区 40 年而已。我们真是赶上了好时光,眼睛一眨一个样,发展和变化真的是日新月异、一日千里!

车子一路畅通无阻,进服务区加了次油,11 点半到达花桥收费站。上了绕城高架,穿过黄浦江隧道,来到浦东新区,只在街角遇到一处红灯。待停在儿子家楼下,抬腕看了看表,刚刚过去 12 点。

下车的时候,我问小徐:"我们今天跑了多少公里?"小徐看了眼里程表,说:"不多不少,570 公里。"

570 公里,1140 里,6 个多小时!放在以前,行程需要几天!

脑子里蓦地蹦出两句唐诗:"朝辞白帝彩云间,千里江陵一日还。"想想还真是,上海有条黄浦江,又称申江;寿县有座八公山,古称淝陵山。两地风物,正应了李太白的"神来之调"。四通八达的交通网,五花八门的交通工具,让天涯变成咫尺,古人的夸张和幻想成为现实。

儿子听到楼下响动,带着孙子下楼接我。敢情他们都没休息,一直在等着我呢!孙子一头扑进怀里,一阵香吻。进屋坐进沙发,一边看着孙子显摆他的玩具动车组,一边对儿子说起一路的感受。儿子撇撇嘴,不屑一顾地说:"这算什么?待到高铁寿县站通车,您老下班后过来,吃罢晚饭,看了外滩夜景后再赶回寿县睡觉,也不会影响第二天上班!"

2018.6.21

欢迎您乘高铁来

　　庚子年春节期间,寿县发生两件事情,一好一坏。好事就是寿县古城又添一块金字招牌,荣膺"国家园林县城"称号;坏事就是跟全国其他地区一样,遭遇新冠疫情,寿县古城封城。经过干群携手战"疫",寿县实现冠状病毒感染病例"0"确诊和"0"疑似,可喜可赞。

　　寿县是国家历史文化名城,是千年古县,"一城人文典故,千年魅力楚都"。这里是春申君黄歇的故乡,楚文化的积淀地,中国豆腐的发祥地,"淝水之战"的古战场,被安徽省列为"七个重点发展旅游的城市"之一。上海市专门开通"申文化寻根之旅",吸引全国各地乃至国外游客纷至沓来,寻幽探古。同时,这里还有"峻极之山,蓄圣表仙"的八公山,"天下第一塘"的安丰塘,淮河中游面积最大的淡水湖瓦埠湖,山川秀美、空气清润、堪称天然大氧吧。寿县成为"国家园林县城",名正言顺,顺理成章。

　　2019年12月1日,寿县高铁站正式开通,东到南京、上海,西到武汉、西安,南到广东、福建,北到北京、山东,东南西北中,处处可联通,古城寿县一步跨入高铁时代。从上海到寿县只需3个多小时,杭州到寿县只需3小时,南京到寿县只需1个多小时,合肥到寿县只需50分钟。而且从早上7点到晚上8点,平均36分钟就有一趟往返合肥的车。可以说,寿县真正以"高铁的速度、公交的密度",名副其实地融入了合肥1小时交通圈。

　　寿县高铁站的开通,为寿县发展插上金翅膀,同时为四面八方的观光游客提供了交通便利。当初,高铁寿县设站的主要就是基于方便游客集散的考虑。因此,高铁站选址在八公山风景区、八公山地质公园、寿县古城、茅仙洞景区、江淮运河入淮口等核心景点的中心位置。天南海北的游客一下车，马上就置身于湖光山色中，就会被千年古县、"国家园林县城"的美丽风光、独特魅力所吸引。

八公山，距高铁站直线距离不足 2 公里。根据文旅部门景区实行有序开放的通知，八公山森林公园已于 2 月 29 日恢复开放。春暖花开，正是踏青寻春的好时光。一场突如其来的新型冠状病毒疫情使人们感到郁闷和憋屈，人们到八公山放松心情、亲近自然成为结束焦虑的最佳选择。八公山方圆 128 平方公里，峰峦叠翠，清泉密布，景色优美，是淮河岸边的一颗绿色明珠。1600 年前，这里发生了以少胜多的世界著名战役"淝水之战"，留下了"风声鹤唳""草木皆兵"的千古佳话；2000 多年前，淮南王刘安在这里发明了中国第一块豆腐，使八公山从此成为"素食圣地"。他与门客编撰的千古名著《淮南子》，第一次完整地记录了二十四节气，"女娲补天""后羿射日""嫦娥奔月"等成语典故脍炙人口，为中国思想文化发展做出了杰出贡献。现在，八公山的万亩果园梨花飘雪、桃霞满天，成为方圆百里旅客们踏青游春的首选之地。

寿县古城，距高铁站直线距离不足 2 公里。寿县古称寿春、寿阳、寿州，历史上 4 次为都、10 次为郡，建城已有 2000 多年历史。现存古城为南宋嘉定年间重修，城区面积 3.65 平方公里，城墙周长 7147 米，为世界现存最完整的宋代古城墙。城有四门，东为宾阳，南为通淝，西为定湖，北为靖淮。历史上，城墙的功能由御水为主逐步转变为御敌为主。当冷兵器时代结束、城墙的御敌功能发挥不了作用时，城墙往往被人们看成妨碍城市发展的障碍和累赘。但寿县古城墙从建成那一天起，就一直发挥着御水作用，不仅没有被拆除，还在历史的长河中，得到不断改造和完善。每当淮、淝洪水泛滥时，古城宛在水中。1991 年和 2003 年淮河发大水时，寿县城成了汪洋中的"小木盆"，能不能保住，成为淮河能否取得抗洪胜利的一个重要标志。可是，寿县人只是将城门一关，便保得城内 10 多万人安然无恙。

寿县素有"地下博物馆"之称，古迹繁多，遗址遍布。安徽楚文化博物馆坐落于西街古建筑群孔庙对面，号称"全国最大的县级博物馆"，在文博界享有很高声誉，馆藏文物 1 万多件套,其中国家一级文物 230 件套,三级以上文物 2200 多件套,藏品"越王者旨于赐"剑、羊首尊、牺首鼎、楚金币以及金棺、银棺等都是镇馆之宝,战国青铜器和楚金币占全国总藏量的 70%。

安丰塘,位于高铁站南 30 公里处,古名芍陂,为春秋时期楚国令尹孙叔敖征集民力所建,距今已有 2600 多年,是中国最大最古老的蓄水灌溉工程,与都江堰、漳河渠、郑国渠等并称为中国古代四大水利工程。安丰塘现有水面 34 平方公里,蓄水 1 亿立方米,是淠史杭灌区一座中型反调节水库,灌溉农田 70 万亩,年产粮食 60 万吨,鱼虾 4 万吨,是寿县人民的"当家塘""幸福塘"。安丰塘碧波万顷,水天一色,"不似西湖,胜似西湖",2015 年被列为世界灌溉工程遗产,2016 年被列为中国重要农业文化遗产,目前正在申报全球重要农业文化遗产。古塘周边油菜花开,麦苗青青,桃红柳绿,别有一番情趣,是城里人休闲度假疗养的胜地。

近年来,寿县大力推进全域旅游发展战略,不断加强旅游强县建设,积极擦亮文化旅游、生态旅游等特色品牌,累计谋划和实施重大文旅项目 44 个,完成投资 6.87 亿元,努力把古城独特的历史文化灵魂植入旅游的吃、住、行、游、购、娱等各个环节,既让文化通过旅游走向市场,也使寿县旅游更有魅力。比如,为了配套高铁站的建设,寿县争取到总投资 1.1 亿元的一体化零换乘综合客运枢纽项目,这也是"十三五"期间国家交通运输部在县级实施的唯一零换乘项目。项目建成后,乘客上、下高铁,不出站就可换乘公交车、旅游巴士和长途客车,真正实现方便出行。

2019 年,寿县共接待游客 575 万人次,实现旅游综合收入 41 亿元,同比分别增长 8.1%、7.9%。

国家历史文化名城和国家园林县城寿县张开双臂,热忱欢迎天下游客的光临!

欢迎您乘高铁来!

2020.3.13

寿州绿

　　说到寿州,人们首先想到的是悠久的历史和灿烂的文化,很少留意到寿州之美。寿州美在自然,美在绿色。

　　寿州是一座千年古城。先辈们足够智慧,把城池建在这样一个占尽天时地利的绝佳之处:北靠"峻极之山,蓄圣表仙"的八公山,东接"河渠纵横,湖塘罗列"的东津渡,南临"三春九夏,红荷覆水"的瓦埠湖,西毗"长林插天,高柯负日"的寿西湖。在因水兴市、水路交通为最便捷方式的古代,寿州想不发达都难,历朝历代都在这里设州置府。

　　最早接触寿州还是在六七岁时。那时父亲调到城里工作不久,几经辗转,终于把奶奶与我从乡下接过来小住。我当时的感觉,像是进了天堂。街道两边是两排合抱的法梧,伸出的枝干交织一起,遮天蔽日,把地面投影成一片斑驳。城墙外,蓝天碧水交相辉映,大朵大朵的白云在天上飘荡,印在水面,变成一小块一小块暗影。护城河里,野鸭戏水,翠鸟捕鱼。城墙上的刺槐密不透风,青翠欲滴,刺枝上挂满了一串串白花,散放着扑鼻的香气,弥漫天地,洒满古城……

　　那一次从城里归来,奶奶逢人便说,这下子开了眼了,就是死了也闭眼了!

　　而我,回家多少天过去,还在哭闹着要吃嫩嫩的豆腐。我哪里知道,寿州古城的豆腐也称"八公山豆腐",只有用八公山的泉水才能够制成!

　　十分幸运,长大后我与父亲一样,也来到了古城工作。闲暇之时,我常到大街小巷、城头墙顶走走、看看。寿县古城处处是宝,充满了玄机和神奇。比如,"水漫狮子头,水从孤山流";再比如,"铁打的"寿州城,不涝的"筛子地"。寿州之美,耐人寻味。它的气质中,蕴含着温致融合的人文之雅、天人合一的自然之秀。随着认识加深,我对这座古城的感情由喜爱到迷恋,越发难舍难分。

因为工作调整,我有机会与八公山零距离接触。那段时间,正赶上当地政府全面关停八公山区工矿企业。仿佛只在一夜之间,八公山的天又蓝了,水又清了,以前的自然风貌又恢复了。"绿水青山就是金山银山",我真真切切感受到寿州人思想意识里崇尚自然、热爱自然、保护自然和亲近自然的优秀品质。我对寿州有了较深刻的认识。

更深刻的认识还是在重修拐角塘后。古城内环四角分别有一处水塘,绿草萋萋,苇荻苍苍,千百年来担负着排污除涝、吐故纳新的作用。寿州人知道感恩,尽管这些年古城人满为患,可从没人打过拐角塘的主意。在东北拐角塘中,有一个篮球场大小的小岛,树木葳蕤,藤草茂密,成千只鹭鸟常年在这里生息繁衍,小岛因此被称为"鹭鸟天堂"。今年春天,有关部门组织机械对水塘清淤除污,当地居民自发组织起来看护鸟岛,保护小鸟免因塘水放干受到天敌惊扰。有人以此题材拍摄一张图片:绚丽晨光中,鸟岛就像一团洇染的风景画,匍匐在逶迤的城墙根下;成群结队的鹭鸟盘旋于鸟岛上空,被霞光映照成灰色、黑色和金色;塘边,一辆歇工的挖掘机旁,伫立的两位姑娘手捧鸟食,正在给游过的鸳鸯、野鸭喂食……这张图片传上网后,鸟岛迅速成为"生态网红"。很多到古城观光的游客,都要专程到拐角塘一探其详。这座闹市中的"鹭鸟天堂",成为寿州一道亮丽风景。

由拐角塘、鸟岛,我想到了古城内的东菜园、西菜园。都说古城寸土寸金,可是,东菜园的寿州香草、西菜园的寿州黄心乌照种不误。寿州香草仍在每年端午香飘千里,黄心乌仍是春节寿州人餐桌上的最爱,依然是游子们思乡恋家的精神寄托。我还想到了古城的宾阳柳、护城河。现在拥有完整古城墙、古城墙下依偎完整护城河的城市,寿州应该是独一无二的吧?护城河边古木参天,绿树掩映,保持着良好原生态,成为鸟们栖息的天堂,这估计在其他城市里都不多见。

我还想到了寿州的民情和民风。但凡到过古城的人都有一种感受,这座城市从骨子里散放着一种安适与淡泊的气质。过去我总认为,寿州作为四朝古都,古风悠然,见多识广,所以这里的人能够天塌地陷都不怕,风吹浪打仍然淡定自若。比如在"淝水之战"中,大兵压境,依旧"围棋赌墅";水困寿春时,千钧一发,却似闲庭信步……正是拥有这样的情调与品质,寿州人总能在方寸之间和广阔天地里,把握命运,创造奇迹,逢凶化吉,遇难成祥。这种可贵的精神气质从哪里来?现在我明白了,正是古城环境的潜移默化,寿州自然的驯化养成的啊!

这是寿州古城特有的天造之物和人气精华。

保护好绿色,保护好自然,就是保护好我们的文化之根!

2019.7.9

古城夜景

古城的夜,突然变美了。

留意古城的夜,还是在看见一幅摄影《梦幻古城》后。图片上,飞檐翘角的通淝楼流光溢彩,晶莹剔透得像一座水晶宫;水晶宫周围是闪闪烁烁的万家灯火,犹如银河自九天而落;水晶宫下川流不息的车流灯光,好似萦绕于古城腰际绚丽多姿的彩带;而那镶嵌在古城墙上的道道霓虹,更像飘荡在古城夜色里的五线谱——看着图画,仿佛能够听见那激荡的乐曲!

看了这幅摄影后,我不能不再留意古城的夜景了。

这一留意,使我听到了这么一件故事。说的是近几年随着古城融入淮南,旅游经济得到大发展,古城的夜晚更亮、更美了,先是南大街亮了,然后北大街亮了,再然后西大街也亮了。可东大街却因为实施改造迟迟不亮。灯不亮,东大街的百姓便不爽,就有人给县里的领导写了信。县里领导很重视,亲自给写信人打了电话,并组织有关部门现场办公,解决了久拖不决的问题,使两行古色古香的宫灯式街灯很快伫立于东大街的路两边,成了古城新的一景。

从百姓们津津乐道的这个故事里,我似乎听出来,古城的夜景,充满着人情味,体现着执政者以人为本的理念。

现在古城的夜晚,到处是一片灯的海洋。可在过去并不是这样。过去的古城,只是淮河边一座普通的小镇。生活在这里的人们,日出而作,日落而息,古城的夜晚少有灯光,只有到了年节,家家户户才在门前挂上灯笼。所以,一直把古城认作是一座闲淡的城。闲淡惯了,往往就会少了生机和活力。可是现在,闲淡的古城已成过去。现在古城的夜景,要色彩有色彩,要气势有气势,要动感有动感,要感觉有感觉。

古城的变化日新月异,古城因为其夜色而越发焕发出魅力。

　　在古城看夜景,比较具有特色的,除通淝楼、宾阳楼、靖淮楼和定湖楼等几处城墙风景区外,还有东门外的宾馆区、西大街的饭店区和博物馆前的文化广场等几处。东门外的宾馆区主要是因为展业酒店、寿州国际酒店和双子大厦、聚红盛所营造的。你看,相互毗邻的现代建筑群金碧辉煌,风格典雅,沿街大红灯笼高高挂,映照着街面上的两排冬青树影婆娑。走在这样富有情调的街上,内心不由自主地充满了浪漫。西大街的饭店区是个消费区域,古城比较有名的宏盛、寿西湖饭店都集中在这里,目光所及之处一片张灯结彩,气氛热烈、喜庆而吉祥。博物馆前的文化广场坐落在孔庙对面,每到晚上,这里就会有大聚会,在色彩斑斓的霓虹灯下,古城人扭秧歌、跳交谊舞,踩着鼓点随你玩。累了倦了,就坐在造型别致的宫灯下,看看风景,数数星星,想想心思,发发呆。在这里,无论是观者还是舞者,无论是年长的还是年幼的,无论是缠绵私语的情侣还是高谈阔论的朋友,从他们悠闲自得的神态中,从他们眉目传递的信息里,你都会感受到一种惬意与和谐。

　　古城拥有这样的夜景,怎能不令人迷醉?我曾看过外地一些夜景,喜欢拿来与古城相较。我总认为,上海的夜景秀美,香港的夜景华丽,北京的夜景大气,可都没有我们古城的夜景充满激情。是不是我偏爱家乡的缘故?但古城的夜景,现在已经成了古城人的骄傲,却是不争的事实。

2019.1.6

淠河两端

站在海拔 1777 米的白马尖山顶,巍峨挺拔的大别山诸峰匍匐在脚下,一下全成了小山丘。向北极目,可以看见群山中一道道若隐若现的涧溪,在太阳下熠熠生辉。我知道,这就是淠河源头,淠河发端于此,汇涓成流,蜿蜒逶迤五百里,浩浩荡荡数千年,经两河口,过横排头,至正阳关入淮归海。

入淮处,那是我的家……

我的家,在寿县。

是的,白马尖位居霍山,正阳关地处寿县。淠河就像一根纵贯南北的扁担,一头挑着霍山,另一头挑着寿县。

同是两个县,可扁担的两头,从没均衡过。

寿县古称寿春、寿阳、寿州,春秋时是全国六大都会之一,先后成为蔡、楚两国的国都,当时人口达到 35 万。当时魏国考凿了鸿沟运河工程,鸿沟接颍水通淮河,寿阳依赖水陆舟车之利,"东连三吴之富,南引荆汝之利,北接梁宋……西援陈许",迅速成为当时最繁华的都市之一。宋玉的《登徒子好色赋》中写道:"惑阳城,迷下蔡。"北宋苏子美游历到此,也赋诗盛赞寿春的千年繁荣:"维舟亭下偶登临,下蔡风流古至今。"楚国考烈王时,春申君黄歇受封包括寿春在内的淮北十二县地。寿阳因"春申君"之故改名寿春。当时,上海只不过是"淮北十二县地"的一片荒蛮所在,杳无人烟。春申君受封后,通过迁徙人口治理黄浦江和发展生产,使之逐步得到发展壮大,故黄浦江又称黄歇浦、歇浦、春申江、申江,上海也叫作了申城。现在,寿县每年有三四十万农村劳力在上海务工经商。上海人有时候自大,这些寿县人总是把嘴巴一撇鼻子一控,教训道:妖什么妖? 翻翻老底,俺们寿县做国都时,你们上海不就是边疆上的一个乡吗?!

寿县的历史,赋予了寿县人以自豪与自信。

比起寿县,淠河另一端的霍山就没了底气。按照霍山人的说法,霍山也算是历史悠久的了,春秋时就设有潜邑。但霍山人也知道,当时的潜邑只不过是楚国给予仲甄仕夏的一片封地,山高路险,人迹罕至。到了汉代,潜邑设为潜县,属寿州庐江郡。唐天宝年间,潜县改为霍山县,仍是寿州属地。正因为此,霍山人在推介自己的拳头产品霍山黄芽茶叶时,所能列举的茶史,无一不打上"寿州"的烙印:

> "风俗贵茶,茶之名品益众。……寿州有霍山之黄芽。"(唐代李肇《唐国史补》)

> "有寿州霍山小团,此可能仿造小片龙芽作为贡品,其数甚微,古称霍山黄芽。"(唐代《膳夫经手金录》)

> "寿州麻步场买茶三十三万一千八百三十三斤……"(北宋沈括《梦溪笔谈》)

麻步今名麻埠,当时是寿州最大的茶场,盛产六安瓜片和麻皮,现已被响洪甸水库淹没。那时候,淠河流域上游的霍山、金寨一带进山出山主要依靠淠河水运,历史上盛名一时的茶麻古道应运而生。通过商船和竹排,淠河中上游的茶、麻、竹、木被流放到下游的正阳关和寿州,再经过运转传输到各地;同时,商船和竹排又把粮食、油盐、布匹等运送到山里。山里人出趟门不容易,在一个寻常百姓的心目中,那时候寿州、正阳关的繁华,绝不亚于现在的纽约、伦敦和巴黎。

青山长绿,淠水长流。转眼到了 20 世纪中叶,在"以粮为纲"的计划经济年代,淠河下游的寿县可谓名实相副的鱼米之乡。特别是通过兴修淠史杭干渠,淠河水源确保了寿县 180 多万亩农田的灌溉,使这里成了全国著名的商品粮生产基地。以 1985 年为例,寿县拥有人口 107.91 万,每平方公里人口密度 361.38 人,人均耕地

1.7 亩,均是淠东平原上的沃土良田;而同期霍山县拥有人口 34.95 万,每平方公里人口密度 172.61 人,人均耕地只有 0.7 亩,且耕地均是山间丘边的烂田冲地。地多、人多、产粮多,寿县为官者说起话来就牛气。上面对这样的产粮大县自然也高看一眼,所以,那段时间从寿县提拔的干部相当多。相对而言,在霍山为官就没有这样的幸运了,产粮小县同时也意味着是经济穷县、问题大县,"舅舅不疼,姥姥不爱",丢在那里,只要能保证霍山不出什么纰漏就阿弥陀佛万事大吉了。想作为,想提拔,那就排着队吧。等什么时候寿县的干部提拔了,再把你调到寿县去,你就有的是机会了!

有道是沧海桑田,世事无常。改革东风劲吹,市场经济肇兴,霍山县从 20 世纪 80 年代末抢抓机遇,大力发展工业经济,短短十几年间竟然奇迹般崛起。到 2007 年,全县实现生产总值 46.2 亿元,规模工业增加值 17 亿元,财政收入扶摇直上,达到 5.11 亿元,综合县力跃居皖西乃至全省县区前列,被经济学界誉为"霍山现象"。

但此时的寿县,传统农业仍然是县域经济的支柱产业。2007 年,全县虽然实现生产总值 67 亿元,可规模工业增加值只有 12.8 亿元。工业"短腿",导致财政收入常年在 2 亿元左右徘徊,2007 年是近年来最高收入年份,也只有 2.24 亿元,但当年财政支出却达到 9.8 亿元。也就是说,寿县的财政收入,只够本县财政支出的"早餐"费用,至于"午餐"和"晚餐",只能依靠国家转移支付来埋单。

寿县,遭遇有史以来最大的尴尬。

造成如此境遇的制约因素主要有三个:一是水患问题。寿县北靠八公山,南依江淮分水岭,西傍淮淠河,人称"山倒转,水倒流"之地。境内瓦埠湖、肖严湖承接合肥以北,包括大别山区 4200 多平方公里的地面径流,一旦发生洪水,淮淠水位暴涨高出境内地面,寿县对外排水的东淝闸、正阳涵关闭,内涝无法排除,常常形成"关门淹"。水患问题给寿县工业发展带来重重困难,外来投资商望而却步,谁也不愿意把工厂建在容易被水淹没的地方,将钱打了水漂。二是交通问题。随着水上运输的萎缩,寿县境内没有高速、不通国道的经济劣势逐步显现出来。三是文物保护问题。寿县是国家历史文化名城,县城南部为古寿春城遗址,方圆 26 平方公里,属国家重点历史文物保护单位。县城东面是瓦埠湖,属淮河蓄洪区。西面是寿西湖,属淮河行洪区。北边是八公山,属国家森林公园。文物法、水法、森林法等相关法律规定,古城四周严禁建设任何工程。三大瓶颈严重制约寿县的城市建设乃至经济发展。全国知名教授、城市建设专家王德先生实地考察后,无可奈何地喟叹道:"寿县县城发展规划遇到了世界性难题!"

寿县,这座具有2600多年历史的文化名城,就这样甘于沉沦、停步不前了吗?

当然不会。自古以来,勤劳、智慧的寿县人民在任何困难面前,从没退缩过。经过艰苦奋斗、不懈努力,三大瓶颈逐步被打破。他们抓住国家加大治淮投入的机遇,加固了淮堤,兴建了城南防洪圈堤,改造了排涝泵站,水患问题基本解决;通过实施"高速安徽"工程,合淮阜、合六叶和济祁高速公路相继建成,新桥国际机场顺利通航,交通状况得到彻底改善;在文物保护、城市建设和工业园区规划方面,寿县打破常规,转换观念,按照因地制宜、实事求是的原则,提出打造"南工北旅生态县"经济格局的构想。"南工",是基于寿县的差距在工业,出路也在工业。随着三条高速公路通车和新桥国际机场建成使用,寿县南部发展工业的区位比较优势显现,加快工业化进程的条件已经具备。为此,寿县在南部建立了新桥和寿蜀两座产业园。"北旅",是基于寿县古城是楚文化的故乡,是中国豆腐的发祥地,是淝水之战的古战场,是全国历史文化名城,具有得天独厚的旅游资源。发展旅游,文物保护的问题迎刃而解。"生态县",是寿县的弱势也是寿县的强势,工业"短腿"使这里天蓝水清不受污染,从而为发展现代农业提供了便利条件。

思路一变天地宽。很快,寿县一直难见成效的招商引资形成热潮,一批批客商落户寿县,一幢幢厂房拔地而起。古城旅游开发全面启动,南门拆迁,内环沟通,古遗址保护,新城区建设,工作一环扣一环,"旅游兴县"战略不再是一句空洞的口号,被人们实实在在地贯彻在行动中。农业产业化步伐加快,特色农业发展迅速,安丰塘灌区农业系统被定为世界农业灌溉文化遗产,八公山梨花入选中国美丽田园,一大批生态农庄成为国家休闲农业与乡村旅游示范点。2017年,全县实现地区生产总值 160 亿元,财政收入 16 亿元。寿县人民期盼已久的"空港梦""高速梦""高铁梦""通江达海梦""生态梦"和"小康梦",有的已经实现,有的正在实现。2018 年 8 月,《安徽县域经济竞争力研究报告》发布"安徽县域经济 2017 年度综合竞争力排名",长期处于"锅底"位置的寿县一飞冲天,首次进入"前十"行列,同时排名全省"发展速度十快县"第 7 名、"投资环境十佳县"第 7 名、"绿色发展十佳县"第 4 名、"政府动能十佳县"第 1 名!

现在,到寿县的朋友们惊奇地发现,这里的工厂变多了,这里的城市变美了,这里的乡村变得充满活力了……变化之大,令人难以置信!从这些变化中,人们看到了寿县发展的潜力、发展的前景、发展的希望。从这些变化中,人们看到了寿县的明天、寿县的未来、寿县的辉煌!

……

站在高高的白马尖山顶,我的耳畔萦绕着霍山迎驾酒那曲有名的广告歌:"来到了大别山,看到了好水!"这好水,酿造了霍山甘醇的好酒,也浇灌着寿县广袤的土地。

我相信,淠河这根扁担的两头,将很快实现均衡。

2018.9.28

在新桥体验高科技

春天是梦想的季节。道路两边的花花草草铆足了劲生长,树头上的喜鹊叽叽喳喳,田里的麦子随风翻滚绿波,油菜地里满目妖娆,一片金黄。车子里也是春风一片,几位意趣相投的文友徜徉在寿春大地宽广的怀抱里,心情格外得欢欣愉悦。一路说笑,一路神往,不觉间就到了采风目的地。

新桥国际产业园发端于"十一五"末期,地处合肥、六安、寿县接合部。其时,国务院决定兴建新桥国际机场,寿县相时而动,决定依托空港地缘优势,建设新桥国际产业园,借以改变工业发展相对滞后、经济总量在全省县区长期垫底的被动局面。招指算来,从2011年经省政府正式批准,产业园到现在也不过区区5年时间,可是已经旧貌变新颜,40平方公里的核心开发区内高楼林立,厂房密布,树成行,路成网,车来车往,繁花似锦,一派蓬勃发展景象,让人恍若来到国际化的大都市。同行的文友半开玩笑地对我说:"新桥国际机场建得好哇,仿佛把寿县也装上了翅膀,一飞冲天,飞向了国际化的舞台。"

在主人带领下,我们首先来到位于新桥大道上的安徽创凯科技园。公司老总何平先生早已在楼前等候。这是个爽快人,知道我们是帮"摇笔杆"的,就说:"公司情况资料上都有,就不汇报了,带大家随便转转吧。"

说着话,进了4号楼,原来这里是创凯CK-PAD纯硬件式电子交互平板大型生产基地。一楼是供参观的展示大厅,面积4000多平米。大厅门前陈列着CK-PAD应用器。在主人引导下,我试着伸出手指,在荧屏写上"古城新韵"四个大字,看着CK-PAD与大屏显示产生同步互动,体验了一把CK-PAD的书写和应用。

转身,背面是多通道互动投影融合显示系统。《清明上河图》呈倒C状,高3米许,长20米许,炊烟袅袅,河水汤汤,一群大雁振翅高飞……一幅静态的历史名画栩栩如生,注入现代科技后竟然活了!观画看景,如闻其声,如临其境。科技日新月异,总是出人意料,不断地化腐朽为神奇,令我们目不暇接,恍如隔世。连接生产车间监控室的通道墙壁上显现的《锦鲤戏莲》,一尾尾红的、白的、黑的、花的鱼儿悠游于睡莲丛中,莲花洁白,莲叶墨绿,上面的水珠晶莹剔透,随着鱼儿游动荡起的水波滚动。最有趣的是墙上图像倒映在地上,行人经过,一步一圈涟漪。见鱼儿游到脚边,忍不住抬腿踩去,鱼儿好像受到惊动,尾巴一摆,机警地闪开。

创凯生产车间实行全封闭管理,外人不准进入,但可通过显示屏窥斑见豹。工人们在流水线前紧张忙碌着,我们在大型显示屏前浏览了一下,也看不出什么所以然来,转身离开。走过创凯发明专利墙,主人介绍,创凯公司是一家专注于图形图像技术研发和应用的国内领军型先锋企业,多年来始终把企业自主创新放在首位,拥有数十项与视频图像处理相关的发明专利、软件著作权和PCT国际专利,公司研发生产的各类图像显示控制设备和硬件式交互平板已经广泛应用在航空航天、安防监测、指挥监控、教育教学、公司形象、广告展示、媒体信息等不同领域。目前,创凯公司在新桥国际产业园投资已达6个亿,成为华东地区最大的图形图像控制器及CK-PAD大型生产基地。作为高新技术企业,创凯科技园在壮大自己的同时,还吸引着上下游及类似高科技企业到这里实现集群发展。新桥国际产业园正在成为行业基地的梦工厂。

看过大型3D影像融合系统播放的《印象古都》后,我们走进4D影院,戴上了专用眼镜。银幕上,一列过山车迎面飞来,忙不迭躲闪,才想起这不过是4D营造的幻觉。山洞里怪石嶙峋,双手只好护在前面,防止碰撞。眼前突然阴雨连绵,头顶果不然飘起细雨。影片播完,大伙对影院效果带来的无穷乐趣赞不绝口。我却在想,影院虽只体现在文化娱乐方面,但也充分展现了创凯作为高科技企业的硬件实力。

告别何总后,我们来到安徽格义循环经济产业园转了一圈。园区内厂房整齐划一,林木茂盛。公司副总经理刘志刚先生与我们亲切握手后,指着厂房墙壁上"从绿到金,由益获利"八个大字说:"这是格义的经营理念,建议你们从此着笔。"原来,该公司是一家专业从事农林废弃物资源化高效综合利用的高新技术企业,拥有多项专利技术和科技成果,2015 年 5 月 15 日在新桥国际产业园正式投产,年综合利用各类秸秆原料约 18 万吨,生产生化木素 1.5 万吨,纤维素浆粕 3.4 万吨,有机液肥 200 万吨,沼气 1100 万立方米,产生沼气电力 2800 万千瓦时。看着一车车稻草推进去,另一边一车车肥料运出来,我们啧啧称奇,都知道寿县是农业大县,产生的麦秸、稻草等农作物秸秆已成为环保"老大难",每年午秋二季秸秆禁烧工作忙得乡村两级干部焦头烂额。这下好了,依据对生物资源"逐级分离,分质利用"的科学原理,格义公司探索出了一条把废弃秸秆变废为宝的光明大道,农民受益,企业获利,实现了社会效益、群众利益、企业收益三丰收,为解决资源短缺和生态恶化问题做出了成功尝试。

告别主人踏上归途。车里,大伙谈论着采风收获。有人说,耳听为虚,眼见为实,这才几年,新桥国际产业园从无到有,已经发展成一座空港新城,今天算是见识了传说中的"新桥速度"。也有人感叹,构建"南工北旅生态县",建设新城、打造新桥,让古老的寿县焕发出迷人新姿,显示了寿县人的大手笔、大智慧、大情怀。而我的感受是,过去一提起寿县,人们头脑中涌现的字眼都是千年楚都、文化名城、农业大县等,今后可能还会想起她独具魅力的另一面:独领风骚的现代化,勇立潮头的高科技。寿县人,正在昂首阔步踌躇满志地续写新的传奇。寿州历史,又翻开了崭新一页。

2016.3.30

第四辑 文化寿州

申报千年古县纪事

2018 年 12 月 11 日,首都北京传来喜讯:经过中国地名文化遗产保护专家委员会 2018 年第一次千年古县专家认定评审会议鉴定,确定寿县为中国地名文化遗产"千年古县",国家民政部将于近期邀请寿县派员参加在京举办的授牌仪式。

"千年古县"是由联合国地名专家组会同国家民政部实施的中国地名文化遗产保护工程项目,同时被列为"国家重点文化走出去"战略项目,由中国地名文化遗产保护促进会在中国现存 880 多个千年古县中,优选 100 个历史悠久、文化积淀深厚、地名文化内涵丰富的县份,进行千年古县的重点保护和宣传推介工作。如果寿县申报成功,将被授予"千年古县"这张走向世界的亮丽名片,并录入《中国地名文化遗产保护名录》,从而为寿县政治、经济、文化、社会、环境的建设发展带来新的机遇和长远动力。

寿县古称寿春、寿阳、寿州。战国时期,楚国以此为都。自秦汉以迄明清,本地迭为郡、县、州、军、道、路、府治所,两千余载"寿"贯其中,不绝如缕。申报千年古县,名正言顺,顺理成章。寿县人民政府从 2015 年启动千年古县申报工作。作为地名文化主管部门,县民政局负责牵头组织实施,县文广新局、县信息中心等单位具体承担资料搜集整理等工作。我们接受申报专题片《千年古寿春》解说词撰稿任务后,很快完成初稿,并多次组织专家讨论、修改、完善,数易其稿,最终送交县电视台拍摄制作。

2018 年 9 月 25 日上午,我正在办公室伏案作业,手机突然响将起来。县领导来电话说,民政部"千年古县"专家组将于 9 月 27 日到达寿县实地考察,申报千年古县功在当代、利泽将来,是一件很有意义的事情。领导希望我们在完成《千年古寿春》

解说词撰稿工作后,把申报工作汇报材料的起草任务承担下来。

按照领导安排,25日下午,召集相关单位负责人召开寿县申报千年古县工作讨论会。与会人员就汇报材料内容和形式集思广益,建言献策。当晚,初稿顺利完成,送县领导审订。9月27日下午,以中国地名文化遗产保护促进会秘书长南燕为组长的专家组一行莅临我县,马不停蹄,立即深入安丰塘、隐贤、正阳关等古镇实地考察。我与县文广新局的一位老同志作为地方文史工作者陪同考察,负责随时解答专家们的问询。在去安丰塘的路上,专家组成员、国际专名委员会唯一中国委员牛汝辰先生问我,寿县之"寿",从何得来? 我答,有两种说法,一说"为春申君寿",得名"寿春";一说楚国迁都后,取"寿"之"长久""春"之"新始、生机"之意,祈福楚国国运长久。牛先生听了,笑眯眯地说:"有一定道理,但只是揣测,没什么依据。"看我一脸懵懂的样子,他解释说,来寿县之前,他专门做了番功课,查阅了《中国地名文化》《中国名城的由来和传说》等书籍,发现寿春、寿阳、寿州、寿县之"寿"字,是由淮夷部落所处位置与古天文学的星次分野相互结合而来。

翌日上午,在对寿县古城实地考察后,专家组召开寿县考察调研汇报会,县领导就寿县申报千年古县工作进行情况介绍。会上,省民政厅区划规划处处长高峰呼吁,目前全国千年古县申报工作已近尾声,但安徽尚未实现"零"的突破。没有安徽肯定不完整,建议专家组优先考虑接纳寿县进入名录,以利寿县更好地传承历史文化,保护地名文化遗产,加快地名资源开发利用和文化产业发展,为弘扬中华传统文化,推动经济社会又好又快发展做出应有的贡献。南燕组长对我县申报工作给予充分肯定,同时对申报资料的补充完善提出要求和希望;牛汝辰先生专门就"寿星分野"进行了系统阐述。他说:"夏商周之时,华夏民族的分布,统称东夷、西羌、南蛮和北狄。淮夷部落是东夷集团的重要组成部分,以鸟为图腾,主要分布在淮河流域。古代天文学家将天上黄道带分为四象,即东方苍龙,北方玄武,西方白虎,南方朱雀,进一步对天上星辰进行细分,便有了寿星、星纪、大梁、实沈、鹑首等十二星官即十二星次。古人认为天地之间处于一种相互映射的状态,'在天成象,在地成形',便将地上的州、国划分为十二个区域,使其与十二星次相对应。东方苍龙与东夷相对应。东方苍龙的三个星次分别是寿星、大火和析木,其中寿星与东夷的淮夷部落相对应。《新唐书》记载:'郑、汴、陈、蔡、颍为寿星分。'五地恰为昔日淮夷活动区域。寿春的前身州来为古淮夷部落所建氏族方国,是其时淮河中游地区的政治、经济、文化中心。专家考证,古时'州''寿'音义相通,两者可假借,'州'即为'寿'。'寿地'为寿星分野之地,先民以'寿'名其国土,上承天命,下应民意,是以流传于后世。"

专家组回京后,寿县立即把进京参加申报评审的筹备工作摆上重要议事日程。当务之急,是要准备一份条理清晰、逻辑严密、理由充分的申报陈述,主要由县民政局、县文广新局和县信息中心的同志组成申报工作小组,将申报陈述做得无懈可击,没有疏漏。这个担子太重了,我想了想,建议吸纳县财政局一位对寿县历史文化研究颇有造诣且很热心的年轻同志参加,壮大队伍,增强力量。县领导当即答应了下来。

按照《中国地名文化遗产鉴定行业标准》和《全国地名文化遗产保护工作实施方案》,申报陈述材料撰写成功的关键是要把握好三个方面:一是说清县名来历,二是厘清千年历史,三是介绍传承发展。申报工作小组的同志进行了分工,明确了完成时限,最后交我润色汇总。初稿完成后,县领导亲自调度,进行现场陈述模拟,把评审会上专家们可能提出的问题考虑在先,宁可备而不用,不可用而无备,确保申报答辩滴水不漏,万无一失。

万事俱备,只欠东风。

10月30日,中国地名文化遗产保护专家委员会在北京中土大厦举行"千年古县"专家认定评审会,安排各申报县进行现场申报陈述和专家答辩,每县限定时间30分钟左右。当天,县领导带领我们早早赶到候会室等候。14时40分许,轮到寿县出席人员上场了! 进屋后细一打量,对面端坐的专家组成员有中央党校副校长李君如、中国历史博物馆研究员齐吉祥、国家测绘地理信息局研究员牛汝辰等,都是在文化遗产保护方面享誉国内外的人物。按照会议主持人南燕秘书长提示,县领导落座后,依托 PPT 图像提示,娓娓道来,如数家珍:"两千多年来,寿春、寿阳和寿州,与寿县一脉相承。一个'寿'字,如同 DNA 序列中的最强基因,传承着历史,展现于今日,决定着未来。"陈述结束,各位专家依次发言,一致给予好评。李君如先生说:"从史书最早出现'寿春'地名算起,'寿地'以'寿'为名,至少已有 2200 年历史。光是从公元 589 年改称寿州到现在,寿县以'寿'为名也已有 1429 年历史。寿县作为千年古县,理所当然,实至名归。"

南燕秘书长征询各位专家意见,大家纷纷表示没有什么问题。南秘书长转头对寿县与会人员道了声"辛苦",示意我们可以离开了。

专家们居然没有提问!我们所有的答辩准备,得来全不费工夫!

走下大楼,我抬腕看了下表,时间刚过 15 时。也就是说,寿县的申报陈述和答辩,用时不到 30 分钟!

申报评审结果将在会后择日公布。我们看时间还早,索性网上订票,乘坐高铁踏上归途。我们知道,寿县申报千年古县已稳操胜券。这固然与大家的辛苦努力分不开,但根本原因,还是因为寿县历史悠久、文化灿烂、积淀深厚,为我们申报工作提供了无与伦比的先决条件。作为千年古县寿县人,我们倍感自豪和骄傲!

2018. 12. 12

一张照片的故事

——央视《记住乡愁》走进寿县拍摄花絮

央视《记住乡愁》栏目组来到寿县，拍摄《寿县——金汤永固，久久为功》纪录片。我是《记住乡愁》的忠实粉丝，自从央视开播本节目后，我都在一期不落地追看。目前《记住乡愁》已播出六季，我也已跟着看了六载。窃以为，《记住乡愁》是迄今国内体现文化自信最成功的纪录片。现在，《记住乡愁》栏目组走进寿县，这是寿县人的骄傲，能不让我欢呼雀跃、充满期待？

《记住乡愁》的拍摄特色是"一城一风采，一城一传奇"，栏目组会在片子里表达寿县怎样的传奇和风采，成为我关注的重点。栏目组入驻后，马不停蹄地投入工作。先是召开历史文化、风情民俗、经济社会发展专家学者座谈会，了解地方文化历史，寻找能够成为寿县"名片"的关键词，以此作为"诠释中华优秀传统文化活在当下的精神力量"的拍摄主题。然后经反复分析研究、讨论比较，最终敲定关键词为"久久为功，利在长远"，意思是，古往今来，寿县人都能够围绕目标，保持定力，从不迷恋眼前利益，始终做到持之以恒，踏实做事，矢志奋斗。

寿县古称寿春、寿阳、寿州，曾是楚国最后一座都城。楚人"筚路蓝缕，以启山林"的精神，给了寿县人文状态潜移默化的影响。这里地处中国南北文化交汇带，几千年来，楚文化、吴越文化乃至中原文化都对这里产生过不同程度的影响，由此造成寿县文化传统具有多元融合的特点，融合中蕴含变化，变化中彰显自立，表现在人的精神状态上，就是粗中有细，豪而不犷，刚中有柔，柔而不阿，信念坚强，矢志不渝。"久久为功，利在长远"，正是这种人文精神状态特质的精粹。啧啧！这个拍摄主题选得准，选得好！

拍摄主题确定后，接着需要找到与主题相关的历史题材和现代故事。所有题材和故事都应有细节、有情节,见人、见物、见思想。因为只有在打造沸腾生活的影像质感上下功夫,节目才有可视性,也才有文化传播力。这当然也难不倒栏目组,编导吕明月沉到古城街头巷尾,用自己睿智的双眼去发现寿县人的日常生活亮点,寻找出一个个契合节目主题的拍摄对象,确定了古城墙、安丰塘、八公山、小甸集特支纪念馆等作为拍摄对象,叙事内容全部由普通百姓来完成。

为什么如此选择?吕明月介绍说:"一座城市中伟大的历史事件和历史人物,能够体现城市历史中最有价值的意义。除去城市的光辉与历史,一座城市最能打动人心的地方,还要数这座城市中的普通人,处于一种怎样的生活状态和生活环境。只有通过当代普通百姓的日常生活、衣食住行,才能还原一个多元、本真、活色生香并充满烟火味的寿县古城。"

让我开心的是,鉴于我是安丰塘传说非遗传承人,且在安丰塘工作10年,对安丰塘感情深厚,栏目组确定,安丰塘的故事由我讲述。更让我开心的是,因为拍摄《记住乡愁》,我与25年前所拍摄的一位主人公再次见面。

安丰塘古名芍陂,号称"天下第一塘",是"中国灌溉工程鼻祖"、世界灌溉工程遗产。正是因为安丰塘,淠东平原"百里不求天",成为江淮地区的粮仓。寿县成为中国重要的商品粮基地,与安丰塘有着密不可分的关系。为了讲好安丰塘故事,拍摄之前,编导吕明月专门约见,与我进行沟通和交流。我说:"安丰塘至今仍在发挥蓄水灌溉作用,是因为自楚令尹孙叔敖修建以来,历代官员和百姓一直都在进行修复完善,一代接着一代干。他们管这座塘叫'当家塘''幸福塘',都把竭心尽力管好用好安丰塘,当作天经地义不容辞的事情。"吕导很满意,要我访谈时这么讲就行了。

紧接着,吕导谈到他在孙叔敖纪念馆踩点时,看到展厅有一张题为《工地上的合家欢》的图片,上面有一位老人,带着一家七口两代人正在修塘,背后是成千上万人修塘清淤的场面。"我一下子就被震撼了!这个家庭,正是安丰塘畔千千万万个家庭中的一个代表!"

"这张照片正是我拍的。"

"啊?"吕导瞪大了眼睛,"这真是得来全不费工夫!"原来,看到这张图片后,吕导心中就萌生了请老人讲述修塘故事的念头,但直到现在,也没能找到照片上的人。我想了想,对吕导说:"这照片摄于 20 世纪 90 年代,20 多年过去,不知道老人还在不在?"吕导一脸的希冀,抱拳拱手说:"一定帮我找找,拜托拜托!"

我不敢怠慢,赶忙回到办公室,翻箱倒柜扒出当年下工地的采访本。一查,还真让我找着了出处——1995 年冬,安丰塘水库进水渠整修加固,照片上的老人名叫李井宝,是板桥镇双门村的村民。

给板桥镇的朋友发去协查信息。不到两个小时,反馈的电话就打了回来。消息令人振奋:李井宝老人就住在安丰塘西堤脚下,虽已 87 岁高龄,但身体健康,耳聪目明,子孙满堂,生活美满幸福。我把这个消息转给吕导,吕导说:"我一定要去采访他,一定要把他的故事放进节目中。正是有了李井宝老人这样一代代的坚守与传承,才有了现在物阜民丰的寿县,才有了安宁和谐的生活!"

刚进初冬,细雨霏霏。陪着编导吕明月和出镜记者宫柏超,我们顺着安丰塘西堤往下一拐,就来到板桥镇双门村。李井宝老人就住在村头,一家老小得到消息,都聚在家中迎候。见我们到来,老人十分开心,脸上笑开了花。我问老人:"还能认出我是谁吗?"老人握着我的手,辨认了一番,说:"小赵! 当年不就你给俺一家照的相嘛!"坐定后,我们聊起当年拍照的场景。老人很健谈,说:"那年冬修,俺利用小歇时间平填车辙,被你看见了,过来采访俺。知道俺儿子儿媳都上了工地,就让俺喊他们过来,给俺们一家拍了这张照片。"正式拍摄后,宫柏超问老人:"你们每年都要兴修水利吗?"老人答:"是啊,安丰塘是俺们的铁饭碗。修塘蓄水,这是在端牢饭碗哪!"宫柏超问:"冬闲兴修水利,是寿县的传统。孩子们也是自愿的吗?""那当然,"老人说,"修塘是给子孙后代造福的。修好了,子孙就有饭吃。这就像修自家房子一样,谁不愿意?"

从李井宝老人家出来,央视《记住乡愁》走进寿县拍摄活动已近尾声。坐在车里,编导吕明月兴致很高,还沉浸在访谈的氛围里。他对我们说:"这次《记住乡愁》走进寿县,是他们栏目组拍摄外景最顺利的一次。"

　　《记住乡愁》栏目组走进寿县,连来带走 16 天时间,拍摄外景 32 场,采访当事人和见证者 11 人。后来纪录片主题最终确定为《寿县——金汤永固,久久为功》,目前已制作完成,不日将在央视国际频道播出。

2021.1.8

我与《寿州报》的故事

1995 年的春天,政府大院繁花似锦。经过三年借用,我从基层水管单位正式调到县城上班,心情就像这春天一样充满温暖。这一天,我到有关单位送罢材料,趁机转进附近楼层看看师友。转到宣传部,时任《新浪》主编的余江部长正与新闻科的同事金德平等品赏一幅题字。原来宣传部借鉴外地做法,正在酝酿创办县委机关报,并专门请德高望重的寿县籍老领导孙大光题写了刊头。

知道文化名城也要有自己的报纸了,我差点没高兴得孩子似的跳起来。当然,那时候年轻,本来也还没脱孩子气。

7 月 1 日党的生日,《寿州报》正式创刊,从此我成了它忠实的读者和作者。先是旬报,后改周报,还曾发展为一周三报,再改回周报,刊名也由《寿州报》改成《今日寿州》,每每邮递员将报纸送达单位时,我已在收发室等待多时,为的就是先睹为快。隔三岔五的,《寿州报》上就会出现我的名字,有时甚至一期会出现我多篇稿件。为了避免不必要的误会,慢慢地,我学会了用笔名投稿。于是,《寿州报》上又多了"唐子""安旭""农夫""夏华"……这些名字。从 1986 年起给县广播电台投稿,写稿已成了我生命的一部分。但写了稿总要发表了,才好品尝丰收的喜悦。广播电台播出了不好收集,一阵风也就刮跑了。当然也有《人民日报》《安徽日报》《皖西报》等各级报刊,可在这样的媒体发稿难上加难。当时我在单位的职业是秘书,主要职责除了起草各类意见决定、请示报告、领导讲话,再就是行业宣传。作为一名"土记者",我们不能像专职记者那样拥有发表作品的"一亩三分地",只能依靠别人的载体发表作品。《寿州报》的创刊,为我的写作提供了广阔肥沃的园地。

事实也正是这样:喜欢写又刊得出,大大激发了我的写作热情。通过在干中学、学中干,一点一滴的新闻实践让我逐步摸到一些诀窍,感觉新闻采写"不过如此"。平时,我在新闻采写中如鱼得水,采访时口袋装着采访本,脖上挂着照相机,肩上挎着摄像机,一趟回来广播有了音,报纸有了文,电视有了影,间或还能写几篇小散文、小品文调节身心,一举数得,洋洋自得,风光无限,接踵而来有关单位授予的"全省水利系统先进宣传工作者""全市水利系统先进宣传工作者"等称号,更让我感觉已是地方宣传报道工作的主力和中坚,自身价值在写作过程中得到充分体现,人生佳境何逾于此?

就在我如气球上天般飘飘然的时候,一天一位县领导告诉我,我发在《寿州报》头版头条的一篇会议报道,遭到县主要领导的批评。我很震惊,为什么? 领导说:"讲你不懂写作要领,建议你看看《人民日报》关于中央领导的报道。"原来,平时我写新闻时,都是按"编年体"的"流水账"写法,而在领导活动报道中,最适合的写法应是"倒金字塔"式,把主要领导的讲话精神放在前面。这个批评不啻一记闷棍,把我从猪八戒戴花——自我欣赏的云端里打回原形,原来我在写作的征途中才刚刚起步,只能算个小学生呢!

是继续,还是放弃? 这是个问题。

"看成败,人生豪迈,只不过是从头再来!"

经过反思,我找到问题出在自己没有经过系统专业培训上。为了补上这一课,我上了安徽大学中文系首届新闻专业自学考试补习班。三年时间,从《新闻简史》《新闻理论》到《新闻采编》,十多门课程一口气全部过关。真是不学不知道,一学吓一跳:过去的写作,敢情是无知者无畏,玩得全是心跳和胆大!

我比过去任何时候都更加敬畏文字,也比过去任何时候都更加刻苦写作。《寿州报》让我明白,只有对文字负责,才是对自己负责。写作跟做人一样,时刻都要严肃认真,马虎不得,否则就可能"吃不了兜着走"。20 年过去,人事沧桑,风雨变幻,工作和职业几经转换,我都能怀着崇敬的心情,与《寿州报》荣辱与共,不离不弃。我把在《寿州报》刊出文字引为骄傲,即便是在外派北京和合肥工作时,也要邮寄文学、言论类的稿件回来。我成了《寿州报》最铁杆的粉丝。

造化弄人，凡事冥冥中自有天定。2012 年 2 月 14 日，这一天是西方的"情人节"。迎着朝阳，我穿过照壁巷，第一天到信息中心上班。我知道，从这天起，我有幸与信息中心的同事同呼吸、共命运。我们的进取、尽职和努力，与《寿州报》的发展息息相关。

信息中心是一家自收自支的事业单位，主要承担互联网宣传管理工作，建设和管理政府网站和编辑出版《今日寿州》。由于政策原因，《今日寿州》一直无法解决新闻资质问题，导致名不正、言不顺，心有余而力不足。怎么办？同事们献计献策说："报纸不好解决，可以剑走偏锋，把网站新闻资质拿到手。"

世上的事就怕想不到，没有做不到。2014 年 6 月，信息中心因政府网站改版成功拥有了新闻资质，成为一家正式的新闻单位。

面子重要，里子更重要。一个单位、一张报纸在任何时候，如果离开党委、政府支持，想有一番作为，无异于痴人说梦。在同事的支持下，我们围绕中心工作，组织编辑记者有效引导社会热点，系统报道寿县在工业核心化、城乡一体化、农业现代化、旅游市场化、文化特色化和加快绿色发展、和谐发展等方面的成就。平时只要有空，我也会带上相机、揣上采访本，深入到广袤的田野和火热的工厂，采撷泥土的芳香，收录机器的欢唱，以实际行动表明自己的办报理念。这些文章在《今日寿州》刊出后，又先后在《安徽日报》等上级报刊推出，既扩大了本县美誉度，也提高了《今日寿州》知名度，信息中心记者编辑能力水平得到展现，受到有关部门和领导的肯定。

《今日寿州》四开八版，一直有个不成文规定：一版反映中心工作，办给领导看；二版反映基层动态，办给乡镇和县直单位干部职工看；三版为副刊，办给百姓看；四至八版为联办版面，根据相关部门、单位和企业需要，设置相应内容。为了增强报纸的可读性，从 2013 年起，我们在二版开办了《百姓故事》、在三版开办了《寿州琐记》等特色专栏。这些专栏既宣传寿县文化，又"接地气"，说"身边事"、写"身边人"，群众愿看爱看，很好地拉近了媒体与读者的距离。在此基础上，我们通过与相关部门合作,每年把报纸上发表的特色稿件分类编印成册,相继出版了《芍陂诗文》《寿州随笔》等图书,收到良好的经济、社会效益。

　　20年过去,弹指一挥间。新的形势下,传统媒体越来越受到新媒体的挑战,互联网正以惊人的深度和广度影响着社会生活的方方面面。清明时节,一场"倒春寒"袭扰江淮大地,八公山梨花带雨,安丰塘垂柳披霜。在传媒界,无论是国外还是国内,一大批曾经叱咤风云的大报纷纷关停倒闭。作为一个媒体人,我不能不思考《寿州报》的命运:到底"红旗打得多久"?但我知道,"陆地宜牛马,舟行宜多水"(《淮南子·原道训》),怨天尤人于事无补,因势利导、顺势而为才是正确的选择。有人的地方就有声音,有声音的地方就需要媒体。只要我们不忘初心,永远保持这份对文字的挚爱,《寿州报》的明天依然灿烂。

2015.4.12

"文化寿州"这部书

——写在《隐贤纪事》后面

《隐贤纪事》脱稿交付出版社,"文化寿州"辑满9部,标志着寿县信息中心在"文化特色化"方面担负的一个重要项目又完成了一部。《城墙根下》《寿州随笔》《寿州琐记》《似水流年》《水泊寿州》《八公山漫话》《天下第一塘——安丰塘》《千年正阳关》,加上这一集,九九归一,大美集成,整装列阵,活色生香,生机勃勃地向公众走来,让社会检阅,请大家评判。

曾听人说,作为一名文化人,生在寿州是自豪的。这块土地人杰地灵,文风浩荡,南北朝时,吴均写下著名的《八公山赋》。李白、韩愈、王安石、欧阳修等历代前贤,也对这里偏爱有加,多有吟诵。西汉淮南王刘安在寿春召集门客编撰了"牢笼天地,博极古今"的皇皇巨著《淮南子》,发明了中国豆腐,让豆腐文化成为寿州走向世界的最亮丽的名片。也听人说,作为一名文化人,生在寿州是悲哀的。斗转星移,沧海桑田,江山代有才俊出,得益于一方文化厚土的滋养,按理说,这个时代应不断出现无愧历史、有所成就和建树的文化作品和人物。可是,"好话都让古人说尽了",比起周边市县不断横空出世标志性的文化作品和人物,我们只能效法九斤老太,无奈地发出"一代不如一代"的感慨来。

寿州文坛的沉寂和蛰伏,与寿州昨天的文化沉淀极不相称,同今天的飞跃发展很不协调。

原因出在哪里?

其实,这些年来,寿县广大文化工作者和爱好者以充沛的激情、生动的笔触、优美的旋律、感人的形象,大胆尝试以寿州文化为叙事对象,满腔热情地讴歌时代主旋律,创建具有自身特点的写作根据地,创作了一大批反映寿州人文、地域文化、风土人情、社会发展的优秀作品，"小城故事"在省、市报纸杂志不断开花，受到业内人士广泛好评。但我们也清醒地看到，天女散花似的发稿，无法形成"集束"效应，"有高原，无高峰"，无可避免地给人造成一种文学创作"短腿"错觉。

寿县是楚文化的故乡、春申君的故土、淝水之战的古战场，1986年被国务院列为国家历史文化名城。寿县又是沿淮著名的"中国书法之乡"、安徽省七个重点旅游城市之一，这里有始建于春秋时期的天下第一塘——安丰塘、中国唯一保存完好的宋朝古城墙、"风声鹤唳，草木皆兵"的八公山、古寿春城遗址、汉淮南王刘安家族墓地、明清寿州孔庙及寿县清真寺等，都是国家级文物保护单位，安丰塘还被列为世界灌溉工程遗产。正阳关是中华名关，瓦埠湖是革命老区，隐贤镇是历史重镇。无论是从文化传承、增强文化自信，还是从发展旅游、振兴地方经济的角度，寿县都太需要有一套完整的、系列的、科学的文化典籍。因工作的关系，每每在接待外地来宾时，总有人问我们索讨文史资料。当得到否定的答复时，来宾千篇一律地满脸诧异：文化名城会没专门的研究机构和成果？我们只能报以一脸羞愧。为了补上这页空白，效仿荆州、曲阜等地经验，我们成立了历史文化研究会，组织人力编制了一套"寿县历史文化丛书"。但是，寿县的文化太丰富、太博大、太繁杂了，不但要研究历史，还要关注当代，更要面向未来。研究会的丛书开了好头，"万里长征走出了第一步"，后面，尚需有志者接力壮威，将涓涓清泉汇成洪流。

到信息中心工作后，我一直在思考一个问题，如何在有限时间内，使单位在原有基础上树立新形象，从而在县直单位占有一席之地？寿县信息中心隶属县委宣传部，属自收自支的事业单位，主要职责是，负责政府信息公开和电子政务平台建设、建设和管理寿县人民政府网，编辑出版县委机关报《今日寿州》，承担全县互联网宣传管理工作，办好官方微博、微信公众号《寿县发布》。能不能利用信息中心的人才资源优势，在"文化特色化"进程中有所作为？

随着中国改革进入"深水区"，一些单位求稳怕乱，"只要不出事，但愿不干事""多一事不如少一事"之风蔓延。经济欠发达地区还有个普遍现象，就是"裁判员"

好做"运动员"难当,干事的往往不落好,成为不干事的评头论足的对象;不干事的却能够"永远正确",大会小会捧着茶杯口若悬河、滔滔不绝。像我们这种不进财政"笼子"的单位,像我这样过了气的人,完全可以"平平安安占位子,舒舒服服领票子,庸庸碌碌混日子",等上几年到了年龄,退休完事。可是,我想,人之所以区别于其他动物,就是因为有思想、能做事。不做事、混日子,活着还有什么乐趣和意义?

当经过深思熟虑、集思广益的编辑方案在单位工作会上抛出时,感谢我的团队我的团,大家都有一颗对寿县文化发展的炽热衷情和责任担当的心。方案得到一致通过。

我们还要感谢县里的领导和主管部门,在听取思路汇报后给予充分肯定,并将之列为市"文化强市"重点项目和县宣传思想文化建设重点调度内容。县委、县政府主要领导亲自为《寿州随笔》作序,分管领导帮助我们联系解决出版资金等问题。这一切,使我们的心里一次又一次涌荡起温暖,更坚定了做好工作的信心。

凡事说起易做起难。按照既定方案,我们一开始把首批选题《寿州随笔》《八公山漫话》《千年正阳关》《隐贤纪事》等四部书稿的初编任务,分别安排给单位几位文字功底相对较好的编辑负责。确定的交稿时间到期后,只有《寿州随笔》《八公山漫话》初稿完成。交付出版社审阅时,得到专家首肯。因为编书需在业余时间进行,编辑都是把稿件带回家夜以继日地修改和校订,只有付出,没有报酬,纯属为文化做义工,为作者作嫁衣,没有一种默默无闻、无怨无悔的奉献精神断难可为。也正是因为单位里有这些矢志不渝的文化坚守者,他们不轻佻、不敷衍、能负责、敢担当,让我一次次看到文化的魅力和单位的希望。曾几何时,我们都以身在古城而骄傲,以能从事文化工作而自豪,但在市场经济和价值观扭曲的岁月侵蚀下,确实有人忘记了根本,丢失了初心。20世纪80年代"文学热"中愿为缪斯献身的热血青年,改头换面,摇身一变,成了锱铢必较的生意人。好在我们单位没有这样的人。虽说"世界离了谁,地球照样转",但人类进步、社会发展,靠的是担负起历史使命的"脊梁"。真心希望身边这样的"脊梁"再多一些!

"文化寿州"丛书编录过程中,不断有志趣相投者加盟。《寿州琐记》是报纸《今日寿州》副刊从 2012 年 5 月份起开办的栏目,到 2014 年 9 月出刊百期,形成了品牌,内容与"文化寿州"丛书合拍,汇总结集既是对编辑部工作的一种记录,也是对作者王继林的鼓励;《水泊寿州》的作者高峰是一位在省内外都很有名气的诗人,本书是他以诗歌的名义,为寿州立言、代言的一种尝试;《似水流年》的作者赵东升长期从事行政工作,此次不显山、不露水地拿出文稿,洋洋三十万言,以一颗赤子之心诠释了对寿州的深情厚谊,散发出独特、金贵的气息,不禁让我们的眼睛为之一亮。他们的加入,为"文化寿州"丛书增了辉、添了彩,同时也表明,一支朝气蓬勃、欣欣向荣的寿州作家群正在形成,寿州文学已经走出边缘化的尴尬境地,寿州文化已经形成气场。

编写"文化寿州"丛书的过程,也是一次"充电"的过程。身在宣传文化单位,靠什么安身立命? 拥有一身真本领,才能胆气壮、腰杆硬。本领从哪里来? 靠学习。但我们的记者、编辑太忙了,平时难得有时间系统学习寿州文化知识。通过编书自我加压,翻阅资料,开展田野调查,能力水平得到提升。可以说,一书成型,一个文史专家诞生。通过以编带练,我们锻炼了队伍,挖掘了潜力,展示了实力,考验了能力,体现了单位的向心力和凝聚力。

编写"文化寿州"丛书的过程,也是一次寻根的过程。每个人都有自己的根。这个"根",就是故乡情怀。寿州人的"根",是光滑的石条路,是金黄的水稻田,是波光粼粼的瓦埠湖,是热情好客的朋友家。我们走基层、接"地气",城墙根下、八公山上、安丰塘边、隐贤老街,都留下我们的身影和足迹。那些温良恭俭,那些韧性坚强,那些热情细腻,让我们累并快乐着,苦并感动着。

编写"文化寿州"丛书的过程,也是一次灵魂净化的过程。被司马迁的《史记》列为"循吏第一人"的孙叔敖,把"时苗留犊"演绎成为官清廉代名词的时苗,"一门三烈士"的曹渊、曹少修、曹云露,一生以革命为家的孙大光,人品与书品相统一的司徒越……在对古人史料保护性翻阅查找中,在对现当代名人事迹抢救性挖掘整理中,我们的内心不断被深深震撼。"好人的榜样是看得见的哲理",他们的人生智慧、人性光辉和人格魅力,就像冬日温暖的阳光,像春天和煦的微风,使我们温暖,使我们振奋,使我们充满力量。

现在,"文化寿州"丛书的编写已大头落地,书稿整整齐齐地码在案头。摩挲着书页,感觉就像吝啬鬼看着一堆黄金,喜笑颜开,幸福入怀。它们能不能吹皱寿州文坛沉寂的一池春水,成为寿县文化发展中的一座地标性东西?这些虚头巴脑的问题,都不是我们需要考虑的。莫言先生说:"来是偶然,去是必然,尽其当然,顺其自然。"我们现在要做的,就是总结经验,克服不足,再选新题,继续上路!

最后,感谢为"文化寿州"丛书出版给予人力、物力和智力支持的所有朋友!没有你们的鼓励,我们将一事无成;没有你们的支持,我们将寸步难行。

2015. 10. 15

瓦埠就是寿州

—— 《瓦埠湖畔》后记

　　写下这个题目,自己先吓一跳:瓦埠是瓦埠,寿州是寿州,瓦埠不过是寿州"四大古镇"的一个镇,瓦埠湖不过是寿州"四湖两沟"的一面湖而已,二者怎能混为一谈?! 但细一想,寿县特色事物,除八公山、安丰塘、古城墙外,不能不提瓦埠湖。我们说寿州历史悠久,说寿州是革命老区,说寿州是鱼米之乡,避不开说瓦埠。说瓦埠是寿州,顺理成章,不无道理。

　　瓦埠,"瓦"是瓦砾,"埠"是商埠。古时候的瓦埠镇,水陆相通,因水兴市,物产丰富,商贸发达,位列明清寿州四大驿站之首,素有"金瓦埠"之誉。直到今天,瓦埠镇街前巷后仍散布大量秦砖汉瓦、古陶老瓷。当地发掘的地下藏物中,出现大量远古石器制品及青铜物件,历代钱币均有发现,尤以春秋楚国蚁鼻钱(鬼脸钱)最为有名。说寿州是"地下博物馆",瓦埠最具代表性。有人考证,"瓦埠汉时曾为成德县治,晋废,元朝称瓦埠站,明清时称街"。春秋末,孔子弟子宓子贱病葬于此,留有宓子墓,后人建有宓子祠,称瓦埠镇为君子镇。民间传说北宋"八贤王"赵德芳微服私访,路经此地,见民风淳厚,敬贤重义,路不拾遗,夜不闭户,挥毫题写"君子里"三字,后人因此又称其为君子里。

　　瓦埠是一片红色故土。早在中国共产党建党之初,这里就有革命活动。1922 年夏,曹蕴真等组织成立了小甸集社会主义青年团特别支部,隶属上海社会主义青年团(共青团中央的前身);1923 年冬,安徽省最早的农村党组织——中共寿县小甸集特别支部在小甸小学成立,直属党中央领导。"寿县在民国十一年就有'二三同志'的组织,当时是党的婴儿的时候"(1929 年 5 月 9 日《中共寿县县委给中央的报告》)。1928 年 9 月,中共寿县第二次党代会在宓子祠召开,选举产生了第二届中共寿县县委。第三、四届中共寿县县委,也都是在这里举行会议选举产生的。1931 年 3 月,中共中央巡视员方英来到瓦埠,在上奠寺召开寿、凤、阜三县联席会议,成立了中共皖北(寿县)中心县委,组织领导了震惊江淮的"瓦埠暴动",写下了皖西北革命史光辉壮烈的一页。

瓦埠湖水质优良,是淮南、寿县人民的"大水缸"。瓦埠湖流域面积 4200 平方公里,可以说,整个寿县区域,都囊括在其流域范围内。湖区水面达 156 平方公里,常年蓄水量 2.2 亿立方米,是淮河中游最大的淡水湖。受湖水润泽,寿县年产粮食 184 万吨、水产品 10 万吨。最值得称道的湖产是银鱼,清代列为贡品,现在出口欧美东南亚等国家,享誉海内外。

从一定程度讲,瓦埠的历史,就是寿州的历史;瓦埠的文化,就是寿州的文化。瓦埠,堪称寿州悠久历史灿烂文化的代表和缩影。

从 2013 年谋划编纂"文化寿州"丛书始,就一直琢磨,八公山、安丰塘、正阳关、隐贤、寿春、瓦埠等名山秀水古镇,一个都不能少。但请哪路大神担当瓦埠一书的主编,颇费思量,盖因其他书稿资料充足,瓦埠却相对偏少。随着丛书一卷卷付梓,我不免焦急起来:单位编辑、记者一个萝卜顶一个坑,能干事的全都手里有活,总不能让人家连吃饭睡觉的时间也没啊!实在不行,看来只能像开设县报《寿州琐记》专栏一样,请"外援"了。一次到霍山参加笔会,与诗人高峰先生同乘一辆小车,我循循善诱,先说了一圈编书的乐趣,然后问其有无兴趣加盟?高峰何等精明,岂会轻易上当?一直吭吭哧哧地不说肯也不说不肯。我知道诗人已被撩得心动,只是还差最后一把火,便继续鼓动三寸不烂之舌,口吐莲花使出忽悠绝招,指出"文章千古事",人类一切道德功业不都依靠文章传承的吗?"文化寿州"丛书已编齐 9 卷,就差最后这一块园地还没最后确定园丁,等别的编辑腾出手来,"你就过了这村没那店了!"云云。这招果然管用,诗人再也经不住诱惑,翻身从座位上坐正,手搭前座靠背,一改有一句没一句地半推半就,后来一迭声说:"好!瓦埠这本书,我编!"

我暗暗长嘘口气,为自己"阴谋"得逞自鸣得意。

　　诗人是单纯且守信的,答应了的事就会夜以继日去完成。不出两月,高峰发来电子邮件,打开一看:敢情诗人手快,已将初稿垒了出来,洋洋三十余万言,起名"瓦埠湖畔"。大致翻了下后,我就书稿一些章节设置与编排方式与高峰先生商榷,"笔墨当随时代",内容处理是否应与时俱进?

　　诗人露出为难情绪。这在我意料之中。但凡当过编辑的人都知道,稿件编辑后不管对错好坏,就懒得动。但既上了"贼船"就再由不得你,尽管起初没提什么附加条件,真开工了就有条件加码。高峰是个有原则的人,但架不住我软缠硬磨,至少为了朋友的面子,同意做了部分调整,交出版社后又经专家修订,书稿就成了今天的样子。

　　高峰先生是寿州诗群的领军人物,诗人编书当然以诗开篇。这是《瓦埠湖畔》一大编辑特色,也是"文化寿州"丛书兼具文学性的具体体现。该书共分七个部分,在第一部分"大美瓦埠"篇,高峰先生写道:

　　　　南乡开着菜花
　　　　北村插满水稻
　　　　五月吹风,赤脚绕湖一周
　　　　脚背上不小心趴着一只癞蛤蟆

　　　　露水集散得很早
　　　　猪肉涨价,骨头都卖上了肉价钱
　　　　周围的村庄都在吃蒿子

　　　　小旅馆里净是空床
　　　　只卖十块钱一晚
　　　　……

> 还有一头大牯牛
>
> 睁着湖水般白茫茫的眼睛
>
> ——《湖畔》

白描式的叙述,"土得掉渣"的语言,真实、准确地勾画出瓦埠湖畔原汁原味的民间生活,引领读者生发出淡淡的乡愁。

其他六个部分,诗人仍然配写景状物的诗。在第二部分"环湖寻幽"篇,高峰先生这样写道:

> 吴楚之间无山峦
>
> 却隔一道白茫茫的瓦埠湖
>
> 刻有《论语》的竹简投于舟上
>
> 他自己拎着裤脚涉水而过
>
> 两个年轻人在蒿草中摸石头
>
> 上面有圣人对楚国的评价
>
> 秋风吹开墙缝和瓦隙
>
> 君子固穷,只穿单薄的衣衫
>
> 小学校在朗诵家国大义的课文
>
> 大水每上涨一尺
>
> 城门就要添封砖一块
>
> 舟楫系在一棵歪脖柿树上
>
> 下面是整夜呜咽的水稻

　　　　浊浪不停拍打宅基

　　　　如果没有糙石护坡的大坝

　　　　十个瓦埠镇都没有了

　　　　天色昏黄,移动的人影犹如黑色的蚁群

　　　　　　　　　　　　　　　　——《宓子祠》

　　诗中,历史与现实巧妙连接,现实与历史融为一体。读后,能不想立即深入瓦埠湖畔感受一番?

　　……

　　现在,《瓦埠湖畔》成型,"文化寿州"辑齐10卷,当初"十全十美"的计划得以实现。时值丙申新春,窗外鞭炮响彻云霄。我的心情就像这炮声一样起伏激荡,兴奋不已。江淮一带的鞭炮爱在最后结上几头大炮,俗称"大坠子"。我希望瓦埠这本书,能是"文化寿州"这串鞭炮最后那一响。当然,我也期望这套"文化寿州"丛书不是寿县文化编研工作的结束,而是一项系统工程的开始。我们愿意把这项工作做下去。前进的道路尽管坎坷,但我们充满信心。

　　有句老话说:"出门遇贵人,感谢很多人。""文化寿州"的编辑出版,也让我认识很多人。一想起你们,我的内心便充满温暖。我得感谢寿县县委、县政府有关领导,感谢寿县八公山、安丰塘、正阳关、隐贤、瓦埠等乡镇和宣传、文化、旅游等部门的负责同志,你们都是我们的贵人,给予丛书编著方方面面的帮助与鼓励。这里我不能把你们的名字一一列举出来,但你们对寿州文化的崇高责任感,让我们感动,给我们鞭策;对我们的关爱,我们会铭记在心。我得感谢安徽文艺出版社的领导与编辑,一直默默无闻、甘作人梯地做着幕后工作,"落红不是无情物,化作春泥更护花",向你们致敬,你们是我学习的榜样。我还得感谢高峰、王继林、赵东升、朱文健、林伟等"外援",凭着对寿州文化的一腔热爱,我们走到了一起,惺惺相惜,抱团取暖,呵护着共同的理想与家园,使我们不至于孤单与寂寞。最后,我还要感谢我的团队——寿县信息中心的全体同志,没有你们,就没有今天这套"文化寿州"丛书,所有的希望和梦想都将化为泡影,所有的信心和决心都将成为空中楼阁。总之,认识你们是我的缘分,是我的福分。你们的关心和支持,我们将化作前进的动力。

图书编著本是一件永远达不到尽善尽美境界的苦差事,限于水平和能力,"文化寿州"中的问题、谬误、遗漏在所难免。我们恳切期望和真诚欢迎来自各地、各阶层的专家、学者以及广大读者的指教和批评。

2016. 2. 12

第五辑 古城名流

到纪开芹家的路并不远

广军小心翼翼地开着车，我坐在副驾驶上。车子后座上是两位美女——黄丹丹和李振秀。她们的美不光是在外表和心灵，文字也美，分别以小说和散文在江淮文坛扬名立万。今天我们结伴要去拜访的，也是一位美女，叫纪开芹，文字也美。昨天纪开芹在电话里发"英雄帖"，邀请我们到她任教的学校相聚。我们一早就出了门，却遇上大雾，高速上不了，只好走寿六路。我帮广军辨认着方向，观察着路况，偶尔分神偷瞄一下身后，丹丹和振秀与我们一样紧张，神情严肃，紧盯着前方。车过众兴，大雾消散了一些，阳光洒向大地，路两边的意杨露出了树梢，垒了鸟巢的枝上有喜鹊跳上跳下。车子里多了笑语，车速也快了许多。我取下眼镜擦了擦镜片，正想利用这难得的出行机会看看冬景，车子已停在彭城中学门前。

记不得在哪本书上看过，人的朋友圈基本都在 40 岁前形成，所谓的"四十而不惑"，其中就有 40 岁后不再结识新朋友的意思。但我与纪开芹的认识，却是从近 50 岁开始。那时寿县行政区划尚在六安，一天市作协的一位文友转来一张表格，要我签字推荐纪开芹为安徽省作协会员。那是我第一次知道纪开芹是寿县人。翻看表格，好家伙，她的作品就像春天的花朵，居然在《诗刊》《清明》《诗歌月刊》上竞相绽放，且多次获奖！原先只知她是一位六安诗人，与人一起办了份诗歌月刊，在省内外有些影响，至于她写什么诗，取得哪些成绩，一概不知。这也是文学的悲哀，有人说文学就是"圈子文化"，圈子里人写，圈子里人看。确实是这样，我居然连纪开芹是寿县人都不知。这可能也与我不懂诗歌有关。因为不懂，所以关注得就少。其实寿县诗歌近年来风头强劲，以高峰、樊子、鹏子、王继林等为代表的"寿州诗群"，被业内人士称作一种"地方文化现象"。可能是地理和文化渊源的关系，居于寿县南端的纪开芹,一直没有真正融入古城文学圈,用"墙内开花墙外香"来形容再合适不过。

进一步了解纪开芹是因她给我写了篇评论。好像是在 2015 年春季,我正在亳州参加业务培训。一天晚上,网刊《淠水文学》的主编天一先生在微信群里向我约稿,想为我推出一期散文专刊。按照编辑惯例,专刊需要刊登一篇评介文章。约谁写呢? 看见群里成员中有纪开芹——原来她也是《淠水文学》的编辑。此时我已知纪开芹不仅是位诗人,也写小说、散文和评论,各种体裁的作品常见诸报刊。抱着试试看的念头,我发信息问:"纪老师,评介的文字就劳驾你了! 行吗?"

不承想,纪开芹竟爽快地一口答应了。

过了一天时间,纪开芹便把评论发到了我的手机上。大作文采飞扬,褒扬有加,情思细微,感受真切。看得出来,纪开芹是下了番功夫的。虽然我没给她寄过自己的书,可她对我作品的了解,胜过我身边的许多朋友。纪开芹令我刮目相看。我一直把她所写的评论当作努力的方向。

由此想到自己,一直自诩古城文学圈内人,但目光和脚步仅限于古城范围,对于不是圈内人的作品和人事极少关注和涉猎。比起比我年轻许多的纪开芹,正像鲁迅先生在《一件小事》中说的那样,"甚而至于要榨出皮袍下面藏着的'小'来"。仅从充实完善自身的角度,"读万卷书,行万里路",我也有很多功课要做。

真正见到纪开芹,是在金寨的一次采风笔会上,身材婀娜,皮肤白皙,杏眼蛾眉,披肩长发,穿着一袭盖到脚面的连衣裙,算得上一名标致的江淮美人。这些年我喜欢摄影,每逢外出采风就成了文友们,特别是女同胞们的专职摄影师。大别山的美景配上美人,傻瓜都能拍出好照片,所以我也乐意效劳。可是,镜头里偏偏就没有纪开芹。一开始想,可能是因为她爱与姐妹们聊天,分不开身来抢镜头。走过几个景点,有时看见她已走进镜头,见我在拍照,便加快脚步慌慌地走过,脸上挂着一丝羞涩和腼腆。我又想,可能是纪开芹小家碧玉不够自信? 纪开芹的职业是教师,在我的印象中,教师都是口若悬河的。纪开芹虽是大嗓门,但应算另类。没过多久,这个想法就被我自己否定了,因为我想明白了,原来纪开芹是学不来姐妹们对男同胞的

"颐指气使"，她做任何事情，总怕给别人带来麻烦。

这女子心地善良！

纪开芹还知道感恩。笔会结束不久，她就为金寨写出洋洋洒洒的诗行，发表在主办方指定的报刊上。纪开芹的写作是比较纯粹的文学创作，现在很多纯粹进行文学创作的人都不屑于写采风作品，认为那是"应命文学"，没有多少存在价值。其实文学就是文学，采风作品写好了，也是文学作品。有的人非要在文学前面缀个"纯"字，想让它一枝独秀，往往是眼高手低，欲速则不达。他们不想想，主办方为笔会付出人力物力，不就是指望帮助写点文字？吃饱喝足玩够了，连篇稿子都不写，说是爱惜自己的羽毛，其实是自私。

物以类聚，人以群分。我敬重纪开芹的为人，把她真正当成了朋友，时常在微信里为她点赞，逢年过节问候祝愿，但一直没有再见面。寿县被人称作"扁担县"，指的是在地图上呈"一"字形，我们住在北部县城，纪开芹住在南部彭城，北部县城毗邻淮南，南部彭城紧挨六安。北部县城融入淮南多一些，南部彭城与六安走得近一些。加上我们都已为人父、为人母，都有自己的职业和生活，早过了仗剑天涯、快意情仇的年龄。但我们毕竟有共同的追求和爱好，文学让我们灵犀相通、志趣相投、惺惺相惜，虽身处南北，心却紧紧连在一起。

彭城中学实行封闭式管理，铁门紧闭。这不怕，一位一脸络腮胡子的中年壮汉早已在大门前笑吟吟地迎候，见我们停车，过来嘘寒问暖。原来他是纪开芹的先生，姓许，也是这所中学的教师。只不过纪开芹是语文教师，她先生是体育教师。为了今天的聚会，许老师和纪开芹都调了课，专门在家迎候我们。进校门，左边是广阔的操场，被包围在一圈塑胶跑道中，一位老师领着一群学生正在做操；右边是一幢白色的三层教学楼，学生们正在上课。顺着中间的一条水泥路，我们径直往教学楼后面的教职工生活区走去。

生活区由几排黄砖灰瓦的起脊平房组成，坐北朝南，一家一户隔有院墙，门前空地上栽花种草，也有的成了菜园，生长着一畦一畦的葱、蒜、菠菜、芫荽和荠菜。丹丹和振秀啧啧连声，一脸的艳羡，说："在乡村有在乡村的好处，自己弄块地，想吃什么种什么，绿色无公害，多好！"我接过话头，说："一会儿我们自己择菜，在纪开芹家摆开战场，自烧自燎，怎么样？"许老师听了，不置可否，搓了搓手，只嘿嘿地笑。拐过两三道巷口，许老师说："到了。"纪开芹已迎将出来。果然不出所料，她的身后还有六安的黄圣凤、木子、李艳等文友。她们路近，比我们先到。

进了屋，才发现空间逼仄。院墙内的庭院只能摆下一张桌子。进屋，起脊平房二十来平米，迎门正厅置放案桌，桌上放有暖瓶、茶杯等，墙壁挂幅墨竹中堂；下首靠墙立着书橱，上面堆满了书。书橱旁边，摆放着几把破旧的椅凳。看来，这就是纪开芹的书房和会客室了。我们几个男人在会客室喝茶聊天，丹丹和振秀挽着纪开芹的手，顺着中堂东侧开着的小门蹀将进去。我跟过去探头看了一眼，原来是顺着平房后面又接建了一间平顶房，用作他们的卧室，放有一床、一桌、一椅。捷足先登的黄圣凤、木子、李艳坐在床上，丹丹和振秀她们进来后，再容不下别人。待我们都喝了杯茶水，已临中午，许老师提议移驾到校门口的小饭店。其实我真的想就在纪开芹家吃饭。白居易有诗："绿蚁新醅酒，红泥小炉火。晚来天欲雪，能饮一杯无？"我一直固执地认为，好朋友聚会就应该是这样子的。但这里的空间实在局促，我只好起身响应。在纪开芹家"自己动手，丰衣足食"的一厢情愿宣布流产。

在小饭店坐定，许老师张罗着摆上几个小火炉，炖上几个地方特色火锅。火锅旁边，放着几只装满黄心乌、菠菜、芫荽等时令蔬菜的笸箩，现烫现吃。我们的眼睛一下亮了，知道他们夫妇俩为了这次聚会，精心做了准备。纪开芹坐在下首，操着一口寿县普通话，把外套挂在椅靠上后，卷袖子揎胳膊地说："今天俺们一醉方休！"

我暗暗发笑：写诗，我不行；喝酒，你不行！

事实也正是这样，三杯两盏过后，六安的文友就停了杯，只顾埋头人对脾气菜对味地大快朵颐。黄圣凤身材娇小，饭量也小，早早住了筷子，歪着头饶有兴趣地看我们与纪开芹两口子推杯换盏。一箱"口子"全见底后，纪开芹已经面带桃花，双眼迷离——朋友上门，他们两口子舍命陪"酒徒"了！黄圣凤心疼闺密，站起来挡驾说：

"开芹写诗题材广泛,日常生活中写了不少以酒为题的诗歌,我来吟诵,吟一首,赵兄喝一杯。"仗着酒量还行,我说:"可以。"黄圣凤从随身小包中掏出一本书来,是纪开芹新出的诗集《虫鸣向晚》。黄圣凤清了清嗓门,先朗诵了《我有良将者三》:"疲倦有叵测之心,一直窥视身体的缺口/伺机涌进来占山为王/我有良将者三/一是书,二为诗,三曰酒。"然后问我:"写得好不好?"我是真觉得好,就说:"好!"她又问:"值不值得喝一杯?"我说:"值得!"端起酒杯一饮而尽。于是,她又朗诵了《三杯两盏淡酒》:"——饮下这一杯。我饮下这一杯时/东篱下的桂花就谢了/大雁南飞/草尖上霜寒露重使它低垂/饮下这一杯/我对人世就有了屈服之意/微醺中,落叶纷纷/这一盏薄酒啊,抵不住晚来风急。"又问我,好不好? 我说好,又喝了一杯。于是,她又朗诵了《爱上一杯酒》,又朗诵了《把酒黄昏后》《能饮一杯无》和《莫使金樽空对月》……不知不觉间,我这个平时不大读诗的俗人,居然被诗歌弄醉了,醉在纪开芹诗歌营造的氛围里,醉在黄圣凤的朗诵中……

广军中午没喝酒,我们喝再多的酒,也不担心回不去。从小饭店迷迷糊糊地出来,发现他已把车停在了门前。大雾消失,阳光明媚,纪开芹和许老师及六安的文友们送我们上车。纪开芹说:"今后认得家门了,常来常往!"我努力睁开眼睛看着她,答:"肯定。到纪开芹家的路,并不远嘛!"

车上高速,一路通途。

2018.1.12

穿过瓦埠湖来看你

题目早就拟好了的。

去看你也是早就说好了的。

那时候,瓦埠湖还没有架桥,寿县被瓦埠湖分为瓦东、瓦西两部分。先生住在瓦东湖畔的大顺小嘴村,总让我联想到曾住在瓦尔登湖畔的哲人梭罗。瓦埠湖因瓦埠镇而得名。瓦埠镇是座千年古镇,也被称作君子镇。春秋时,孔子弟子宓子贱游学至此,留下美名。清末民初,民主志士张树侯效法古人,坐镇寿州瓦埠开馆授徒,传播真理,兼研书艺,尤精篆刻,"求书者日夕盈门,有洛阳纸贵之势","铁笔"美誉不胫而走。时光荏苒,江山代有才人出,今日又有先生情钟瓦埠涟漪,心系田园阡陌,学巢夫一枝安身,续嵇康两灶而眠,不惧清贫寂寞,蜗居于陋室四之园,以文正心,为艺抒情,热衷耕读传承,致力文脉延续,为古镇平添几多荣耀和风采!

先生大名李多来,土生土长的瓦埠人,拥有的头衔有中国书法家协会会员、《中国书画》杂志书画院特聘书法家、《新安晚报》书画院艺术总监、《山水新安》执行主编、嘉兴南湖学院客座教授、六安书法院副院长、中国教育学会书法教育专委会会员等一大长串。寿县是全国书法之乡,先生在这块土地上,实在算得上是一位响当当的人物。

我对先生慕名已久,大名如雷贯耳,但一直无缘拜识。直到有一天,在朋友的一间书斋里,我们的双手握到了一起。瘦瘦的鞭杆个子套了件中式对襟衬衫,清癯的脸庞,明亮的眼睛里闪烁着智慧的光芒。

我有点语无伦次,一迭声地说:"终于看到了真人,我喜欢你的字!"

先生明显被我的失常行为所"雷",有些意外有些腼腆地说:"俺就是个农民,家里种着一亩三分地,养着鸡,喂着鸭,欢迎过湖去做客!"

我接过话头,说:"好好好,我要穿过瓦埠湖去看你!"

定下去瓦埠看先生的计划后,却因俗务缠身,一拖再拖。直到这一天,有关部门投资 8 个亿,波光粼粼的湖面上飞架起 20 多公里长的大桥,鹊桥一般将瓦东、瓦西连在一起,乘车飞渡成为现实。

还等什么? 去看先生啊!

来时给先生打了电话,先生很高兴,用微信发了四之园的定位。过湖就是瓦埠镇,从镇头沿湖往北一拐,车子来到一个叫老嘴子的地方,导航里"林志玲"嗲声嗲气地说,目的地到了。我们把车停在路旁打谷场上,下车打量,紧挨打谷场有一排坐北朝南的农家小院,白墙红瓦,掩映在一片果树中,与江淮地区常见的民居并无差异。门前修有一溜花池,里面种满栀子、山菊、蔷薇等花草,姹紫嫣红。正门大红宣纸上的对联十分醒目:"读书装样子,种菜做农夫。"这肯定就是先生的四之园了。进了大门,前后两进的房子自然形成一个小院,檐下挂着一条条辫在一起已晾干的老蒜。院内打了一眼小井,靠墙位置摆放了一溜盆花,有梅,有兰,有石竹,有山茶,生长旺盛。这在远离城市的乡野,很显得特立独行。

闻得人声,先生已从屋里迎将出来,我们携手进入堂内。原来,后进厅堂分上下两层,各两间。下面一层为客厅,挂着中堂,两边分别悬挂着字画条屏。上楼,一间是先生的书房,另一间是先生的卧室。书房里靠墙两边都是书柜,摆满了各类书刊;中间安放了硕大的书案,摆放着文房四宝,墨迹斑斑。无论是书房还是卧室,桌上地上、床上床下,随意堆放着大量书刊,使房间略显得凌乱,但书香弥漫。

先生张罗着沏茶待客。同行几位朋友都是有求而来,哪顾得上品茗聊天? 纷纷表达出向先生求墨宝的意思。先生也不推托,起身走到案边,铺纸提笔,饱蘸浓墨,分别为每人题写了"无用之用""不以贫贱""我行我素"等横幅。轮到我了,先生问:"写什么呢?"我由衷地说:"请先生定夺!"先生想了想,就为我题写了"明月照诗"四个大字。

先生的字,飘逸潇洒、温文尔雅,同时显得刚劲有力、矫健流动。就像他这个人一样,文质彬彬,宽厚随和,但又秉持自我,卓尔不群,让人心生景仰,打心眼里敬佩。无论是懂字的还是不懂字的,都十分喜欢先生的字。懂字的说,有美感,下过一番真功夫;不懂字的说,怎么看都觉得舒服! 先生的字,真正做到了雅俗共赏。

李多来先生出身农家,走上书法艺术之路纯属偶然。上小学时正赶上"反右倾",他的表爹倪端是南京大学历史系的著名教授,作为"右派"被遣送回乡。倪老先生写得一手出色的蝇头小楷,乡间邻居家有红白喜事都请他去记账写事,逢年过节写"门对子"非他莫属。闲来无事,倪老先生便教乡间孩子们读书写字。表爹的优雅举止,给幼小的李多来留下深刻印象,不知不觉种下艺术的种子。上中学后,李多来的一手好字已被老师和同学所认可。这时候,他先是得到一本李华锦题名的《雷锋日记》字帖,后又得到一本颜体版的《中学生字帖》,每天坚持临摹不断。湖畔夏天蚊虫多,李多来晚上临帖时,就把双腿浸泡在盛满凉水的木桶里。凭借这两本字帖,李多来完成从艺路上必不可少的临帖积累。

先生的字达到艺术水准,是在 2001 年以后。那一年,李多来赴兰州参加"周志高先生书法展",十分有幸聆听到老师们关于"印印泥"及"锥画沙"理论所蕴含的道理分析,领悟到古人关于"结字因时相传,用笔千古不易"的真谛,醍醐灌顶,豁然开朗,书法实现质的飞跃。从那以后,李多来把书法创作当成毕生追求,"读万卷书,行万里路",结庐于会稽东山,广结天下道友,遍访当代名师,博采众家所长,深析书艺之妙,很快在千帆竞渡的浩渺书林中,拥有了自己的一席之地。

就在先生事业如日中天时,突然传来消息,先生回瓦埠湖畔定居了! 他把自己的旧居进行了一番翻修整理,屋前园后种上花草和果木,圈上鸡笼和鸭棚,垡上墒垄,排上菜韭——他居然还在田垄旁挖了一口不大不小的鱼塘,养上了鱼! 先生把以前托人代种的耕地收了回来,秋种油菜夏插秧,一年两茬犁田耙地自种自收。"三夏"结束,先生晒得黝黑发亮,混在一堆乡亲中间,谁会知道这是一位饱读诗书的文

第五辑 古城名流 225

化人!

我说:"先生何必这样为难自己?"

先生答:"我是想保持着一种吃苦的状态,一边种地,一边读书写字。这样,我才能保证头脑清醒,不至于迷失自己。"

我蓦地似乎明白了先生的初衷和目的。都说艺术来源于生活,可当今许多所谓的文化精英都是躲在象牙塔里研究文化,没能真正深入群众中去,接不了"地气"。先生在外打拼多年,见多识广,在对自己和社会有了清醒认识后,回归乡里,一是利于对掌握的知识和技能进行反刍,去粗取精;二是可以从家乡文化和乡亲中汲取营养,寻求艺术修养和人生格局的提升和完善。正因为此,先生把住所取名"四之园",提醒自己知微知章、知柔知刚。四之园,大气象也!

说话间,我们已将先生所赐墨宝分别装进信封,妥妥地放进衣袋。大伙心满意足,瞧见窗外菜地的果树上桃红杏黄,就下了楼,走将过去。韭菜成墒,辣椒成行,豆角牵藤,黄瓜满架,散放的鸡鸭在田垄上的青枝绿叶中钻进钻出,悠闲地踱步,"咯咯""嘎嘎"地寻找着昆虫。靠院墙的几株果树上硕果累累,熟透了的李子和油桃招惹得大伙垂涎欲滴。不用人招呼,我们不约而同地伸出了手。后面赶来的先生递上凳子,说:"站上去摘,上面的大!"

……

我们丢下一地的李核和桃核,又让双手也不闲着,方才意犹未尽地走出菜地。

夕阳下沉,晚霞满天。四之园在余晖映照下,呈现出一片金碧辉煌。我们与先生依依惜别。我们与四之园依依惜别。

坐在车上,忽然想到当年民国元老于右任先生在看到张树侯所著书论《书法真诠》时,惊叹之余曾赋诗一首。这首诗,十分切合今日之意境,用在先生身上,也挺合适:

天际真人张树侯,东西南北也应休。

苍茫射虎屠龙手,种菜论书老寿州。

抄来送你。

2019. 6. 18

我行我素

赵志刚的网上昵称叫"我行我素",不知道是他自己起的,还是别人送的。

"我行我素"是句成语,出自西汉戴圣《礼记·中庸》:"君子素其位而行,不愿乎其外。素富贵行乎富贵,素贫贱行乎贫贱,素夷狄行乎夷狄,素患难行乎患难。君子无入而不自得焉。"意思是说,不管别人怎样说,仍旧按照自己的一套去做。想想志刚平时的所作所为,这成语好似为他量身定做。

我与志刚认识于新世纪之交。当时他在电视台当编导,我是电视台的业余通讯员,见面喊他一声"老师",再无交集。赵老师给我的感觉是,个头不高才情高,块头不大脾气大,喜较真,爱抬杠,特立独行,恃才傲物。本以为他是寿州城里人,去电视台多了,得知他跟我一样,也来自偏远的淠水岸边。尽管是老乡,我也萌生过叙攀念头,但因我俩外表悬殊,一直望而却步。志刚面目清朗,玉树临风,而我却牙龅唇厚,灰头土脸,两人站在一起,总担心让人想起左拉笔下的"陪衬人"。每逢见面,总感觉一股凛然正气扑面而来。因自惭形秽,"我与阔佬说话了"的美好愿望只好胎死腹中。

与志刚真正相知相交是在转岗新闻单位后,那时他已调文化部门多年。因为小城拿得动笔的就那么几个人,能够坚持写作的更是微乎其微。我们单位办有一份县报,隔三岔五的,志刚就会过来送稿或拿样报,我俩低头不见抬头见,职业和爱好为我俩深入了解并"勾肩搭背"打开了方便之门。志刚并不像外人所感觉的那样鼻眼朝天,其实他是一个很随意的人,各行各业的各类朋友很多,重情义,爱喝酒,且仗义疏财,视金钱如粪土,口袋里只要余得"仨瓜俩枣",就会约上三五好友到大排档撮上一顿。志刚还是一个很简单的性情中人,喜怒形于色,爱憎分明,藏不好、掖不住,信奉"志士不饮盗泉之水,廉者不受嗟来之食"。高兴了割头换胆,为朋友两肋插刀;不高兴了也能拍案亮剑,插对方两刀。我就曾见过他在一次宴会上,见本桌有"道不同不相为谋"的人,肃然离座,拂袖而去,连声招呼都不打,谁的面子也没看。

记忆中,志刚给我印象最深的是参加我们报社创刊 20 周年纪念活动。那次他获得征文一等奖,颁奖过程中要发表获奖感言。作为资深作者,曾经沧海难为水,获奖本是意料中事,坐在一群花红柳绿的年轻获奖作者中,志刚本来就是老师级人物,说什么都应该是如数家珍,怎么说必定是口吐莲花。世事就是那么充满不确定性,志刚的发言出了意外。"我要说!我要说!……"紧接"说"字后的嘴巴变成"O"形,两道热泪耙耧般顺腮而下,哽咽着再难吐出半字。这事我当时不在现场,情景是后来听人当笑话叙说的。听一人说一次不以为意,听多人说多次就引起我的思量,还不是因为志刚特别在意这个报刊在其成长过程中的激励作用?这人懂得感恩啊!

懂得感恩的人都有颗赤子之心。与县报的感情,志刚不是写篇征文、说段感言就了事的。对于每次我们组织的采风、笔会等活动,他都亲自参加,从来不讲任何条件,并以最快速度拿出文章。这种认真、敬业精神,实在值得很多同行学习。志刚的特长并不仅限于诗词歌赋,他被同行们誉为小城"编剧第一人",近些年县里立得起来、拿得出手的几个剧本都出自他手。县电视台专题栏目解说词,他说他的撰稿是第二,没有人敢说自己是第一。部门开展演讲比赛,只要是他撰的稿就没有不获奖的。哪家单位想策划台文艺节目,写主持词,志刚是不二人选。这些都是他的业务和饭碗,驾轻就熟,信手拈来,他从不推却,也不偷懒。都说志刚是头"倔牛",可都别忘了"毛牛好使手",没几把"刷子",你旯个蹶子试试?他在单位也算"刺儿头",但无论大大小小的头头儿还是老老少少的同事都能容得下他,一是因他有真本事,二是肯干事、干成事。

还有第三个原因:志刚讲理。我俩闲聊的时候,他曾感叹,领导都不喜欢有脾气的下属,像他这样眼里不容沙子的人,能在单位得到承认,很知足了。他还说:"别看我俩现在称兄道弟,真在一个单位,不一定相互快活。"我笑笑,没告诉他,他的缺点就是不拘小节,原则问题一直把握得很好,看起来是我行我素,但"天下谁人不识君"? 说起来是一意孤行,但"我们的朋友遍天下"! 我也没告诉他,别看你是犟脾气,偶尔也犯浑犯错,但谁能保证自己是完人? 而且你是非观念强,服从道理,知错能改,还不记仇,情绪都写在脸上。这样的人,坦坦荡荡,白纸样清朗,生活中无须提防,工作上关键时刻拉得出、打得响,真要在同一战壕,应是哪辈子修来的缘分! 洒家焉有不快活之理?!

小城把人爱急眼称作"耍急相"。性格直爽的人都爱"耍急相",志刚概莫能外。我们经常聚在一起打掼蛋,与志刚做对门时,只要他一出错牌,我马上批评,把输牌的过错全归咎于他;与他做对手时,不住口地挑撩激将,扰乱他的心绪。虽知我是在故意使坏,但志刚依然会很快入毂急眼,暴跳如雷,样子十分滑稽可爱,我屡试不爽。可当扑克牌一推,略一平静,志刚兄便马上释然,端起酒杯与我碰得"啪啪"作响,所有的误解和委屈全丢到爪哇国去了。

有时我想,都是年过半百的人了,碰在一起,怎么都就孩子般长不大? 难道这就是传说中的惺惺相惜?

2017.10.13

春鸣和志慧

　　不是春娇和志明，是志慧和春鸣，还有他们的儿子安棣，一家都是诗人，合著诗集《三叶草》。志慧的诗清新安静；春鸣的诗空灵高远；安棣的诗童趣里隐藏哲理，浅淡里露着持重、清冷的调子，小小的少年体内俨然住进一颗老灵魂。

　　　　　　　　　　　　　　　　　　　——李振秀《志慧和春鸣》

　　这标题是顺手牵羊的了。春鸣和志慧，别人早已写过，我纯属狗尾续貂。但是，先是蒙赠《三叶草》，前两天又送散文集《湖畔故里》，我拜读之后，总感觉有话要说。

　　我是先认识李春鸣，后才认识刘志慧的。

　　2012年金秋时节，安徽电视台《中华经典诵读》节目组走进寿县，需要创作一组叙述寿州昨天与今天的朗诵诗。任务落到我的头上后，我第一个想到的人是王继林。王继林是寿州诗群发起人之一，大学毕业后落户寿县，成为一名中学老师，钟情于寿州文化的发掘与研究。与王继林说了想法，这家伙却气疏意懒，不愿意干，说什么"诗人们的发声是向内的，耻于舌头而坚定于心灵"。我鼓动说："现在写诗的人跟上厕所的人一样多，能上《中华经典诵读》的有几个？你的诗歌经人朗诵后，舞台下掌声雷动，那是什么效果？"王继林觉得有理，但提出条件：这事他可以干，但得拉上一人一起干。拉谁？李春鸣！

　　李春鸣这人我知道，也是一名中学教师。古城拢共只有3.65平方公里，住在里面的人低头不见抬头见，虽不认识也会有耳闻，何况还有共同的爱好！李春鸣也是寿州诗群的骨干，与其他诗人不同的是，他把同样是教师的妻子刘志慧（笔名莤儿）也发展成诗人，举案齐眉，红袖添香，出双入对，夫唱妇随。这还不算完，随着儿子李安棣迈入中学门槛,小小少年在诗风词雨里浸受熏染,近朱者赤,也成了远近闻名的小诗人,一家人成就古城文坛一段佳话。说实话,对于继林先生的提议,我当时心里打鼓,李春鸣的艺术水平我不担心,担心的是文人清高,诗人们本来就不屑于写朗诵诗,加上平时我们没有交情,他会赏脸参与我们的活动?再说,诗歌创作讲究自我,两个人合作,风格能够协调合拍吗?

王继林却信心满满:"你就瞧好吧!"

不知道王继林采取了什么方法,反正李春鸣被忽悠上了"贼船"。事实证明,我的担心纯属多余。约定时间未到,王继林、李春鸣已齐工完活。出乎我们策划时的预料,《寿州月》共分《怀古》《乡情》《发展》《祈望》四个篇章,每章大约15行,前两章由继林负责,后两章由春鸣负责,"楚国的明月还在/春申君和几匹高头大马还在/今晚欢乐的人群和月光齐聚广场/晚风和音乐是水,人们是鱼",好得让导演爱不释手、如获至宝。搬上舞台后,经过几位朗诵者倾情演绎,成为《走进寿县》活动中一道最亮丽的风景,后来作为古城文艺表演保留节目,在江淮大地常演不衰,至今为人啧啧称道。

从那以后,我与春鸣正式成为朋友。认识了春鸣,也就认识了志慧。印象中,春鸣总是骑着一辆幸福摩托,车前载着安棣,车后坐着志慧,"突突突"卷着风来,"突突突"带着风去,来去匆匆。春鸣不单是一名高中语文教师,他还兼着班主任,时间紧,责任重。看见春鸣,我总想起《春天里》的作者汪峰,特别是笑容和眼睛,眼镜也像,但春鸣的面容比汪峰清癯。春鸣也不像汪峰那样善于表达,背后也没有做明星的老婆,但他有诗人刘志慧。从气质上看,我特别愿把春鸣归类于文艺青年范畴,并且是有民国乃至五四范儿的,儒雅但不失敏感,意气风发,真诚直率,为人坦荡,疾恶如仇。相处时间一长,便发现夫妻俩不为人知的一面——敢情真正的诗人不光写诗,也爱读诗,更能把庸常的生活转化为诗!多少次在聚会上,因为有了春鸣和志慧的参加,诗意真切地弥漫在觥筹交错中,袒露于菜香酒醇上,让我这个诗盲惭愧,原来诗歌就像桌面的菜肴、身边的朋友一样,伸手可及,举目可见。与这样的诗人在一

起,借着酒意,我也敢吟上两句:"和老友一壶老白干,寒夜也变得温暖!"(李春鸣《寿州全羊馆》)

春鸣真正引起我的注意,是因为他的认真。一天晚上,我在翻阅QQ群聊天记录时发现,春鸣因为网上一篇文章用错了一个字,与一位文友据理力争。在网络时代,像这样对文字和文章有敬畏心的人,真的太少了。联想到单位报纸常犯的一些错误,我萌生了请他到单位给大伙讲讲类似问题的念头。我把这个想法与他一说,春鸣很乐意:"我就看不得报刊错字连篇。"没过几天,李老师到场,不料他是有备而来,随身带了几张我们的报纸,上面用红笔画满道道圈圈,从一版说到末版,把存在的错字别字、语法不当等问题娓娓道来。他在那里庖丁解牛,全不管在座记者、编辑都面露愠色。这些家伙平时被通讯员们奉承为"老师",自我感觉良好长了就真以为是个人物,哪经受过这样的不留情面?每篇稿子每个版面上都署着大名呢!且慢!李老师现在分析的分明是本总编的一篇文章,居然也会有这么些个错别字?汗颜之余,我对春鸣先生有了更深入的认识。看来,李老师真的是治学严谨,做起事来对字不对人啊!

又过了段时间,我的新书出大样时,想找位朋友帮我挑挑毛病,春鸣就成了不二人选。书稿拿去一周后,老兄亲自送到我的办公室。打开一看,上面画得密密麻麻。不仅如此,春鸣坐下喝茶的当儿,吞吞吐吐很为难地跟我商量:"书稿中有两篇稿子文学性太差,能不能撤去?"我能说什么!老兄这是为我好,这是对文字负责!我暗自庆幸,找春鸣看稿真是找对人了,否则新书出版,还到哪里买后悔药去?及至后来策划出版《寿春》刊物,又请春鸣做了最后的文字校对把关工作,才敢发往印刷厂付梓。

说了这么多的春鸣,话题该转到志慧身上了。圆圆的眼睛,甜甜的笑脸,不施粉黛,衣着大方,一副邻家小妹妹模样。在春鸣身边,不倾国,不倾城,倒也淡雅素心,精致柔美。但是,喝起酒来,却颇有几分巾帼不让须眉的豪气,总让我想起鉴湖女侠的那首著名的"古今争传女状头,谁说红颜不封侯"来。兴之所至,志慧还能同其他诗人一道吞云吐雾,指点江山,推杯换盏。本来春鸣就不胜酒力,后面的酒就都被她挡驾代劳了。别人都是男人替女人挡酒,在志慧和春鸣家例外。性格不同不影响志趣相同,俗语说:"一床不睡两样人。"俗语还说:"不是一样人,不进一家门。"春鸣和志慧,就是这俗语的最好诠释。

志慧常说,她走上文学之路是因了春鸣的引导。但我总认为,他俩的写作风格大相径庭。春鸣的作品充满人文知识分子精神气息,而志慧的作品却多为乡土题材,平实、质朴,生活气息更浓,烟火味更足,用比较时髦的话说,似乎更"接地气",更符合现代大众读者的阅读品位。这几年,春鸣因教学任务繁重,创作数量明显下滑。志慧却势头迅猛,在与春鸣、李安棣合作推出诗集《三叶草》后,现在又捧出个人散文集《湖畔故里》,一面世便赢得叫好声一片。"刘志慧的《湖畔故里》写于 2012 年,终篇于 2017 年,5 年磨砺,再加上刘志慧、李春鸣夫妇二人的精审细校,数易其稿,现在呈现在我们面前的《湖畔故里》已经形神兼具,蔚为大观了。"(王继林《读刘志慧〈湖畔故里〉》)书里收录的文章,有的我以前看过,如《寿州庙会》等,因为喜欢,还曾推荐到相关书刊中收录。但绝大部分是第一次拜读,《大郢》《古镇》《老城》《小学》等四个篇章,其实也就是作者人生四个阶段,102 篇文章就像时空经纬上一颗颗闪烁光芒的星星,把活跃其间的芸芸众生真实地呈现在我们面前,让人们真切地感受到故乡的真、民情的善、风土的美。读志慧的文章,我总在想,作者是在写她的生活,何尝不是在写我的生活?志慧所写的湖畔、故里、伙伴和亲人,又何尝不是我的湖畔、故里、伙伴和亲人?我曾经以为我不是他们,然而我何时曾经脱离过他们?!

蓦地,我明白了:我们之所以热爱写作,是因为我们这些人热爱生活,热爱家乡,热爱这方土地上的生灵。写作对于我们,就是一种对生活的感恩、对家乡的回报、对父老乡亲的补偿、对自我灵魂的治疗和救赎!

祝愿春鸣和志慧,还有他们的儿子李安棣,种瓜得瓜,种豆得豆,写出更多更好的诗,做出更多更美的篇章!

2017. 12. 1

八公白毫子

西汉初年,汉高祖刘邦16岁的孙子刘安受封淮南王。刘安生性好道,广邀方术之士以求长生不老之策。忽一日,有八公求见,个个眉须皓白。刘安不以为意。八公显术,即刻变成八个童子,角髻青丝,面若桃花。刘安大惊,忙躬身相迎,携手来到紫金山上,终日谈仙论道,终于炼成仙丹,服食后一起升天去了。盛放仙丹的器皿扔在院中,鸡狗舔啄后也随之升天——这便是"一人得道,鸡犬升天"典故的由来。紫金山也由此更名为八公山。

显然这是一个神话。但我想,神话既然得以流传,自有流传的价值。百姓自有百姓的爱憎,刘安和八公的传说,不正代表了他们纯朴和美好的愿望吗?

热衷黄老之术的汉淮南王刘安,同时是历史上著名的思想家、文学家。他与门客共同编撰的《淮南子》,"牢笼天地,博极古今",被后人称为"绝代奇书"。一部书决定了一座山的地位,八公山从此成为人文之山、文化名山。想当年,"桂树丛生兮山之幽,偃蹇连蜷兮枝相缭。山气笼苁兮石嵯峨,溪谷崭岩兮水曾波。猿狖群啸兮虎豹嗥,攀援桂枝兮聊淹留。王孙游兮不归,春草生兮萋萋。岁暮兮不自聊,蟪蛄鸣兮啾啾……王孙兮归来,山中兮不可以久留"(刘安《招隐士》)。如泣如诉的召唤赢来四面八方文人墨客的响应,八公山成了天下贤士的会聚地,寿春城成了全国思想学术研究的一个中心。八公山、寿春城因此进入"公共语汇系统"(余秋雨)。

2009年2月,组织安排我到八公山协助筹建风景区管委会。当时八公山刚刚关闭72家工矿企业,满目疮痍,百废待兴。比环境恢复建设更迫切的是文化建设,八公山的旅游开发必须打好"文化牌",人无我有,人有我特,人特我优。可是,八公山文化建设的领头羊在哪里?

李振秀一下子从我的脑海里蹦了出来。

在此之前,我与振秀并不算熟。振秀从学校毕业后,就分配到八公山工作,先是团委书记,再是经发办主任、党政办主任,风风雨雨 20 多年,也就是近年才"媳妇熬成婆"。认识她是因为都喜爱文学,都常在报刊发表些文字。她喜欢用"伊湄"的笔名,文风清秀,辞藻华丽,却不是我喜欢的类型。一直以来,我们都是普通的文友,上面来了文学朋友,一起陪陪聊聊,其他再没什么交集。县里成立文联后,需要办份刊物扩大影响,领导慧眼识珠,把振秀挖了过来,借调到宣传部门,具体负责《寿州文艺》的编辑出版。那段时间,《寿州文艺》风生水起,出尽风头,成了寿州文化的一张亮丽名片。我也就是从这份刊物上,对振秀有了新的认识。

"21 世纪什么最贵? 人才!"《天下无贼》中葛优这句经典的台词虽然搞笑,却也讲出一个不争的事实。在知识经济占主导的今天,无论是地方政府还是行业企业,人才是决定盛衰的关键因素。八公山文化建设人才匮乏,能不能请振秀回来? 节庆活动梨花节、梨花诗会的举办,旅游商品紫金砚、紫金石的开发,官方网站的开通,地方文化的挖掘整理,千头万绪,都需要像振秀这样的人去推进、去打理、去施展才华呢。

纵有一千条理由不回来,可有一条喜爱的理由就够了。李振秀,从寿春城内又回到了八公山上。从一定意义上讲,她也从没有离开过八公山。

我从八公山调走,真正印证了"人在江湖,身不由己"这句话。造物弄人,我还有很多想做还没做的事,但大浪淘沙,江山代有才人出。到新单位后,心却还在山上。在同事的帮助下,我将从山上搜集的资料整理出来,经过振秀的运作,相关方面同意将《八公山漫话》正式出版,为我在八公山工作留下一丝痕迹。

就在振秀回山后不久,忽然一天,我在网上浏览时,发现振秀 QQ 空间更新了不少新文章,有《在河之洲》《豆田以西》《大泉》等。打开来看,八公山的一帧帧秀美画卷在我眼前徐徐打开——作品主题都是关乎八公山昨天、今天和明天的,描述了那里的山川风物、民俗风情、家长里短……了不得,敢情振秀总算找到了自己的写作根据地！细品文风，与过去大变，朴实真诚，拿捏有度，收放自如，娓娓道来，看似平白的文字却妙语连珠，简单的故事却余味悠长，通俗的讲述却蕴含着深厚的地方文化——八公山不就需要这样的文章吗？

八公山真是一座宝山、灵山，李振秀在这里修成正果、挖到宝藏了！

从此，我成了振秀QQ空间的忠实读者。甚至，我的一些网络文友按图索骥，也成了振秀的铁杆粉丝。

QQ空间里的文章毕竟碎片化，显得不够系统。方便品读，最好的方式是出书。独乐乐不如众乐乐，让更多的人欣赏到振秀的文章，了解到八公山的丰富、厚重、美妙和多彩，也有必要出书。正好我们在编辑"文化寿州"丛书，为增色添辉，就起了撺掇振秀出书的念头。过去刘安与门客共同编撰《淮南子》，在淮河边形成独具特色的文化风景"淮南小山"，我们能不能效法古人做番尝试？

振秀是个随性的人，文章写出了，就像厨师把饭菜端到了桌面，怎么吃是食客的事，其他的事再难引起兴趣。同时，行政工作百务缠身，也真分不出手兼顾其他。好在她有开明的领导，听说了此事，与我一拍即合，将之列为八公山文化建设的一件实事，给予大力支持。既然成为工作的一部分，振秀自然没了讨价还价的道理。《八公仙踪》书稿，很快摆在出版社的案头。书里收录一篇题为《仙人白毫子》的散文，说的是唐代诗人李白笔下的《白毫子歌》：

淮南小山白毫子，乃在淮南小山里。夜卧松下云，朝餐石中髓。小山连绵向江开，碧峰巉岩绿水回。余配白毫子，独酌流霞杯。拂花弄琴坐青苔，绿萝树下春风来。南窗萧飒松声起，凭崖一听清心耳。可得见，未得亲。八公携手五云去，空余桂树愁杀人。

"淮南小山"是汉淮南王刘安的门客的共称。在振秀的描述下，白毫子"是一个浪漫而又关心黎民百姓疾苦的人，熟读先秦子集，对《诗经》尤其钟爱"。黄河和淮河之间是一片开阔的平原,两河流域之间都处在秦岭淮河 0℃ 等温线和 800mm 等降水量线以北。《诗经·采蘩》篇中有"于以采蘩? 于沼于沚",白毫子读后受到启发:白蒿既然能在黄河流域生长,就应能引种到淮河流域。桑麻是那个时代的锦衣之源,种桑养蚕是重要农事,种白蒿可以喂蚕,解决桑叶不足的问题,这可是重大的发现。于是白毫子带着随从,到黄河流域采摘白蒿回到寿春试种,种植成功后大面积推广开来,从此白蒿在淮南大地扎下了根。水生白蒿又香又美,是蚕宝宝的最爱;陆生白蒿成为八公山的特产草药,主治风寒湿痹、黄疸、热痢、疥癞、恶疮等。当地老百姓很感激这位引种者帮助他们解决了一直困扰生产生活的大难题,未经白毫子同意,直接给这位先生改名为"白毫(蒿)子"。振秀得出结论,"李白所称羡的这位白毫子先生,是老百姓望'物'生义给取的名。别致而有寓意","九百多年后,诗仙李白经过寿州,记载了这位仙人白毫子,留给了世世代代读过此诗的人无尽的想象"。

读罢此文,我想,若干年后,有没有人再会对我们身边的人、身边的事望"物"生义? 李振秀,不就是八公山上的又一个"白毫子"吗?

2016.6.9

小雅印象

古色古香的寿春小巷里,一位中等身材、戴着近视眼镜的中年汉子,腋下夹着个塑料文件袋,正歪歪晃晃地低着头走路。有人从后蹑手蹑脚蹿到跟前,猛然一拍他的肩头,喊道:"小雅!"

小雅并不惊诧,慢慢扭过头来,看清来人面目后,咧嘴一笑:"俺哥,搞么子啊?"

寿春小城里,小雅应该算得上名人。所以,小城的人差不多都认识小雅。认识小雅的人,总是喜欢如此这般地与他开些不大不小的玩笑。小雅习以为常,并不反对朋友们这种肆无忌惮的恶作剧。

小雅的朋友很多,各行各业,就没有他不认识的人。小雅结交朋友的方式极为简单,与朋友的朋友见面时,未等朋友介绍完毕,小雅的手早已伸了过去,但并不是握住别人的手,而是老熟人般地搂住了别人的肩:"俺哥,找个地方喝一杯去!"三杯两盏下肚,便引别人当了知己。这么快地结交的朋友,往往使双方都弄不清对方的年龄。所以,本比小雅年少许多的人,经常被小雅称作"俺哥"。

小雅是个好人,热心、热情、助人为乐。因为朋友多,小雅在小城好像无所不能。因为朋友多,找小雅帮忙的各种电话不断。人们经常可以看到,走在大街小巷的小雅,一只手正捂着个手机在耳朵上,突然衣袋里的小灵通又响了。小雅便用另一只手掏出,又捂在了另一只耳朵上。小雅就是这样忙,一年三百六十五天,一天也别想闲下来。他总是为朋友两肋插刀。

但总有朋友在他两肋插刀。

小雅既然是个好人,那就必须是个能吃亏、善吃苦的主儿,凡事委曲求全。可小雅也吃人间烟火,他并非完人。比如,小雅不会骑自行车,也不会骑摩托车。在我们这座小城,自行车、摩托车是主要的交通工具。不会骑车,小雅在小城每天只能安步当车。但小雅的职业是记者,记者的工作性质又要求他凡事争分夺秒。于是,不会骑车成了小雅的一大缺点。这缺点多次被小雅的朋友提及,用以论证小雅并非一个好的记者。

对于朋友的指责和非难,小雅总是忍字当头。小雅其实是个极普通的人,他只求认认真真做事,本本分分做人。但也有被惹急了的时候,特别是与大伙喝酒过量后,小雅总爱口吐狂言:"啥时候,俺跟你玩到位!"这话小雅其实也只能是说说而已。迄今为止,从还未见小雅将谁"玩到位"过。小雅是个好人,好人就得与人为善,凡事就得替别人考虑。小雅是个善于换位思考的人。

小雅长着一副憨憨的面孔,走路的时候,小雅喜欢构思文稿,唐老鸭一般如醉如痴。可正是这么一个近乎痴讷的人,脑袋里却装着几多奇思妙想,让朋友们无不艳羡!早在上中学时,小雅的诗歌便在小城名噪一时,被当时的文学青年们广为传诵。当上记者后,小雅很快在广告文学这方园地里找到了自己的用武之地。天鸿饭店由于地处偏僻,顾客较少,饭店老板找上门来,指名要小雅策划广告。小雅实地调查后,以"天鸿不在天边"为广告词,在报纸上做了一则广告。刊出后,天鸿一时人满为患。众饭店群起效尤。为了防止小雅在策划广告时厚此薄彼,老板们甚至推举他做了小城饮食协会的秘书长。如此现象还反映在学校、商场等其他领域。他给清水湾休闲中心所做的广告词写道:"清水湾/水清清/可以濯我足/可以濯我缨……"创意唯美,构思新颖,本身就是一首诗,让业内人叹服广告还能这么样做!小雅以广告策划为载体,为小城营造了一道独特的风景。殊不料,自己也成了别人眼中的风景。

小雅凭着广告策划成了小城名人。可成了名人的小雅仍然是小雅。他离不开朋友,朋友们也离不开他。隔三岔五的,大伙总要聚上一聚,喝上两杯小酒,喷出一堆大话。喝高兴了就到城里月光嚓上一嗓子——小雅可是名副其实的麦霸,小酒一高,抓过麦克风就不松手!

小城为拥有小雅这样的性情中人而美丽。

朋友们为拥有小雅这样的朋友而骄傲。

2006.5.25

朋友仁君

我与仁君是好朋友、铁哥们。

那年我刚在安丰塘参加工作,平时较闲,鬼使神差地迷上了新闻写作。当时县里仅有一家广播电台,所以每天播报地方新闻的时段,便尖起耳朵去听。忽一日听到一则关于安丰塘的新闻,说是塘里的王八聚会,有成千上万只,排成队从塘东游到塘西。这分明是一条假新闻——安丰塘哪有那么多的王八,否则塘周边的人还不发大财了?!我听得清晰,播音员说的是"记者楚仁军报道"。

那时候,仁君还叫楚仁军。仁君是后来的名字。

仁君就这么钻进了我的耳朵。他的这则根据道听途说写成的新闻,后来也就成了我们茶余饭后拿他开涮的谈资。

与仁君的第一次见面就在安丰塘。那天办公室的人过来对我说,县广播电台的驻区记者过来采访抗旱情况。我过去一看,见是个小伙子,刀削脸,梳着分头,架着副眼镜,穿件中山装,胸口口袋里别了两支钢笔。身板很瘦,瘦得不忍目睹,一阵风就能刮走似的。坐在办公室的条凳上,文质彬彬,确像个文人。他自我介绍说,他叫楚仁军。我忙说:"久仰大名!久仰大名!"心里却在说——见面一看,不过如此。

我自小嘴损,便一本正经地向他打探"安丰塘王八过塘"的事。仁君大窘。

但仁君不记仇。难堪归难堪,那次以后,我们便成了朋友。时不时地,仁君骑着他那辆破自行车,头一扭便拐进了我的茅草房里。说那自行车破也不准确,应称上"烂",除了没有车铃外,还没有盖瓦,没有支架,没有车闸。骑在上面需要减速的时候,仁君便伸出脚板去阻前轮。久而久之,仁君的鞋底磨出深深的沟。那车轮也早没了齿,但不知是骑久了的缘故,还是用脚刹车的原因。好在仁君不足百斤,自行车再破，也不至于被压塌了架。

仁君比我年长一岁，但好长一段时间，大伙都以为我比他大。一是我生得五大三粗，人一蠢便显得老相；二是仁君一向性情内敛，不像我等一般张狂。人一张狂，往往就做事孟浪、口无遮拦，往往就弄出事端、惹出麻烦。我们惹出麻烦，往往就由仁君去打圆场，去收场，去擦屁股。

记得仁君是在秋天里结的婚。秋天是庄稼成熟的季节，也是年轻人收获爱情的时节。农村里一般都把婚丧嫁娶当节日过，亲戚朋友及邻居们都要偎过来热闹几天。这样的机会我们自然也不会错过。仁君结婚，我们早一天就去他家。晚上没事，几个人就去田野里转悠，嘴里哼着"下定决心去偷瓜，不怕牺牲往前爬，排除万难挑大的，争取胜利抱回家"。但我们偷的不是西瓜，那个时节没有西瓜，我们偷的是山芋。山芋偷回来了放在仁君家里，仁君父母脸上虽对我们挂着笑容，但大伙能感觉到老人家很不高兴，可能是侍弄庄稼的人都打心底讨厌祸害庄稼的人吧。仁君便去做老人的工作，说我们几个也就是图个好玩。这都是几年后闲聊时仁君的妻子告诉我们的。

仁君的妻子姓王。结婚当天，是我们把她的嫁妆搬上车运回来的。晚上"闹房"，我明知故问："这丫头是小王吧？""吧"音拖得老长老长。小王何等聪明，自然听出我不怀好意，便不高兴，嘴噘得挂住油壶，坐在床上一声不响。新娘子不高兴，朋友们"闹房"便不尽兴。大伙不依不饶，非要她"笑一个"不可，否则就要"掠了仁君打扑克去"，让新娘子独守空房。仁君一听急了，他知道哥几个的性格，说得出做得出的，便也过来劝小王"笑一个"给我们看看。小王正生气，哪里笑得出来？她笑不出来，难为得仁君抓耳挠腮，如同关进太上老君炼丹炉的孙猴子一般，比写不出稿件还难受。

仁君当年当记者的时候，实行的是"计件工资"制，每月规定了一定数量的稿件任务，必须完成。他是个聘用记者，完不成任务，少得可怜的工资就没有保证。那段时间，几乎每天广播里的地方新闻里，我们都能听到仁君的名字。再后来，撤区并乡了，仁君被安排到一个乡镇当"驻镇记者"。写稿没有压得喘不过气的任务了，仁君便能腾出心思琢磨写好稿了。由于文笔较好,平时乡镇一些领导的会议讲话、工作汇报之类的材料,也请他帮帮忙、费费神。仁君任劳任怨,谁找到头上都不推辞。这使他在乡镇有了无人可比的好人缘。文笔好,脾气好,人缘好,这样的人不用用谁?!后来这个家伙当了党政办公室的主任。

但仁君毕竟是文广系统的人。"21世纪什么最贵?人才!"肥水怎么能肥外人田?何况自己系统也确实需要这样的人才!费了九牛二虎之力,爱才惜才的局领导终于让仁君归了队,并调进了局机关。

环境改变了,生活安宁了,但仁君并没从此丧失本色。这是一个农民的儿子,他在乎自己的饭碗,他在乎别人的器重,他每天规规矩矩地上下班,认认真真地忙好领导交代的每一项工作。他知道没有犁田耙地就收不到好庄稼。但仁君的时间确实比过去宽裕了许多。傍晚下班后,我们能够聚在一起打打扑克、喝喝闲酒了。仁君不打扑克,他坐在一边笑眯眯地看着我们打;仁君也不喝酒,他坐在一边笑眯眯地看着我们斗酒。我们喝多了就穷吹滥侃,仁君也不打断,他坐在一边笑眯眯地倾听。喝得烂醉后,仁君就把我们带到澡堂里,给每人花上两块钱弄个卧榻,再花两块钱泡上一壶清茶解酒。夜深了,他就陪着我们睡在澡堂,再也不怕小王独守空房。好在小王现在彻底败在我们的嘻嘻哈哈没个正经之下,她也深深理解仁君与我们情同手足的朋友之情。

仁君调进机关后,不再需要东奔西跑地找新闻。有了空余时间,他便折腾起了散文创作,作品接二连三地出现在省内外报纸杂志上。仁君的散文多为写事,生活气息浓厚,故事写得引人入胜,却又不落俗套。身边朋友一片哗然,纷纷对之刮目相看。但就是摘了眼珠子去看,仁君也还是过去的那个仁君:刀削脸,梳着分头,架着副眼镜,形销骨立,体重不足百斤。怎么看他,也不像能成气候的角色。但仁君确实混出了一些名气。作为朋友,我总应该为他写一点文字。于是,就有了以上这篇东西。

2006.7.6

给时局画像

时局就是时洪平，县文广局的副局长。在小城，副局长应该算个不小的官了，可时局怎么看都没有个官样。首先是穿着不讲究，夏天一件短袖 T 恤，冬天总是夹克，看不见穿过能走场的衣服。再就是走路的姿势，总是风风火火的样子，好像单位失火了就等他去扑救似的，这让他在一群官的中间很有些特立独行。不光是我们小城，就是全省全国，有几个官不是走得四平八稳的官步？每每看他匆匆忙碌的背影，我总不怀好意地想，可惜了，一个官的形象，愣被这人给破坏了。

因为时局不像官，所以我们成了朋友。这个朋友是个真正的君子，君子之交淡如水，交上这样的朋友有时候连水也喝不上。时局与我成为朋友，是因为拥有共同的写作爱好。但我不是君子，我总想方设法让我一些当官的朋友请我吃饭喝酒，反正那又不用你当官的自己掏腰包。可时局不干，我总吃不到他们单位的饭。吃不到饭，活还得干，时局是单位的业务局长，担负有弘扬历史文化名城文化的职责。时局领着我们办艺术节，办摄影展，办书画展，办笔会，没有任何硬性任务，也没有任何方面指令，但时局要求我们办就办好，不但要出新出精，还得出彩。我一直纳闷，小城里一帮自命不凡、心比天高的"书画大师""文学高人"，怎么就心甘情愿地集结在时局的麾下，成为历史文化名城文化建设的生力军了？

当然，时局姓时不姓石，时局不是石公鸡，更不是铁公鸡，该拔毛的时候也能拔下毛来。公家不请他私人请，私人请我们也去。时局酒量不行，很快就高了。醉了酒的时局喜欢趴在朋友肩上说话，总说不完，说来说去全是工作上的事，有时也说官场里的各色人等。虽然他是一个小小的官，但他总在絮叨做官要清正有为群众才能拥护拥戴，做官要清正有为才能为群众办一点切实之事。朋友们都了解他，借他一个肩膀,由他说去。等到时局说得口干舌燥了,我们的酒也喝得差不多了。时局起身埋单,大伙作鸟兽散。

时局是副局长,副局长当然是官,是官就得干官的事。可时局有时把不是官的事也干了。小城里就有这样的人,本来以做文人为荣,也能写几篇小文章,可那只是他升官晋爵的台阶,一旦当了官,就把文人的本质全丢了。时局不是那样的官,当了局长,文章照写不误,报刊常见他的大作。几年下来,竟然还出版了自己的专著! 时局做人光明磊落,宠辱不惊,于嚣烦尘世保持一颗不卑不畏不俗不谄之心。这在小城尤其不易。

与这样的人做朋友,令我对人说起来脸上有光,底气十足。

是官,但没有官腔官调官相官貌;是文人,但没有文人的自高自大自满自傲。说到这里,也算画出了时局的画像了吧? 像这样的官,应该算是好官了的,老百姓都这样认为。我这样对他说了,可他却并不以为意,说,人生一世,草木一秋,能多做点事情就多做点,别留下骂名就好。至于其他,时局说了三个字:无所谓。

2008.12.24

一路走好

2月13日晚10时许,我同往常一样忙完手中活计,打开手机浏览信息,一则讣告映入眼帘:"游子雪松,本名陈学松,曾用名陈松,安徽省寿县人……2020年1月19日经武汉至荆门,不幸染病,被确诊为冠状病毒传染性肺炎。经抢救无效,于2020年2月13日15时58分去世。"

我的胸腔好像被人重重击了一拳,好久喘不过气来:游子雪松,就这样走了?

与雪松的交集发生在2015年春天。安徽省网络作家协会在合肥徽园的安徽文学馆正式成立,按照省作协安排,我代表六安市作协到场祝贺。会议散场时,一位留着络腮胡子的中年男子走到我的身边,自我介绍他叫陈学松,是寿县老乡。我好像记得,会议上他的桌牌写的是"雪松",刚刚当选为副秘书长,简介上标明是风起中文网诗歌论坛的版主。见我一脸迷茫,雪松笑了,说他以前是田园文学社的社员,主要写诗,因为生计,出去得早,所以与家乡作家们交往不多。为了拉近距离,雪松说:"陈立松,你认识吧? 我俩经常提起你!"陈立松是我的好友,为人侠义、正直,他圈子里的朋友差不到哪里。我一下对雪松亲热起来,相互加了微信,留了电话。

从那以后,我俩经常通过网络相互问候。雪松是个热心肠,数次向我约稿,说是可以推荐到相关网站和刊物发表。可惜我手懒,写的东西不多,只发过一次随笔过去,实在是辜负了雪松老兄的好意。

第一次真正意义上的聚会,是在家乡的展业酒店。一位写诗的文友做东,说:"雪松从湖北回来了,想与大伙聊聊。"真见了面,雪松反倒没了话,眼睛笑成一条缝,讷讷地坐在大伙中间,听我们神侃。轮到喝酒时,也不用劝,斟多少喝多少。结果,雪松很快就喝醉了,趴在桌上,呼呼地睡将起来。那天,我们在座的人都喝醉了,正所谓"人对脾气菜对味",主人居然在结账时把银行卡都弄丢了。我有个秘密,喜欢通过喝酒看人品,一个人在酒桌上不会偷奸耍滑,往往生活中也忠厚耿直,真诚善良。这次聚会后,我与雪松算是真正成了朋友。

也就是在那次聚会上,雪松说:"在外流浪久了,眼看年纪大了,累了,想回家了。"我们啧啧称是,纷纷附和说:"在家千日好,出门一时难,能回来就回来吧。"

时间不久,就听说游子雪松在家人帮助下,成立了一家文创公司,办起了《珍珠泉》诗歌微刊,雪松亲自担任主编,努力推动家乡诗歌发展。2019 年 4 月,《珍珠泉》微刊举办"缘聚寿州"第一届珍珠泉文学笔会,安徽著名作家许辉、梁小斌、陈斌先等出席。笔会期间,来自湖北、江苏等省、市及安徽寿县的作家、诗人 80 余人,参观楚文化博物馆,畅游寿县古城墙,举办诗歌朗诵会,活动取得圆满成功。因为我不会写诗,且单位正在改革调并,千头万绪,没有吟诗作赋的心境,只匆匆参加了欢迎晚宴,其他日程就当了逃兵。

2019 年 10 月,雪松的文创公司结出硕果,由他主编的《诗意寿州》诗文丛书顺利出版,其中就有他的个人诗集《我的乡愁依山傍水》。雪松兴冲冲地给我打电话,邀我参加首发式,我也很乐意地答应下来。可惜,计划赶不上变化,到了当天,因为公务,我居然爽约了!

活动依然是圆满成功,我们当然都替雪松高兴。作为爽约者,纵有千条万条理由,我的内心隐隐充满歉意。外地的文友都安全离开了,雪松拉着陈立松,寻个大排档,一盘卤猪蹄,两斤"缘"酒,"二松"边喝边聊。一来二去,就聊到我的身上:雪松兄对于我没有到场心存芥蒂,认为我关键时刻"掉链子",不够"架相"!"二松"为人坦荡,都是有话不隔夜的人,拿出电话就拨了过来,把我一顿好训!我能说什么?雪松还不是想把活动办完美些?我有错在先,赔着笑脸吧!

但雪松毕竟敦厚大度,是个有涵养的人。酒醒之后,懊悔不已,立即给我发来信息道歉。我把电话打过去,说:"应该道歉的是我,我没能参加活动这是事实。"雪松一迭声地说:"老弟不要往心里去、不要往心里去,哪天老哥请你喝酒赔罪!"

　　2020 年 1 月 19 日,腊月二十五,寿县另一位在外漂泊的诗人从深圳归来,我想,一直想约雪松兄一起喝酒呢,正好都是诗人,聚在一起有话说。电话寻去,雪松已离开寿县,正在赶往荆门的路上。

　　哪个敢想,这一去竟是生离死别、天人永隔?!

　　雪松兄! 你一辈子颠沛流离,浪迹江湖,原只想后半生能落叶归根,可以与兄弟们抱团取暖,快意人生,怎么就这样离开了家,离开了诗,离开了你依山傍水的乡愁和梦想……游子雪松,雪松游子,难道真的是一语成谶,游子的定位注定你要魂归荆楚?

　　雪松兄! 你是那样钟情缪斯,那样热爱诗歌、热爱家乡,就在染病住院期间,依然心系故土,笔耕不辍。你在 1 月 30 日发在朋友圈的《墓志铭》,锥子一样穿透了我的心:

　　　　来自老家确切的消息——
　　　　故乡目前还没有发现一例冠状病毒
　　　　这让我释然,欣慰

　　　　千里之外的那片故土
　　　　是我一生都无法割舍的牵绊
　　　　这里是生养我的土地,现在
　　　　依然住着我的亲人、故旧和亲朋

　　　　瓦埠湖,古芍陂,长淮与淝水
　　　　骨头里浸润它们生生不息的方言和胎记
　　　　这首诗不长,不用公开浏览和发表
　　　　假如,在异乡我走不出这次春天的逃亡

　　当你打开朋友圈,就能读到这首我的
　　墓志铭

不亦悲乎！何其恸哉！
游子雪松,我的好老兄,一路走好！

2020.2.14

悼夏忠

夏忠走了。

接到丰婷电话时,我正陪省里的同志在瓦东参观。农村变化日新月异,满眼昌盛,本来很好的心情,"咯噔"一下形成落差,沉重无比,再提不起精神。同事看我心里有事,投过关切的眼神。我思考了一下,如实相告,请假向淮南赶去。

在我的印象中,寿县划归淮南后,淮南与寿县联系最紧密的新闻单位就是安徽网淮南频道;每年报道寿县最多的外宣新闻平台,也是安徽网淮南频道。个中原因,当然是因为夏忠。

夏忠是安徽网淮南频道的负责人。取夏忠谐音,我们平时都喊他"夏总"。

夏总对宣传寿县情有独钟。

认识夏忠,是因为我们都是文学爱好者。现在的文学,都在圈子里。寿县文学爱好者来到淮南,当然要融入淮南文学圈。每次参加淮南文学圈活动,好像都能看见夏忠的身影。中等个子,梳着分头,四方脸,笑容满面,精神抖擞。无论是在讨论的会场,还是在采风的乡野,都捧着个相机,亲力亲为,"咔嚓""咔嚓"地按个不停。活动结束,安徽网的报道总是最先出来,图文并茂。一来二去,与夏忠熟了,知道他也是寿县人,老家就在素有"晒网滩"之称的保义镇。

真正与夏忠成为朋友,是因为他们与田区合办个"幸福田家庵"征文。田家庵有个廖家湾,我去过一次,很有写作的冲动,但当时因随"大部队"集体行动无法采访。碰巧大巴上与夏忠坐在一起,随嘴闲聊道,下次还要专门来趟,写篇散文,当成参加他们活动的征文。说者无意,听者有心。事过不久,夏忠给我打来电话,邀我再访廖家湾。看他心诚,我欣然前往。到达约定地点,发现不但夏忠与他的助手丰婷在,他还约了淮南市作协的金妤主席一同前往。几个人在廖家湾实地踏勘,高兴而来,满意而归。中午夏忠在田家庵设宴款待,弟兄们把酒言欢,从此结为知己。

酒真是个好东西。男人交往,往往不需要过多言语,即便初见面的人,几杯酒下肚,什么样的品性,相互都能有个大致的了解。

但我们不知道,夏忠是个白血病患者。

知道夏忠有病,是丰婷告诉我的。丰婷外表疯疯傻傻,其实是个精明能干的丫头,正直、善良。她和夏忠陪诗人雪鹰等大咖到安丰塘畔采风,文友相见,分外亲热,当然要斗酒。丰婷把我拉到一边,说,夏总有病,让他开车,酒由她斗。我不相信,平时看夏总幽默风趣,精力充沛,满满的正能量,哪像有病的样子? 丰婷正色道,这事还能瞎诌,都几年了。

我这才想起,那次在田家庵,虽然夏忠频频举杯,好像他从没从酒瓶里斟酒。他陪我们喝酒,是怕我们喝不尽兴,其实自己一直都喝的白开水! 我真是个马大哈!

夏忠的主业是新闻,他们的安徽网淮南频道办得风生水起,在新闻界颇有影响。看着眼热,我就起了"借鸡下蛋"的念头。与他一谈,双方一拍即合。他安排丰婷与我们进行专门对接,由我们负责供稿,他们网站源源不断地推出,从而解决了我们外宣缺乏网络平台的问题,有效提升了寿县的知名度和美誉度。

印象中,夏忠拿我从不当外人,只要到寿县,都要拐进我的办公室坐一会。夏忠健谈,眼界宽广,博学多才,与这样的人交流真是一种享受。中间有两段相当长时间,夏忠没有过来。我在 QQ 上问丰婷,丰婷说他去住院做化疗了。我在心里默默祝愿:好人一生平安。

夏忠这次化疗后,我们见过两次面。第一次是在寿县作协成立大会上,感觉他身体明显不如从前。活动结束,我们在楼下为省、市嘉宾送行。夏忠最后一个下楼,满脸蜡黄,一头汗珠。我赶紧上前询问情况。夏忠摆摆手,强作欢颜说:"没事没事,可能是没休息好。"我们说:"你别开车了,躺在车上休息下吧?"同行的张兴安老师也关切地上前嘘寒问暖,主动提出开车。夏忠婉言谢绝,说自己能行。事情过去半个多月,一天我正在伏案整理材料,突然感觉办公室进来个人。抬头一望,发现夏忠老兄坐在沙发上,正笑吟吟地望着我。我一阵惊喜,抬身把椅子移过来与他面对面聊天。夏忠说:"这次化疗后,感冒引起肺部感染,一直提不起精神。这几天感觉身体轻省了许多,趁着天气好,与丰婷一起过来转转。"我问:"丰婷呢?"他说:"到其他单位跑业务去了。"我开玩笑说:"安徽网淮南频道办得好,有丰婷一半功劳,但丰婷本事再大,也离不开夏总这个掌舵人。"夏忠接过话头说:"年轻人总要长大,我有病以来,特别是今年,真难为了她,你们都多帮帮她。"我说:"你现在体弱多病,应以养病为主,能少操心就少操点心吧!"夏忠一脸招牌式的憨笑,说:"忙惯了,闲不住啊!"

我做梦也没想到,这一次见面,竟然成为我们的永别!

现在回想,那一天,是不是他有意安排过来告别的?

夏忠老兄,你怎么能这样?! 你才刚到半百之年呀! 我们不是说好的吗? 等待天气转凉,我们还要一起去新桥采访工业发展,一起到乡镇开展扶贫攻坚调研。你不是最重情、最守诺的吗? 这一次怎么就爽约了?

赶到淮南,丰婷在楼下等着我们。我眼圈一红,居然一时说不出话来。丰婷也是一样,哽咽着重复一句话:"这下彻底解脱了! ……"我突然明白,最了解和最理解他的,还是与他一同战斗的同事——我们平时看到的都是夏忠积极、阳光的一面,只有丰婷知道他与病魔抗争所付出的艰辛和痛苦!

因为天热,夏忠的遗体从医院直接送到了殡仪馆。楼上楼下,屋里屋外,再难觅夏忠的身影。我能做的,就是无限悲痛地走进灵堂,恭恭敬敬地在夏忠笑容可掬的遗像前,深深地三鞠躬!

夏忠老兄,一路走好!

2018.8.3

许劳模

许劳模不是劳模。"劳模"是大伙送他的绰号。

许劳模真名许磊,没成职业书法家时,没有固定职业;成为职业书法家后,书法创作就成了他的职业。

初识许磊先生是在一家驾校的笔会活动中。那天现场书法活动,同去的老师们写了一两幅后就停了手,端起茶杯作壁上观。只有他在大伙簇拥下,接二连三地笔走龙蛇。他不歇气,一是因围观者慕名,纷纷索求;二是他脾气好,有求必应。第二次见面还是因一场活动,只不过改了地点,不在室内,换在了街头——"送春联下乡"。这天早晨,寒风刺骨,滴水成冰,但定好的计划不能变,书法家们乘坐一辆商务车赶到迎河小镇,文化广场上早已摆好书案,上街采购年货的乡亲们得到消息,人山人海,等候多时。烫了笔,裁了纸,书法家们一字排开,场面红火。但天公太不作美,写了不到半个小时,就有人寻了借口,溜下阵来;一个小时,继续者尚有三五人;两个小时后,只有许磊仍在坚持。只见他端着瘦削的肩膀,顶着花白的头发,把笔放在砚上,双手相互搓了搓指背,又抬起来凑在嘴前哈了哈气,以眼神询问对面群众的索字内容,然后提起毛笔,蘸了蘸墨,一笔一画,力透纸背,不急不缓,一丝不苟,一点也没受天气和他人离场的影响,好像整场活动成了他的专场。

那次活动后,"许劳模"的绰号不胫而走。

"劳模"的绰号有调侃,也有赞誉。我曾在后来小城申创"中国书法之乡"的街头义卖中,有意观察过许磊在活动中的表现。那一天他现场创作作品近两百幅,未等钤上印章,立即被哄抢一空。用他同行的话说:"许劳模累得胳膊都抬不起来了!"这次活动,充分展示了小城书法的魅力和实力,为"中国书法之乡"顺利得到授牌增了光、添了彩。所以说,许磊也是为"中国书法之乡"申创成功做出过贡献的人。

小城历史悠久、文化底蕴深厚,不是凭借一腔热血、满怀激情愿当就能当上"劳模"的,当"劳模"必须有自己的独门绝技。许磊笔名去枯,斋号愚人茅舍,顾名思义,就能对其书艺风格及从艺精神窥斑见豹。他的独门绝技,就是既有传承又自成一体的独特书艺。著名书法家史秀前先生曾以《许以翰墨金石,磊落快意人生》为题,专门为他写过述评,认为其"结字如为人不事张扬,常于凝重中见机巧,平淡中显意蕴。在学书的同时注重自身人格的完善,赤诚待人,力戒虚伪,低调求实","作品用笔爽利,结字机巧灵动,追求笔端的情趣变化,化'有意'于'无意'之中,不矫揉,不刻意,'无意于佳乃佳'之作常出其右"。书法理论家夏长先生也为其著文,认为"其作品在书法审美上形成了重笔势、气力,重典雅、重质文兼取的特点,将一般墓志的方峻雄强转化为笔墨兼备的独特风格和美学魅力。他的楷书,融篆势、草情、隶意,起笔迅捷,折如钗股,收笔戛然而止,或藏或露,或缩或放,恰到好处"。史、夏两位先生有两个共同点:都是生活于安丰塘畔,均以恪守经典、敬畏传统、苛严技道著称于书坛。他们双双出面甘为许磊泼墨,并发出"先生忘我精神令我等自愧不如"(史秀前语)之喟叹。许磊勉乎哉!

许磊年届花甲,成为职业书法家只是近几年加入中书协后的事。不管怎么说,在很多地方,能否入"国字号"组织依然是衡量一个从艺者修为造诣的标准,所以夏长先生才有"大方无隅,大器晚成"的评述。方家们说,许磊的楷书,以褚遂良所书《雁塔圣教序》《大字阴符经》为基调,掺以北碑墓志及行书的笔意,加上自己对古碑帖的领悟,形成了清峻温润、刚健典雅的风格;行草取法二王及元明诸家之长,注重传统,不跟时风,沉着凝重,雄俊伟茂,点画沉着,笔力遒劲,轻转重按,一气呵成,或伸或缩,或浓或淡,或正或敧,章法似乱石铺街,若飞花散雪,道法自然;金文取两周古法,从毛公鼎、大盂鼎及石鼓文中汲取营养,结体端庄肃穆,用笔凝练圆劲;其篆刻师法古玺,气韵畅达,端秀古雅,平中见奇,功力精湛。我是书法外行,看书法只能看看热闹。依我说,许磊的书法,弥漫着一股特有的文人气息,优雅、淡定、平和、古拙,就像风中的芦苇,摇曳多姿,俊美飘逸;又像古巷街石上的包浆,醇厚黝亮,散发出古城时光的积淀,既风流洒脱,又静谧博大,呈现出一种大家气派。这样的至性至情、至真至美,需要付出怎样的心智心力?!但是,由于出身草根,讷言敏行,别人根本看不到他没日没夜面对青灯黄卷心摹手追的艰辛,更体会不到他手把刻刀坯石千研百练的困苦,只觉得许磊是横空出世,半路里杀出来的一匹"黑马"。我倒觉得,许磊在艺术上的成功,恰恰诠释了南开大学吴玉如老先生的一句话:"学识好,功力好,二十年能出一位画家;功夫到,学识到,有天赋,三十年能出一位书法家。"

成为职业书法家后,按理说可以喘口气、歇一歇了。可许磊比过去更加用心用力,指掌上的老茧越发厚实,言谈举止却一天天更显谦逊。"书法为书者内涵之外化,故书道、修养为第一,池功第二。"许磊深知书法"先其天性,后其学习",不仅需要洞悉古人的书写状态,删繁就简,变古为今,同时需要广泛涉猎文学、美术、舞蹈、曲艺等领域的知识,息脉互连,融会贯通,此外,还应走进自然,亲近社会,勇于实践。为此,他兼任了小城历史文化研究会副秘书长、名流书画院副院长等职务,凡是公益性的文化活动,他逢喊必到,不遗余力地穿行于小城的大街小巷、寿州的沟埂阡陌,乐此不疲。

许劳模不单是他的绰号,在小城文艺界,在我们的心目中,许磊是名副其实的劳模。

2017.3.8

谷朝光的画里人生

莎果巷是小城三街六巷七十二拐中的一条。沿着幽深的小巷一直向西,坑坑洼洼的路面上汪满了积水,行人跳舞般地走到尽头,便到了一所摆满各色盆栽的庭院。这就是谷朝光的澹墨居了。

谷朝光,字子恒,号澹墨斋主,毕业于安徽教育学院艺术系,现为江苏国画院特聘参展画家、寿州书画院创作研究室主任。

初识谷朝光是在 20 世纪 80 年代中期。那时候小城里文学社、书画社等各种文化社团多如牛毛,我刚从安丰塘调来,孤家寡人一个,工作之余总喜欢跟在一帮文人骚客后面蹭饭。一日"寿州八友"笔会,我没什么事情可做,便觍着脸又过去了。文人聚会,口无遮拦,放浪形骸,厅屋里不断传出一阵阵笑声。这时候我发现,有一个人一直拿着画笔,专注地在画他的《孤舟独钓图》。这个人 30 来岁,穿着件夹克,面容俊朗,浑身包裹着一股温文儒雅的气息。看着他笔下的画作,我一下子想起了《三国演义》卷头的那首《临江仙》来:"滚滚长江东逝水,浪花淘尽英雄。是非成败转头空,青山依旧在,几度夕阳红。白发渔樵江渚上,惯看秋月春风。一壶浊酒喜相逢,古今多少事,都付笑谈中!"

谷朝光的画很抢手,刚刚完成,便被候在旁边的人抢了。谷朝光放下画笔,站直身子笑了笑,并不为意。我不懂画,读画时全凭感觉。但我对谷朝光的画的感觉确实很好,于是就讪讪地对他说:"谷老师,你的画里有种禅味,我喜欢。"

谷朝光转头看了看我,喔了一声算作回答。我又说:"持平常心,做自在人——是这个意思吧?"谷朝光说:"你看出一点味道了。"

得到谷朝光的肯定,我自然高兴,便顺势向他讨画。谷朝光说:"好啊,我给你画幅有禅味的!"

一个星期后,我跟朋友一起拜访了澹墨斋。澹墨斋里弥漫着墨香,靠墙的书架上挤满了书籍,书架顶上随意地摆放了几件陶器之类的古董。房间的正中间,架着一张硕大的书案,案上摆满了笔墨纸砚。隔着书案,谷朝光把画好了的册页递给我,说:"你看看,可满意?"

上面画的是一个慵懒的老和尚,手边丢着一本经书,躺在一棵松树下晒着太阳。画作的题目是:经书读累了,歇歇也好。

我真的好喜欢。

那晚我们就从这个和尚谈起,谈到了佛教的三个最基本的修行方法:戒、定、慧。三学里面"戒"是基础,"禅定"是根本,禅的修行方法认识世界、认识自我,然后就是"发慧"了;还谈到了禅宗的禅是一个什么样的禅。不知不觉已是深夜,我们竟然没有一丝困意。

那次长谈后,我与谷朝光便成了朋友。

小城住户,几乎家家厅堂都挂有名人字画。不管是不是附庸风雅,但确实烘托了小城的文化氛围。我跻身一隅,自然也要入地随俗。首要人选非谷朝光莫属。一次朋友聚会,席间我把讨幅字画挂在书房的意思向他说了。席后,几个人都带了酒意。我们信步来到一个朋友的书房,几位书家趁着酒兴就是一番龙飞凤舞。小城书法无限繁荣,自清以降便有"怀诗寿字桐文章"之说。但说句实话,有相当部分写手只是把书法当成了写字,胡涂乱抹的大作充满了匠气和做作,让人着实不敢恭维。但当晚几位朋友的书法在小城当算上乘,均已达到一定火候,无色而具画图之灿烂,无音而有音乐之和谐,观之不由得心生艳羡。几人作罢,怂恿一旁观赏的谷朝光出手。谷朝光微笑着展开了宣纸,说:"我们就给赵阳老弟涂个鸦吧!"

朋友是位书家,书房里没有画家必备的五彩。这怎么作画? 谷朝光说:"没关系,墨和纸一黑一白,黑白美是宇宙间最高的美。"一边说话,一边把笔落在了纸上。寥寥数笔,便勾画出了一把紫砂壶,旁边还配了只茶杯。谷朝光说:"这个你在书房喝茶用。"说完,又画出了一株盛在杯盏里的兰花。这兰花半边唇舌向一侧倾斜上翘,其态美而不俗,其神洁而不孤。旁边的人一致赞道:"这兰花好,好像能够闻到芳香了!"谷朝光说:"兰花与菊花、水仙、菖蒲合称为'花中四雅',与梅、竹、菊并称'四君子',自古便受文人墨客的喜爱,书房里不能没有的。"接着,谷朝光又画了个物件,问大伙:"这是什么?"朋友说:"是奇石吧?"谷朝光说:"对,送赵阳做镇纸用。"再画了毛笔。毛笔放在一尊方砚上,就好似刚刚用过了一般,可以看见笔头的墨。我见谷朝光正在创作状态,怕扰了他,不敢说话。谷朝光又画了一摞线装书籍,书籍旁摆放了两株盛开的水仙。最后,又画了一片带有龙纹的瓦当。大伙喝彩声不断。

谷朝光把笔放在了笔架上。我以为齐活了,便提醒他,还没落款呢!谷朝光说:"不急,画面太空,我得在上面题上些字才好。"呷了口茶后,谷朝光再次提笔,在上面笔走龙蛇:

"赵阳者,寿州人也。其潇洒英俊,为寿州文人之所爱矣。每逢好友,大呼能与洒家同醉否?其面其容当得美誉,惟门齿善启,世人以为常笑之故。知之者曰:否,文人有异态,安能以常人等同视之?阳常自喻,做文章当思奇巧,会友人当以率真。醉后胡言乱语,又有何妨?"

停了下,谷朝光在下面继续用墨:

"余常为友人涂鸦,惟写此帧谓之大快也。所书所画,均在友人嘻语中而成,此大真也。当不计工拙,阳弟以为如何?朝光并记。"

我虽不是文人,但我总是难免虚荣,喜欢被别人称作文人,尤其是被谷朝光这样的文人称作文人。没等墨水全干,我就如获至宝地收了画作,生怕被别人顺手牵羊抢了去。

这幅画,至今挂在我的书房里,为我的生活增添了无穷雅趣。

1996 年,一个偶然的机会,我被水利部借调到办公厅工作。在京期间,有位领导对我关怀备至。这个人德艺双馨,是中央多家文艺协会的理事,文章经常见诸《人民日报》等报刊。从北京回来后,领导一直挂念着我的工作和生活,让我十分感动,便想回赠他一件东西,便想起了谷朝光的画,便与谷朝光说了。谷朝光爽快答应了,画了一幅《墨竹图》给我。此竹仅两枝,上无头,下无根,只取中间截面。我见了,怀疑不能代表寿州书画水平。谷朝光看出我的疑惑,自信地说:"只管送去。"利用出差的机会,我将此画带到了北京。当此画在领导面前徐徐展开时,我看见他眼睛一亮,接过去细细看了后,问:"真是你朋友画的?"我说:"是,只是这幅有点简单了。"领导说:"这画是上品,国画艺术的技术构成特点就是简单,至简才能至美,这正是国画的高妙和特出之处。"我有些发蒙,对他说:"我还是喜欢谷朝光的人物画,《墨竹图》太死板。"领导说:"你不懂,画竹讲究气韵生动,形神兼备,对于画家最显功力。国画作品还讲究寓意,所选题材,能够反映一个人的胸怀和品格呢。"

我真的不知道,谷朝光的这幅《墨竹图》竟然有这么多的讲究。

怪不得谷朝光这么热衷于画竹和送竹!

前不久,六安市美术家协会召开代表大会,谷朝光众望所归,被推选为副主席。我们前去道贺,谷朝光不以为意。我当时突然想起了他为那幅《孤舟独钓图》所题的名字:"自得。"《礼记·中庸》说:"君子素其位而行,不愿乎其外;素高贵,行乎高贵;素贫贱,行乎贫贱;素夷狄,行乎夷狄;素患难,行乎患难;君子无从而不自得焉。""自得"正是文人最基本的要求,而欲求自得,必先"素其位而行",不以物喜,不以己悲,不狂妄,不狷介。同时"不愿乎其外",不怨天尤人,内外相和,身心合一,以性情、精神的平和怡然自乐。此乐即"反求诸自身"之乐,"反身而成,乐莫大焉"。

从谷朝光的画里,我好像懂得了小城文人典型的人生追求。

前天晚上,我又跳舞般地去了趟莎果巷。回来后,妻子问:"晴好的天,去哪里把鞋子弄泥了?"我回答说:"去谷朝光家了,我想沾沾他的光。"

2006.12.18

大隐于市

认识洪森是因为小城有个红森公司。那时候刚调进小城,因工作的关系,隔三岔五地就需要弄个项目策划书什么的。这些报到上面立项的东西,封面设计排版装订很关键。同事知我"新来乍到,摸不到锅灶",推荐我找这家公司。一打听,都说红森是小城里的行业龙头,生意做得风生水起。从老州署的涵洞穿过去,沿着笔直的照壁巷前行,很容易找到了目的地。吉人天相,一顺百顺,老板洪森正在店内。谈了合作意向,洪总一口答应。我不放心,想就具体事项提提要求,毕竟初次见面,"先小人,后君子"为妥。洪总是谁?生意场上阅人无数,一眼看穿我的心思,手一挥,爽快地说:"你放心,文本做得不满意分文不取,还认损失!"

看着店里忙忙碌碌的热闹景象,再望一眼旁边几家广告公司的门可罗雀,我不得不承认了"店大欺客"的现实。

从那时起,我的工作几次变动,单位换了又换,但所有需要合作的相关项目,基本上都找这家公司。不图别的,就为省心放心安心。

如果与洪森的交集只限于工作上的往来,也不至于今天心血来潮,萌动为他写上一笔的念头。因为爱好文艺,到小城工作不久,就成了各种文化活动的热心参与者。一日,书画家举办笔会,我附庸风雅,也过去看热闹。其实笔会就是找个企业赞助,一帮文人雅士穷吹海侃一番,然后画上两笔交差。这样的场合,真正的大家基本上是不动笔的,应景的都是些入门不久的青瓜嫩枣,老师辈的在旁指点一二,然后涂上两笔,签上名算作合作的作品,交给埋单的一方完事。当然,这里面也有滥竽充数的,没有达到师字辈却愣装人物,端着个架子三请五邀也不愿开笔。那天我到得较迟,笔会已近尾声,该动笔的基本上已经结束,坐在旁边的沙发上喝茶聊天。案几上,只有洪森一个人在默默地作画:先是画上一对眼睛,然后是鼻子、嘴巴、耳朵,再就是头颅、体廓、尾巴——一只猫咪憨态可掬呼之欲出!原来洪总不光生意做得好,还会画画!

旁边的人说:"你不知道,洪总是先当美术家后成企业家的。'寿州猫王'说的就是他!"

我对洪森刮目相看。

令我敬佩的是洪森对作画的一丝不苟。别人已张罗着到餐厅就餐,洪森还伏在案上补画着猫毛和背景山色。有人不耐烦,说:"好了好了,签上名字行了!"洪森头也不抬,说:"不能糊弄!不能糊弄!"一边说,一边抬起身子,端详了一番画作,又在猫爪边补上两只蹁跹飞舞的蝴蝶,画面一下活了起来,旁边的人纷纷叫好。洪森这才在图画上首题上画名"戏蝶",在下首落上自己的艺名"三木",盖了印,双手一抱,对众人说:"献丑!耽误大家时间了!"

主办方接过作品,连连道谢。

事后我问:"很多画家图懒省事,都是写上几个字应付了事,为什么你要那么认真?"洪森一脸的严肃,说:"画画这东西,跟做人一样,马虎不得。守不住底线,伤的是自己的名声。名声坏了,什么就都没了。"

从那时起,我对洪森的创作关注起来。原来,洪森自幼受母亲影响,酷爱美术、书法,为今后绘画打下了扎实功底。稍长,小城名家朱宝善、张君法等先生先后发现了他,收为学徒,在技法上给予了充分的点拨和扶携。这就是小城的魅力,贩夫走卒,家庭主妇说不定就是饱学鸿儒,历史文化名城、"书画之乡"的金字招牌,不是一朝两代就能沉淀擦亮的。一个偶然的机缘,洪森参加了安徽黄山书画院函授学习,得到郭公达、张建中、郑若泉诸先生的指教。目前,他正进修于清华大学美术学院"美术理论与书画创作高研班"。数十年来,洪森耐住心神,广涉山水、人物和花鸟,博采众长,逐显气候,形成自己的画风。他的画,讲究意蕴和情趣,追求精神和内涵。圈内受封"寿州猫王",笔下的动物自是以猫见长。画画最怕"画虎不成反类犬",画猫最怕把猫眼画成了虎眼。猫眼温暖,虎眼威严。洪森笔下的猫,活泼精灵,人见人爱。它们或观花、或扑蝶、或戏耍、或逗乐,眼中满是新鲜、好奇、惊喜、犹疑,生动传神,稚气顽淘,既充满童趣又耐人寻味。他笔下的荷花、金鱼、雏鸡、小鸟、野兔等,也都是意趣万千,颇具特色。近期,洪森又开始涉猎以小城民俗为基础的民俗画,画面温暖动人,意境如诗如梦。洪森的作品,构图简洁,动静益彰,气韵生动,充满诗情。观洪森的画,总让我想起儿时的天真无邪,嗅到乡野泥土的芳香,体会到古拙浑朴的风味,感受到生活的美好和谐。

当然,对于品画我是门外汉,只能是"外行看热闹"。但我一贯坚信"字如其人""画品即人品"。洪森在圈内通称"猫哥",人们遇到事情找他帮忙,总是能够有求必应。小城文人的林子虽然不大,但鸟类齐全,恃才傲物的有之,眼高手低的有之,只当评论家不当运动员的更多。比如文协两次换届,主席、秘书长走起路来一大群,坐到台上一大片,但干起事来就那么几人。从胸牌席卡制作到会场布置文件袋装投,洪森自始至终亲力亲为。人手不够,就把公司的员工派来;车辆不够,就把公司的车辆开来。只要是圈内的正事,从来没见过洪森提什么条件,说什么价钱,乐此不疲。这样的人,每个地方、每个集团都有,他们才是地方或集团的脊梁。古道热肠、热爱文化事业发展的人,人品自然不会差到哪里。

但人品好也不能说画品就好。画品需要画家对社会充分实践、对生活深刻感悟,从而把自己的所思所想、所盼所求凝入笔端,转化为人画合一、具有独特审美情趣的作品。做不到这一点,只能算一个"画匠"。小城写字作画的人多,但不懂这个道理的人不少,热衷于"回"字几种写法不能自拔。文人历来清高,对美好生活充满憧憬,但如果让其经商做买卖,很多人肯定是一脸的不屑和嗤之以鼻,觉得俗了自己的品位和理想。洪森就不信这个邪,老老实实做人,兢兢业业做事,认认真真作画,从做事中修炼做人的品格,积攒作画的功力,功到自然成,身上多了朴实沉静,画上多了雅致精细。了解洪森的人品后,再来看他的画,就能理解为什么里面绝无浮躁之气,感受到的是心灵的宁静和洒脱了。

　　小城南端有座名叫隐贤的古镇，因唐代贤士董邵南来此隐居而得名。"小隐隐于山，大隐隐于市。"归隐山林与山水融为一体，古往今来文人墨客莫不动心。在纸醉金迷百绿千红的当今世界，世事内外变化多端，观念出入繁杂无比，还有何地能像古隐贤一样提供一处精神上的避难所，帮助我们远离世俗，去过一种出世的生活？不能"出世"，那就顺其自然地"入世"，大隐于市，既拥有"采菊东篱下，悠然见南山"的散淡，做一个个性舒展的"精神贵族"，又不被世事摒弃，具备足够的社交能力和雄厚的经济实力，使自己能在感兴趣的领域中纵横捭阖，如鱼得水，游刃有余，才算是具有大智慧的人。

　　我觉得，洪森就是这样一个人。

2014. 9. 17

安静淡泊品自高

2000 年的时候,我调到县政府一个办事机构工作。办公室对面就是县领导办公室,我所服务的一个领导办公室的隔壁,就是胡安品的办公室。胡安品当时是我们县的县委常委、人武部政委,转业到政府任副县长。一天,我到我所服务的领导办公室办事,赶上胡安品也在,两位领导正在谈寿州书法发展的事情。胡安品劝我的领导,说:"你的书法有底子,丢掉了可惜,应当也练起来,没笔墨就用我的!"说起话来斩钉截铁,干脆利索,不给人商量的余地。

这是我第一次认识胡安品。当时我心里默默地想,不愧是部队大熔炉历练出来的,快言快语,热情干练,个性十足呢!

还别说,我的领导还真听了他话,十年磨一剑,现在也成了这个"中国书法之乡"小有名气的书法家。

胡安品也是古城的书法家,在圈内,人们都称他老胡。走在古城的大街上,你听见人喊:"老胡,好久不见!"可能就是在与他打招呼。古城练字的人多,士绅商贾,贩夫走卒,谈起书法都头头是道。老胡热心,练字的无人不知。我不练字,对书法外行,老胡的字孬是好,不敢妄评。可老胡对艺术的孜孜追求,我是看在眼里并崇敬有加的。作为欠发达地区的基层干部,每人都有千头万绪忙不完的事务,但老胡就是能够抽出身来习书练字。那时候,我是十分羡慕给他服务的秘书。开会,老胡从不要秘书准备稿子,拿着笔记本走上台,一二三四五,布置完毕,散会走人;调研,轻车简从不要人陪同,一车抵达目的地,直奔主题弄清情况结束。这样的方式方法,秘书清闲,自己也节省了时间。有了时间就关起门来悟自己的书道。机关人常有的消闲方式,老胡或者不会,或者不去,两耳不闻窗外事,一心只练毛笔字。慢慢地,我在出差外地时,就有朋友向我打探认不认识胡安品? 关系熟络的就直接开口,要我帮忙求一幅墨宝。因为无知,所以无畏,觉得那不就一幅字嘛! 朋友开了口,只要我没忘记,就会跟胡县长汇报。胡县长问了要字人的情况,一般都会有求必应。所以,古城大街小巷的很多牌匾上,都有了胡安品的名字。等到政府任职届满,胡县长要离开了,伙伴们聚在一起,商量着也想讨幅字留作纪念。不承想,胡县长与我们想到了一起,还没待我们张嘴,他已在办公室给我们准备好了! 直到今日,这幅字还在我的书房挂着:"宁静致远。"

老胡的字到底好不好? 内行看门道,外行看热闹。我看不了门道,看字全凭自己的喜好。罗丹说:"在艺术中有性格的作品,才算是美的。"依我看,老胡的字,朴拙奇崛,圆劲浑厚,潇洒飘逸,肥瘦相谐,形成了自己的风格与气派。人说"字如其人",老胡的字正如他的为人一样:豪放、本色、耿直、无畏。生活中,老胡从不隐瞒自己对现实的观点,对朋友肝胆相照,急公好义。与他有过接触的许多朋友都说,老胡是个品格高尚的人! "群众喜欢的,才是最好的。"爱屋及乌,大伙是喜欢他的人多一点,还是喜欢他的字多一点? 这个问题就像是先有鸡还是先有蛋一样,一时半会弄不清楚。

从政府出来后,我与老胡的交集反而多了。由于古城历史悠久,文化厚重,为了打好"名城"牌,当地决定成立历史文化研究会。会长谁最合适? 寻摸来寻摸去,最后定在了老胡头上。既然干了,就要干好。第一件事,就是编纂一套历史文化丛书。有个段子说,要想一天不安宁,请客;要想一月不安宁,搬家。我想说的是,要想一年不安宁,编书,特别是编历史文化方面的书。按照老胡的定位,丛书必须是迄今为止首次"对古城历史文化进行全面的、学术的、总结性研究的大规模纂述,是展现寿州文明的精髓与核心的集大成之作"。历史文化,浩瀚繁杂,不光要查找大量资料,进行田野调查,还要进行整理、分析、论证、撰写等,大量事务必须靠人去办。老胡依托自己的人格魅力和人脉资源,让一大批的文化学者归拢麾下。作为历史文化的爱好者,我也有幸滥竽充数,充当《传说佚事》卷的责任编辑。参与编辑的过程中,亲眼看到老胡为了丛书面世呕心沥血所付出的艰辛努力。为了协调一个作者的署名,老胡"走出去,请进来",三顾茅庐,精诚所至,问题最终圆满解决。很多人都听过关于老胡真性情的传言,有说拍案而起的,有讲抬腿就走的,但在出书这件事上,老胡真能够放下"架子",一切只从做成事考虑。可等到洋洋数百万言的鸿篇巨制出版时,人们却在上面找不到他的名字。皖西文史学者姚治中评道:丛书罗列了 25 位参编人员的分工,却找不到他们的"主编"。这就是我的寿县老朋友性格的一个方面:淡泊名利,务实诚朴,讲究合作。

高风亮节,说起来容易做起来难。别人把淡泊名利只挂在嘴上,胡安品时刻体现在行动中。

又是十几年过去了。每天上班的时候,还是经常能遇见他,骑着辆破旧的自行车,昂头挺胸,目不斜视,不紧不慢地走在上班的路上。这些年胡安品真没什么变化,还是平头,花白的头发,面容清癯,两眼炯炯有神,只是人比过去越发安静起来,温文尔雅的样子。脱离行政后,老胡更有理由疏远了热闹和应酬,浸淫在自己的艺术世界里。贾平凹说:"这样的人都善良,澄怀无毒,却往往率真,眼里不容沙子。"我觉得,这话真是对老领导胡安品最真实的写照。

2014. 3. 12

村夫邵军

寿县古城的人都知道,村夫就是邵军,邵军就是村夫。

知道邵军名字的时候我刚参加工作不久。一天随领导到炎刘公干,看见路边一幢建筑旁耸立块标牌,上书"炎刘电管站"几个大字,龙飞凤舞,落款"刘子善"。刘子善是合肥著名书法家,在寿县古城同样声名响亮。领导啧啧夸赞说:"邵军有本事,单位不但效益好,品位也高,竖个标牌也这么讲究,名家书写,注意细节,怪不得这家伙能成为部级劳模!"

后来,邵军由电管站站长成了炎刘镇党委副书记,见面机会多了起来,但都是工作上的事,并没真正有过交集。有一天,我们又到炎刘,车子进镇政府大院时,看见院门额上新镌了"炎刘镇政府"几个大字,同样龙飞凤舞,但没有落款。领导是个书法迷,又啧啧夸赞起来:"村夫有真本事,这字见功底!"我忍不住插嘴,问:"村夫是谁?"领导诧异地翻我一眼,说:"村夫就是邵军,这都不知道?"

公务如此繁忙,还有心情习字,邵军形象陡然在我心中高大起来。

原来邵军在艺坛上的笔名叫村夫,他不单爱好书法,还工诗词,善随笔,摄影也是行家。但他的主业是从政,且政绩不菲。那段时间他赢得百姓口碑,这要得益于他的平民情怀。在三觉当镇长时,邵军曾作美文《连心楼记》:"不怜位卑心系衣食父母,楼居一隅未忘忧乐晨昏。"亲民爱民之意溢于言表。《抗旱组诗》写道:"轻车熟路田间行,脚陷龟裂话当心。小禾奄奄向我诉,几时甘露能润浸。惊雷一声倾盆雨,冠我天神酒一樽。"忧民怜民之情跃然诗中。人的精力有限,眼光向下就不能向上,可多年的宦海沉浮早使邵军看开一切,以不变应万变,秉持自我,靠人格魅力赢得支持尊重。随心随变,但不能违背做人做事的原则和底线。"安能摧眉折腰事权贵,使我不得开心颜!"这使他的从政履历有了两次辞官归野的记载,也使他在芸芸官员中更显得特立独行。但真诚的处世风格、随和又不失认真的性情,又让同僚以与他结友为荣。

工作之余,邵军的时间主要用在了读书、写字上。与其他基层公职人员不同的是,邵军的卧室也是书房,摆满了各类书籍,架着个大书案,夜深人静,主人常常伏案研学忘了休息。古人"宁可食无肉,不可居无竹",邵军是宁可不睡觉,不可不读书。这让他又有了"文化书记"的雅称,并像他的笔名"村夫"一样有名,现在虽早已不在书记位上,仍被朋友们沿用。

我与邵军真正相识相知成为朋友,还是在古城筹建文联前后。文化名城能当文联主席的人大有人在,并有很多人跃跃欲试。可能服众并把活动开展得风生水起的人,寻找起来就不那么容易。文联虽然是个群团组织,但有行政级别,亦官亦民,尺度拿捏不好,就会寸步难行,并且文联团结、领导的都是一些自命清高的文艺界"巨鳄""大腕",鼻眼朝天,不是一般人能够服侍得了的。综合考虑多方因素,已经由"邵军"转变为"村夫"的"文化书记",理所当然顺理成章地成为无可替代的不二人选。

承蒙村夫错爱,本人有幸也被网罗于文联,从此与他接触多了起来,让我得以真正了解他的思想和性情。人是需要有点责任感和事业心的。村夫不是爱当官的人,但被推到前台扮上了花脸,就要唱好自己的戏,对得起角色和别人的信任。有人可能觉得文联是个"务虚"的机构,要钱没钱,要人没人,平时也没有实质性任务,完全可以得过且过,而且前面推车、后面有辙,一些文艺团体也是这样一路走来,优哉游哉,快活似神仙。可邵军不这么认为。"不干则已,干就干好。"这是我对村夫人生态度的总体评价。文联成立大会盛况空前,古城有头有脸人物悉数到场,喜气洋洋,其乐融融,开成了"团结的大会、鼓劲的大会、胜利的大会"。会后,村夫不待扬鞭自奋蹄,一家一家地忙乎成立专业协会,引线穿针,苦口婆心,沟通协调,不厌其烦,作家协会、书法家协会、美术家协会、收藏家协会……相继成立。这些协会,为后来古城申创"中国书法之乡"奠定了基础,发挥了无可替代的作用。作为个体,我觉得最受益的是文联给我带来很多学习交流的机会。元旦了,文联有年会;春节了,有联欢会;平时里,上临泉品酒,下苏州观湖,有各种采风、座谈和笔会活动。大伙不但有得玩,回来了还被催稿,刚创刊的《寿州文艺》等着发呢,总不能吃了喝了回家就属狗熊的吃饱不动了吧? 这样,不知不觉中,我们的创作质与量都有了大的提升,文联也因此增强了凝聚力,村夫也越来越受到我们信任。

就在村夫带领大伙策马扬鞭仗剑天涯的时候,突然传来消息,如鱼得水的村夫急流勇退,辞了文联主席一职。于公于私,我觉得都应打个电话问问究竟,文联不是如日中天吗? 顺风顺水的,怎么就撂挑子了? 村夫说得十分轻松:"一切已然就绪,我该去做自己想做的事了呀!"我知道他的为人,鞋子是否合脚只有自己知道,该怎么做也只有自己才有发言权。作为朋友,我们只能尊重他的选择。好在都在一个小城,我们依然能够时常见面,节假日相约到古村落转一转,到深山里走一走,纵情山水,颐心养性,朋友间的感情不但没有淡化,反而越来越浓了。村夫是个闲不住且有毅力的人,有了时间就在学问上下功夫。他在腾讯 QQ、新浪博客和微信都开了空间,分别记录自己在文学创作、艺术摄影和书法研习方面的历程、成果和心得,很快就成了古城文化者的关注对象,一时间求赐墨宝的络绎不绝。这也是种社会现象,有的人在位时红极一时,门庭若市,下台了立马门可罗雀;有的人装龙像龙,装虎像虎,在什么山唱什么歌,台上台下都能稳住心神,找到人生的支点,笑傲江湖。

2015.7.1

寿阳刀客

我与寿阳刀客不熟,见面点点头而已。因没什么机缘,也就没有深交。一次跟朋友闲谈起他,垂青他的书法和篆刻。朋友倒爽快,怂恿我找他求幅墨宝。我觍着脸去了,结果不但如了愿,还讨了顿酒喝,把我感动得不行。

寿阳刀客,姓夏名长先,家住寿州古城南边有晒网滩之称的保义镇。寿阳刀客是他的网名。长先不但字写得好,书法理论也很了得,出过专著,多次获奖;长先不但书法理论精深,印也刻得好。寿州古城,字写得好的大有人在,但能做书法理论学问的屈指可数;研究书法理论的不乏其人,但擅长篆刻艺术的寥若晨星。篆刻还能饮誉艺坛,人称"刀客",名副其实。

真正认识寿阳刀客是因古城申创"中国书法之乡"。这是中国特色,做任何事情首先得搭班子,确保有人管事和做事。管事的好说,自有分管的机构;做事的就不好找了,既要懂得地方书法史,又要知晓现实状况和未来趋势,并且能将其按照申创要求加工成申创报告。这些事说起来容易做起来难,都是吃力不讨好的活,齐活后还要经"十八口子乱当家"的评头论足,没有一定理论功底且具默默奉献精神的人,万万做不得。好在古城拥有人口 140 余万,各行各业总有几位甘愿为人作嫁衣裳的"脊梁"。管事的在全县书法家队伍里三扒拉两划拉,寿阳刀客大浪淘沙,脱颖而出。听说"申创办"慧眼识珠觅得如此大将后,我对领导们的英明决策佩服得五体投地。原因有三:寿阳刀客的职业是教师,教师的"通病"是认真,寿阳刀客本身又是个守本分、讲规矩的人;寿阳刀客的爱好只有书法篆刻与书法理论研究,除此之外再无其他,这样的人认为做自己感兴趣的事就是幸福;寿阳刀客的为人有口皆碑,性情耿直,乐于助人,平时甘于清苦与寂寞,能够板凳一坐十年冷。果不其然,"申创办"架子搭起后,很多人按照通知上了班,但很快发现无利可图,纷纷找了借口打道回府,只有寿阳刀客仍然每天孤独地穿行于上班下班的路上,第一个来,最后一个走,除了不声不响地烧水扫地充当勤务员,就是两耳不闻窗外事,披星戴月点灯熬油地做着不署自己名字的各种申创功课,以此为乐,乐在其中。等到申创成功,有的人功成名就,寿阳刀客也觉得无事一身轻,拍拍屁股走人,又回到晒网滩当他的教书匠去了。

对于寿阳刀客的选择,我是持点赞态度的。寿阳刀客是个有独立人格的人,老实本分,外表看起来憨态可掬,实际上疾恶如仇,眼里不容沙子。比如有的"官"协邀他入会,一般人万磨不开颜面,寿阳刀客就回绝得干脆。"安能摧眉折腰事权贵,使我不得开心颜!"他平时嘴里不说,其实心里自有杆秤。再说个人的实现也是条条道路通罗马,方法不同,目的还不是一个? 寿阳刀客在一篇随笔中,这样描述他回校后早晨上班的情景:出家门,在学校门前烧饼摊上购得两块烧饼,一边走着一边嚼着;进办公室烧上开水,打扫完卫生,孩子们小鸟一般三三两两陆陆续续进了校门,新的一天就这样开始了。从这些平实语言中,我读出其对江湖之远庙堂之高的去留无意,对物质生活的淡然淡定,对教书育人职业的痴迷敬畏。伟人说农村是"广阔天地,大有可为",我认为至少颐养性情是真的。工作之余,"躲进小楼成一统",看自己喜欢看的书,写自己愿意写的字,人生佳境,何逾于此!

寿阳刀客有性格,外表看上去冷冰冰的,甚至有些不近人情。其实他是个热情似火的人,对生活充满热爱,对朋友充满真情,只讲付出,不求回报。寿阳刀客篆刻出名,无论是名章还是闲章,古城字写得好抑或写得不好的人,画画得好抑或画得不好的人,有几人没有拜他赐章? 书法艺术界讲究推介,寿阳刀客术有专攻,不管是别人求上门还是自己乐意写的,这些年为他人写了多少艺评? 对于这些,寿阳刀客认为都是浮云。与他交谈,其念念不忘的是余国松、李家景等先生在他从艺道路上的关心和帮助。"不要问社会能给我什么,要问自己能为社会做什么。"人要活得有意义,活得精彩,活得理直气壮,就应养成一种真诚乐观、超然平和的心态,拿得起,放得下,不怨天尤人,不自怨自艾,在有限条件下和生命里,秉此自我,感恩社会,能做多少,就做多少。

在中外各类文学作品中,刀客是指江湖上行侠仗义之士。我觉得,在古城文化圈内,寿阳刀客就是这种人。

2015.3.5

孤单，是一个人的狂欢

当在丹丹第二本书的后记里再次看见她说喜欢"孤单，是一个人的狂欢"这句歌词时，我决定，以下敲出的文字就以此为题。

掐指一算，认识丹丹也有十来年了。那时候，互联网论坛肇始，寿县网站也辟出一角，让我们这些有点文字"三脚猫"功夫的闲人在上面施展拳脚。有一天，我无意中点开"艾蔻"的帖子，发现是篇心情文字，写得小资且有品位，连找几篇读了，觉得都很精致有味。这样的帖子，无疑为小城论坛吹进一缕清新的风。于是，我就在帖子后跟了帖、点了赞。

网络因属虚拟世界，什么样的人都有，只要会敲字，小学生敢跟教授叫阵，人人都能不可一世成为"大虾"。成为"大虾"的途径主要靠刷"存在感"，也就是"泡论坛"，大量发帖并广泛跟帖，最好还能"隔空骂战"弄出点响动。可是，这个"艾蔻"好像无意于此，所发的文字基本都是主帖，对于别人的跟帖，不管是赞是贬，一概不睬不理。

我笔书我心。好个特立独行的人！

这个"艾蔻"是哪里人？我不免好奇，一次文友聚会时向人打探。有了解的人奚落我，连"艾蔻"都不认识，亏你还算作家！"艾蔻"就是黄丹丹，跟你一样，也是作家；不一样的，人家是小城一等一的美女作家！

我做惊愕状。其实，那时我对"黄丹丹"如"艾蔻"一样不了解、不认识。我是个外表眼观六路、实则孤陋寡闻的人。

终于，小城成立文联了，各路网上写手走到现实中。丹丹坐在饭桌对面，身材窈窕，面容清秀，穿着旗袍，戴着大大的耳环，着实是美女一个。她不仅长得好看，气质也好,文弱、娴静,手中摆弄着手机,目光专注,邻座的笑语喧哗好似与她无关。别人攀谈,抬望眼,弄清是跟自己说话,回答后,继续旁若无人地玩起手机。我留心地看了一下,原来她是在手机上码字写稿。闹中取静,心无旁骛,我今天算看见稀奇了!

后来,我们熟悉了,竟发现丹丹与众不同令人诧异之事还有许多:从不在街头吃零食,大街小巷烧烤摊前的红男绿女中绝没她的身影;喜欢独处,旅行很少跟团,孑然一身,说走就走;不参加侃大山式的聚会,说话不拐弯,开不得玩笑,等等。除了喜爱写作,我们之间好像没有任何相似之处。

丹丹的写作,无论文笔还是题材,与我的文字大相径庭。一开始,她的文字具有典型的城市文青色彩,很多都是自我对话的形式。看她的《一脉花香》,我的眼前总会浮现一幅情景:一个扎着马尾辫的女孩,每天上班出门前,会对着镜子扮上个笑脸,玉手紧握,屈臂往下使劲一轧:"丹丹,加油!"傍晚下班前,一边用喷壶小心地给办公室的绿植浇水,一边恋恋不舍地与其对话:"宝贝,明天见!"是不是有些矫情?矫情其实是女人的专利,把握好分寸,就是一首诗、一幅画,美不胜收。戴望舒《雨巷》中写道:"撑着油纸伞/独自彷徨在悠长、悠长又寂寥的雨巷/我希望逢着一个丁香一样的/结着愁怨的姑娘。"这情景也矫情,但美轮美奂,换个汉子"结着愁怨"试试?

《一脉花香》应是丹丹写作的分水岭。从那以后,丹丹文字叙述能力有了质的飞跃,就像神话中所说的"开了天眼",写作到了水到渠成的境界。题材也有了大的改变,不再"小我",但仍坚持着自己的"小资"路线、"才女"风格。体裁更加广泛,不光写散文、随笔、诗歌,还涉足小说、评论、剧本,且都写得有模有样,在省、市各类文学擂台赛中斩奖无数,引得业界一片哗然,写作的天下怎么突然掉下个"林妹妹"?弄得我只要出门参加笔会什么的活动,总有外地文友凑过来,问:"丹丹怎么没来?"

看,丹丹都成了小城写作的品牌和名片了。说到小城作家,已绕不开黄丹丹。

丹丹各种社会活动明显多了起来。但黄丹丹就是黄丹丹,江山易改,性格难移。参加座谈,她的话一说完,杯一推就转身离开;朋友聚会,听不下侃空叫诧逗聒聒,包一拎就走。她看不好别人脸色，也不会给别人脸色。可这一点也没影响她在写作上的交流与合作，大伙都了解丹丹，她就像是我们的邻家小妹，需要关爱，需要呵护。丹丹的朋友就像她的作品体裁一样，甚至更加广泛。

我与丹丹之所以成为朋友，除了有共同的写作爱好外，还因为她懂得感恩。丹丹一直是我们小报的忠实读者和供稿者。因种种原因，我们的报纸几经沉浮，但丹丹一直情有独钟，报社成立 20 周年时，专门撰稿祝贺，洋洋千言，褒扬有加，关切之情，溢于言表。特别是成了写作"大咖"后，她仍坚持把作品的首发权交给我们，让我们小报因名人而名，狠狠沾了一把光。

有时候我想，丹丹的写作成绩如此骄人，进步这么快，原因无外乎两点：一是热爱。受书香家庭熏陶，丹丹自小喜爱读书，长大后更把读书写作当成生命、当成恋人看待了。二是性格。"孤单，是一个人的狂欢。"享受孤单并将其演绎成狂欢，中间的桥梁就是写作。读书与写作是最私人化的生活方式，丹丹凭借写作斑斓自己的人生、丰富自己的生活、追求自己的幸福，"无意插柳柳成荫"，一不小心，小城少了一位装点风景的模特，多了一位激扬文字的作家。装点风景的模特好找，激扬文字的作家难寻。小城之所以迷人，是因为这里文化悠长，底蕴深厚，装点小城风景更需作家艺术家们的妙笔生花。小城幸甚！

2016. 3. 22

名如其人方敦寿

在寿县古城文化圈里,提起方敦寿的名字,无人不竖大拇指。方敦寿,人如其名,名如其人。

方,方正,正直无邪,尚气节,崇礼义。小时候读《从百草园到三味书屋》,记住里面一句话:"他是本城中极方正、质朴、博学的人。"后来认识了方敦寿老师,这句话就时常萦绕在脑海里。外表看来,方老师是个很儒雅的人,满头银发,嘴角成天挂着微笑,温文尔雅,举止得体,一副彬彬有礼的模样。但和气不代表没脾气,真正了解方老师的人,都知道他的骨子里流淌着一股士人气质,主要表现在这个人有风骨,有气节,有担当。"安能摧眉折腰事权贵,使我不得开心颜!"方老师一辈子在文化系统工作,先是创研室主任,后是文化馆馆长,桃李满天下,对待治学没的说,但对官场的一些习气却是深恶痛绝、决不愿随波逐流的。给我印象最深的是那次县里举办花鼓灯艺术节,需要做个风光片。在方老师的力推下,我领取了解说词的撰写任务。临交稿,几位领导将解说词审来审去,形成不了统一意见。方老师一下火了,在讨论会上拍了桌子——讨论来讨论去,全是眼高手低扯皮扯淡!这样讨论到明年,也不会有结果!依我看,稿子很好,没有什么值得讨论的了!现场的领导一下子蒙了,讨论会草草收场,解说词就此通过。后来电视片拍出来,反响很好。回头想想,没有方老师当时的拍案而起仗义执言,稿子通过不通过,还真难说。方老师的仗义,其实是一种骨气。骨气的来源,主要是正义感,再加上责任感和使命感。这样的人,平时"俯首甘为孺子牛",但在路见不平时,肯定会振臂一呼,都有一股牛气冲天的精气神。这在单体事件上看起来事小,但等成了一个人的习性,那就成了孟子所谓的"浩然之气",它的特点是"至大至刚",不鸣则已,一鸣惊人。有此大气的人,一定会产生大气场,让人折服,给人鼓舞,想不让人尊重,难。

敦,就是敦厚,诚朴宽厚的意思。《礼记·经解》说:"其为人也,温柔敦厚,《诗》教也。"方老师不是善交际的人,平日里很少与外界接触,但这并不妨碍他对别人一片赤诚。寿县古城 20 世纪 60 年代以降的文艺爱好者中,估计没受方老师点拨扶掖的人,微乎其微。这不光在于他的博学,关键还在于方老师真诚、善良、无私、仁爱。对待文化后学,方老师发自内心地喜欢。那时候我还在安丰塘畔养花,一个很偶然的机缘,被人带到县里一个戏剧小品创研会上,聆听到方老师对于每位创作爱好者习作的分析点评。当时正值文学热高烧不退,古城街巷扔一块砖要砸到三个文学青年。无论会上会下,这个鼎鼎大名白发婆娑的儒雅男人被一些俊男靓女众星捧月般包围着,从《雷雨》中的戏剧冲突问到黄吉安的创作理念,场面煞是热闹。土头土脑一脸惶恐的我莫测高深,只能畏缩在角落里,内心充满羡慕嫉妒。可等回到乡里,方老师给我的书信与刊物脚跟脚地也到了。在信里,方老师鼓励我说,从习作里可以看出我很有戏剧创作潜质,希望我能坚持下去,遇到什么困难可以找他。当时我写戏剧,其实也就是图玩,但方老师却是作为事业。从那时起,方老师连续几年免费给我订阅《安徽新戏》等刊物,并多次推荐我参加外面的戏剧创作讲习班,为我的戏剧小品参加会演铺桥垫路。只可惜我天生愚顽,朽木难雕,终不能修成正果,成不了气候,辜负了方老师的一番美意。但方老师待我依然如故,不丢不弃,尽显长者风范。我们这群学生纵有翻天闹海的心,在他的面前也得收敛,唯唯诺诺不敢造次。这,可能就是人格的力量。

寿,有两层意思。第一层,寿县人,爱寿县,写寿县,一辈子以服务乡梓为己任。方老师的作品,歌曲、戏剧、影视、民俗、文学,几乎全是寿县题材,宣传寿县不为名利,不遗余力。他的《锦绣安徽——寿县卷》,被安徽省教委列为中小学生爱国爱家乡推荐读本;《民俗风情》是寿县第一部系统研究古城民俗文化的专著,作为"寿县历史文化丛书"推出后,好评如潮。特别让人感动敬重的是,方老师对于自己的作品,一旦发表后就认为是社会公共资源,只要不是恶意剽窃,只要是为了宣传寿县,不但允许,而且鼓励别人引用、推介、研究、挖掘。这使得他的研究成果非但没有因此矮化弱化,反而影响变得更广更大。随着他的作品一起,方老师的人品学品,就这样走进了千家万户,有口皆碑。

寿的另一层意思,是学生们送给方老师的美好祝福:愿老人家健康长寿! 幸福永伴!

2012.8.16

是真名士自风流

准确地讲,这幅墨竹是我死乞白赖抢来的:两尺宣纸上,三根竹,两实一虚,寥寥数笔,画者落款:"逸人。"竹的上方,有著名画家朱宝善的题跋:"希圣画竹,清新淡雅,谦谦有君子之风,难也哉!"

逸人就是苏希圣。一直想讨苏老师一幅字画装点门面,那天我对方敦寿老师说了这个意思。方老师说,有现成的,前几天刚看他画了幅墨竹,摆在他的书房里呢。得到这个消息,我趁着酒意,一溜烟跑到莎果巷,拐进苏老师的家,直奔书房,直奔主题。苏老师笑了笑,由我拿去。

苏老师,60多岁,中等个子,戴副眼镜,三七开的分头一丝不乱,好像一年四季都是立领中式服装,任何时候都是一副微笑的样子。一开始,我们相互并不认识。那时候我才从学校出来,正赶上文学热,迷上了写作。在小城里写东西,当然要熟悉小城,所以就疯狂地收集所有关于小城的文字。小城是文化名城,写东西的人很多,但只要是涉及文史类的文章,作者署名基本上就是两个人:苏希圣、李瑞鹏。钱锺书说,鸡蛋好吃可以多吃,但没必要认识生蛋的母鸡。可有时候人们还就是想一瞻"母鸡"的风采。经过打听,得知这两人是县博物馆的专家,专门研究寿县历史文化的。既然是专家,那肯定了不得,作为一介书生,我自惭形秽,万万不敢造次打扰的。等到与苏老师见面,已经是20年后,苏老师已调到了县旅游局,又当上了旅游开发专家。这时候我已步入中年,苏老师也是满头华发,只不过他讲究仪表,把头发染了。

等到真正认识苏老师,才知道此人不简单。我曾算过一笔账:县文联下属的作协、书协、音协、美协等十来个专业协会,除了舞蹈家协会,苏老师都有资格参加。每年年底各个协会举办活动,苏老师被东家请、西家邀,总是最忙碌的人。一次聚餐,他老先生被一帮京剧票友裹挟去操琴,害我们苦苦等了两个多小时。我们嫉妒羡慕,说他是文化战线的"华威先生"。苏老师不愠不火,一副谦谦君子模样,也不把我们的责怪当回事。我们被宠上了头,就没了大小,跟苏老师说话没轻没重,特别是酒后蹬鼻子上脸,向苏老师讨东要西。苏老师倾其所有,随我们尽兴。有一次我竟看上了苏老师的京胡,向他索讨。苏老师说,喜欢就拿去。可我实在操侍不了阳春白雪,真送了我,却又怕污了脏了,对不住苏老师的一番美意,一直没敢真的领回家去。还有一次集体到瓦埠采风,意外淘得不少汉代及南北朝的砖瓦,当然这些宝贝都是苏老师慧眼识珠鉴别的,我们最多也就看出个大概,他却能说出子丑寅卯一二三四。一顿饭的工夫,"你的是我的,我的还是我的",我们把所得分了个干干净净。苏老师两手空空,坐在一边笑眯眯地看我们欣喜若狂,我们就当他不存在。

　　苏老师就是这样一个人:我们需要时,他存在;我们不需要时,他不存在。当然,我们还是需要他的时候多。楚考烈王熊完为什么又叫熊元? 小城北门门额怎么写成了"圵门"? 苏老师有问必答,从不像有的学者那样拿腔捏调装腔作势。那样的学者我们不敢招惹,架子太高,"派儿"太大;还有的学者说起事来铺陈排比,就像阴沟里的水流稀里哗啦绵绵无绝期,让人避之唯恐不及。苏老师与他们不一样。苏老师也性情,也率性,但苏老师不"闹"。他身上笼罩着一种亲和力,弥漫着一股书卷气。他给我们的感觉是温和,是厚重,是沉稳,是平实。作为一个真正的文化人,苏希圣总让我想起一句话:是真名士自风流。

2012. 7. 8

栀子花香

初夏的夜晚,八公山笼罩在一片月色之中,神秘而庄重。微风吹过,送来阵阵栀子花香,幽馥香远,沁人心脾。随着香气飘远的,还有一缕缕甜美的歌声:"八公山,松涛吼,三千里淮水向东流……"

唱歌的妹子,叫江波。

认识江波很偶然。那年八公山开办梨花节,需要在山脚搭台布景。地点选好后,领导要我联系承办方把设备家什拉到现场。电话打过去,是个女孩软软的声音。我以为又是什么老总的秘书公关什么的,就说:"叫你们江总接电话!"

"我就是江波。"

怎么,是我弄错了?原来江波是个女士?

见了面,才发现江波其实是个姑娘,二十三四岁的样子,中等个头,略为单薄的身材袅娜多姿;姣好的鹅蛋脸上,一双弯眉下的大眼明亮如水。平时话不多,没事的时候喜欢笑眯眯地站在一边,显得安静,但绝不至于让人忽略了她的存在。与你交谈的时候,她笑眯眯地露出一颗虎牙,又给人一种天真调皮的感觉。但当做起事来,我发现这丫头确有老总的范儿,处事果断,不拖泥带水,谁谁搭景,谁谁架线,安排起业务有条不紊,有板有眼,本来预计三四天的工期,被她三下五除二,一天半就办妥了。

这使我对江波刮目相看,这使我对江波不得不高看一眼。后来再有类似的合作机会,我们总愿与江波的公司打交道,不图别的,省心。

可就这么省心了一两年,突然听到一个消息,做得好好的江波,突然就把公司转手了。为什么?一心不可二用,江波一门心思唱起了歌。

　　我这才知道,原来江波还是个小有名气的歌手。

　　江波出生在美丽的安丰塘畔,父母都是安丰塘小学的教师。得安丰塘水滋养,江波自小聪明伶俐,天生一副好嗓子;受门第书香熏染,江波自小就对音乐特别敏感,每当听到看到广播电视里播放歌唱节目,总会不由自主地去模仿。直到现在,江波和她的同学们仍然记得,安丰塘小学的门前就是安丰塘碑亭,碑亭的旁边有一丛丛盛开的栀子花。江波和她的同学们穿行在花丛中,一边采着花,一边唱着歌,灿烂的笑脸荡漾着欢乐的喜悦。附近的村民围了过来,站在碑亭旁喝彩:"歌唱家,再来一个!"江波就会带领着伙伴们,大方地往村民们跟前一站,一首接一首地唱下去,也不知道什么叫累。

　　后来,江波上了师范学校,甜美的嗓音立即引起了音乐老师的注意。经过专业调教,江波的演唱初现端倪,有了一丝专业的苗头。每次学校组织的文艺晚会,她都是台上最亮的主角。

　　学校毕业后,江波与人合股,在古城寿县开办了一家旅游公司。经过两年打拼,业务一天天多了起来。正当准备顺风顺水大干一场的时候,一次偶然的机缘,在江波平静的心境搅起一圈圈涟漪。2009年夏天,江波应邀参加县政府组织的一个旅游推介活动,当时一个演员临时有事请假,节目出现了空当。为了保证活动效果,担当主持人的江波,自告奋勇顶上去唱了首宋祖英的《好日子》。一曲唱罢,余音绕梁,博得满场掌声。活动结束后,县文化局的领导找到后台,语重心长地说:"你不仅声音甜脆,音色很美,而且音域宽广,中高音处理得当。这么好的歌唱天赋,如果浪费,可惜了!"一席话,说得江波热泪盈眶。她默默地点了点头,把爱好变事业的种子在心中悄悄发芽。

　　江波的爱人是个音乐教师。当初,共同的爱好使他们走到了一起。回到家,江波把县文化局领导的建议说给爱人听。爱人沉默了半晌,说:"你喜欢,就做吧!"

　　时隔不久,县文化局领导带着音乐家方敦寿、魏艺等人找上门来,对江波的歌唱进行"三堂会审",找毛病,提意见,说建议。很快,江波的演唱水平有了质的飞跃,由过去的简单模仿逐步形成自己的风格,原来的通俗唱法也过渡到现在的民族唱法。在此期间,为了专心拜师访友投入学习,江波一咬牙,把公司的股份也转让给了别人。

2010年,专门为江波量身打造的江淮民歌《八公山豆腐香万里》《八公山》相继问世,江波有了自己的歌曲。当年,《八公山豆腐香万里》在安徽省歌曲MV评比中荣获第二名,隔年又在全国农业文化精品大赛中夺得银奖;《八公山》参加了首届六安山水文化旅游节开幕式演出,并在第二届大别山民歌大赛上荣获第二名。江波的声音,不断出现在县、市、省的电台里;江波的身影,不断出现在县、市、省的电视里;江波的名字,不断出现在各级各类文艺演出的邀请名单里。江波崭露头角,江波与她歌曲中的寿县古城、安丰塘、八公山及八公山豆腐走出了寿县,成为寿县文化旅游的一张名片。

江波成功了。

但江波没有陶醉。江波牢记著名音乐家金铁霖的告诫:"真正的歌手要靠综合素质的提高,要不停地学习、提升、积累。只有这样,才能站得稳并且有所成就。"江波说:"我才刚刚上路呢。"江波想到中国音乐学院继续深造,她要为今后的演唱事业奠定基础。

我曾在安丰塘畔工作过10年,与在安丰塘畔出生的江波攀得上老乡。看老乡江波的演出,总让我想到"对花六月无炎暑"的栀子花;听老乡江波的歌唱,总让我觉得"落日桐阴转,微风栀子香"。栀子花翠叶丛枝,如霜类雪,冰清玉洁,适应性很强,湿地旱地阴凉地里都能够生长。每当我看到古城的栀子花时,我就会想到江波清脆甜美的歌声及舞台上迷人的风采。

2012.6.23

腹有诗书气自华

一直想给老林写段文字,可一直不知从哪下笔。

老林就是林伟,书法题款也写作林苇。老林是寿州文化名人,本职是教书,懂生活,爱好多,任何一个专长,都是一篇洋洋洒洒的文章。

老林祖籍福建,父母都是 20 世纪 50 年代的大学毕业生,分配工作到寿县。后来有了他,他自然就成了名副其实的寿州人。寿州人伟岸,常被南方人戏谑为"老侉"。一方水土养一方人,林伟怎么看都像标准的"淮河汉子",身材标准,颜值超凡,近视眼镜后面的目光透露着平和与谦逊。

认识林伟已近 20 年了。回味在一起的日子,一幕幕场景,犹在眼前。那年那月那一天,快下班时小雅来电话,说晚上有人请,不准请假。是谁这么大方? 老林。久闻老林大名,调进古城工作后一直企望结识。今日先生主动约请,焉能不去? 眼瞅着墙上的挂钟"嘀嗒嘀嗒"慢腾腾地转到了下班时间,骑上单车就像坐上飞机一般来到北过驿巷,找到"玲珑春",进包厢一看,小雅与老林久候多时。不一会儿,浮木、高峰先生也入了座。除了我,他们都是古城响当当的文坛艺苑"腕"级人物,真可谓"谈笑有鸿儒,往来无白丁"。几杯酒下肚,席上话语明显稠密起来,各种奇思妙想奇谈怪论便如滚滚江水般滔滔不绝。可是,作为东道主的林伟,却一直笑眯眯地做倾听状,快乐着大家的快乐,幸福着大家的幸福。通过这次雅聚,我算正式融入古城文化圈。现在想起,也是老林牵的线、搭的桥。

与林伟发生第二次交集也是因为喝酒。报社副刊编辑赵广军弄了一箱好酒,四瓶,发 QQ 约我"消灭"了。我答应说:"你找一人,我找一人,四人四瓶,喝完回家睡觉。"结果我找了诗人高君,他找的老林。晚上到他家后,卤猪蹄子花生米就酒,人对脾气菜对味,四人四瓶哪够?广军从床底下又摸出二斤老窖,"报销"后先趴下了,其夫人勉为其难上来"护驾",也趴下了,我们才发现自己眼睛也睁不开了。整场酒只有老林还算清醒,他是个谦谦君子,低调内敛,不像我们牛饮,自己先灌趴下再说。酒局结束,广军夫妻已酩酊大醉,桌子、沙发上各趴一个,送不了客。老林、高君与我出门下了楼梯,老林趁着酒劲,一骗腿上了自行车,"拜拜——"先走了一步。高君与我酒劲上蹿,在楼下脑浑腿软迈不动脚步,烂泥一般瘫在了地上。迷迷糊糊不知过了多长时间,见一个骑车的人影来到身旁。原来老林回家后,喝杯酽茶酒醒了一半,担心起我们这两个醉鬼到家了没有,越想越不放心,索性出门寻将过来。我们见了亲人般乖乖由他叫车送回家去,避免了事故发生。

说了两件事都没离开喝酒,好像我与林伟只是酒肉朋友。其实不是。真正让我对老林刮目相看并结为朋友,是因为两次文化活动。第一件事是县里成立文联组织,需要办份刊物,筹备会上讨论版式内容栏目设置封面设计由谁完成,文联领导脱口而出:"交给林伟!"结果"创刊号"一出炉,立即放个"大炮仗",高端、大气、上档次,低调、奢华、有内涵,从内容到形式好评如潮。现在刊物已经形成风格和品牌,成为地方文化建设的一颗璀璨明珠。第二件事是因县历史文化研究会要出丛书,安排谁来配图?研究会领导手一挥:"当然是林伟!"一套图书九卷,用图近千幅,从策划到拍摄到排版到制作,一气呵成,没要其他任何人烦神。从这两件事情上,我看出老林是一个能够做成事、同时愿意默默付出的人。否则,古城文坛艺界能人那么多,为什么人们遇事都爱找他帮忙?

我的感觉里,老林特别善于团结各种类型的艺术家。古城文化底蕴深厚,艺术活动活跃,仅书画一项就有社会组织近百家。有人形容在大街上迎面遇上三个人,就有两个是练书法的。别的地方人们逢面打招呼说:"吃了吗?"古城却问:"最近临的什么帖?"玩文艺的人一多,难免出现门户之见行业之争。可在我印象中,无论哪个团体、哪个行当、哪种性格的文艺家,都不拿林伟当外人。林伟尤其注重跟老文艺家交往。古城文化名宿哈余庆、朱宝善、胡安品、方敦寿、苏希圣,分别在诗词、美术、书法、音乐、文史研究领域术有专攻,德高望重,人称古城"文化五老"。"五老"与林伟,亦师亦友。凡是"五老"参加的活动,他们都会喊上林伟;凡是"五老"热心的事务,林伟都会主动参与。谦虚谨慎,甘当学生,使得林伟的艺术经历和人生阅历得到不断丰富。凡是跟他接触过的人都会觉得,林伟涉猎面很广,不论是古城建筑、文物、历史、经济、政治,更不用说文艺界的前生后世,几乎方方面面他都知道一些。不是土生土长,胜似土生土长。这一切,都与林伟善结人缘、耳濡目染潜移默化有关。真诚待人,本色做人,同时又能"三人行,必有我师焉",把交往过程化为学习过程,转变成个人修养和文化积累,不是一般人能做到的。通过不断地向前辈学习,向同行学习,向社会各界学习,林伟的从艺之路不断拓宽,摄技、书艺、篆刻、唱功日臻成熟,成为古城文艺界承上启下的重要人物。

我信奉"君子之交淡如水",特别是文人相交,最好不要掺杂上利益往来。但与老林,却时有合作。早在八公山任职时,策划紫金石市场营销需要增加文化品位,找谁呢? 林伟当然是不二人选。后来到宣传部门履新后,开展城建图片展,想来想去,还是请林伟操刀合适;举办"寻找最美乡村"摄影大赛,也是请林伟压阵。与老林合作,首先不用生意人一般地去讨价还价。文人清高,懒得谈钱,鄙视"铜臭",可现在就有那么些人喜欢谈钱,用一段文字、用一幅图片稿费多少? 锱铢必较到脸红脖子粗的地步。老林不然,只要是正能量的公益事业,都乐意帮忙。不谈钱就没有钱赚吗? 非也,时间一长,众口皆碑,憨厚老实的人一般都不会吃亏。

我与老林合作,归根结底还是看中了他的才情。比如说摄影,古城现在玩摄影的比练书法的还要多,好像只要拥有一部单反,哪怕没有单反只要拥有一部智能手机,人人都是摄影家。殊不知真正的摄影需要有个主题,能够讲出故事,可以交流思想或表达感情。而这些,都需要文化的积淀和觉悟。老林在摄影界是公认的"劳动模范",拍的片子多,这并不重要,关键是他拍的片子"会说话",耐读耐品,不像有的只追求构图"唯美",有的只注重后期处理,丢弃了摄影"记录"的本质,失去了拍片本来的意义。

看老林的照片,总让我想起"一图抵万言"这个词,感觉就是在品读古城历史,穿越时空与历史对话,汲取传统文化的营养和智慧;看老林的照片,总让我想起"睿智""谦和""博大"这些词,总让我思接千载、视通万里;看老林的照片,还让我想起他谦逊的笑容、平和的眼神及横溢的才华、博大的胸怀和独具的人格魅力。

谈起老林,我就想起了《红楼梦》里的一句话:"才华馥比仙,气质美如兰。"我觉得把这句话用在他身上,再合适不过。

2016.9.21

寿州影群

没有成立领导小组,也没有召开筹备会。几个志趣相投的人抢在"十一"前加班加点,虽然没有工资和加班费,但没有一个人喊一声累。终于,寿县庆祝新中国成立58周年艺术摄影展,9月28日在安徽楚文化博物馆顺利开展。

寿县是国家历史文化名城,楚风汉韵,让这座小城独有一份古代的文明和骄傲。受历史文化积淀的影响,时至今日,小城书画、诗词、曲艺等领域,都形成了独具特色的寿州群体,成为一道亮丽的风景线。但是摄影这朵现代文明的艺术奇葩,好像只是在20世纪七八十年代昙花一现,一直没有形成太大的气候。

不承想,这页空白被孟伟等人填补了。凭着摄影展的50多幅作品,我们可以理直气壮且骄傲地说,以孟伟为领军人物的寿州影群已经正式形成。小城摄影,在广袤的艺术天地里,拥有了自己的一席之地。

孟伟,就是网上摄影论坛里有名的"寿州老梦"。

起初我并不知道"寿州老梦"就是孟伟。其实以前我就认识孟伟,但没有交往。那时候孟伟的家还在小城的郝家巷里,孟伟的父亲还没有去合肥。孟伟的父亲是位作家,对小城民间文艺颇有研究,我经常登门讨教,一来二去就认识了孟伟。当时港台风正盛,蝙蝠衫、喇叭裤流行,孟伟作为小城时髦青年,衣着光鲜,留着长发。我是个土生土长的"土老帽",天生对时髦青年有种偏见,一直都是敬而远之。所以,虽然也算认识了孟伟,但见面也就点点头而已,话都没多说过一句。

再与孟伟接触,是在"寿州老梦"的摄影《荷》系列在寿州论坛引起反响后。根据作者留下的博客地址,我按图索骥,结果发现了一片新天地!"寿州老梦"关于小城的一幅幅图片,一下就紧紧吸引了我的眼球,抓住了我的心。我们天天见怪不怪、波澜不惊的古城,在"寿州老梦"的镜头下经过光与影的变换,重新演绎出了沧桑的历史,就像一首深沉舒缓的大提琴曲在清晨奏响。这种感觉真的好美!

这"寿州老梦"到底是谁?

县文化馆的孟伟啊!

我为我的偏见和无知汗颜。

网络真是个好东西。利用网上留言的方式,我与孟伟在 QQ 上见面了。我们很快成了朋友。孟伟邀我从网络走进现实,参加他们的聚会,游八公山,觅古遗址,拍春花,摄秋果,我们拥有了共同的快乐。我发现,这是一群纯粹的人,一群只干不说、真正做学问的人。现在的人都很浮躁,能够潜下心来真正做点学问的人太少了。无疑,寿州小城藏龙卧虎不乏能人,但能人不能静下心来,就可能一辈子一事无成。寿州影群的大多数人也许不能算能人,他们都是小城的小人物,走在大街小巷罕有识者。可他们都愿意一点一滴地做些对小城、也是对自己有意义的事情,他们喜欢背着沉重的摄影包踏遍寿州的沟沟坎坎。我觉得,小城还是这样不擅张扬的人愈多愈好,要做点事并且做成事,还是得靠这样的人。

于摄影,我是没有什么才华的。我手中的相机,说到底也只是为了用来玩,偶尔给朋友、也给自己增添一抹笑容罢了。但我仍然喜欢与他们在一起。是的,能够与一群有高尚追求的人在一起,那是一件多么美妙的事啊!

"十一"前夕,孟伟在网上跟我说,他正在跟有关部门商讨,准备征集寿州影群骨干们的图片办个摄影展,展示小城的历史和风采,让我也选送几幅作品。我当然知道自己几斤几两,充其量也只能算作寿州影群的铁杆票友,所摄图片登不得大雅之堂。但孟伟却不依不饶,盛情难却,顺手找了几幅下乡时拍的老农的图片发了过去。热心的孟伟点石成金,片刻工夫编成了一组《父老乡亲》发给我,问:"就这样用,可成?"

我心服口服地说:"比我想象得编得好! 你们用吧!"

摄影展开幕后,当天有事走不开,9 月 29 日一早我赶了过去。博物馆刚开门不久,偌大的展厅里已经是人头攒动,一批又一批参观者潮水般涌入,络绎不绝。我从一幅幅精美的图片前走过,深深为这些作品较强的艺术感染力所折服。寿州小城的事、人、景,被定格为一个个美丽且永恒的瞬间,呈现在我们的眼前,供我们细细回味,慢慢怀想……整个影展,被寿州影群这帮具有极大激情、才情和精力的中坚打理得井井有条、生机盎然。寿州影群一改过去把作品高悬于梁孤芳自赏的做法,主动捧给社会融入社会回报社会,一亮相,便博得满堂彩,赢得一片叫好之声。

这次影展并非完美,但总体代表了小城目前的摄影水平。在摄影艺术的审美上,我是外行不敢多嘴,那也确是仁者见仁、智者见智的事情。但毋庸讳言,这次展出的作品,有不少存在唯美主义倾向,玩弄技巧,忽略了图片的思想性和社会性。我们知道,一位好的摄影家应具备的素质非常多,从丰富的知识和见识,到敏锐的观察力及勤快的工作态度,等等。摄影本身是一种与思想情感交集的视觉艺术。摄影师手中的镜头就像画家手中的笔能接受主人的创作指令。这个指令不是无源之水,不是无根之木,它应该是人类藏在内心深处情感的外在表现。窃以为,这才是一名优秀摄影家应努力的方向。当然,寿州影群刚刚起步,我们应给予更多的理解和宽容。相信总有一天,寿州影群会有更多如"寿州老梦"一样的摄影家,在摄影界崭露头角,形成自己的特色和风格。

2007.10.19

第六辑　艺苑撷英

造化尽在山水间

那日在书店书橱前徜徉，突然眼前一亮：《当代实力派山水画家——程耀伦山水画选》！程耀伦又出画集了？忙不迭捧起，可不正是！居然还是张君法作的序，且褒扬有加。张君法是古城饱学之士，谦谦君子，著名画家，这序应是他目前为人写的第一篇推介文字吧？不过反过来想，人以群分，张老师给耀伦作序，理所当然，也是情理中的事。

我与耀伦相交于 20 世纪 80 年代初，那时我在杨仙粮站当临时工，耀伦是这家粮站的会计。其时电影《少林寺》热映不久，城乡上下习武热余温未消，身边到处都是"踢死蛤蟆弄死猴"的人。有趣的是，地处穷乡僻壤的杨仙粮站却成了一方净土，粮站职工学文习字蔚然成风。造成这种现象的原因，我想一是文化生活贫乏，职工们也只能以学习打发业余时间；二是地方太小了，人们向往外面的世界，只有依靠学习改变命运。功夫不负有心人，后来，粮站职工王教勋成了一家院校的兼职教授，耀伦成了画家，耀伦的弟弟程耀凯成了书法家。对于王教勋、程耀凯等人成名成家我不吃惊，我就是剽看王教勋平时学习的教材爱上写作的，程耀凯当时与另一位周姓职工练习书法达到走火入魔的地步，"两耳不闻窗外事，一心只练毛笔字"。相比之下，耀伦就低调内敛得多。我在这家粮站当了三年临时工，压根就不知道他爱好美术。平时耀伦话少，性格近乎木讷，人多的时候就躲在了别人后面。到食堂吃饭，一个人打了饭菜，蹲在井沿埋着头一股劲吃完，洗了碗回到寝室就不再出来。夏夜纳凉的时候，有个名叫李良生的职工喜欢说唱"寿州大鼓"，把笆斗翻过来当鼓演说《隋唐演义》，说到节点上故意卖上了关子，众人纷纷上前递烟倒水、央求起哄，耀伦一旁坐着，发生的一切好像都与他无关似的。年轻人在一起总爱彰显自我，谈《高山下的花环》,谈《人生》,妙语连珠,人人都是评论家。耀伦就能耐得住寂寞,默默地听,笑眯眯地不吭一声。直到 80 年代末,有一天县电视台播放新闻,里面是记者采访程耀伦。原来这家伙经过十年磨一剑,在古城办起画展来了!

新闻里,耀伦还是原来的模样,留着平头,谦恭的笑容,所不同的是,眼睛里比过去多了一份自信和坚毅。

一打听,才知道耀伦自幼就对绘画情有独钟。孩童时,伙伴们尿尿和泥"摔老宝"(一种游戏,将泥巴捏成碗盆形,盆口向下使劲摔在地上,响声大而脆者为胜),他却把泥巴捏成各式各样的鸡鸭鱼兔,惟妙惟肖;要上初中了,他却因为家庭成分高,不给上,但又因为会画"大批判漫画",被校长破格招进了学校。随后,参军就业为生计谋,耀伦的"画家梦"一直在心头萦绕。1983 年,耀伦进入百花艺术函授学院参加书画专业学习时,有缘结识著名画家郑若泉先生,郑老先生看了他的作品后,爽快地收他为学生。从此,耀伦苦心临摹名家作品,留心大自然的山山水水,一幅幅高山流水、苍山翠松从他的笔下流出。1989 年 5 月,寿县文化馆等单位联合举办"程耀伦山水画展",书画界众多名家和前辈纷纷到场祝贺并给予高度评价。这次画展,标志着程耀伦正式跨入艺术的门槛。

耀伦学有所成,我们这些朋友都是打心眼里高兴。电话打到耀伦在安丰的家,除了贺喜,还有附庸风雅讨幅墨宝充充门面的意思。耀伦人实在,搞不好虚套,直接答道,来吧!一次下乡,晚上住在安丰,我与报社的几个朋友一窝蜂地拥进了耀伦的家。耀伦正在洗脚,看起来晚上小酒偏多,双脚架在盆沿上,仰着脸对着我们憨憨地笑。报社的朋友通过上次画展,与耀伦也是熟悉了的,趁他坐在小凳上还没起得身来,又一阵风地拥进了他的画室,打开书架上的画卷,"这是你的,这是我的",自己动手,一二三四五,风卷残云地分将起来。待耀伦穿好鞋子赶过来,也不作声,倚在门框上呵呵地傻笑。大伙分了画,说了声"谢"字就忙不迭地离开,丢下耀伦和他家属刚刚泡好的茶全然不顾。

我虽然平时喜欢收藏地方书画名人的作品,但总觉得"君子爱'才',取之有道",对于非分所得是不屑一顾的。特别是山水画,画起来伤神伤力,从尊重别人劳动的角度,也不能轻易张口索讨。别人分画,问我可要,我摆了摆手,没有带走哪怕一张小小的卡片。人憨实不代表就没心眼,这一细节被耀伦看在了眼里。时间不长,他托人给我捎来一个大大的牛皮纸信封。打开一看,居然是熟宣画就的仿古山水四条屏,上题《黄山云雾图》。看布局,丘壑雄奇,笔墨老苍,跌宕起伏,意境高迈,气象万千;看色彩,按照黄山四季气候之不同,光暗正背之存异,在笔与墨的配合搭配上不拘绳墨,或勾、或擦、或染、或皴,"乍显乍晦,若行若藏;穷变态于毫端,合情调于纸上"(孙过庭《书谱》),既有传承,又有创新,无论在意境还是笔墨上,都显示出逐步形成自我风格的迹象和较高的艺术造诣,展现了他胸藏丘壑的底蕴与视野。

20世纪90年代后期,应该算耀伦第一个艺术收获期。这段时间,他的作品多次在各类国家级画展中入展获奖,安徽美术出版社为他出版了画集,其个人画展先后在香港、合肥等地成功举办。

就在耀伦认为缪斯女神格外垂青于他、准备扑下身子大干一场的时候,天有不测风云,全国粮食系统改革,无可避免地波及每位职工。怎么办? 上有老、下有小,两个嗷嗷待哺的孩子眼睁睁地盼着他带领全家走进新世纪呢! 耀伦不是向命运低头的人,夫妇俩一咬牙离了岗,与成千上万的老乡们一道,外出当了一名打工仔。"这段时期是我人生中最艰难的日子,"耀伦说,"2004年在天津打工,2005又到昆山开了一家小饭馆,我们夫妇俩经常劳累一天却无一文收入,想到家中米袋空空,孩子们在读书,真是看不见未来有一丝希望之光。"就是这样,耀伦的画笔也没有丢。他是把画画当成了一种精神寄托。试想,"如果连画画也丢了,我生活在世上还有什么乐趣呢?"也许有人说,现在艺术热了,书画能卖钱了,画家给人的感觉"很有钱"。其实在这个圈子里,大多数画家的作品都不好卖,都是在为生计而奔忙。如果是为了钱,很少人能坚持下来,最后走到成功的彼岸。稍有闲暇,耀伦就钻进各种画谱字帖里,静心揣摩,安心临摹,不懂的地方就带着满腔热忱拜师访友,求学问道。每到一个新的地方,他都要对当地书画名家的作品认真研究,带着疑问请教,山水画名家张建中、郭公达都曾对他悉心指点,寿县画家朱宝善、张君法与他既是良师又是益友,使他在艺术的天地里少走了很多弯路,逐步进入到中国画艺术的高端境界。如果时间允许的话,他就会背上画夹走进山山水水,足迹踏遍大江南北,画了大量的写生速写,"搜尽奇峰打草稿",为今后山水画创作打好基础。其时,他的一些作品也被师友推荐了出去,相继入选入编中国文联、美协、书协等单位编录的作品集和举办的展览活动。2008 年,中国民族美术出版社"中国当代美术家系列丛书"专门为他出版了《程耀伦山水画选》。

耀伦在书画界有了些名气,找他索画的人一天天多了起来。有人把他的作品"晒"到了网上,很快引起了外界关注,云南的、广东的、山东的……就连英国、美国、加拿大、澳大利亚等地,也有人辗转着,纷纷把订单递上门来。耀伦索性回到寿县古城,在城墙边租了套房屋充当画室,专心当起职业画家来。

程耀伦不算聪明人,但遇事爱琢磨。对于当职业画家,他绝不是凭头脑发热。全国有 50 万左右的书画家,别人为什么买你的画?当然是认为物有所值。能够以画养家糊口了,耀伦反而画得更加小心翼翼了。"我绝不是一个聪慧的画家,但算一个认真、勤奋的画家。"对于别人的求购,总是带着万分感激精心创作,绝不出手艳俗的商品画。"这既是对别人负责,也是对自己负责。"他甚至想,"或许若干年后,我的作品更能对得起朋友们。果真如此,我愿意高价回收现在的作品。"

当了职业画家,最大的好处就是能够心无旁骛专心致志地钻研画艺。他是一个谦虚好学的人,对老师尊重,对知识敬畏,求师、写生、创作成了他日常生活的"三部曲"。除了向老师学、向大师学,耀伦还特别注意向同道学。寿县是沿淮有名的"书画之乡",习画写字蔚然成风,耀伦用心吸收众人所长,见贤思齐。日常生活中,耀伦还喜欢与作家、诗人、书法家、音乐家交朋友,结伴出游写生,从他们身上感悟创作的不同形式及表现生活的艺术方式,借鉴其他艺术家的夸张手法和浪漫情怀,用于山水画的构图创作中。近年来,他在他的山水画中尝试着融进上古晋唐山水的神韵,采用一种舒缓平易的格调、简约单纯的形式,给人以"取法乎上"的惊奇,受到业界人士关注。"外师造化、中得心源",通过不断兼收并蓄,博采众长,深入生活,探索规律,耀伦在生活的逆境中坚守精神家园,在世事的坎坷中淬炼艺术火候,默默耕耘,执着进取,守正出新,久久为功,渐入佳境,进入"胸中有丘壑,笔底生万象"的自如境界。张君法评价:"耀伦在领悟传统的基础上讲究创新,并自觉地以创新为目的,刻苦努力地寻找自己画语的表达方式。从近几年耀伦的作品中可以看出,他追求时代精神,力求摆脱传统程式化的束缚,作品中处处看到独具匠心的经营,在努力探寻个人的艺术位置。耀伦作品大多写江南山水、桂林佳景、长江三峡等地的自然风貌,从中可以意会到湿润深邃之韵,既有深山幽壑的空灵静寂,又有林中人家的闲适优哉,更有大峡谷中的苍茫伟岸。观其画如临其境,陶冶性情,感悟人生,意在其中,乐在其间。"(《造化尽在山水间》)

转眼间,耀伦已年逾五旬,我们都老了。但老有老的好处,孩子们都大了,身边少了拖累,可以一门心思地做自己的功课了。虽然我们没有陶渊明那种摒弃俗世、身心放松的客观条件,但"君子务本,本立而道生",厕身古风犹存的寿州古城,写着自己愿意写的文字,画着自己愿意画的图画,这难道不是一种莫大的幸福? 耀伦一辈子朴厚正直,生活简朴,唯一的爱好就是喝上一杯,现在酒量已不如前。老兄事业刚兴,还望保重身体,我们在一起多"嗨"上几年。

2014. 10. 5

"知画者,必知书"

——书画家把宗鑫印象

　　把宗鑫是我好友,我们相识于职场,结缘于爱好。那时候,我刚从安丰塘畔调到寿县古城工作,两眼一抹黑,孤家寡人没有熟人,上班时拼命干活,下班后就闭门读书写作。一年下来,单位评我为科室先进,通知我到县人事局领奖励证书。在岗贵办,把宗鑫主任正在电脑前伏案填表,听到我的自我介绍,一扭身站将起来,上下打量我一番,问:"你就是来自安丰塘畔的赵阳?"

　　原来把宗鑫也来自安丰塘畔,出身教师家庭,自幼爱好文学和书法。从我开始在报刊发些小文章起,他就一直关注着我。"老乡遇老乡,两眼泪汪汪。"至少,当时我是狠狠激动了一把,毕竟,被人关注,特别是因自己痴迷的爱好被人关注,是一件很有成就感的事情。

　　寿县是沿淮享有盛名的"中国书法之乡",会写字的人多如牛毛,但真正成气候的寥若晨星。这次相识,我知道把宗鑫也是一位书法家,时任寿县硬笔书法协会会长。当时庞中华的硬笔书法已出字帖,在全国很有影响。而我,平时因为对书法没什么兴趣,想当然地认为写字不过是一种表达形式,硬笔书法也就是一种写作工具,即便上升到艺术层面,把宗鑫还能超过庞中华? 但是,随着与古城文艺界人士接触增多,架不住身边人的耳濡目染,渐渐地让我这个不懂书法奥妙的门外汉,对把宗鑫的书法艺术另眼相看起来。

　　把宗鑫少年时受家学影响,热爱书法艺术,多年如一日临池不辍,竭力思考专工精深的诀窍,深研王羲之魏晋书法的审美特征、中国书论和书史。他崇尚"六法",相当程度地承继了"线语言"的造型原则和表达方式,紧紧抓住"笔墨"这一语言体系。他从文化的角度,深入笔墨内部,用笔墨传达本人对宇宙、自然、社会和人生的认识,潜心追求虚静空灵的艺术境界,以净化人的心灵为创作宗旨。他的书法工行草书,从王字起家,线条流畅,劲婉咸妙;又吸收醉素、张颠的狂放,孙过庭《书谱》的俊秀,行笔迅捷,舒展挺拔,风格近赵孟頫,纯净洒脱,劲健清新,笔轻意重,功力深厚。观其作品,让人常常想起《书谱》中所述,纤细得像新月升上天涯,疏落得若群星布列银河。精湛的书法,真好似大自然所形成的神奇壮观,确称得上智慧与技巧的完美结合,正所谓笔墨不作虚动,薄纸必有章法。这些年,把宗鑫先后获得中国硬笔书法协会"全国先进工作者"、安徽省硬笔书法家协会"辉煌征程30年先进个人"等荣誉称号,并被有关院校聘为客座教授,专门开设书法艺术讲座。

就在把宗鑫的书法创作进入如鱼得水、水到渠成的境界时,忽然有一天,"把宗鑫国画作品展"成功举办,成为古城街谈巷议的热门话题。我把电话打过去,询问老乡是不是在"玩跨界",把宗鑫哈哈一笑说,老兄没听说过"书画同源"吗?中国绘画和中国书法有着密不可分的关系,两者的发展是相辅相成的。元代杨维桢说:"书盛于晋,画盛于唐宋,书与画一耳。士大夫工画者必工书,其画法即书法所在。"(《图绘宝鉴》)黄宾虹说:"书画同源,贵在笔法,士夫隶体,有殊庸工。"(《古画微》)正是书法与国画的融合,打破了书法与绘画自"半文半图"期分流后各备其极的鸿沟,从而为中国绘画的发展开拓了一个新境界。潘天寿说:"知画者,必知书。"说的就是这个道理。

原来把宗鑫在钟情于书法的同时,也迷恋着国画。把宗鑫的绘画,宗董巨、元四家,又亲近明清,其国画作品独出机杼,以雄强笔法辅以丰富墨法,自有一种苍茫沉郁、古厚纯朴之气。他的山水,善于用墨,既淋漓雄厚,又古秀苍劲,风神潇洒。他的花鸟,师法宋元,并深研陈淳、徐渭、石涛、恽寿平、任伯年及北宋诸家。转益多师,把宗鑫渐成一位集工笔、写意、勾勒、没骨于一身的画家。他的国画,总是给人一种幽远沉静、古雅端庄之美,随着画卷徐徐打开,一股时代气息夹带着浓浓的书卷气扑面而来。

把宗鑫的国画师古人,法自然。无论是丈二巨幅,还是斗方或扇面,烟雨之迷蒙,云气之氤氲,梅花之嶙峋,荷花之高洁,都能在他淋漓酣畅的笔墨中得到展现,境界广阔而高远。短短几年,把宗鑫声名远播,在青藏高原、沿海省市及安徽等地展馆,都有他的作品收藏入展。美国格瑞斯艺术品公司将其与文徵明、张大千、溥儒、傅抱石、黄君璧、启功等人作品同台竞拍,反响强烈。有感于"把宗鑫现象"的影响,寿县书画界提出打造"中国八公山画派"的文化理念,并推举把宗鑫出任八公山书画研究会会长。

八公山地处寿县古城北端,峰峦叠翠,清泉密布,景致绝美,自古以来很多骚人墨客流连于此,刘安和门客在这里编撰了流传千古的名著《淮南子》,李白、苏轼、欧阳修、刘禹锡、吴均、韦应物都在这里留下脍炙人口的篇章。八公山画派,指的是20世纪中叶以来,以把宗鑫等为代表的寿县画家扎根古城,潜心体味八公山及江淮流域真景,描绘八公山美妙绝伦的仙境名胜,在山水画、花鸟画史上独辟蹊径,书画双栖、勇于创新的一个画家群。"梦回魏晋,心仪宋元,与古为徒,道法自然",正是这个艺术群体共同的追求和宗旨。

寿县是中国历史文化名城,但时至今日,还没有形成本土书画艺术流派。学习和借鉴海派、松江派、岭南和黄山等周边画派以当地特色山水命名的做法,潜心做好"八公山画派"大文章,功德无量,善莫大焉。"天行健,君子以自强不息。"把宗鑫加油!

2020.4.30

唯有牡丹真国色

与姚玲从认识到熟知,缘于我们有一个共同的爱好:散步。

我与姚玲都是上班族,每天须按时"点卯",散步只能在下班后。小城人满为患,空间逼仄,爱清静的人散步需到城外护城河大堤上。河水汤汤,倒映着蓝天和白云。垂柳依依,枝间鸟雀鸣啭。树下几头散放的水牛,有一嘴没一嘴地啃着青草。姚玲摇着把纸扇,悠闲地从城墙下的宾阳门里走出,身披暖暖的夕阳,上护城河堤,经沘水岸边,迂回到古寿春城遗址,再转回到城墙根下,约两个小时过去,完成每天固定的散步运动,回家钻进画室,"躲进小楼成一统",做自己爱做的事情。

是的,姚玲是位画家,一位画牡丹的画家,在小城很有点名气。

小城其实不产牡丹。处在长江与淮河之间不南不北的位置,使得小城的气候和土壤给牡丹的生长带来不利影响。但小城却拥有画牡丹的画家。有的地方因盛产牡丹有名,小城却因一位画牡丹的人而有名。

牡丹,美艳端庄,国色天香,自古以来便受到文人雅士、达官贵族直至寻常百姓的青睐。小城是沿淮有名的书画之乡,文化底蕴深厚,姚玲打懂事起,就跟父亲学习书法。但书法只有黑白两色,对一个懵懂的孩子少了几分吸引力,姚玲天生就对五颜六色的国画感兴趣。平时,姚玲喜欢走东家、串西家,看各家各户厅堂的中堂和条屏。有的画她认识,身边就有这样的花草鱼鸟;有的画就不认识了,比如牡丹、孔雀和凤凰。不认识不影响喜欢,喜欢了就爱在作业本上写写画画。美术老师看了,啧啧称赞。夸者无心,听者有意,从此画画成了姚玲最爱做的事情。等到中学毕业,画花鸟已成为姚玲最大的爱好,一天不动笔,心里总觉得空落落的。小城人家喜欢字画,知道姚玲字写得好,且会画画,就有人来索求。姚玲的父母脸上有光,对于孩子画画所需的笔墨纸砚有求必应。缘于女孩爱美的天性,姚玲自小对牡丹情有独钟。为了画好牡丹,平时只要听到哪家书店有了牡丹画册,哪家出版社出了牡丹画册,她都要千方百计购买来一睹为快。工作后,自己有时间和收入了,姚玲就把假期集中起来,到河南洛阳、山东菏泽等"牡丹之乡"采风写生,春描花冠夏绘叶,秋画枝干冬写芽。至今,姚玲仍对第一次到洛阳观赏牡丹历历在目,近千个品种的牡丹红白黛绿、姹紫嫣红,让姚玲大开眼界、大呼过瘾。激动过后,摆开画夹静静观赏、细细揣摩,那硕大饱满的花头,那枝繁叶茂的身姿,不断触动着她的创作灵感,让姚玲徜徉其中、流连忘返。"阅尽大千春世界,牡丹终古是花王",从手写丹青的那一天开始,牡丹就已成为姚玲生命中不可或缺的一部分。

但是,画牡丹最易近俗。要把牡丹画好,特别是要做到雅而不俗、雅俗共赏,既画出牡丹艳压群芳之姿,还洋溢雍容典雅之气、具有高贵纯洁之品,仅靠个人兴趣和自我探索,无疑是痴人说梦。2005年下半年的一天,姚玲怀着对艺术的崇敬,忐忑地敲开了小城花鸟画大师朱宝善先生的家门,表达了自己拜师学艺的愿望。没承想,朱宝善一口应承了下来。原来,对于姚玲绘画上的孜孜以求,爱才惜才的朱老师一直看在眼里,喜在心上。看了她带来的习作,朱老师给予了充分肯定和鼓励,要求她踏踏实实继承传统技法,老老实实揣摩前人经验,不断丰富和拓展花鸟画语言的表现力,以诗人的心境去认知自然,体验自然,师法自然,在摸索中总结,在总结中提高,在提高里升华,一步一个脚印,以滴水穿石的执着精神学习和感悟艺术的真谛。从此,姚玲绘画进入从最初随心而画到讲求艺术规律和章法的质变过程。人常说:"读万卷书,行万里路。"品格修为是这样,艺术淬炼也是如此。受朱宝善先生言传身教,姚玲不光把精力投入到绘画上,而更注重了哲学、历史、地理等综合素养的积累、提高和升华。书画同门,书法肯定要同步加强;音乐可以陶冶人的情操,不能满足于一知半解;绘画各种门派的优点和特点,更是应该了然于胸。一有时间,姚玲就跟师友们一起到各地采风写生,既画花鸟,也画山水。每当有了新的顿悟,产生了创作欲望,姚玲就会忘掉一切,专心地投入创作中去。新的构图、新的形式不断跃然纸上,画家的思想、画家的情绪随着构图节奏以及形色的变化,自然而然地融入画面之中。几年下来,数千张的练笔训练,使姚玲在艺术创作中练就了一手纵横使转的绘画技巧,由一个美术爱好者化蛹为蝶,成长为一名真正意义上的花鸟画家。

2008年6月,"姚玲中国花鸟画展"在寿县成功举办,受到业界好评,六安市委宣传部、市文联邀请其同年12月在六安市再次办展;2012年12月,朱宝善先生携姚玲等众高足,在合肥举办了"朱宝善师生中国画展",成为当年安徽美术界一件盛事,事过好久,仍为同道者津津乐道。

作为一名成熟的专业画家,姚玲对各色花鸟画法熟稔于心。2014年国庆节期间,寿县美协举办"画里寿州"画展,姚玲的一幅通屏凌霄,成为展厅内一大亮点;其入展"安徽省女书画家作品展"的《松鼠图》,成为观众拍摄的焦点;姚玲画中的青花瓷瓶,玲珑剔透,细腻莹润,成为小城求画者宣扬的热点。但我还是跟小城很多人一样,最喜欢姚玲笔下的牡丹。看见了牡丹,就想起了姚玲;看见了姚玲,就想起了牡丹。姚玲笔下的牡丹,构图新颖,色彩鲜明,线条流畅,笔墨简约,无论是反映牡丹雍容华贵之容姿,还是体现历经严寒傲然挺立之坚强,都能够见物会心,因物成法,落笔生辉,浑然天成。其作品总让人感到满面春风,活色生香,充满新鲜活泼、昂扬向上的意象与生趣。姚玲曾送我一幅《花开富贵》,一听这名字,肯定都认为大红大绿艳极了的。其实不然,三两簇牡丹,红色的、粉红的、紫色的花朵争妍斗丽,妩媚迷人;中间部位花大形美,红花金蕊,靓丽万千;周边紧偎的花朵,有的含羞初开,有的含苞待放;外围边缘处衬之枝茎,斜依于嶙嶙怪石之上,突兀而立,倾而不倒。整幅画面纯朴自然,均衡和谐,疏而不空,意境深远,弥漫着清新可人、返璞归真的气息。这也许就是姚玲笔下牡丹有别于其他画家的地方:于花团锦簇之中,彰显高洁典雅之质。这种感染力,绝非仅靠苦练画技就可获得。

真正的艺术,体现的是人生的感悟与修为。

如今,姚玲已到知天命年龄。但她的心态比过去更积极乐观,情怀比过去更旷达悠远。每天傍晚,我们时不时在护城河大堤散步时相遇,看天上云卷云舒,地上花开花谢,河内野鸭竞游,然后各自回家,做自己爱做的事情。日子一天天过去,小城牡丹在不声不响中已植根于寿州大地,香远溢清。

2014.11.3

内外兼修入化境

——黄先舜其人其字

我与先舜相识于20世纪八九十年代。那时我还在安丰塘当园艺工,他已是县国土局的副局长,并挂职三觉镇副镇长,可谓年轻有为,前途不可限量。我与先舜结缘于文学,在一次文学活动中,我俩的手握在了一起。先舜个头不高,身材精瘦,面容清朗,梳着分头,戴副近视眼镜,穿着合体的西装。用现在的说法,很具一种民国气派。虽然都是从田埂上走来,先舜天生带有诗人气质,让站在一起的我相形见绌,一下成了左拉笔下的"陪衬人"。这还不算,最让我羡慕嫉妒的是他的博学和谈吐。记得一次参加活动,晚饭后我们在街上散步,先舜向我们聊起美国宇航员阿姆斯特朗首次登上月球:"由于引力的关系,人在月球上行走,踩在棉花上一般。"他在前面口若悬河,后面跟了一群毕恭毕敬的听众,就像现在的大老板视察企业,后面随了几个听话的跟班。不知不觉,街灯亮了,把我们的影子拖得老长老长。

也就是从那时起,先舜在我心目中一直是个标杆。在他面前,我总觉得自己就是个小学生。

更让我眼馋的还有,二三十年过去了,先舜好似吃了唐僧肉,我们都已霜华满鬓,他却依旧一副文青模样。究其原因,是不是因为他一直保持年轻的心态?

30年,在时光长河里沧海一粟,但在人生岁月中,常常体现为漫漫长夜。大浪淘沙,多少人在纸醉金迷的功名利禄中受不了诱惑而改变初衷,曾经的指点江山、激扬文字让位于尔虞我诈、患得患失。"八千里路云和月",终究有人不忘初心,秉持自我,心无旁骛,理想的幼芽茁壮成长,已然成为参天大树。黄先舜由一名名不见经传的乡镇诗人,实现华丽转身,成为历史文化名城的著名书法家。

回望来路,成长的轨迹若隐若现。怪不得在我们泡澡时,别人打牌,先舜却与几位潜心书艺的同道"赤诚相见",倚榻长谈,俱拿出自己的习字说长论短。文人墨客聚会少不得开怀畅饮,几杯酒下肚,先舜最恣意的事,就是在宣纸上笔走龙蛇。每每出差在外,别人劳累一天早已鼾声大作,他却手持黄卷,独伴青灯与古人对话……

都说兴趣是最好的老师,先舜的志趣就是吟诗和写字。也不知从什么时候起,写诗的比读诗的多,好似只要认识几百个汉字,就都能写诗。诗坛作品参差不齐,使得先舜逐步对书法艺术情有独钟起来。无论是在乡镇工作,还是后来调到县国土、城建部门,工作再苦再累,只要晚上回到宿舍坐到案前,徜徉于神奇的丹青世界,先舜立即物我两忘,经常临帖到黎明。我曾与他聊到,都说书法墨宝能卖钱,但能"洛阳纸贵"的又有几人,难道你真指望"书中自有黄金屋"? 先舜真诚地说,"乘兴得意而作,万事皆忘",每当手持毛笔在宣纸上与水墨对话,所发出的唰唰声如同天籁,就是一种至真至纯的精神享受。我问:"诗人讲究体现自我,诗人写字总爱龙飞凤舞标新立异,可是你写字怎么越写越小心、越写越收敛了呢?"先舜答:"都说无知者无畏,写字更是这样,只有初学者才觉得'老子天下第一',等到入门摸到一点卯窍,感受到书法的博大精深,自然就少了轻狂和放肆。"

听先舜如是说,我方留意到,这些年的习字生涯,也彻底改变了先舜的性情。侃侃而谈转变为敦厚稳重,诗人气质里更多了一种书卷气。

人如其字,字如其人。

写过字的人都知道,"字不过百日",也就是说,临帖数月,一般字都能够写得像模像样。但这充其量也就是会写字而已,谈不上法度。真正要成为书法,书写者必须有一种定力,持之以恒地走过漫长的过程。在这个时代,有的人一夜暴富,有的人一夜成名,有的人一个星期能码一篇中篇小说,一年能出版两三部作品集。但书法真要搞出点名堂,停不得,更急不得,必须"板凳须坐十年冷"。有段时间,先舜在他的QQ"说说"上留言:"书欲达境,必静、净其心性。"只有我知道,这是他在提醒自己,保持定力才有修为。这种定力,体现在技法上,就是通过不断地揣摩古法和临帖,熟练地掌握书写的点画、结体、章法,然后再融进自己的思考、设想和情感,细化成速度、力度、意境和韵味，由此生成艺术感染力；体现在品格上，就像清人刘熙载所说："书，如也，如其学，如其才，如其志，总之曰，如其人而已。"黄宾虹也说："讲书画，不能不讲品格，有了为人之道，才可以讲书画之道。"品格就是为人之道，为人之道就是书法之道。品格的修炼需要"读万卷书，行万里路"，如果视野不开阔，知识不丰富，意境不高远，技法再高，也会匠气十足，写不出个人情感，赢不来观者共鸣。从彼角度看，技法和品格，堪称书法家的内功和外功，两者休戚相关，并能相互转化。书法家只有耐住寂寞，内外功兼修，经历了"踏破铁鞋无觅处""曾经沧海难为水"的境界，才能"得来全不费工夫""柳暗花明又一村"，使书法创作行云流水进入"化境"，作品充满灵性有了生命，成为"无声的音乐、无形的舞蹈"。

时间如刀，从眼前霍霍而过。先舜的书法作品真正进入人们视线，正值历史文化名城申创"全国书法之乡"之际。来自首都北京的书坛"大咖"们看了他的作品，说其"入古极深，远溯篆隶，作品平和含蓄，不激不励，质妍意远"，"行草刚劲洒脱，清新多变，具有质朴野逸之趣；隶书能熔多体于一炉，简淡朴拙，平中寓奇，点画劲健，动静相宜"。其后，《书法报》《安徽文艺界》《淮南日报》等多家报刊相继出现专家评论："其作品线条厚重，中侧锋并用，圆劲洒脱，如锥画沙。其用笔顿挫使转、内撅外拓之变化极其丰富；而在章法上连绵回绕，逸势遄飞，如夏云奇峰，瞬息万状，或如雨珠夹雪，利落参差。"（夏长先《寿县书坛好声音》）作为身边人，我深深了解这是他矢志修行的结果。

小稿写到这里，本可收笔，但总觉意犹未尽。昨晚受邀参观"互联网+"产业园内的书画电子商务区，对寿县书画创作现状算是有个初步认识。具体感受，可用"震撼"两字表述。在组织寿县成功申创"中国书法之乡"后，不声不响的先舜又在行动，要将寿县书画发展成产业。"穷则独善其身，达则兼济天下。"作为现任的县文联主席，先舜的志向大着呢！

2016.12.5

印象秀前

他是土生土长安丰塘人,受安丰塘水滋养,人生得白白净净,温文尔雅,若穿上氅衫,俨然画中玉面书生走到现实中。第一次见面,我便被其独特文人气质折服,心中不由得想,都说安丰塘人杰地灵,也不能如此偏爱一人啊!

说偏爱是有依据的:古城是"中国书法之乡",而史秀前是安丰塘畔走出的第一位"国字号"书法家。人长得好,字写得好,且不张狂,低调内敛,憨厚纯朴,彬彬有礼,字品人品都能做到有口皆碑,这实属不易。

知道秀前名字时我还在八公山当"山大王"。一日,有书法界朋友来访,叙及古城有两人被中书协吸收为会员。因在安丰塘工作过,一贯把那当作"第二故乡",朋友便说:"其中一位叫史秀前的,是我老乡。"我说:"我不认识这人啊!"朋友说:"难怪,你在安丰塘时,人家还在上小学呢。再说,史秀前也不擅交际,很少出门,入中书协靠的是玩把戏吞宝剑——硬功夫。"

我对秀前充满了好奇。

很快,机会来了。八公山聘请"寿州五老"当文化顾问,仪式以办书画笔会的方式举行,操办方邀请的嘉宾就有史秀前。轮到秀前走到案边了,"峻极之山,蓄圣表仙",提笔,蘸墨,扼腕,挥毫,笔走龙蛇,如春风过江,纡徐自如、安详从容,字体峭拔凌厉,章法率性流畅,内敛外放,一股苍拙厚朴气息扑面而来。这功夫,没有十多年苦心研练决然不成!我抬头认真打量这人,中等个头,理着平头,戴了副近视眼镜,脸上稚气未脱,最多也就30来岁吧。

我对秀前刮目相看。

因为安丰塘的关系,我们从此成为朋友,但平时联系不多。一日,突然接到他的短信,邀我参加县青书协挂牌仪式。现在做什么事都讲究圈子,没有圈子就会成散兵游勇,无法抱团取暖,艺术探索会盲人摸象。我当然积极支持,老早就跑到仪式现场,看捧场的各色人物还真不少,陆陆续续坐满了四四方方主座,面前都有一块标着名头的席卡。身为协会主席的秀前,里里外外忙碌着,与普通工作人员并无二致。我想,也许仪式开始,"主席"就能落座了。可直到会议结束,桌面上也没见他的大名,导致我一时产生错觉,怀疑自己走错会场,弄不清今天到底谁是主角。

转脸看秀前,伫立一旁笑容可掬,幸福满面。

我知道,并不是秀前心大,他压根对场面上这类形式不懂,也不想懂。其实,当主席并非他所愿,他没那么大野心。按照他的心性,只愿"此世清宁,淡然盛开,在时光那岸"。但文友抬举,他也不愿拂了大伙的美意。他是个遇事爱替别人考虑的人。有的人不争,光环反而照到他的头上。不知内情的人,觉得是一种幸运与巧合,殊不知是他暗自努力的结果。这种努力,是一场寂寞与孤独的修行。书法与其他艺术不同之处,就在于要能真正沉下心去,心性浮躁者只能热闹一时。道理都懂,但真正能够沉淀自己,沿着书法道路不慌不忙不急不火走下去者,能有几人?罗曼·罗兰说,一个人的性格决定他的际遇。秀前爱静,上天让他与书法结缘,可谓天人合一,"静则神藏,躁则消亡"(《黄帝内经》),安然放松的心态使他能够凝神静虑学习书法,学习书法又使他静下心来专一不杂。研习书法,也是发现美、欣赏美、创造美的过程。秀前通过研习书法博观约取,自身品德与素质得到充实完善,写好字,做好人,"心正则字正",人格魅力也得到不断升华。

我曾想,秀前一贯深居简出,埋头只写自己的字,怎么还能被推举为协会主席?这主要归功于其对古城书风的影响。古城是历史文化名城,写字的人多如牛毛。有玩笑说,从街上随便拦下十个行人,至少有三四个是县、乡级书法家,一两个是省、市级书法家。写字的人多,难免有附庸风雅滥竽充数的。更有泼皮胆大者,真、草、隶、篆字还分不清,就敢以"世界级"书法家自居。如果是自己玩玩倒也罢了,问题是还找出依据:"笔墨当随时代""艺术作品要有时代精神"。不管不顾艺术创作客观规律,自创书体,滥用材料,改变书写形式,把无知当创新,把旁门左道当捷径,信马由缰,信笔涂鸦,书法成为市井间交际吹捧之物,媚俗之作皇皇然登庸馆俗舍之堂。长此以往,古城书法艺术价值必将大打折扣。史秀前置身古城崇书尚字大氛围中,能够保持清醒头脑,没有盲目跟风,潜心向先贤学习,不断探寻体悟,作品得以不断入选"国展",并被国内外博物馆收藏,且应邀赴日本开展书法文化交流活动。青年秀前的横空出世,不得不引起书坛"大佬"们的重视和反思,敢情艺途漫漫,要想走得远,还是得从一撇一捺做起,只有循序渐进打牢基础,"衣带渐宽终不悔",才能从"必然王国"进入到"自由王国","蓦然回首,那人却在灯火阑珊处"。

依靠刻苦和勤奋,秀前已成为别人眼中亮丽的风景。我们向老乡道贺,秀前却吓得变了颜色,连连摆手说:"惭愧惭愧,我才起步。"秀前说:"在浩瀚的艺海里,我刚学会两招'狗刨',不论在前人还是今人面前,我都是个小学生,需要学习的多着呢!"

怀有这种心境和认识,我相信秀前还会进步。

2015.8.5

化古出新图涅槃

朋友创办网站，慕寿州"中国书法之乡"之名，让我推荐一位书家题写刊头。我在网上找了几位寿州书家的字发过去，由他自己选择。朋友挑了李继祥的字，说："这位功夫足，请他可以吗？"

我随手打了六个字，用 QQ 发将过去："有眼力，没问题！"

外行看热闹，内行看门道。无论是看热闹还是看门道，近些年到寿州寻字的人，都对李继祥的作品情有独钟。金杯银杯不如口碑，大伙都说好，李继祥的燕泥堂工作室门庭若市。

李继祥何许人也？传说中的名头是，中国书法家协会会员、六安市书法家协会楷书委员会副主任、寿县书法家协会副主席、寿州书法研究会副会长兼秘书长。可在我眼中，李继祥就是一个虔诚的中国传统书法的殉道者。寿州书坛异常繁盛，各个级别的书法家队伍庞大，谁是谁的老师，谁是谁的学生，枝叶交融，难以厘清，难免有攀龙附凤者混迹其中。这就显得李继祥的可贵。寿州文化底蕴深厚，随便上翻几页历史，找找"祖上也阔过"的机会总有，这样做并从中获得利益的不乏其人。但李继祥对此无动于衷。他给自己的定位是：出生在县城中的农村人。何解？古城 3.65 平方公里的弹丸之地内，却拥有东、南、西、北四处菜园，住着一批依靠种菜卖菜为生的菜农，李继祥就是土生土长的菜农的儿子。谁都需要吃饭，要吃饭就需要生产粮食。李继祥说："当农民的儿子不丢人，也不影响自己积极向上，去追求美好事物。"

但贫穷确会影响人的进步与发展。因孩子较多，尽管父母拼命劳作，生活仍然捉襟见肘，李继祥到 12 岁才上学。小学 5 年时间，李继祥从未吃过早饭。勉强读完初中后，父母再也不让其上学，下到生产队里干起农活。一个偶然机缘，李继祥当了兵。在部队,他发现写好毛笔字也是一门艺术,从此迷上了书法,一发而不可收。退伍后,李继祥种菜、卖菜、拉板车、做瓦工,但也没有放下手中的笔。练字是需要成本的,一般的学书者大都是购买废报纸涂鸦,李继祥哪买得起? 就跑到水泥厂和建筑工地去,捡废弃了的水泥纸练字。那时候过年最开心的事,就是可以搬条案几上街写春联。别人的摊位往往无人问津,李继祥的"门对子"往往最早售完。这更坚定了他练字的信心,同时给坚持爱好找到了理由:写字,不也能挣钱?!

当年,寿县书坛出了位享誉海内外的大书法家,以狂草为一绝,街谈巷议,人见人爱,便有人只知其然而不知其所以然,没学会爬先学走地梦想着一夜成名,好像谁最草谁最绕谁最胆大谁就是大书法家。书风不正往往闹出笑话,什么样的字都敢办书展,并请来专家站台,舔着脸把名人引到字旁,非要评捧两句不可。名人惦记着红包,又不愿昧着良心说话,怕坏了名头,于是王顾左右而言他,凑近佯装认真地看下,然后开了金口:你这作品用纸不错,哪买的? 或者说:这字用墨真黑,一得阁的吧? 把话岔开。处在这种氛围,李继祥也不能免俗,开始喜欢上了明代张瑞图的行草。练了几年后,尝试对外投稿,每次都是泥牛入海。一天,李继祥偶翻陆羽的《怀素传》,看见里面一句话:"学无师授,如不由户出。"李继祥灵光一闪,想,看来要修得正果,还得拜名师去。

筹借万元,负笈北上,一个月的求学生涯,让他好像触摸到了书法真谛。任何艺术都无捷径可走,特别是书法,是中华民族一项传统艺术,既结了缘,就必须始终保持一颗敬畏之心,不付出十年、二十年的临帖功夫难窥其妙,就连汉代张伯英、隋代释智永这样的大书法家,也要经过"临池学书,池水尽墨""登楼不下,四十余年"的苦修,才能成就后来的辉煌。至于身边一些书家所说的"法无定法",临书临不像就说是"意临",这都是浮躁、浅薄的表现,终究走不远。明白道理后,李继祥开始大量临写"二王"手札。深秋的夜晚,寒气袭人,李继祥倚卧床上,举着放大镜对着王献之的《中秋帖》逐字品读,忽然有了意外发现:镜下的字好像活了,线条就像空中的绸带,绵柔且韧性十足,圆润遒劲,充满灵性,极具透视感和立体感。李继祥慌忙下床,抓起自己创作的"作品"进行对照,线条生硬无提按,直抹笔而过。李继祥醍醐灌顶,一阵热汗冒了出来:过去自己对传统书法的理解是多么肤浅,只以为把字形结构、笔画粗细临得相似就可以了,这是"一叶障目,不见泰山"啊! 从此,他把过去画了句号,大量系统临摹古人技法,期待着自己的字涅槃重生。功夫不负有心人,在2006年全国首届青年百强榜书法大赛中,李继祥的作品过五关斩六将,入选百强榜,紧接着又入展中国书法家协会举办的"纪念老子诞辰2578周年"书法大展。一时间,李继祥声名鹊起,成了古城知名人物。

正当李继祥行草创作渐入佳境时,却出人意料地转回了楷书研习。"我从行草创作中得到启发,要洞悉书法艺术的真谛,就得循序渐进、由浅入深、不急不躁、息心静气才能心领神会功成于百炼。"特别是当地一些书法爱好者因没楷书基础,所写的"作品"笔法杂乱、无章无法,也从另一角度提醒了他,学书必须打牢根基,静心净虑从一撇一捺做起。楷书字帖两千多种,颜、欧、柳、赵,门类繁多,法度森严,从哪入手呢? 李继祥选择了褚遂良的《雁塔圣教序》。褚字看似柔、实则刚,貌似瘦、实则腴,取法高古,非常难临。李继祥使出"看家秘技"——用放大镜逐字观摩,并加大临帖数量,短短一年临写万字,案边"作业"堆积成山。同时,李继祥还加强了对墓志的研习,结构朴拙的龙藏寺碑,粗犷奇崛的张玄墓志,清雅婉丽的董美人墓志……一个又一个新的发现常常让他欣喜若狂,受益匪浅。超负荷的临帖,使李继祥的身体出现透支,累倒住院。情有独钟、孜孜不倦的追求终于赢来书法艺术上的脱胎换骨,逐步形成自成一家、别具一格的书写风格。在第九届全国书展上,李继祥的楷书作品从近两万件来稿中脱颖而出。行家品赏李继祥的作品,既有"王"字的洒脱遒媚,又具"褚"字的飘逸灵动,以行入楷,行间玉润,清丽刚劲,娴熟老成。从此,李继祥与他的作品引起业内关注,在各类书展赛事中获奖频频。

不鸣则已,一鸣惊人。大伙都认为他已到达成功的彼岸,可以歇一歇、松口气了。可李继祥却不这么认为,反而比过去更刻苦,每天坚持雷打不动地临摹功课,同时迷上了读书。他的解释是,要想自己写的字真正成为艺术,光靠单纯地练习肯定不够。书法讲究的是书卷气。书卷气从哪里来？只有靠读书。林散之老先生说"学书需要才、学、识"，讲的就是这个道理。只有不断丰富自己，师古、博古、通古，然后才能化古出新，从而到达艺术创作的自由王国。

李继祥是个恪守本分、懂得感恩的人。作为代表"中国书法之乡"书法水平的书家之一，他没有忘记回报桑梓。多年来受县有关方面之托，一直坚持在春节前以毛笔小楷为在外成功人士写慰问函，既是家乡温暖的问候，也是精美的书法作品，反映着中国历史文化名城的美好形象。每年街头村前的"送春联下乡""送文化进街区"活动中，也经常看到他的身影。李继祥热衷公益活动，他把这些称为"修行"。李继祥的"修行"主要集中在端正古城书风上。为了学书者少走弯路，他多年在老年大学、循理书院、"留守儿童之家"义务担任书法讲师，毫无保留地将自己所思所得奉献给大伙，几年来已培养出十多位省级书协会员。每每书法笔会上，面对别人的不吝笔墨"龙飞凤舞"，李继祥总是一再提醒"要慢！要慢！"，恨不得手把手指点迷津。我懂他的心思，就是想告诫书者认真写字，对书法绝不能有"玩"的思想。李继祥做人低调，但眼里不容沙子，容不得别人对艺术一丁一点的亵渎。这让我想起诗人北岛的一句话："诗人应该通过作品建立一个自己的世界，这是一个真诚而独特的世界、正直的世界、正义和人性的世界。"李继祥是想通过弘扬书法艺术，也来建立这样一个世界吧！

2016.1.27

潜心研艺，技道双进

——记著名书法家虞卫毅先生

我一直坚持认为，任何艺术形式的雅俗美丑，拼到最后都是个人学养的深浅高下。如果一个人做不到"读万卷书，行万里路"，不能够不断充实自己、提高自己，技艺再好，也就是工匠水平，终究走不远，成不了大器。

书、画、摄影更是这样。有的人手上写出了茧子，只不过是在不断重复别人和自己；有的人走遍了千山万水，所拍图片也不过是留下几束光影。

寿县古城是沿淮著名的书法之乡，书风昌盛，上自耄耋老人，下至黄口小儿，会写字的灿若星辰。但能挥毫又懂书法理论的却寥若晨星，屈指数来，古有梁巘、孙家鼐，近有张树侯、司徒越，当代古城区不断出研究成果的，只有虞卫毅。

与寿县大多数书法家的成长史一样，虞卫毅从小学时代就开始了学书生涯。那时的小学开设有写字课，虞卫毅学书从临帖开始，最早临写的是颜真卿的《多宝塔碑》。对书法的喜爱使他对临帖到了痴迷的程度，不断得到老师夸赞又成了不竭的动力。但从一定程度上讲，这时的"学书"，充其量也就是"写字"。1979 年考上大学后，虞卫毅开始广泛涉猎各类字帖，真正意义上的书法生涯正式开始，近 40 年来笔耕不辍，始终没有停止艺术探索的脚步。

虞卫毅学书从楷书起步，继工篆隶，溯古求法，熔古铸今。中年时学有所成后，书风大变，开始偏爱草书。在广取王羲之、孙过庭、张旭、怀素、黄庭坚、祝允明、王铎等诸家之长的基础上，由博返约，尤钟怀素的《自叙帖》和孙过庭的《书谱》。他认为怀素的《自叙帖》以奇纵变化取胜，孙过庭的《书谱》以平和简净取胜。但《自叙帖》能于奇纵变化中见平和简净，《书谱》能于平和简净中见奇纵变化。《书谱》展现的是易学思想与玄学思想的交融。在儒道结合上，《书谱》的思想性与艺术性都是很高的典范。怀素是深得禅理妙谛的高僧书家,《自叙帖》展现的是禅学的澄明之境与道学的奇诡变化。在禅道结合上,《自叙帖》的机用性与艺术性达到了很高的层面。若将两帖相参相合交互临写,能够更深更广地体悟出中国传统文化中至为精妙的儒道精神与禅道精神。

在虞卫毅学书生涯中,寿县两位本土书法大家对他产生了很深的影响。一位是民国时期享有"铁笔"之誉的张树侯。张先生擅篆隶,其作品沉郁古拙,质朴浑穆,力透纸背。一位是当代古城文化名片——"狂草大师"司徒越先生。司徒越的草书飞动不拘,笔意连绵,奔放激越。把两位大家的作品放在一起,就显现出一种古与今、动与静的对比意趣。这种对比对他的启发和滋养,为其后来走好书艺道路提供了扎实铺垫和正确路标。

古人云:"取法乎上,得乎其中。取法乎中,得乎其下。"路径对头,往往能收事半功倍之神效。但虞卫毅不敢掉以轻心,他说:"古人讲十年磨一剑,我对自己的要求是三十年磨一剑。"为了写好一个字,虞卫毅往往要写上几十遍、上百遍。"书之妙道,神采为上,形质次之。兼之者方可绍于古人。"神采靠的是涵养,形质靠的是技艺。书法之道在于技,技不如人,道何载乎? 如果一个书家对古人的笔法、字法不能熟练掌握、运用自如,那怎么谈得上抒情达意、翰墨抒怀?

"古人学问无遗力,少壮工夫老始成。"虞卫毅常常以这两句诗勉励自己,满怀虔诚和敬畏,长期坚持临帖和读帖,孜孜以求,反复揣摩法帖上一笔一画、一撇一捺间的玄机奥妙。通过不断钻研,刻苦训练,精益求精,逐步达到笔简意深、灵动飘逸的境界。功夫不负有心人,虞卫毅的书法作品屡次参加全国书展并频频获奖,成为寿县最早一批"国字号"会员,并获得中书协"德艺双馨会员"称号。著名书法家张冰先生评论,虞卫毅的草书作品"风神散朗,气韵深厚","果敢之中显峻拔之势,含忍之中呈浑厚气象","线条如行云流水,结字如壮士舞剑,字里行间展现出的将奔未驰、放逸生奇的动势与动感,让人感到每个字都动起来了。其中的节奏与韵律就像是舞者的舞蹈,或奇纵,或飘逸,让人产生动静一如、回味无穷的感受"。而我认为,虞先生书法功力深厚,是其经年累月锤炼与升华的结果。他的作品,线条点画松秀而不轻佻,沉着而不板滞,可见虞先生对笔墨的掌控能力已达到随心所欲的精熟境界,尽显"规矩入巧,乃名神化"的大家气象。

虞卫毅在书坛"扬名立万"并不单因字写得好,备受瞩目的还有他的书法理论。迄今为止,虞先生已出版《隐石庐论书随笔》《友声书友逸事录》《当代书坛九十家》《禅心诗意》等作品集多部,其中书法论文入选全国性书学会议二十多次,先后受邀出席全国第一、二、三届书法学暨书法发展战略研讨会等,并被国内权威刊物《中国书法》聘请为特约评述人。虞卫毅研究书法理论,既重视对传统书论的梳理阐释,又重视结合现实,提出新观点、新思考。对于传统书论,他曾下过一番硬功夫,其代表作《古论新诠》融入了自己的思考,做到了"有洞见而不作凿空之说,出新解亦略无武断之嫌"(张云龙《评虞卫毅先生的书法创作与理论研究》),给人以启发和借鉴,对指导当代书法创作具有很高的参考价值。关于书艺修为,虞先生指出,一个人书法艺术成就高低的决定要素,应包括书技、书识、学养、性灵等方面。习书者不但应重视书技训练,而且要加强学识与学养的提高和性灵的培养,做到潜心深入,厚积薄发,积学以成。为此,虞先生先后在《书法导报》《中国书画报》《书法报》上发表《谈"书意"与"诗意"的统一》《诗意派书法的创作与批评》《字意·书意·诗意——谈当代书法创作取向》《文人书法传统与当代书法创作》等文章,极力主张"诗意派"书法创作理念,强调"情深调合",为书家创作开辟崭新境界,引起书坛广泛关注,受到沈鹏等书坛"大咖"的充分肯定。

虞卫毅先生现为寿州书法研究会会长。为写此文,我专门到研究会拜访了先生。研究会隐在古城南大街的留犊祠内,环境优雅,书香扑面,院内桂枝摇曳,密影匝地。先生独处一室,埋头于书史书帖中,专心致志。见有客来,清茶一杯,只谈学问,不聊其他。能够闹中取静,于红尘中超然物外,心无旁骛,潜心书艺,拳拳赤诚,感人至深。真诚祝愿虞卫毅先生青春永驻,艺术之树常青,能够创作出更多更好的精品佳作。

2017.1.26

妙手丹青出寿州

这是一个了不得的文化之乡。有人开玩笑，街上并排走的三个人，至少有一位是书法家。"怀诗寿字桐文章"，寿州自古诗书昌盛，清代乾隆年间梁巘主讲寿州循理书院，不仅给这里留下丰厚的书法遗产，而且培养了大量书法人才。从此以降，薛鸿、张树侯、汪以道、司徒越等书法名家辈出，享誉海内外。可是，论国画，从现代到当代，承前启后的旗手级人物，唯有朱宝善先生。

朱宝善先生，萧县人，萧龙士的高足，"龙城画派"杰出代表之一。当年梁巘在寿州大兴习字之风时，萧县受"扬州八怪"影响，曾涌现出一大批书画名家。其时"扬州八怪"之一的黄慎客居萧县，郑板桥与萧县书画家们也往来甚密。这些人在一起切磋交流，逐步形成声震徐淮的"龙城画派"。"萧画"与"寿字"在长淮两岸互为掎角，遥相呼应，各具色彩，争奇斗艳。到了20世纪，"龙城画派"再现辉煌，代表性人物萧龙士大师声名远播，先生成为其得意门生，常伴其左右。20世纪60年代，先生考入安徽艺术学校美术系，又受到海上名家孔小瑜、徐子鹤教诲，技艺日进。毕业后，先生被分配到寿县工作。

第一次接触到朱宝善先生的作品，还是家住乡下的时候。那天晚上，父亲从县城归来，包里多了一张皱皱巴巴的画，展开来看，是只苍鹰，单腿独立，傲居于松枝上扭首翘望，英气逼人。我不懂画，但还是被鹰传神的眼睛所吸引，以至于时过20多年，那幅图仍如昨天才见一般历历在目。听父亲说，这是他的好友朱宝善先生画的。等到参加工作并到小城里上了班，我有机缘对先生的人和画有了进一步的了解。任何人的成功都绝非偶然。朱宝善先生的成功固然与他少年的砥砺磨炼分不开，更重要的还是受到楚汉文化风气熏陶的缘故，使他能在继承传统的基础上不墨守前人，在笔墨上大胆创新。读先生的画,或纸墨淋漓,大气磅礴,或烘托渲染,意境深夐,或简约有致,惜墨如金,但总体都体现出一种不卑不亢、不浮不躁的品格和清雅洒脱、苍润老辣的画风。

等到与先生接触多了,自然对他有了更深的认识。

在与寿县的文人墨客们闲聊时,朱宝善先生常喜欢开玩笑说:"俺是淮北大汉,是来寿县做贡献的。"我倒觉得,是寿县的文化成就了他,使他拥有了今天骄人的成绩。

寿县,古称寿州,历史上四次为都,"一城人文典故,千年魅力楚都",文化底蕴少有城市能与之比肩。朱宝善先生来到寿县后,从事着自己痴迷的文化工作,使他有机会把学到的理论用于实践,把寿州的楚汉文化融入笔端,兼收并蓄,继承、发扬、完善,一天天走向成熟,一步步迈入理想的自由王国,在艺术的殿堂里游刃有余。

苏东坡说:"论画以形似,见与儿童邻。"朱宝善先生成功的奥秘,就在于他把作画当成一门学问,重形似更重神似,重技巧更重文化,使作品中弥漫着一股浓浓的书卷气。中国画的民族性,主要表现在文人雅士借山水花鸟"抒怀抱""寄雅兴""志于道,据于德,依于仁,游于艺"。一幅成功的中国画,必须拥有民族性、时代感、自我等三个特性,"以前人的笔墨,师自然之造化,表现时代之精神"(赖少其语)。如果没有民族的特色,也就没了传统的根基;体现不出时代的特色,不过是对古人作品的抄袭、临摹。在民族性、时代感的基础上,还要能够反映出自我的风格。这种自我的风格须在时代的基础上自然形成,在群体的特色上加注自己的东西。看到鹰,看到红梅,看到黛山烟雨,无须看名字,就能知道是朱宝善先生的作品。当然,这种自我风格的体现是一种综合修养的自然彰显,需要拥有丰厚的基础,绝非刻意追求能够达到。如果脱离了民族性和时代感,个人风格只能是玩花样,画虎类犬,贻笑大方。

近期,朱宝善先生相继出版了多部画集,由上海书画出版社出版的《翰墨中国画坛之星——推荐艺术名家典藏当代精品》中收录了他的 11 幅作品。画集集中了龙城派巨擘郭公达、津门写意花鸟大师霍春阳、海上名家张桂铭、岭南画派领军人物杜应强等 10 位当代中国画坛最具代表性画家的作品，"他们的笔墨痕迹，将留在时代的记忆中"。由岭南美术出版社出版的《当代画坛——实力派名家作品典藏》，选择"中国当代 10 位最具代表性的画家"，有中国画大师刘文西，中国美术家协会主席刘大为，岭南画派耆宿、著名人物画家王子武，唯美花鸟画家方楚雄，风景画代表人物范扬等，其中收录朱宝善先生 12 幅作品，"赋予中国画一种特有的美学品格和艺术魅力"。台湾艺术印书馆出版的《当代画坛名家作品典藏集/朱宝善》，所刊先生近40 幅画作，题材与款式丰富多变，构图及立意各有不同。但这些不同形式的作品，"都传达出一种共同的艺术千秋，都呈现出一种特殊的艺术风格"。方家说，朱宝善先生的中国画，已经进入自由创作的佳境。

朱宝善先生在寿县的最大贡献，还在于他把一大群美术家紧紧团结在一起。合肥、淮南、六安的青年才俊纷纷慕名而来，切磋技艺，古城内有志于斯的学生大都出其门下。先生诲人不倦，爱才如子，绘画艺术伴着他的人格魅力有口皆碑，就像他笔下的梅花一般香飘万里。2012 年底，他将带着他的高足在合肥·久留米友好美术馆举办"醉墨斋中国画展"，给省城人民带来古城的祝福。

朱宝善先生为人直率，个性洒脱，待人宽厚，具有北方人典型的豪爽性格，如今年已古稀，自号"半呆翁"。在寿县生活几十年，逐步养成了一种清静无为、顺其自然的生活习性。外表的呆憨，是不是人们常说的大智若愚、难得糊涂？真正的文人，没有文人气；真正的艺术家，又有几个爱把功夫放在外在形式上的标新立异？"半呆"的状态，可能正是先生对人生、对艺术的一种追求境界。"半呆"，出世入世，自然自如，这需要拥有多么丰厚的涵养和多么深奥的学问啊！

2012. 11. 24

情满于山,情注于水

——记著名画家张君法老师

寿州孔庙院内的千年银杏下,经常可以看见一位年逾花甲的老头,面容清癯,精神矍铄,一边弯腰侍弄着追逐落叶的小孙,一边抬头与过往行人打着招呼,满目慈祥,一脸笑意。如果没人介绍,谁也想不到,他就是寿县美术家协会主席张君法老师。

认识张老师颇具戏剧性。那时我刚从乡村调到县城工作,想请人画幅中堂挂在新房装点门面。文友推荐说,找张老师!我一脸懵懂,哪个张老师?文友说:"张君法呀!张老师好说话,喜欢爱好文艺的晚辈,你找他,不会'掉地下'。"张君法是古城著名画家,名号如雷贯耳,问题是我认识他,他不认识我,我去吃了"闭门羹",多难为情。文友见我犹疑,干脆地说:"你甭问了,这事包在我身上了!"

没过多久,文友便带话过来:"张老师的画作完成了,你去一趟,看看怎么装裱合适。"

孔庙旁边一个低矮的披厦房,就是张老师的画室了。张老师平易近人,和蔼可亲,一点架子没有,身为名家,却活得真实。虽是第一次见面,我却一下就喜欢上了这个"老头"!

张老师为我们递过茶水,然后反身展开案上的画作——

画面上,山峰连绵,松涛滚滚,一袭清泉自山涧跌宕而下,绕过山脚一座小亭,依依远去。细辨,溪流流往的方向有一条长河,犹如一条飘舞的白练若隐若现。小亭内,一位白须长衫老者手持黄卷,侧耳倾听,一时间竟忘了读书。

"这地方,不就是我们的八公山吗?"

"对,是八公山。"张老师笑吟吟地答道。

如今,这幅《深山听泉图》仍悬挂在我家厅堂,不断接受着来访客人的赞许和艳羡。

张君法老师是土生土长的"老寿州",自幼生长在瓦埠湖畔。碧波荡漾的湖水,古色古香的君子小镇,街心青石条上深深的车辙,以及湖边五颜六色的蚌壳、湖面点点白帆、天边绚烂的晚霞,在其幼小的心灵中,深深地播下"美"的种子。20 世纪 70 年代,张老师从安徽艺术学校美术专业毕业,回古城后专门从事群众文化辅导和艺术创作工作。由于专业的关系,他与司徒越、郭公达、朱松发、朱宝善、葛庆友、张在元等一批知名书画家接触频繁,交往颇深,经常在一起交流艺术思想,获益匪浅。1986 年至 1988 年,张老师来到南京艺术学院美术系研修国画专业,得到亚明、魏紫熙、陈大羽、李坚晨、张文俊等大家指点。有段时间,张文俊教授领着他深入江南水乡对景写生,不知不觉中,张君法感觉到手上的传统表现方法被用在了写生中,随着画面的需要,取舍、移景、虚实、开合等处理方法都派上了用场。张教授现场点拨说:"当美好的自然景物出现在你的眼前时,你就会被大自然的美所打动,产生强烈的表现欲望,这就是激情。要抓住这个创作冲动,虽为写生,创作也在其中了。"这两句话,被张君法牢牢地记在心田,受益终身。

在学习创作的日子里,张君法师承古法,认真临摹和研究历代画家的作品和艺术理论,从五代山水画家的作品中揣摩古人扎实的写实功夫,从元代王蒙的作品中体会浓、淡、墨、点、面的综合运用,从董其昌的古雅秀润与王原祁的"淡而厚、实而清"中吸取营养,融会古人笔意,体会探求其笔墨技巧和创作思想。可能受古城深厚文化底蕴熏陶的缘故,张君法师古却不泥古,尤其注重从千变万化的大自然中吸取营养。几十年来,他坚持从实践中来、到实践中去,多次跋涉于皖南山区的奇峰松云中,漫步于大别山的溪水秀林间,奔走于长江流域的大小峡谷和茫茫太湖之滨的苏南水乡,拜师访友,写生采风,在漫长的治艺道路上完成知识学养和人生阅历的修行与积累,逐步摸索到很多山水画创作的"独门绝技",实现创作技艺的升华和蝶变。比如,传统的绘画创作一般都是先勾勒再渲染,而张老师却喜欢把这种顺序倒过来,先用浓墨在宣纸上大胆铺笔,使纸面出现洇渗淋漓的效果,然后再勾画出物象,时隐时现,藏露交替,追求意趣,注重神韵,强调主观表现,不拘泥于生活中的细节小物。有时根据需要,还在作品六七分干时继续画下去,大混点、小混点,浓淡轻重的各种笔法恣意挥洒,很难说清采用了哪家之法。正所谓"无法中有法,不齐之齐,不似之似,入于神化之境"也!

张文俊教授在看了张君法在南京博物院举办的个人画展后,评价道:"每个画家都有自己的偏爱,君法偏爱黄宾虹老人,并上追石溪、石涛和'元四家'等,所以他的画,苍茫浑厚,元气淋漓,创作出一种幽静深秀的艺术境界。他喜用破墨积墨、用水、以墨为主,并运用掌握的传统笔墨技巧描绘他所熟悉的大别山、黄山、八公山等地的自然风貌。这不仅流露出他对山山水水的感受,而且抒发了对祖国山川无比热爱的情怀,同时说明他不甘心沉醉于前人笔墨之中,学传统为我所用。这种学用结合的精神是非常可贵的。"

真正萌生推介张君法老师的想法,是在看到他的一部画集后,里面收录张老师的大量以古城名胜、八公山景境和淮上风物为题材的山水画作品:恬润清幽的绿水青山,丛树密布的淮河两岸,河边村旁旷逸空灵的田畴,斑驳透迤的古城墙,飞檐交角的城门楼,蜿蜒幽深的古街古巷,深邃静谧的民居,石径黛瓦,人在劳作,鸡在觅食,牛在憩息,鸭在戏水……"大凡人之感于事则必动于情,然后兴于嗟叹,发于吟咏,而形于歌诗矣。"(白居易)画家其实也是这样,透过《寿阳八景》系列、《八公农家》组画等一帧帧画作,张老师向人们传递和交流着自己对家乡的深刻理解和满腔热爱,让我们记住乡愁,品尝到浓浓的乡情,恍惚间回到魂牵梦萦的故乡。后来,张老师又牵头举办"画里寿州"画展,出版《画里寿州》画集。这些作品不求诡异,不故弄玄虚,只本本分分地画自己所眼见、所感受、所理解的家乡山水与风情,只是老老实实地以自己的精气神传达古城的精气神,自自然然地以自己的文化素养表述寿州的文化底蕴。这样的作品,惹人注目,令人动情,让我在展厅里久久流连,不愿移步。

　　——我得写写他!

　　寿县美协艺术创作的路径正、风头足,呈现出一片朝气勃勃的"寿州气派",正因为他们有个好的领头人。

　　张君法老师却谦虚地说:"我性格内向,不会随波逐流,也不愿哗众取宠,只愿在淡泊平和的心境中,用自己的笔墨画出自己的所见所闻、所思所感,画山要情满于山,画水要情注于水,要和自然交朋友,要拜天地为老师,将自己的生命、情感融汇于自然的一山一水、一草一木中。"(张君法《心路画语》)但我要说,这就是画家的大境界!只有这样画出的作品,才会有生机,才会有灵气,才会有新意。我还要说,张君法老师看似"独善其身",实则已"兼济天下",他以一腔"老寿州"热热而又静静的血液温暖着大家,他以一身浸透寿州文化的艺术细胞感染着大家,他以一手精益求精的笔墨技巧影响着大家,像春燕筑巢,痴心不改。我相信,今后人们在谈到寿县美术时,一定会提到谦逊低调、虚怀若谷的张老师;在论及对寿州文化有贡献的人物时,也一定会想到这个银杏树下含饴弄孙的"老头"!

2016.12.21

许之格的写作状态

许之格出诗集,要我作序,这有悖常理,我不是诗人,更非名人,为诗集作序,这不是阴差阳错张冠李戴吗?

实难推托,想想如今流行"跨界"和"混搭",也就应允了。

初识许之格,是因县报上发了她的几篇散文。那时我刚到新单位工作,想在寿州文化的挖掘和传承上做一番努力,特别在意县报对当地作者的发现和扶植。一天,副刊上发出她的一篇题为《童年逸事》的散文,写的是童年生活记忆,文中关于自己"经常在外惹是生非"的描述,惟妙惟肖,真实再现了一个"就像田野的草"一样成长的农村女孩形象,读来让人忍俊不禁,使我们这些有共同经历的人产生共鸣。美中不足的是文章里有错别字,标点符号也不规范。我拿着报纸找到编辑,说:"一张报纸就像一锅鲜汤,错别字就是报纸版面上的苍蝇,一颗老鼠屎能坏一锅汤,一只苍蝇同样能坏一锅汤。"这事过去不久,县报又编发了她的一篇散文,依然是童年生活题材,名字叫《鹅群里绽放的童年》,依然写得兴趣盎然,依然有错别字充斥其间。我忍无可忍,拿着报纸找到编辑,毫不客气毫不犹豫地对他进行了处罚。

> 20 年前,你蹒跚而行
>
> 用执笔之手
>
> 开拓笔下的江山
>
> 像是一个勤劳农夫
>
> 耕耘着自家一亩三分地里的春光
>
> 在一片洁白的纸上

你用镜头,把岁月定格在光阴的隧道里

播种一个又一个春华秋实

八千里路云和月

流年更迭

多少鸿雁展翅高翔

多少云朵去了远方

今天,您依然用信念

支撑着满天的星光

——许之格《纪念新浪 20 年》

如果没有后来那篇《结缘寿州报》,许之格可能会像众多投稿者一样与我擦肩而过。偏巧,县报迎来 20 周年创刊庆典,在"我与寿州报"征文中,再次见到"许之格"这个名字。她在稿件中诚恳地对因自己粗心毛糙造成编辑被罚表示忐忑,字里行间表露出对文学的一片深情和对报纸、对编辑的感恩之心,言殷殷,情切切。翻来覆去地看了几遍,没有再发现错别字,心想,这位作者懂得感恩,且闻过则改,应属可塑之材!

从此,许之格的名字在我脑海中留了下来。因同住一座小城,慢慢地,我们由不认识到认识,交往由线上走到线下,由虚拟走到现实,由作者与编辑的关系发展为文友关系。走动一多,了解自然就加深了。

许之格是一家婚庆公司的老总,兼营一个鲜花店,在小城居民中,应算中上等生活水平。按理说,许之格衣食无忧,忧的应是如何把业务做得更大更强。作为一名还算年轻貌美的女士,闲暇时间唱唱歌跳跳舞,练练瑜伽美美容,也是不错的选择。千不该,万不该,许之格偏偏爱上了文学。这在一些人看来,实在有些不可思议,连她自己都说:"我常觉得自己有点阴差阳错狗拿耗子。"(《童年逸事》)但是,但凡看过她的作品的人都能理解,孩提时代所养成的反叛性格,使她生成一种争强好胜的潜意识。她在小时候是一个"假小子"，经常在外惹是生非、偷瓜摘梨，其实就是为了引起大人的关注。长大后发愤图强事业有成，做的何尝不是一个男人应做的事情？好男儿志在四方，好女人的眼光也不能全在锅台上。寿县是楚文化的故乡、中国豆腐的发祥地、淝水之战的古战场，物华天宝，人杰地灵，得天独厚的历史渊源、别具一格的文化底蕴，养就了寿州女人特有的眼界、品位和气质。冥冥中缪斯的眷顾，使得许之格与文学结下不解之缘。身边又多是臭味相投的"狐朋狗友"，想打退堂鼓都难，一旦"下水"，便没了回头之日。

> 在秋天，很多美丽的事物都散发着芬芳
>
> 在缄默中收获
>
> 也宣布了另一种抵达
>
> 如果，我要写
>
> 只能用诗歌的方式去描摹
>
> 写至深至爱血浓于水的亲情
>
> 写君子之交，其淡如水的友谊
>
> 写千江有水千江月
>
> 写我美丽而又仓促的青春
>
> ——许之格《如果，我要写……》

　　许之格的创作以新诗见长。准确地说，她是一名诗人。在寿县，诗人与书法家一样多。寿县是闻名遐迩的"中国书法之乡"，有人开玩笑，街巷里遇见三个人，就有两个人是书法家。别的地方人们见面打招呼："吃了吗？"寿县古城的人却是："最近临啥帖？"也有人开玩笑，上厕所的四个人，就有三个人是诗人。有的人尽管不读诗，但他爱写诗。诗人一多，相互交流、激励和启发，进步就快，影响就大。新世纪伊始，寿州诗群已在淮河两岸文坛扬名立万，长盛不衰，发展到今日，已成为安徽诗坛一颗耀眼明星。许之格作为其中一分子,别人影响着她,她也影响着别人。虽然文学创作讲究创新和独特,诗歌创作更是讲究卓尔不群、标新立异,但环境和氛围很重要,"卓"而"群"才能道路越走越宽广,单打独斗很容易走进死胡同。得益于商场上多年的摸爬滚打,许之格深谙为友之道,在古城文学圈内如鱼得水、广结人缘,一些诗歌"大咖"都把她看成"小妹妹",最好的诗集推荐之,最妙的感悟密授之。加上自身聪颖好学,许之格的诗歌创作基本没走什么弯路,很快便进入熟能生巧水到渠成的境界:

> 所有流水都是奔腾不息
>
> 朝着一个方向
>
> 所有的故事都是一个典故
>
> 来日方长
>
> 所有的故乡都是一曲民谣
>
> 有风就会歌唱
>
> 今生啊,我是故乡的一位修行者
>
> 苦读世俗的经书
>
> 把月亮当成钵盂
>
> 把草木当成木鱼
>
> 心慌的时候
>
> 我就敲自己
>
> 一下
>
> 两下
>
> 三下
>
> ——许之格《修行》

　　许之格曾自谦说，自己是"小女子写作"，上不了"大雅之堂"。她还说，写作就是"玩"，"哪天玩不下去了，就不玩了"。我倒十分欣赏这种放松的写作状态。对于普通爱好者来说，文学创作就是一种追求美好、完善自我的生活方式，你硬要以此混出点名堂，指望着大作传世青史留名，往往是"希望愈大，失望愈大"。我们身边就有人因"语不惊人死不休"，最终落了个孔乙己的下场，甚至活得还不如孔乙己。诗歌写到一定程度，会遇到"瓶颈"，有的人追求所谓的"大格局"，反而欲速则不达，丢失了自己的"根据地"。印象中，许之格的诗歌一直保持着沉静的姿态、内敛的热情、隐蔽的光芒，用她的话，"死猪不怕开水烫"。但熟知情况的人都知道，她的作品数量、质量都在稳步上升。尤其是近几年，许之格逐步找准了写作方向，闲暇时间还是往常一样走南闯北，四处游逛，但下笔慎重了许多，大多时间是把外面的世界与家乡的风韵与内涵进行比较，从中淘出具有自己独特眼光的诗句来。她写古城四季的斑斓风景，也写家乡父老的灿烂人生，告诉人们这里发生了什么、发生着什么。随意的抒写，别样的厚度，看似漫不经心，实则匠心独具。什么叫"接地气"？这就是。

还没出发

离别，已是满怀惆怅

于是，我决定将行囊加重

我带上一杯安丰塘的水

来沏六安瓜片

让它们在异乡和我形影不离

再带上一束南塘的桃花

把它种在天山脚下

用瓦尔登湖的水来浇灌

给纯洁的雪山

闹点桃色的绯闻

——许之格《致远方》

我一贯认为,好诗的先决条件是要让人看得懂。好看且耐看,叫人拿起来放不下,非得一口气读完不可,才能算一首成功的作品。对于许之格而言,她在有意无意之间,已经完成一次质的超越。按照这样的发展趋势,我们完全可以相信,她今后的写作之路将越走越宽阔,她的作品将越来越好看。

一个披着红衣的女子

骑着她的枣红马,从北宋而来

脸颊如霞,醉倒了八公山

从此,那里就开满了桃花

那盛开的桃花

如她的千军万马

还有好多不知名的花

——许之格《寿春三月》

我与许之格成为文友,除了以文会友外,还因为欣赏她的本色随性。在当下的浮华喧嚣中,她显得那样与众不同。事实上,我们会面时大多是在酒桌上,很少谈论文学。兴之所至,她会与我们一样大碗喝酒、大块吃肉。女人不是需要节食减肥保持窈窕吗?许之格头一甩,潇洒地说:"没事,吃上来再减就是了!"每年中秋时节,许之格会趁天好采了院内盛开的桂花,晒干去杂,再沽来小窖酿制的秫秫酒,兑上蜂蜜密封个把月,泡制成一种香气馥郁的桂花酒,色泽金黄透亮,口感香醇回绵。隔三岔五,她会约上三五知己喝上一杯。现在已近中秋,估计她又在酿制今年的桂花酒了吧? 等到诗集出版,我们真该好好地喝上一杯。为了喝酒时不至于心虚气短,写上这些文字,聊博诸君一笑耳。

　　是为序。

2017. 9. 6

书名的确定

仁君想出作品集,嘱我作序。作为多年的朋友,却之不恭,诚惶诚恐。我问他:"书名叫什么?"

仁君答:"还没确定,你看《时光的风从古城吹过》,可行? 借用集子里一篇散文的名字。"

仁君的文章我基本上都拜读过,当然知道这篇大作。文章开头写道:"远山衔古树,近水走渔船,拾级登临处,放眼草木欢。微风里,心湖澎湃,倚墙远眺,感受着时光之河,感受着时光之手,感受着时光之风。"结尾写道:"时光的风,从古城吹过,从我的心中吹过。从偶尔落脚,到生活于斯,扎根于斯。我一次次沿着城墙而走,深爱于此,陶醉于中。和这座古城里的人们一样,在生活的海洋里痴迷而执着,用一双双手,共同弹奏着,用心歌吟着。"字里行间,表达了作者对古城的无限眷念和真诚热爱。

我想了想,说:"诗意,文气,但作为书名,似乎还缺少点什么。"

仁君说:"你的感觉不无道理。与志刚兄说起这事,他建议书名为《独拥小窗》,也是一篇散文的名字。"

"斗室中的几扇窗户,都与前后的楼房对峙,唯有书房的小窗,在钢筋水泥构成的丛林中,独闯出一片天地,远山近水一览无余。真得感谢上苍,让我在喧嚣的小城中,独自拥有了一份静谧,以及倚窗看景的心境。"了解仁君的朋友都明白,文章的开头明写蜗居,实写人生。处在弱肉强食的社会大环境,难得作者还保留一份"感谢上苍"的心。"小窗,开启了一道风景,又引领出一种情调。在或厌倦、或烦恼、或伤感、或得意的时日里,凭倚小窗,眺望蓝天丽日下特有的风景,呼吸窗外清新而略带泥土气息的空气,捕捉窗外瞬间的生活情趣,或面对蓝天、白云、飞鸟,把心灵放逐,任它在天地间翱翔。"人带着一声啼哭投身于滚滚红尘,逐步有了七情六欲,长大后往往烦恼多于快乐,失意多于得意。一些人常感叹人生苦短,人心叵测,世事难料,陷入无休无止的功名利禄、尔虞我诈、恩怨情仇中不能自拔。真正聪明的人,是能够"小窗大世界,心路变通途"的人。"倚窗独思,仔细品味陆淞'淡月纱窗,那时风景'的迷离婉娜,李清照'守着窗儿,独自怎生得黑'的孤寂难度,吕浜老'小窗闲对芭蕉展'的闲适恬静,于谦'清风一枕南窗卧,闲阅床头几卷书'的清心寡欲,从春歌、夏诗、秋词、冬曲中寻觅关于窗户的深邃意韵,去感悟古人'宠辱不惊,看窗前花开花落;去意无留,望天上云卷云舒'的情趣和襟怀。"

所以,仁君觉得"拥有小窗,于心足矣"。另外,"独拥小窗",还可理解为仁君"独拥"一扇崇尚文学、爱好文艺之"小窗",白天尽职忙该做的事,晚上"躲进小楼成一统",看自己愿看的书刊,写自己想写的文字,自以为美,自得其乐,逍遥知足,物我两忘。"独拥小窗",真实反映了作者的精神追求和生活向往。

我就要为仁君的想法击节叫好了,他却又说,还可以考虑采用一篇随笔的名字,叫《战栗出行》。

《战栗出行》当初在报纸上发表时好评如潮。文章写得幽默俏皮,由刘姥姥进大观园"连挂钟'当'的一声响,也被'唬得一展眼'"开篇,自然过渡到"在天子脚下的金陵城里,连'有些见识'的刘姥姥都感觉不方便和不自在,要是搁着我,还止不住会闹出一些什么样的笑话。这不,在小小县城里,每天的出行都让我感到惶恐和悚然,比刘姥姥进大观园惧怕多了"。寿县古城"弹丸之地竟居十万之众,人口密度之大连位居世界之最的日本东京都望其项背。大街小巷……车毂击,人肩摩,连衽成帷,举袂成幕,挥汗成雨,啐唾成溪,比春秋战国时期临淄城的拥挤和喧嚣有过之而无不及。街筒内百舸争流,千帆竞发,漫天黄尘滚滚,拥耳噪音声声,怎一个'乱'字了得"。置身其中,"打小落下'恐车症'至今尚未痊愈,见了汽车仍畏惧三分"的作者,"看见满大街车子像泥鳅似的乱钻,真害怕有一天哪位哥哥姐姐高兴了,和咱玩

'挤油'的游戏,把咱给贴了'饼子'"。想想仁君的人生,一路不都走在这样的"大街小巷"? 高中毕业回乡务农,因爱好写作被县广播站聘为"驻区记者",每月靠像工厂计件生产那样完成写稿任务领取工资;撤区并乡后已小有名气,先在一个乡镇当"驻镇记者","官"至党政办主任,终因身份问题迟迟修不成"正果"。随后进城当了一名文化干部,然命运多舛,生活中总有这样那样的磨难伴随他,步履维艰。"欲渡黄河冰塞川,将登太行雪满山。……行路难,行路难,多歧路,今安在?"(李白《行路难》)一天下班途中,被一个骑摩托的人直接撞上,他以为没有大碍,摆手谢绝了肇事者的道歉独自回家,第二天觉得疼痛难忍后到医院检查,才知道是髌骨骨折,后来鉴定为三级伤残。这以后,仁君"每天上下班途中都战战兢兢,唯恐有啥闪失",尽可能地躲避车辆行人。但"是男人就得养家,养家就得出门谋生,出门谋生就得上街,上街就怕满街的车和人"。好在一路总能遇见各行各业的知音和"贵人",虽历经甘苦,总不至于落寞孤单,痛并快乐着。

　　如果光写"战栗",这篇随笔也就没了什么玄妙之处。文章讲究起承转合、收放自如,《战栗出行》结尾之处,先客观地总结:"车多是社会的进步,人多是中国的国情。车稠人密不是问题,重要的是凡事要有尺度,凡事要有定数。"然后笔锋一转,就像一个豪放善饮的诗人酒到酣处,一改先前的小杯浅酌,端起大碗放起"蠡子";也像一串响鞭燃到最后,总有几头轰鸣的"大坠"炮,响彻云霄,引发周边发出阵阵回音:"先贤们告诫'退一步行安乐法,说三个好喜欢缘''路逢险处,为人辟一步同行,便觉天宽地阔''路径仄处,留一步与人行''终身让路,不枉百步;终身让畔,不失一段'。我等之辈在出行时要谨记'用心计较般般错,退步思量事事难',切莫'蜗牛角上校雌雄,石火光中争长短',相信'但有绿杨堪系马,处处有路到长安',做到'多一点礼让,少一点纷争;多一点有序,少一点无章'。"人生哲理滔滔不绝,先贤警句信手拈来,从而得出结论:"在理想中的'君子国'还未到来之前,还是学学刘姥姥进城——低眉顺眼的好。"

　　这不就是朋友仁君的人生态度?

但是,《战栗出行》只反映了仁君面对生活保持一颗平常心的一面。对于人生中不断出现的惊风骇浪,仁君都能举重若轻地从容面对,"千磨万击还坚劲,任尔东西南北风",至少给我们的感觉是这样。由此,我们谈到他的一篇散文《微笑面对》:

"当苦难降临时,我们狭小的藩篱被打破,我们的世界也被打乱。我们一时间好像生活在尖锐、刺耳的惊叫声中,没有出路,只有回声。那些昨天还是我们念念不忘的大事,突然间变得没有任何意义,我们的日常所想也变得微不足道。这个时候,我们最需要的是冷静,我们要告诉自己:痛苦和磨难与喜悦和顺境一样构成了生活,那么不幸也就成了我们必须承受的生活,我们一旦懂得承受,就没有什么大不了的。在困境面前,我们坚信我们本身就是'太阳',就算目前有天大的烦恼,'黎明'一定会到来,'晴朗'的日子一定会到来,'春天'一定会到来。"

了解仁君生活现状的人都知道,仁君这几年可谓"屋漏偏逢连阴雨",先是眼睛视网膜脱落,不得不做了手术。本来就是 1000 多度的近视,这下看书写字更为艰难,且从事的就是案牍工作!眼疾尚未痊愈,爱妻又被确诊为卵巢癌晚期。单薄的身躯又挑起陪护病人的重担,嘘寒问暖,关怀备至,不离不弃。本来就是刀削脸,现在更显得黑瘦;曾经梳着的分头,早已改成"地方支持中央"。堂堂男人,体重却不足百斤,一阵风就能刮跑似的。可也就是这么个弱不禁风的人,却在应对命运的不公平不公正中,找到了自我。尽管极端劳累艰苦,应对着各种各样可测不可测的挑战,一度被压得几乎垮掉,可他都能始终做到微笑面对。对亲情的呵护,对生活的真诚,对人生的积极,感动了身边多少朋友? 仁君通过身体力行告诉我们:"在人生的道路上,你战胜了苦难,它就是你的财富;苦难若战胜了你,它就是你的屈辱。"

以《微笑面对》做书名,我看行。

就在我与仁君网上谈话的当儿,我们俩共同的朋友王继林进入了聊天空间。知道原委后,建言道:"仁君的文字深沉,有悲剧情结,彰显着一股仙道之气,书名叫《数点点化》,如何?"

好! "数点",是从"读书之乐何处寻,数点梅花天地心"中得到的启发吧? "点化",过去指道人、神仙用言语启发世人使其悟道,在寿州更有另一层含义,与楚文化、淮南文化深度契合,地域色彩浓重,并契合仁君文章的内容和风格。王继林是古城真正懂仁君的人。

就在我与王继林要因为仁君作品起到一个贴切名字额手称庆的时候,脑海里倏地蹦出个疑问:为什么这帮朋友都能为仁君的事情这么上心,意见被采纳又这么高兴?

这可能就是朋友仁君的大智慧。

书稿报到出版社,最终敲定书名为《古城时光》。我们的讨论看似画了个"0",但得来全不费工夫。

2016.4.21,6.20

文化寿州的一张名片

——读时洪平先生《温婉的歌》

在文化古城,当个文化官员容易,但当个为人称道的文化官员不容易;当个文化学者、文艺作者容易,但当个有所作为的文化学者、文艺作者不容易;既能当好文化官员,又能当好文化学者、文艺作者,更不容易。退休后已经是"政声人去后,民意闲谈中",而且已经是为人津津乐道有口皆碑了,本该无官一身轻,可以安然地含饴弄孙、尽享天伦了,却依然心系桑梓,笔耕不辍,大作频频,成绩满满。什么是德艺双馨? 这就是了!

——这是我手捧时洪平先生新出文集《温婉的歌》时的第一感受。

时洪平,寿县正阳关人,在古城长期从事文化宣传工作,多年来致力于寿县历史文化的研究和宣传,理论文章和散文常见诸报刊,出版有《历史名人与寿县》《寿县历史文化丛书·人物英华》《寿县历史名人》等著作。他担任过多个单位的领导职务,被授予"安徽省劳动模范"等多项荣誉。退休后,他携妻随子定居成都,沉寂三年,不承想居然将这部散发着淡淡墨香的厚重文集推到我们的案头。

展卷细品,《温婉的歌》装帧精美,图文并茂。书中收录了作者从2000年至2017年间的72篇文稿,近30万字,内容分"记忆芬芳""静品流年""闲读寿州""我心永远"四辑,体裁以散文为主。

"记忆芬芳"收文16篇。该辑主要记录了近年来文化古城的重大文化活动,可以看成寿州文化发展的编年史。近年来,寿县文化事业发展迅猛,安徽楚文化博物馆、中国豆腐文化陈列馆建成开馆,寿县廉政教育基地、孙大光事迹陈列馆、寿县非物质文化遗产陈列馆顺利布展,时洪平都是主创人员。《在"五花会"的日子里》《洪洞县里好人多》《献礼》《闯关》等篇章,作者笔墨所及,都是自己的亲力亲为、随感随想和所思所得,字里行间洋溢着浓厚的乡土气息,给人一种自然的亲切感和温暖感。这些文字,不仅充满着作者的汗水和心血,也弥漫着其浓厚的家国情怀。"献礼是什么?献礼是奋斗的目标,是前进的动力,是对祖国母亲养育之恩的回报。无论大小,无论多少,不可或缺,弥足珍贵。60年过去了,时代不同了,中国人民的生活发生了翻天覆地的变化,献礼的方式也变得异彩纷呈。然而,千变万变,不变的是赤子对祖国母亲的一片拳拳之心和深情厚谊。"(《献礼》)可以说,"记忆芬芳"微言大义,正是作者献给文化古城的一份厚礼。

　　"静品流年"收文22篇。该辑是作者多年从事文化工作的积淀,可称为集古城文化之大成的百科全书。用作者自己的话说,是"十年磨一剑"。《寿县古城墙的历史演变及其保护》《"空中芭蕾"——正阳关"抬阁·肘阁"》《"会说话的锣鼓"——寿州锣鼓》《"三美风韵天成"——寿春紫金砚》《豆腐ABC》等,知识性与趣味性合二为一,既有对寿州文化遗存的描写与赞美,也有对历史人文知识的考证与反思;既有对风情民俗的调查与评点,也有对美食美味的挖掘与推介。古城人读了这些文字,一股骄傲之情油然而生。即使是从没到过寿县的人读后,也会油然而生对古城的向往和热爱之情。一分付出,一分回报。这些文字,字字珠玑,它们是古城对作者辛勤工作的馈赠。寿县文化学者方敦寿与作者惺惺相惜,他在《赠洪平〈温婉的歌〉大作付梓》中咏叹:"键盘拨弄三两声,未成曲调先有情。乡音乡愁诉衷肠,行行页页靓人生。"评价真诚感人,恰如其分。

　　"闲读寿州"收文18篇。该辑是对寿县历史名人的集中归纳与展示,堪称寿州各行各业的人物志。"闲读"其实不"闲",比如《红色先驱看寿县》《寿春自古出廉吏》《青春和热血在赤旗上飞扬》《血染共和照汗青》等,总让人感觉历史之幽深,品味到现实之凝重,读来令人唏嘘不已。寿县人杰地灵,古往今来名人志士灿若繁星,他们的仁风义举、美德懿行不仅泽及当时,而且功施后世,影响深远。但由于种种原因,寿县对名人史实的系统整理和挖掘一直差强人意。时洪平先生甘于寂寞,长期沉湎于历史典籍的故纸堆中,专心攻研寿州名人文化,引经据典,旁征博引,大胆推测,小心求证,在各类报刊发表了大量寿州精英的逸事佳话,逐步成为此领域的权威学者。

"我心永远"收文16篇。该辑是该书文学品味最浓的一组文字,记录着作者人生中一些值得缅怀的人和难以忘怀的情,可看成展示作者人生轨迹的精美画册。它崇尚结构严谨,钟情涉笔成趣,追求的目标是理、情、美的和谐统一,理想中有性灵,朴实中有奇妙,或大气磅礴,或轻盈婉转:"记忆的花儿旖旎在芬芳的流年,总会让我在寂寥的夜,闭上眼静静怀想那些逝去的人与事。一切都变得云淡风轻,却又在生命中留下无法磨灭的印记。追忆,是种幸福的忧伤,在心中轻轻地流淌,无声无息。"(《我心永远》)语言精致而婉约,笔触凝重而清明。在尽情尽兴的书写中,作者坦陈自己的生存状态与见闻感受,字里行间流淌着情感的琼浆,展示出丰饶的内心世界,予人以快乐。读这样的文章,让人倍觉生活的美好。

当然,可能是时间仓促,《温婉的歌》中还有极少量的错别字没有校对过来。总而言之,《温婉的歌》斑斓多姿、美丽丰厚,是一首献给家乡温婉的歌,是一张文化寿州的亮丽名片。

2018.3.13

做人与作文

——邵军《大地之吻》读后

去年麦子返青的时节,邵军先生与我谈及,想把自己的文稿整理一下,出个集子。邵先生是我十分尊重的老领导,多年来亦师亦友,推心置腹。他的事由不得不上心。邵先生以前出过诗文集《村野稀声》,轰动一时,被誉为当时寿县文坛的"四大名著"之一。于是我说:"钟情文学一辈子,出书肯定没问题,但得超过以前、实现突破才好。"邵先生很谦虚,说:"我把书稿发给你,看看再说。"

——人还没到家,手机提示,书稿已进入邮箱。

这就是邵先生的行事风格:说得少,做得多;做在前,说在后。丁是丁,卯是卯,有板有眼,掷地有声。

邵军先生曾当过寿县文联主席,才艺上是位"多面手",古词新诗、散文小说、书法摄影、花卉盆景,样样拿得起、放得下。打开文稿,一股纯粹的艺术气息扑面而来:目录分为"灵台心印""杨柳依依""望中犹记""亲情友情""古典小品"五辑,正文约40万字,均为散文随笔,题材上以古城为写作根据地,或轻盈,或沉郁,或反思,或抒发,或对过往历史的一步三叹,或对残酷现实的力透纸背,独具慧眼,独辟蹊径,独擅胜场。与曾经的《村野稀声》相比,无论是思想深度,还是构思文采,都实现巨大跨越,正是"文化寿州"丛书需要的类型。

我能有什么意见? 拍手叫好之余,建议其不妨发挥特长,在装帧设计上做做文章,把作品弄出自己的风格和特色。

现在,精美厚重的《大地之吻》氤氲着淡淡墨香,摆放在案头。封面题字:邵军;标题书法:邵军;插图摄影:邵军。题字朴拙奇崛,书法典雅飘逸,摄影美轮美奂,装帧简洁大气。尚未展开,我便被深深吸引。

　　"灵台心印"收文 46 篇。开篇《书之恋》，说的是生活中一次搬家整理藏书，"坐卧打铺整两天，几乎每一本书都要勾起一段回忆、一段往事，把人带向无尽的遐思……"想些什么呢？"靠北的半橱，陈列着高等教育自学考试的课本，取下它们的时候，首先忆及的是在未接触它们之前的无知和愚昧！1978 年高考，以 8 分之差无缘大学殿堂，后因家贫无法再搏，直到将弟妹们培养成才，方腾出时间、精力和经济，参加高等教育自学考试，反反复复、断断续续六七个年头，几乎用所有的业余时间走进自然，穿越历史，聆听哲人教诲，触摸古今中外的风雨沧桑和灿烂文化……橱的下半又将我带进了黑白之间，各种法帖、影印拓本、画册等分列其间……从儿时骑在牛背上起，就喜好胡乱涂抹，只可惜苦临半生，三缸水尽，至今也不过仅限于好友之间的应嘱遣兴，相会弄翰，其间引发出一点出乎己而不由于人的真性情而已，至于应单位、个人之索或展览之需，或有佳品，却少得可怜。"这就是作家与常人的不同之处，作家是思想活跃、触觉敏感的个体，通过一番"书之恋"，把自己的理想、追求、奋斗和人生进行了过滤反思，知识改变命运，"一日三省吾身"，只有不断"走进你们，与你们交流、拥抱、亲吻"，才能不做"嘴尖皮厚腹中空"的"痴儿"。

　　"灵台心印"一辑还收有《活着》《废墟》《东淝河》《古巷寻"道"》《古城春雪》等美文，与"杨柳依依"一辑中所收录的 25 篇随笔，应算《大地之吻》最具寿州气派的一组作品。写寿州男人，"无论过去和现在，无不闪烁着雪花般的眼神，那眼神由北方的剽悍化成，却渗进南方水泽的滋润。寿州的男人，怀揣一个青铜铸成的大罍子，心装一捆竹简卷成的《淮南子》，踏破铁脚，将足下的天地向前拓展，不断延伸——上海滩，苏州城，皇城根……""他们大声说话，大碗喝茶，大杯饮酒，大手花钱，不小肚鸡肠，不斤斤计较，不低声下气，不诡计多端……寿州男人浪漫而不放荡，他们可以左手拿一本《寿州文艺》，右手握一束紫色玫瑰，在古城墙一角，等待前来接头的'柳梢儿'"（《寿州雪》）。写寿州女人，"总是含露着雪花般白皙细腻的肌肤，那肌肤不用胭脂粉黛，那身段不用束腰打扮，也足以让北方女人万般嫉妒，令南方女人自惭形秽。寿州女人不仅有着南北女人无可比拟的肌肤和美貌，更有着内在的四朝遗风和骨子里的落落大方清丽典雅""寿州女人多情而不矫情,她们用自己的纯真大方、委婉含蓄,表现着寿州女人的心景韵致,表达着寿州女人对爱的执着和专注,诠释着最原始也最具生命力的诗性与魅力"(《寿州雪》),观察细致,描写细腻,从中看出作者对古城生活和古城芸芸众生的由衷热爱。写古城墙,"不仅被存封在近五百年的历史中,而且还在一日千里的现代时光中又悄无声息地湮没了数十年"(《废墟》)。写街巷,"古城的小巷狭窄而幽长,又有着据说是超过香港的人口密度,因而无论白天黑夜,总是车水马龙熙熙攘攘,每逢上下班、买早菜、上学放学,更是只见拥塞不见深幽"(《活着》)。写八公山,"山舞银蛇,漫天皆白,像似上天把地球给包裹了起来,随时要把它送回到洪荒的世界里去"(《空山寒雪》)。写东淝河,"与西淝河同在这里注入淮河,几条河流滋润着一大片古老而厚重、温情而浪漫的土地,在它们将要把这些古城文明与灿烂带向远方、带向大海的时候,仍没忘记留下这座心滩。我想,心滩所堆积所承载的绝不仅仅是《道德经》《管子》和《淮南子》而是整个一片以历史文化名城寿州为代表的数千年的淮河文化积淀……"(《心滩》)。字里行间,弥漫着现代人对现实生存环境的沉痛叩问,萦绕着作者对故土厚重历史文化保护与发展的殷切关心,显露着邵军先生"位卑未敢忘忧国"的浓浓家国情怀,写出了寿州人"好男儿志在四方"的精气神。

"望中犹记"和"亲情友情"两辑当属该书最接地气的,分别收文 12 篇、21 篇。这两个阿拉伯数字面面相对,使我想到阴阳两隔、遥相呼应等词语。"望中犹记"出自辛弃疾的《永遇乐·京口北固亭怀古》:"四十三年,望中犹记,烽火扬州路。"作者在此辑中祭父祀母,吊师悼友,为"小人物"立传,"雨潇潇,乐声哀,拈手祭纸,凝神灵柩前那盏幽冥的油灯,一种宿命的感觉漫过心底,这是一个人的生命吗? 抑或是所有人的生命? 纸向灯火,点燃,轻轻放落燃烧的瓦盆"(《阅读生命》)。文笔质朴,感情真挚,声情并茂,催人泪下。"恍恍与之去,驾鸿凌紫冥",作者写的是故人,但正视和关切的是现实,忧国忧民、爱乡爱家之情,溢于言表。转换到"亲情友情"一辑,作者仍然是写人记情,但文风大变,幽默俏皮。供电站的老方告诫他:"你当了官可千万不能腐……腐败!"(《老方》)与小导游的一段邂逅情:"巫山峡口太平溪,飘下云中步云梯。哭嫁一曲土家女,摇别阳光小蓝旗。"(《土家小导游》)洪森购兰时的讨价还价(《花痴》),老张对生死的轻淡与旷达(《举重人》),还有磨刀老人、剪纸艺人、画家、商人……一个个人物跃然纸上,一幕幕司空见惯的场景再现眼前,没有刻意渲染,但篇篇深情款款;没有豪言壮语,可句句贴心贴肺;烟火味十足,却正是鼓舞我们积极向上的正能量!

"古典小品"收文10篇,是《大地之吻》最有诗情画意的篇章。《忘言篷记》中写道:"一俟入夜,万籁俱静,开电脑以闻乐声,握竹管以抒性灵,人生之胜至极,林野之隐堪禅,'此中有真意,欲辨已忘言',故名忘言篷也!"当今红尘,浮躁喧嚣,纸醉金迷,真正能够"守于方寸、痴于心斋"的能有几人? 但了解邵军先生的都能做证,邵先生在官场几上几下,为官不喜,去官不悲,当官时是个好官,去官后反更受到社会的尊重。"野渡舟自横,独揽自然魂。"无论台上台下,都能秉持自我,找准位置,挺直腰杆,高昂头颅,拥抱着生活的美好,抒发着人生的乐趣,不违心,不违时,不违命,不卑不亢,做自己想做的事,为社会贡献着一己力量。我想,不管是从政的还是经商的,种田的还是务工的,城市的还是农村的,劳心的还是劳力的,都应该读一读《大地之吻》的"古典小品",相信都能得到不同程度的人生感悟。

《大地之吻》读罢,我有两点感受,可以借用两位寿州文艺评论家的语言来表达。第一句话在王继林先生《寂寞的欢喜》里:"文章的境界恰似人的境界,做人的深广决定了文章的气象。"第二句话在孙仁歌先生《为淮南文艺创作差距说把脉》里:"文化是文艺的基础工程,文化不给翅膀,再美的鸟也飞不高。"

2017.1.20

元旦期间的两本赠书

元旦假期后收到两本赠书,一本是胡安品先生的《雨润秋气清》,一本是李士林先生的《难舍的情结》,都是由安徽文艺出版社出版发行的个人文集。两本赠书散发着墨香,摆放在案头。

胡安品和李士林有很多相似之处:两人都是从部队转业到地方,都是自幼爱好文学,都是古城文化界的领军人物。胡安品是我的老领导,李士林是我的老朋友,一人年届古稀,一人年近花甲,但都怀有文学梦想,可喜可贺。

一

胡安品转业到地方时是我县县委常委、副县长,我当时在县政府办公室当秘书,真正的上下级关系。一二十年的工作和生活交集,使我敢于人前背后狐假虎威地夸耀说:"我是看着先生如何实现华丽转身,由一名行政干部转变为文化'大咖'的。"

胡安品从县人大常委会退休时,我们县还没有文联组织。县委、县政府想请先生牵头,挑起古城历史文化挖掘整理的重担,寿县历史文化研究会应运而生。很开心的是,我有幸能够得到先生垂青,成为其中一员。在先生的运筹下,"寿县历史文化"丛书很快问世,填补了古城历史没有系统文化资料的空白。编辑图书的同时,先生还与一帮志同道合者奔走呼号,筹建文联,为古城建设文化强县奠定人力基础;主办"春申君论坛",为寿县融入"长三角"文化经济圈鸣锣开道;规划建设春申广场,为古城旅游增添了一道内涵丰富的独特风景线。那段峥嵘岁月,至今仍为人津津乐道。

　　我在 2009 年转岗到八公山风景区管委会工作。时逢寿县处于"大开发、大建设、大发展"初期,如何保护利用好文化名山八公山的文化资源,成为必须面对的首要议题。怎么办? 经过深思熟虑,我提出聘请寿州文化名人作为八公山文化顾问的建议。经县有关部门研究拍板,最后选定胡安品等五人。这五名文化顾问,或史学考古,或书法美术,或诗词歌赋,或音律国粹……德艺双馨,各怀专长,都是寿州名城的文化标杆。八公山脉有座五株山,聘请仪式就在五株山下进行。五株山为五座山峰,我们聘请的是寿县五位文化翘楚。我在颁发聘请书时,把他们归纳为"寿州五老"。大伙听了,都觉得贴切。从此,"寿州五老"的称谓传播开来,成为寿州文化的一张亮丽名片。从八公山风景区管委会再转县宣传部门工作后,与先生接触更多起来。先生是位书法家,每年的送文化下乡活动,都有他的身影;先生也是位诗人,不嫌我们小报简陋且无稿费,经常给我们供稿,为小报版面添彩增辉。

　　对于胡安品先生文集出版,我一点儿也不感到意外。一是先生多才多艺,体裁多样,散文随笔、诗词歌赋样样精通,且很勤勉,每年都有大量作品问世。二是先生涉猎题材广泛,抒情真挚,文采斐然,咏松、咏兰、咏竹、咏菊、咏荷、咏牡丹、咏月季,咏一切美好事物;咏爱国情、咏英雄情、咏民俗情、咏翰墨情、咏家乡情、咏亲情,咏一切感人之情。在他出版的《胡安品诗联手札选》中,著名作家鲁彦周曾为之作序:"安品的诗作,追求古风,追求韵律,追求意境。其语言平实通畅,易懂好读。无论是写人写物还是写事写景,有叙有议,有感而发,极少空泛之言。所谓'诗言志',在其诗词中有着真实的坦露。"所评可谓贴切准确、一语中的。这次出版的《雨润秋气清》,分为"四海澄清""人生化理""艺林养真""浅吟低唱"四章,收录先生诗文百余篇(首),约 20 万字,记录了先生对世界的思考,对艺术的真知,对自然、社会、人生多方面的探索、领悟和陈述。特别让我感动的是,书中章节有三处与我有关:

　　一处在"人生化理"章《文蕴苍深育新人》中,先生写道:"国家重点文物保护单位安丰塘,古名芍陂,历时 2000 多年,古风灵润。青年作家赵阳(笔名楚人),就是在这里学习、生活、成长起来的,其性情爽直,勤奋善思,从水利部门而后又到政府机关工作,在较为广泛的爱好中,犹精于文学创作。他善于观察生活,探索人生真谛,经过多年历练,终于出版了自己的作品集。今天有了良好的开端,要修得正果,需精进不息。"褒扬有加,加油鼓劲,催我在文学创造的道路上发奋努力,不断前进。

另两处均在"浅吟低唱"章里。开篇就是《贺赵阳〈四季人生〉出版》:"十七度四季人生,十七载文坛耕耘。安丰塘古风灵畅,楚文化滋育楚人。百姓事秉笔直抒,古城缘意切情真,炼真功书径幽远,澄虚怀修身励行。"《四季人生》是我的第一部散文集,出版时我从事文学创作已17年,在大小报刊发表作品多用"楚人"的笔名。另一篇是《文泗长留春》:"读赵阳新作《城墙根下》,撷取其六辑篇名草成小诗,以表胸臆:城墙根下行,笃蕴古都情。'人文寿州'粹,'市井随笔'精。'人物素描'绘,'岁月如歌'吟。'人生百味'浓,'山水览胜'景。学海无涯际,文泗长留春。"

胡安品先生在后记中说,出版《雨润秋气清》,是为了"把多年来的杂思随想拾积成册,一为收纳,二为忆念,三为七十之澄怀。谨以此书,向同人挚友奉上一份心意"。我是后学,承蒙先生抬爱,获赠大作,满怀感激,很想写点回馈文字,但因《雨润秋气清》由先生的叶集老乡黄圣凤作序,诗书挚友邵军题跋,两位大手笔出口成章,出手不凡,锦绣华章妙语连珠,好话都让他们说尽了。后学手拙,勉强成篇,算是为先生70大寿献上一份薄礼。

二

李士林先生出版《难舍的情结》,大大出乎我的意料。

我不是怀疑李士林的水平,我是纳闷李士林的精力。我一直认为,李士林是寿州古城"学而优则仕"的杰出代表——现在从事行政且在领导位置上的,还有几人能够分身于文学创作?

掐指算来,认识李士林先生已然30多年。那时候,举国上下"文学热",李士林与几个同样拥有文学梦想的同龄人,在古城南陲安丰镇成立了甘泉文学社。作为兄弟社团的代表,我很荣幸地受邀参加了甘泉文学社的成立大会。会上,李士林作为《甘泉》主编发表了"甘泉宣言":"今天我们在这里集聚,不久的明天,我们必将为沉寂如水的寿县文化,撞响震撼人心的洪钟巨音!"慷慨激昂,自信满满。当时的情景,至今仍历历在目。

果不其然,甘泉文学社成立后,很快在古城文学社团中确立了位置。他们派人北上首都,恭请德高望重的革命家孙大光先生为《甘泉》题写刊名;首期《甘泉》出刊后,马上在区委会议室举行隆重的发刊仪式,县宣传文化部门及区委、区公所的领导悉数受邀参加;为了进一步扩大影响,甘泉文学社还联合《皖西报》及相关文学社团,在 1990 年 11 月举办了为期三天的安丰文学笔会,邀请祝兴义、温跃渊、刘祖慈等文学"大咖"和来自全省各地的文学社团代表 80 多人,莅临安丰塘和寿县古城观光采风,惊动了时任县委书记程世龙、县长乔传秀等古城四大班子的领导。这次会后,甘泉文学社声名大振,不仅由县财政局承担了这次笔会的全部费用,团县委还为他们专拨了 300 元办刊经费。

时过不久,六安地区文联协同《皖西报》联合举办皖西地区首届文学青年创作研讨会。我以安丰塘文学社社长的身份,与新浪文学社主编余江、编辑赵鸿冰、甘泉文学社社长王教勋、主编李士林相会在皋城,交流文学社团活动和创作情况。时任《皖西报》文艺部主任徐航,在进行全区文学创作情况综述中说,寿县的新浪、安丰塘、甘泉,呈三足鼎立之势,在古老的楚都大地浇灌文学之花,一大批文学青年茁壮成长。那次会议开了四天,每天晚上都有人张罗举办卡拉 OK 晚会。李士林面容俊朗,身材高大,西装笔挺,皮鞋锃亮,兼之举止潇洒,谈吐幽默,风流倜傥,舞姿优美,很多女士都爱找他跳舞,成为晚会当仁不让的主角,风头出尽,让我们这些来自穷乡僻壤的"乡巴佬"自惭形秽,自叹不如。

那个年代,我们是何等意气风发!

李士林不光舞跳得好,文学创作一样取得骄人成绩,让我们眼馋。当我们还在为在小报小刊发表一块"豆腐干"而激动不已、夜不能寐时,他已经连篇累牍在《皖西报》上发表报告文学了。《清明》两度推出他的大块头文章,并相继获得省作协"安徽省纪念建党70周年优秀征文奖"和省报纸副刊作品奖。在所有文学社员中,他是最早加入省作协的一员。

就在李士林文学创作如日中天、普遍为人看好之时,突然传出消息,他到乡镇挂职当副乡长了!"十年浩劫"过后,文凭吃香,混迹行政缺之不得,自学考试大军中多了李士林的身影。几年努力,李士林如愿以偿,由一名初中肄业生华丽转身,成为法学研究生。再往后,李士林仕途亨通,一路绿灯,无论是检察机关、政法系统,还是乡镇主官、政府部门,可以说如鱼得水,游刃有余。我们认为,一心不可二用,古城从此多了一位行政领导,却丧失了一名才华横溢的文学高手。孰得孰失,难下定论。

李士林逐渐被古城文艺圈所淡忘。

2004年秋季的一天,我正在办公室工作,李士林带人搬了个大纸包走将进来。打开了看,原来是他新出版的个人文集《不灭的激情》。他托我把这本文集送给有关领导和师友,算是对自己多年坚持文学道路的一个总结。《不灭的激情》收录的文章,多是其年轻时的作品,充满了浪漫和激情。那时候,李士林在行政上已是一颗耀眼明星。所有的迹象都表明,他今后还会有更大发展,肩上的担子会越来越重。我认为,这本集子,不仅是他的一个总结,也应是他与缪斯女神的真诚告别。

又是十多年过去,今日看见《难舍的情结》,才知道李士林尽管工作繁忙,但他心中的文学梦想从未熄灭,他手中的笔一直没停!

《难舍的情结》共分"山水情怀""布衣的忧虑""难舍的情结"三章,收录作者近年来创作的散文随笔50篇,有对祖国秀丽瑰奇的名山大川的描绘,如《神奇的丽江》《海南五日》《韶山感怀》《圣地延安》等;有对各地风土人情和生活面貌的记录,如《旅日札记》《旅美札记》《心中的敦煌》《新疆两日》等;有对日常工作、生产生活的思考,如《小议"官德"》《也谈责任》《扶贫更需扶志》《农村卫生工作的忧虑》等;有对峥嵘岁月的回望、留恋和感慨,如《回母校》《良师情缘》《风雨八年卫生路》《检徽,永远在我心中闪耀》等;也有对光明未来的向往、憧憬和追求,如《隐贤古镇在期待》

《千年寿州在诉说》《情系洪家油坊》《五十感怀》等。写河边捉鱼的欢乐童趣,写求学路上的坎坷艰辛,写少年务农时的梦想期待,写军队熔炉的坚固友谊,写出生地老宅子的恬静与悠远……这些文章,或因事生情,或借景抒怀,或托物言志,与过去的《不灭的激情》相比,行文更加自然,眼界更加开阔,题材上多了冷静思考和探究,手法上没了"为赋新词强说愁"。所描写的,都是自己亲历的景物;所表达的,都是自己切身的感受;所反映的,都是内心的真性情;所形成的文章,吐纳前人的知识,融汇自己的思想,睿智博雅,蕴藉自然,敞亮真诚,已经初显自身的风格。

拜读李士林先生《难舍的情结》后,我不能不对这位昔日的老朋友刮目相看。我佩服他分身有术,爱好、事业双丰收,工作干得有声有色,文学创作也没有落下。李士林先生去年再度履新,新的岗位相对清闲,能有更多时间用于写作。相信过不了多久,他一定会有更多、更优秀的作品问世。

按照联合国关于人类年龄的最新划分,18 岁至 65 岁属于青年,66 岁至 79 岁属于中年。胡安品和李士林先生,正处在人生最美好的季节。期待两位先生在追逐文学梦想的旅程中,抓住梦的翅膀,收获更鲜美的果实。

2019. 1. 12

王继林与他的《寿州琐记》

《寿州琐记》出刊百期,编辑部想以什么方式纪念一下。正巧,安徽文艺出版社建议我们弄个"文化寿州"丛书,那就把《寿州琐记》汇总后出个集子吧!

《寿州琐记》的作者王继林,安徽无为人,大学毕业后分配到古城一所中学教书。我从安丰塘调到古城谋生后,有幸与继林同住一个小区,两家直线距离不足百米,可直到今日他也没到过我的寒舍,我也没拜访过他的华府。我们每天出入州署谯楼下的门洞,可在相当长时间里形同路人,见面招呼都不打一声。直到有一天互联网的脚步迈进古城门,寿州报社办起了"寿县论坛",我们分别担当栏目版主,一来二去,终于知道在虚拟世界里"拳打南山猛虎,脚踢北海蛟龙"的"一根浮木",就是身边的这位"芳邻"!

莫道言不深,神交在心灵。我们共同搭乘起网络时代的快车,物以类聚,惺惺相惜,共同的爱好使我们不即不离,在见招拆招中一步步走向成熟。一朝相识,恰似故人归。

王继林还是位诗人,当年的"寿州诗群"核心成员有五六个人,他就是其中之一。大浪淘沙,造化弄人,曾经的人员几乎离散远去,但王继林却可以独守孤寂,徜徉在文学的园地里。他不光写诗,还写评论,散文随笔更不在话下。我常暗自把我俩的散文放在一起进行比较。不比不知道,一比吓一跳,看似相同的文字,较其深处,性格大为迥异。如果把我所写的散文比喻成散步状态,王继林的散文就是在散步中时不时地穿插着奔跑、跳跃。这就是全面发展的好处,他能够根据内容的需要,或兴之所至吟诵几段新诗,或信手拈来引用几行古词,既让内容更加充实饱满,又让形式丰富多样,文字空灵飘逸,文风清新自然,文章浑然天成。

谢有顺说:"一个作家要写出自己的风格,必须建立自己写作的根据地。"这就跟摄影一样,只有抓住一物、一事、一景、一地,拍出自己的特色和风格,才能成为真正的摄影家。写作只有建立了自己的根据地,才能呈现出集聚效应。随着在古城经年累月的生活积淀,王继林的兴趣逐渐转移到古城丰厚文化底蕴的挖掘、品读和考证上,乐此不疲,孜孜不倦,他的新浪博客不断涌现出具有独到见解的文字,成为外地人了解寿州历史的窗口。

2012年春,我到寿县信息中心任职。如何把《今日寿州》办得接"地气"、有人看,成为重点思考的事情。通过广泛问计,大伙一致认为要办成"党报性质、晚报风格",说直白点,就是要亲民,增加可读性。《今日寿州》是周报,一周来县里的重要活动必须报;信息中心是自收自支性质的事业单位,依靠与乡镇、部门联办求生存,乡镇、部门的活动需要报。这样受篇幅所限,可读性只能在副刊上做文章。当前"文化强国、文化强省、文化强市"的号角嘹亮,作为国家历史文化名城,寿县提出了"文化立县"的口号。如果在挖掘历史文化、提振寿县人文化自信力方面用心下力,肯定会博人眼球,引起古城人的共鸣。当年,《新民晚报》《合肥晚报》等邀请文化名人在副刊上开专栏,都受到读者欢迎。我们要找这样的人,有吗?

王继林的名字当即在我脑海里蹦了出来。把想法与他一说,两人一拍即合。

王继林是个雷厉风行的人,很快就发来信息说:"栏目就叫《寿州琐记》,怎么样?"我说:"随你。"只过了一天,王继林又发来自己动手设计的《寿州琐记》刊头征求意见。我还是那句话,随你,但要先写出五篇以上文章后栏目才能开办。王继林很干脆,回复说:"我先写十篇给你看看!"

2012年5月30日,《今日寿州》精心打造的首期《寿州琐记》新鲜出炉。此后坚持一周一期,很快引起读者关注,成为宣传寿州文化的品牌栏目。《寿州年味》《升平园:老寿州温暖的回忆》等,勾起人们对过去古城美好生活的多少回忆;《东坡笔下的寿州诗》《暮烟残照熙春台》……捕捞陈书故卷中的寿州碎片,呈现给读者一页页完整的历史。两年多来,王继林在自己的一亩三分地里挥汗如雨、辛勤耕耘,考证过去、体验当下、思考未来,大处谋划、小处着手、深入浅出,将幽深的历史,通过短小的篇章进行串联勾勒,自得其乐,游刃有余。"对寿州事实的记录,越是深入越感觉努力不够,寿州——古老又充满生机的伟大中国的缩影,对其中人物和事件的探研,似乎在审视自己的前世今生。笔者常常为其中关键的人与事捏一把汗,心里老想着'如果不那样就没有遗憾了',所以说对历史钩沉其目的还是知兴替、正衣冠,让后世人少走弯路,也是另一度空间的古城建设啊!"(《寿州琐记,2013》)其中"缩影"一词很值得玩味和思考,一方面在城市化进程加快,我们对故土的认识不再妄自尊大,同时,经济的快速增长,文化的资源越来越稀缺,古城2000多年的文化积淀让我们倍感珍惜。《寿州琐记》写本地人,记平凡事,不溢美,不拔高,行文小心翼翼,用心肠说话,透过纷纷扰扰的世象,用史实和经历寻找答案。《寿州琐记》更像是心灵的漫游,它的朴实的文风定会观照到寿州人的品性,当把历史上的一幕幕现场还原,先贤的踪迹与当下的人们置放到同一个场景,我们会发现,历史是循着一定的规律走的过程,读完它,相信一定会得到启发和砥砺。

《寿州琐记》是作者20多年来古城生活的独特体验,是作者对古城历史的忠实记录,是作者对古城文化的深刻研究,是作者对古城魅力的鉴别发现。

现在,《寿州琐记》即将结集出版,希望广大读者能够通过它了解故乡,了解寿州这方热土,进而推己及人,与世界交流。衷心祝愿生活在这方土地上的人们安居乐业、幸福美满。同时,也祝愿王继林的"寿州琐记"越写越好,《今日寿州》越办越好!

2014.9.25

薪火相传的人文精神

——读楚仁君散文集《在古城安放灵魂》

收到散文集《在古城安放灵魂》已有一段时间,因事务缠身,近几天才捧至手中。一口气读完,如饮甘饴,如沐清风。在充分肯定其文学价值的同时,我还要说,这是一本关于古城寿县历史文化和精神特质研究的专著,呈现的是一种地方文化的自觉与人文精神的薪火相传。

这本书是作者关于古城寿县的讲述和抒情。"作为楚之后裔,身上流淌着帝国的血脉,楚人韬光养晦的坚韧、激情澎湃的倔强和心思聪慧的狡黠,始终如一个鲜明的火种,在我心中燎烧出一种微痒的悸动。"(《我的古城》)生于斯,长于斯,"读你千遍,会有千种不同的认知和感悟",古城自然成为作者诉诸文字、表达情感的主体。《我的古城》《寿春故都的绝唱》《古城的银杏树》……作者以古城居民的目光,从古城一草一木、一砖一瓦的生存状态、前世今生及历史变化,为文化传承和现代文明这样一些宏大叙事,提出一个地方性文本,做出一些不同于以往的说明。

位于八公山下、淮河中游南岸的寿县,古称寿春、寿阳、寿州,历史上四次为都。数千年的历史文化光辉璀璨,令人叹为观止。作者是古城寿县的文化学者,同时是一名诗人,通过文学的角度和手法观察古城、记录古城,在文化视野中别有一番景致。东津渡"迅风兴,涛波动,长濑潭湲,滂沛汹溶"(三国王粲《浮淮赋》),因为一场以少胜多的淝水之战而闻名于世。作者剑走偏锋,通过对东津渡文化脉络的梳理,使读者得以遥望名战风云,进而窥斑见豹,思索和见证古城今天的建设成就和文化兴衰(《千秋东津渡》)。

《在古城安放灵魂》共分"飞火流金""越鸟南栖""山长水远"三辑。通览全书,我认为作者用情最真最深的当属第二辑"越鸟南栖"。楚仁君出生在安丰塘畔,高中毕业后就在基层当驻站记者,人"接地气",文字也染有浓厚的"烟火气",包括他的内容选材,都反映出一种民本思想和平民意识。《与雪松先生书》《三哥活成一棵树》《一块钱的富足》……胸藏悲悯情怀,技法上讲求小切口、大主题,目的是为小人物立传,通过书写古城百姓,画出时代众生相,提炼出古城独具特色的精神特质。一方水土养一方人,寿县地处中国南北地理分界线,地理上平旷开阔,族群上夷夏交互。不南不北的寿县人,中和了北方人的豪爽和南方人的细腻,在性格上呈现出一种和合融通、顺应自然的特征,崇文尚礼,守土慎迁,做人治世倡导道法自然,正所谓"走千走万,不如淮河两岸"。时代在不断发展,且不会停步,但人文精神却能永存。

该书给我留下深刻印象的,还有作者关于乡风民俗的叙事书写。"古城屋檐下,到处腊肉香。古城屋檐下的串串腊肉,如同古城街巷中簇簇盛开的梅花,是古城腊月里一道暖暖的风景,是古城人间的烟火味,是古城人味觉里的乡愁,是古城人舌尖上的年味。"(《谁家腊肉檐下香》)"民谚说:'二月二,龙抬头,一年都有精神头。'"(《在节气的智慧中徜徉》)像这样的文章还有《盘伏帖》《寒梅待春话冬至》《柳笛》《父亲的放牛鞭子》等。眼下,历史正处于从未有过的变动最快期,其艰涩繁难纷纭复杂,更是空前地令人眼花缭乱。大浪淘沙,但并非一切过去了的光照都是过眼云烟,那些经过时间检验具有生命魅力的民俗纪事,不能任由其在历史长河中顺流漂去,总得有人搜寻挖掘,翻检研究,子孙相继,日新不已。作为古城的文化工作者,作者比其他人更清晰地知晓其意义,其拳拳之心火热,殷殷之情感人。

我与作者楚仁君在20世纪80年代以文结缘。30多年来,楚仁君已发表《古城时光》等文学作品200多万字,一个十年比一个十年精彩。作为作家,"有文字相伴,我的生活是充实的,我的感情是丰满的,我的生命是美好的。"(《后记·用文字救赎灵魂》)世事繁杂,充满诱惑,态度决定人生取舍,取舍又决定着人生走向。按说一个人取得一些成绩后很容易忘乎所以,多数人就此停步不前,但聪明人能很快从晕乎中清醒过来,明白自己下一步该做什么,"我们需要一种东西去承载心中的疑虑,去解答我们的问题,去探索生命的意义,去抒发内心的感情。我想,最好的载体就是文字"。热爱和坚守,一步一个脚印,才可以步步为营,从而抵达理想王国的彼岸。

最后说句题外的话:仁君属蛇,我属马,他大我一岁。在写作和生活中,这么多年来他都是大哥。"这个大哥在中国文化上有江湖侠客的意义,能包容能承担,有本事有豪情,在中国的江湖上,最难当的就是大哥。"(马未都《侠客刘新园》)

2021.7.7

"德不孤,必有邻"

——仇媛媛和她的新书《与东坡为邻》

"德不孤,必有邻。"这句话用在苏东坡身上,真是太合适不过了。

苏东坡是北宋时期著名的文学家、书法家、美食家。古往今来,无人不爱苏东坡。他的诗词,已经渗透在每个人的生活中。他的思想,高尚的人格,渊博的学识,悲天悯人的情怀,对人生的乐观豁达,温暖和蔼、机智幽默的形象,以及他在各地的游踪,生活中的发明,都是后人津津乐道的话题。林语堂说:"苏东坡是个无可救药的乐天派,有他陪伴,再难的生活都能过得乐呵呵。"今天,就在苏东坡过世900多年后,依然有人踏着他的足迹,"与东坡为邻",试图走进他的生命时空,从其波澜曲折的一生中,寻得笑对人生的秘密,获取他对人生旅程的整体印象。

仇媛媛是位中学教师。在我的印象中,教师都是生活在象牙塔里的人。仇老师作为作家,曾出版散文集《飞絮飘影》《大观园群芳谱》《走在文化边上》等。读她的作品,可以发现她是一位极认真、极安静的人,在繁重的教学之余,"心有猛虎,细嗅蔷薇",将业余时间全都用在了读书上。对于社会上的一些热闹和纷争,仇老师基本上是"两耳不闻窗外事"。因此,我们虽然同处一座小城,平时生活却难有交集。直到前几年一次山东笔会,我们才有缘真正认识。在回来的列车上,仇老师说起她的暑假生活基本上是早晨买菜、上午看书,下午继续看书和写作,间或侍弄一番花草、忙一忙家务,周而复始,乐在其中。听了她的讲述,更坚定了我对她的看法:正是因为始终保持对文学的执着守正状态,仇媛媛才能够心无旁骛地博览群书,从而在《红楼梦》《边城》等名著里汲取营养,剥茧抽丝,妙笔生花,奉献给读者一部又一部美篇华章。

"当我想找一个人来诠释有趣的灵魂时,我想到了苏东坡。"在通读苏东坡在黄州、惠州、儋州等地的诗文、信札后,仇媛媛深入三地,以"比邻而居"的方式,与苏东坡进行了一场跨时空的交往,体验起一种生活的陪伴,从而完成这部近 40 万字的文化散文集。当散发着墨香的《与东坡为邻》摆上案头,我才相信,我们一直停留在嘴上说说、心中想想层面上的一件事情,仇媛媛居然克服了诸多困难,不声不响地就完成了!

翻开书页,《与东坡为邻》共分"黄州篇""惠州篇""儋州篇"三篇。"黄州篇"以《一蓑烟雨任平生》《黄州为邻记》为题,"惠州篇"以《不辞长作岭南人》《惠州为邻记》为题,"儋州篇"以《天容海色本澄清》《儋州为邻记》为题,分别记述当年东坡在当地的生活和作家在当地与东坡为邻的生活。看得出来,写当年苏东坡在当地的生活,作家力图还原他的一些生活细节和场景,让读者能够窥见千年前他在黄州、惠州和儋州的一些影子。喜爱苏东坡的人多,写苏东坡的书就多,但大多是在大视野下叙写,缺少细节,缺少特定情况下的心境。而《与东坡为邻》尝试以苏东坡的诗文、信札为依据,通过实地走访查寻,对当时的生活细节和场景进行再现,让 900 多年前的苏东坡的日常生活清晰可见,仿佛他就活在我们身边。如果仅满足于这一点,本书尚不足以为奇。在此基础上,仇媛媛又把她的"为邻"过程,以游记的方式记录下来,使该书在谋篇布局上张弛有度,写作叙事上收放自如,古代与现在交相辉映,有很强的代入感,文学性和可读性都大大增加。

据仇媛媛介绍,她想到与东坡为邻,是受到美国作家比尔·波特的影响。比尔·波特是当代著名汉学家、中国通,写过许多探寻中国文化的文章,比如寻找终南山隐士的《空谷幽兰》,追溯禅宗文化的《禅的行囊》,还有《黄河之旅》《丝绸之路》等。在《寻人不遇》一书中,作家寻访了 36 位中国古代诗人故址,以及他们生前行走的路线。当时已经 69 岁的比尔·波特,从孔子故里曲阜出发,在济南寻访李清照,到西安寻访白居易,经成都寻访杜甫和贾岛,往湖北寻访孟浩然,至湖南寻访屈原,并一路向南,陶醉于陶渊明、谢灵运的山水田园之中,最后到达浙江天台山诗僧寒山隐居之地。他带着"美国最好的酒"——用玉米酿制的波旁威士忌,向每一位诗人致敬。效法这位伟大的作家,仇媛媛也带上中国最好的酒,以及自己这份痴迷情感和虔敬的心,在黄州雪堂,在赤壁矶上,在东坡书院,在白鹤新居,向苏东坡敬酒,与诗人交流。

文艺评论家钱念孙说:"人生的最大遗憾,莫过于生命的一次性和生活的不可重复性。"古希腊哲学家赫拉克利特有句名言:"人不能两次踏进同一条河流。"这既表明世界始终处于变化运动之中,也说明人的经历具有时不再来、即过即逝的特性。作家的一大任务,就是超越客观时空的限制,对时过境迁、一去不复返的日子按下恢复键,以自己选择的节点和时段,在作品里踏上新的生活旅途。《与东坡为邻》,作家仇媛媛让苏东坡在作品中重新复活,他就像我们身边一位德高望重的友人,柴米油盐酱醋茶,琴棋书画诗词酒,有血有肉,有乐有愁,若闻其声,如见其人。

《与东坡为邻》出版后,人们争相传阅。作者仇媛媛,一时也成为小城文学圈热议的对象。"德不孤,必有邻。"现在这句话用在她的身上,也是再合适不过了。

2021. 8. 19

为寿州立言

——黄丹丹和她的《别说你爱我》

中国历史上有"三不朽"之说:"太上有立德, 其次有立功,其次有立言,虽久不废,此之谓不朽。"(《左传·襄公二十四年》)后人对"三不朽"解读,"立德"系指道德操守,"立功"乃指事功业绩,而"立言"则是把真知灼见形诸语言文字,著书立说,传于后世。立德、立功、立言,正是志士仁人孜孜以求的一种永恒价值。

在转瞬即逝的时间长河中,人总应该留下些东西。但曾几何时,社会上充斥着追名逐利的短期行为,奔竞于名利场上的人们熙来攘往,根本无暇顾及不朽之名的诉求。不用说"太上有立德, 其次有立功",就是在被先贤古哲视为生命的"立言"方面,不少著书撰文者所追求的也不再是不朽,而是速成,而速成者自然就难免于速朽。

所幸,淮河岸边的国家历史文化名城寿州中,古往今来不乏矢志于"立言"的人。今天,黄丹丹正是他们中的一分子。

黄丹丹是一名土生土长的古城人,其父母都是教师,书香门第,自幼便迷恋文学。20 多年前,就常见她在省内外报纸副刊发些心情文字。那时候,互联网刚刚进入人们的生活,网站论坛盛行,寿县网站的"寿州论坛"文学板块隔三岔五地就有黄丹丹的名字。我们通过论坛交流,由虚拟世界走到现实生活,一起走风景、写诗文,逐步成为"忘年交"。

起初,黄丹丹的诗文差不多都是围绕"自我",抒发的多是个人情感,在网络上能引发共鸣,但从文学价值考量,差强人意。那段时间,寿县行政区划尚属六安,六安市作协各类采风活动频繁,我与黄丹丹每每参加,听见人们指点江山煮酒论英雄,有意无意总要提到霍邱。霍邱是我国著名作家徐贵祥的故乡,那里还有两位写小说的高手,在省内外都很有名头。各类活动中,他们总是能够众星捧月,口若悬河,出尽风头。反观寿县作家,小说创作"短腿"造成英雄气短,言辞举止中就剩了临渊羡鱼的份。能不能退而结网?寿县作家普遍年龄偏大,这就像已经烧成半成品的瓷瓶再无回炉的道理。我们只能把希望的目光落在尚未而立的黄丹丹身上。

寄予期望的依据不光是因为她年轻。看似柔弱的黄丹丹,骨子里却有一种不服输的劲儿。反正,自从我们认识以来,对于缪斯的痴迷和执着,在寿州文坛,黄丹丹说第二,就没有人属第一。也就是靠这种专劲,这些年来黄丹丹读万卷书,行万里路,在博览群书的同时广结文友,增强文学素养的同时开阔眼界,性情逐渐开朗,心胸越发开阔,特别是参加鲁迅文学院安徽作家班、长三角中青年作家班等专业化学习后,凤凰涅槃般一飞冲天,文学创作"一梦五经通",小说体裁正式成为其写作的主打。

算起来,黄丹丹写小说也有近十个年头了。十年磨一剑,也就有了这本小说集《别说你爱我》。

《别说你爱我》约 20 万字,是黄丹丹近几年来潜心打造的文学集成,由 19 篇短篇小说组成,其中 16 篇都是以节气命名。用黄丹丹在后记里的话说,这"是一本节气书,也是一部寿州记事"。从该书动议到结集出版,甚至有的篇幅在创作过程中,黄丹丹都与我谈过她的想法。原本,她是计划写齐 24 篇节气小说,将它们汇集一起,出一本叫《节气书》的集子。我建议她,干脆就叫"节气",也很接地气。这样的动议,盖因寿州是二十四节气的发祥地。早在 2000 多年前,淮南王刘安"招致宾客方术之士数千人",汇聚八公山修仙炼丹,发明了豆腐,编纂了《淮南子》,第一次完整、科学地记载了二十四节气的运行体系,被联合国教科文组织列入人类非物质文化遗产代表作名录。节气,既准确地反映着季节的变化,又科学地揭示了自然的法则。在这一自然法则下,"坐地日行八万里",寿州古城每时每刻都在发生着色彩斑斓的变化,演绎着各种各样的故事。作为一名热爱家乡、关注当下的本土作家,黄丹丹有能力、也有责任为寿州立言,以文学的名义,真实、客观、及时地记录下平时的所思所想、所见所闻。

《节气书》之所以变成《别说你爱我》,可能是从营销角度考虑,选中了所收入另外几部小说中的一个篇名。但内容总体没有发生变化,作品主题也没受到影响。

这是一部刻画寿州日常生活的众生相,描述古城风物风情的"浮世绘"。作者以现实主义笔触,将叙事对准当下现实,用一个个鲜活的人物形象,让我们窥视了寿州古城缩微的精神景观和人性内核,透视了芸芸众生在追求物质生活和精神生活时,所发生的传统伦理与现代观念的撕裂与碰撞,以及欲望对人性和灵魂的摧残、毁灭和蜕变过程,呈现出大时代背景下寿州人的生存处境和精神状态,也在一定程度上反映了古城的沉浮、发展与变迁。

可能是因性别的缘故,在黄丹丹笔下,小说主人公多为女性,《立春》中的刘春,《雨水》中的朱丽,《惊蛰》中的朱静等,她们闪烁着人性的光辉,每天生活在古城内外的人群中,演奏着锅碗瓢盆的变奏曲,回荡着寿州女性真善美与爱的交响乐。雨水和大雪是春、冬两个不同季节的节气,黄丹丹分别以此为题,塑造了朱丽和朱莎两个因丧子而离婚但结局却截然不同的女性。朱丽在"雨水后,鸿雁来,草木萌动"时,因为一次冲动的"219,爱要久",心中与"小腹"都种下了萌芽的"种子";朱莎于大雪天送走疼她爱她护着她的婆婆后,"任吉普车像野马一般飞驰进了雪野",毅然决然地开始了新生活。《夏至》里夏至与奶奶、奶奶与王大妈的故事,时间跨度七八十年,三个女人分别代表三个年代,说的是家长里短,体现的却是寿州的历史。她们的故事,就是寿州的故事;她们的命运,也就是寿州的命运。

作家铁凝说:"文学应该是有光亮的,如灯,照亮人性之美。"黄丹丹用小说的方式为寿州立言,寿州人,尤其是寿州女性因为黄丹丹的作品而光彩亮丽。黄丹丹也因为寿州声名鹊起,在小说创作的天地里赢得了属于自己的一席之地。从一定意义上说,这部小说改变了寿县小说创作"短腿"的现象。

衷心祝愿黄丹丹赶趁目前创作的良好势头,在追求无技巧状态的同时坚持难度创作,多出作品,多立高峰,把寿州文学的品牌擦亮,让寿州古城因为有你而骄傲!

2021.11.19

我把青春献给你

——一本写寿县的书

《我在寿县等你》收录我写寿县的散文70余篇。我的写作已逾40年,职业是记者,写作文体多为通讯报道和特写;业余爱好是文学,写小说,也写诗歌,但感兴趣且自认为最擅长的还是散文随笔。我生在寿县,长在寿县,几十年里大江南北也走了一些地方,基本上是走到哪里、写到哪里,散文发表了数百篇,但感到满意的还是写寿县的文字。这个集子里的作品,同我前几本书一样,写历史,写风物,写友情,写亲情,也写人生感触和荣辱得失。但镜头全都聚焦于寿县,无论写人还是记事,都是发生在2948平方公里寿县大地上的真实故事。

全书共分六辑:

第一辑"淝水岸边",是本书的核心部分,篇数虽只有12篇,但文字却占全书三分之一。寿县是国家历史文化名城,中国豆腐的发祥地,淝水之战的古战场。作为土生土长的一名寿县作家,研究和记录寿县历史文化既是一种责任,也是不断丰富自己、充实自己的现实需要。《人间天堂》是因为自己曾在安丰塘工作生活过十年,对"天下第一塘"前生今世比较了解,写这篇文章就像稻子成熟了就要收割一样,得心应手;《万古涌泉》的写作灵感得益于余秋雨的散文《八公山下》,那段时间,我正巧调到八公山工作,耳闻目睹了八公山的巨大变化与发展;《淝水岸边》是因长年生活在古城,对寿春文化的交融并蓄深有体会,推崇备至。这一些,都是我平时想写、也愿意去写的。写的过程中又不断有新发现,为我的日常生活平添无穷乐趣。

第二辑"典故寿春"收录6篇文章,是对第一辑的补充。寿县是中国成语典故之城,"一城人文典故,千年魅力楚都"。目前寿县正在依托这些得天独厚的资源发展旅游业,并初尝甜头。挖掘好、整理好寿县的成语典故,使其造福群众、助力发展,已成为摆在地方文化工作者们面前的一项紧迫工作。

第三辑"今日寿县"。《瓦埠湖，天鹅湖》和《寿州绿》分别写城外城内的优美环境，《古城夜景》《坐拥书香》和《又见炊烟》分别写人居环境、生活环境，《千里江陵一日还》《欢迎您乘高铁来》写交通发展状况，《淠河两端》写经济发展，《在新桥体验高科技》写园区建设。9篇文章都是当初相关报纸副刊的约稿，篇幅所限，只有千字左右，但反映的内容却比较丰富。通过这些文字，读者可以窥斑见豹，对寿县翻天覆地的变化有个大致了解。

第四辑"文化寿州"所记述的或是自己所参与的文化活动，或是亲身经历的文化故事。

第五辑"古城名流"，是除第一辑外篇幅最长的一辑，也是我写得最顺手、最快意的一组文字，共收录文章22篇，都是对寿县文化人生活和工作的具体记述，也写了一些文艺大家的趣事。都知道寿县文化底蕴深厚，楚风沐浴，汉韵滋润，"寿州诗群"享誉江淮大地，"中国书法之乡"成为徽文化中一张最亮丽的金字招牌……但很少有人思考，撑起如此局面关键在人，是因为寿县有一帮痴迷文化、"为伊消得人憔悴"的文化人。本辑文字就是尝试着为他们立传，同时也是抱团取暖，惺惺相惜。

第六辑"艺苑撷英"，堪称第五辑的姊妹篇，是对寿县文化产品的推介和颂扬。就像"一千个读者眼中有一千个哈姆雷特"，对于寿县文化产品中的诗文小说、国画书法、舞蹈歌曲，仁者见仁，智者见智，角度不同就会有不同的见解。百家争鸣，百花齐放，我这里仅属一家之言，抛砖引玉。

我在初识文字后便迷上了读书。字认不全时喜欢"小人书"，到小学四五年级后开始看小说，有《西游记》《三国演义》，也有《黄继光》《欧阳海之歌》；到初中后开始读《围城》《边城》，也读《复活》《德伯家的苔丝》。临了自己学着写作了，却越来越喜欢读散文，特别是喜欢读中国文人的散文，古代陶渊明、柳宗元、欧阳修的，近代汪曾祺、沈从文、梁实秋的，现代贾平凹、余秋雨、周晓枫的……大家们的文字疏淡、闲散、简洁、准确，从细微处说起，聊故事也是说家长里短，细品味却都是人生经验。我喜欢这些优美的文字,虽不一定能够写出,但一直在向他们学习,不断在努力。

有人说,文品即人品。散文最能反映作家生活、最能表达作家思想感情,也最能折射出作家的思想与灵魂。什么样的人写什么样的文字,读者可从他的文字里感受到他的内心世界,感受到他的为人处世风格。散文是作家生活的写照,也是作家心灵的写照。

我一直告诫自己,写散文就要讲真话,忠实于生活,实实在在,真真切切。好的散文应是真实自然的,语言是平实淳朴的。要写自己熟悉的生活,在自己的"根据地"里打一眼深井,这样才能有真情实感,才能引起读者心灵的共鸣。写散文要有平和的心态,以平和的心态面对生活、面对写作。不能重复别人,也不能重复自己,要显现出自我,走出一条属于自己的路。

这本写寿县的书,算是我散文观的具体实践和追求,也是我向家乡寿县和寿县父老乡亲的致敬之作。诚惶诚恐呈给各位,希望大家喜欢!

最后,要对为本书的付梓提供帮助的各位领导和朋友表示感谢!亦师亦友的淮南市作协金好主席百忙中抽出时间为本书作序,褒扬有加,我将作为写作的目标和鞭策。

2023 年 2 月于寿县